Adele Mailer *Die letzte Party*

Adele Mailer

Die letzte Party

Mein Leben mit Norman Mailer

Aus dem Amerikanischen von
Renate Weitbrecht

Piper
München · Zürich

Die Originalausgabe erschien 1997 unter dem Titel
»The Last Party« bei Barricade Books Inc. in New York

ISBN 3-492-04030-6

Gesetzt aus der Palatino
Satz: Dr. Ulrich Mihr GmbH, Tübingen
Druck und Bindung: Kösel, Kempten
Printed in Germany

Für Bill Narduci, Jackie und Jamie Buechner, Marilyn Gelber, Marilyn Flemming, Gay Cropper, Lella Hines und Ellen Cannon, die mich durch Freud und Leid begleiteten.

Alle Geschehnisse in diesem Buch sind so wiedergegeben, wie ich sie in Erinnerung habe; das gilt auch für die Dialoge. Keine Begebenheit ist erfunden.

Vorwort

Bevor ich dieses Buch über meine Ehe mit Norman Mailer in Angriff nahm, sprach ich mit meinen Töchtern und versuchte ihnen zu erklären, warum ich es schreiben müßte. Ich war die Gerüchte leid, die alle möglichen ahnungslosen Leute im Laufe der Jahre über unser gemeinsames Leben und die Messerstiche, die es beendeten, verbreiteten. Es ist meine Geschichte, und ich wollte sie endlich so erzählen, wie sie sich zugetragen hat. Ich habe mich bemüht, meine Töchter aus dem Buch herauszuhalten und ich habe mit ihnen keinerlei inhaltliche Aspekte erörtert. Obwohl beide inzwischen über dreißig sind, ist die Erinnerung an diesen Vorfall für sie nach wie vor schmerzlich. So gelangten wir drei zu dem Schluß, daß es ihnen leichter fallen würde, neutral zu bleiben, wenn sie das Buch erst gar nicht lasen; denn Norman schwärzt mich gerne bei meinen Kindern an, wenn er wütend auf mich ist, um es mir über sie heimzuzahlen.

Ich habe über diesem Buch gebrütet und geschwitzt. Wehklagend und kichernd wie eine von Macbeths Hexen rührte ich in diesem Kessel, randvoll mit äußerst gemischten Erinnerungen, und beißend scharf gewürzt durch ein katastrophales Ereignis, das mein ganzes Leben veränderte. Das Ganze ist ein siedendes Gebräu aus den abscheulichsten, bittersüßesten und lächerlichsten Erfahrungen meines Lebens, gepfeffert mit einem Schuß brutaler Offenheit, der mir auf der Zunge und im Herzen brennt.

Als Enkelin einer spanischen Zigeunerin halte ich mich selbst für eine halbe Hexe, die für Übersinnliches empfänglich ist und mit ihren inbrünstigen Gebeten und Meditationen immer wieder die Geister verschiedener Mitglieder ihrer spanischen Familie aus dem Grabe heraufbeschwört. Ich bete im Stehen, im Liegen, im Laufen, ja sogar wenn ich auf der Toilette sitze, und bekreuzige mich, um mich für meine Respektlosigkeit zu entschuldigen. Wegen meiner arthritischen Gelenke knie ich nicht gerne nieder. Das schmerzt zu sehr. Diese Stellung ist den besonders schwerwiegenden Sorgen vorbehalten, meinen hypochondrischen Krebsängsten oder meiner Finanzlage und meiner Familie. Je mehr Schmerz ich ertrage, desto besser weiß Gott, daß ich das, worum ich bitte, wirklich will. In diesen Augenblicken inbrünstigen Flehens erscheint gewöhnlich der Geist meines Vaters und spricht zu mir, als wäre ich sieben Jahre alt: »Nun hör doch endlich auf, dir ständig unnötige Sorgen zu machen. Du weißt doch, daß dein Daddy und der Große Freund da droben nie zulassen würden, daß dir oder den Kindern irgend etwas geschieht.«

Dieses Buch entwickelte sich aus einem Eine-Frau-Theaterstück über meine Eltern, meine Schwester und mich, das ich 1988 schrieb. Ich spielte alle Figuren darin selbst und führte es zur Probe in diversen Wohnzimmern und in der zum La-Mama-Theater gehörenden Galleria auf, bevor ich 1990 damit in Provincetown in Massachusetts auftrat. Dort befand sich unter den Zuschauern auch mein Ex-Mann und seine sechste Ehefrau Norris. Norman gefiel das Stück immerhin so gut, daß er mir vorschlug, es ans Actors Studio in New York zu schicken. Dort führte ich es dann ebenfalls auf und wurde zum Mitglied ernannt.

Nach soviel Ermutigung beschloß ich, den zweiten Teil zu schreiben, über die Zeit von meinem neunzehnten Lebensjahr bis zur Gegenwart – angesichts meines Alters ein ehrgeiziges

Projekt. Einen Kraftakt später hatte ich meinen zweiten Teil. Falls es mir gelang, einen Produzenten für mein Stück zu finden, würde der Aufhänger natürlich mein Leben mit Norman zwischen 1951 und 1962 sein.

Ich schrieb über mich so ehrlich wie möglich, doch auf die brisanteren Aspekte meiner Ehe ging ich nur andeutungsweise ein. Das tat ich nicht nur aus Vorsicht sondern auch, weil sich in einem Theaterstück nicht soviele Details unterbringen lassen wie in einem Buch.

Ich hatte jedoch mehr Angst vor diesem Projekt, als mir bewußt war; ich war unschlüssig, wieviel ich enthüllen sollte, und trat unbewußt auf die Bremse, als ich zu den harten Tatsachen kam, die zur Zerrüttung einer Ehe beitrugen, die 1962 tragisch endete, als Norman Mailer mich während eines psychotischen Anfalls fast erstach.

Ich nahm mir vor, Norman das Stück vorzulesen, ohne so recht zu wissen, warum. Der Inhalt war für mich schon schmerzlich genug; wie würde es erst für ihn sein, meinem Bericht über seinen psychischen Zerfall zuzuhören? Ich war mir sicher, daß ich es nicht aus Rache tun wollte. Eigentlich tat ich ihm sogar einen Gefallen, wenn ich ihm das Stück vortrug, bevor es an die Öffentlichkeit gelangte. Beim Schreiben waren mir Hamlets Worte in den Sinn gekommen: »Das Schauspiel sei die Schlinge, in die den König sein Gewissen bringe.« Versuchte ich doch, meinem Ex-Mann ein schlechtes Gewissen zu machen? Obwohl ich mir über meine Motive nicht genau im klaren und ziemlich nervös war, rief ich ihn kurzentschlossen an.

Ich sagte ihm, ich wolle ihm die zweite Hälfte meines Stücks vorlesen, da es darin hauptsächlich um die Ereignisse vor und nach unserer Scheidung gehe, und ich es nur fair fände, es ihm vorzutragen, bevor es die Runde machte. »Ich habe bereits einen Produzenten, der daran interessiert ist, aber ich weiß noch nicht, wie die Dinge sich entwickeln werden«, fuhr ich fort. »Es ist wieder ein Eine-Frau-Stück, deshalb würde ich es dir lieber vortragen, statt dir einfach eine Kopie des Manuskripts zum Durchlesen zu schicken, besonders weil du vom ersten Teil recht beeindruckt warst.«

»Ich weiß nicht, Adele. Ich bin ziemlich beschäftigt.« Er klang nicht gerade begeistert. »Wie lange wird es dauern?«

»Ungefähr anderthalb Stunden«, erwiderte ich, »aber ich möchte es nicht unter Zeitdruck vortragen.«

Ich wartete lange auf seine Antwort und wußte, daß er mit seiner Neugier kämpfte.

»Wie wär's am Dienstag?« drängte ich.

»Diese Woche paßt es mir nicht so gut. Ich bin wirklich sehr beschäftigt«, wiederholte er.

Ich war schon drauf und dran, einen Rückzieher zu machen. Ich mach' es schließlich seinetwegen, dachte ich, und wenn er nicht will, dann eben nicht, zum Teufel. Zumindest kann ich jetzt sagen, daß ich es ihm angeboten habe.

»Also gut, am Dienstag«, meinte er schließlich. »Willst du herkommen oder soll ich zu dir kommen?«

»Bei dir wär's mir lieber«, antwortete ich.

Es war eine lange U-Bahn-Fahrt bis Brooklyn Heights, und ich war ganz schön aufgeregt; ich freute mich nicht gerade darauf, unsere Vergangenheit zu sezieren.

Als ich eintraf, wirkte Norman angespannt und ein wenig bedrückt.

»Möchtest du was trinken?« fragte er, ohne daran zu denken, daß ich nun schon zwanzig Jahre lang bei den Anonymen Alkoholikern war. Norris war freundlich wie immer. Sie spürte, wie unbehaglich wir uns in dieser recht seltsamen Situation fühlten, und verstand, daß ich das Stück nur Norman vorlesen wollte. Schließlich war all das vor langer Zeit geschehen und hatte mit ihrem Leben und dem Mann, den sie heute kannte, nichts zu tun.

Ich plapperte nervös drauflos und wiederholte, daß es nur fair sei, ihm das Stück vorzulesen, bevor es in andere Hände gelangte.

»Schon gut,« knurrte er, »du hast deinen Standpunkt klargestellt – laß uns anfangen.«

Da waren wir also, beide inzwischen in den Sechzigern, und im Begriff, etwas zu tun, was eigentlich keiner von uns wirklich ganz wollte; und warum, zum Teufel, taten wir es überhaupt? Ich wußte, daß ich nicht mit seiner Zustimmung rechnen konnte, da ihm die Vorstellung, daß ich über Messerstiche und ihr Vorspiel schrieb, ganz offensichtlich widerstrebte. Ich wollte auch nicht seine Meinung über das Stück hören, da ich mir nicht sicher war, ob er es überhaupt objektiv beurteilen konnte.

»Laß uns ins Büro meiner Sekretärin runtergehen. Dort ist es ruhiger.«

Es war ein kleines Zimmer, vollgestopft mit einem Schreibtisch, einem Computer, einem Lehnstuhl und einem Sofa, das mit den Seiten seines neuen Manuskripts übersät war. Er schob ein paar beiseite, um sich Platz zu schaffen. Ich ließ mich im Lehnstuhl nieder, holte tief Luft und fing an zu lesen. Nachdem ich meine anfängliche Nervosität überwunden hatte, begann ich den Vortrag zu genießen und ließ meine Figuren das Spiel übernehmen.

Norman war die einzige Figur, mit der ich Schwierigkeiten hatte. Ich fühlte mich gehemmt, als ich versuchte, seine Stimme und seine Manieriertheiten nachzuahmen. Ich kicherte verlegen, weil ich selbst merkte, daß es mir nicht recht gelang. »Oh Gott,« sagte ich, »dich zu spielen ist unmöglich, einfach unmöglich.«

»Ja, daran mußt du noch arbeiten«, meinte er.

Doch dann konzentrierte ich mich wieder und fuhr fort. Ich fühlte, wie meine innere Anspannung wuchs, während ich die allmähliche Zerrüttung unserer Ehe durchspielte, unseren wilden Ritt von einer destruktiven Situation in die nächste bis zum blutigen Ende. Ich versuchte, ihn nicht anzublicken, während ich las, doch wenn ich es tat, sah ich ihn mit gerunzelter Stirn und zusammengekniffenem Mund dasitzen, fest entschlossen, keine Gefühle aufkommen zu lassen.

Ich reinszenierte einige Szenen, die für uns beide recht schmerzhaft waren. Einmal glaubte ich Tränen in seinen Augen zu sehen, die aber im nächsten Moment von einer mürrischen Maske verdeckt wurden.

Als ich fertig war, herrschte Schweigen in dem immer dunkler werdenden Zimmer; keiner wollte den anderen ansehen, während der feine Staub der Erinnerungen, den mein Ausbruch aufgewühlt hatte, auf uns niederrieselte.

Ich kämpfte mit einer Unzahl von Gefühlen, die ich nicht genau definieren konnte. In zwei Stunden hatte ich neunundvierzig Jahre meines Lebens Revue passieren lassen. Nun verspürte ich eine große Traurigkeit, ein Gefühl tiefer Einsamkeit, wie ich so in diesem kleinen Raum einer steinernen Figur gegenübersaß. Ich wollte den Stein erwärmen und berührte seine Schulter. »Ach komm, Norman«, sagte ich leise und beugte mich vor, um ihn auf die Wange zu küssen. Er warf mir einen finsteren Blick zu und drehte den Kopf weg.

In all diesen Jahren hatte er sich nie näher zu den Messerstichen geäußert. Und nun hoffte ich in dieser spannungsgeladenen Stille auf eine Geste, mit der er sich zur Vergangenheit bekannte, auf irgendeine Bestätigung, daß wir diese Qualen nicht umsonst durchlitten hatten. Ich wollte etwas hören wie: »Ja, ich weiß, was du in jenen Jahren durchgemacht haben mußt. Diese schlimme Zeit tut mir leid. Jeder von uns hat sein eigenes Leben gelebt, aber wir haben uns einmal geliebt. Aus dieser Liebe heraus haben wir wunderschöne Kinder gemacht, die ihrerseits wunderschöne Kinder in die Welt gesetzt haben. Also muß all das doch irgendeinen Sinn gehabt haben. Warum sind wir sonst noch auf dieser Erde und zusammen in diesem Zimmer?«

Ich wartete auf seinen Kommentar. Wenn Norman nervös war, hatte er eine bestimmte Art, sich zu räuspern, bevor er sprach. »Es war eine gute Lesung,« murmelte er, »ein packendes Stück. Doch da ist eine Sache.« Aha, dachte ich, nun kommt er, der Vernichtungsschlag – und dann wird er das Ganze zerpflücken, dies und das abstreiten. Doch statt dessen meinte er nur: »Alles stimmt soweit, aber ich habe nie ›Scheiße‹ zum Hausmädchen gesagt.«

Kapitel 1

Die Geschichte von Adele und Norman beginnt eigentlich schon mehrere Jahre vor ihrer ersten Begegnung.

Als ich neunzehn war, gab mir jemand aus meinem Kunstkurs ein Vorlesungsverzeichnis der New School. Ich war auf meinen Streifzügen durch das Village schon öfters an dem Uni-Gebäude vorbeigekommen und spielte mit dem Gedanken, dort einen Kurs zu belegen. Ich hatte nämlich von einer Freundin gehört, daß dort eine Menge GIs eingeschrieben waren. Beim Durchblättern des Hefts staunte ich über das vielfältige Veranstaltungsangebot und war fasziniert von einigen Vorlesungstiteln. Ich beschloß, mir irgendein Fach auszusuchen, von dem ich keine Ahnung hatte. Das war für mich ein leichtes.

Anthropologie, das war's, dachte ich. Margaret Mead hielt eine sechsteilige Vorlesungsreihe mit dem Titel »Die erste Kommunikation, Körperlaute des Grunzens, Rülpsens, Furzens und Spuckens« – so verstand ich es jedenfalls.

Die erste Vorlesung fand im großen Auditorium statt. Mir fiel gleich auf, daß mehr Frauen als Männer im Publikum saßen, was meinen Enthusiasmus dämpfte. Eines Abends, vor der Vorlesung, trank ich in der Cafeteria einen Kaffee und betrachtete mich dabei in dem großen Spiegel hinter der Theke (ich ging nie an einem Spiegel vorbei, ohne hineinzuschauen). Ein junger Mann saß neben mir, ich musterte ihn im Spiegel. Er hatte rotblondes Haar, eine helle Haut und ebenmäßige Gesichtszüge; er trug eine Uniformjacke mit den Streifen eines Sergeants. Er hatte etwas Männliches an sich und gleichzeitig etwas von einem Teddybär.

Er merkte nicht, daß ich ihn beobachtete, sondern war vollauf damit beschäftigt, in ein zeltgroßes Taschentuch zu schneuzen, sich damit in der Nase herumzubohren, es auseinanderzufalten und seinen Inhalt zu untersuchen. Ich war fasziniert und angewidert zugleich. Wollte er den Finger bis ins Gehirn hinaufbohren? Ich wünschte, er würde aufhören, denn das störte meine Phantasien.

Da begegneten sich unsere Blicke und er hielt verlegen inne. Er schüttelte den Kopf und lachte entschuldigend: »Eine dieser Sommererkältungen. Ich werd' sie einfach nicht los.« Er nippte an seinem Kaffee. »Würdest du mir bitte den Zucker reichen?«

Ich lächelte: »Würfel- oder Streuzucker?«

»Würfel, danke.«

Ich starrte auf meine Kaffeetasse und überlegte mir, wie ich mit ihm ins Gespräch kommen könnte. Da sah ich, wie er sich auf dem Sitz herumdrehte, um einem hübschen Mädchen nachzuschauen. Das war's dann wohl, dachte ich. Doch zu meiner Freude wandte er seine Aufmerksamkeit schon im nächsten Augenblick wieder mir zu.

»Studierst du schon lange hier?«

»Eigentlich nicht. Das ist erst meine zweite Vorlesung.«

»Bei wem?«

»Bei Margaret Mead. Sie ist sehr gut, dabei sieht sie gar nicht aus wie eine Anthropologin, sondern eher wie ein älteres Fräulein. Man kann sich kaum vorstellen, daß diese kleine Frau ganz allein in der Wildnis herumreist. Was studierst du?«

»Mein Hauptfach ist klinische Psychologie.«

Gott, dachte ich, dieser Bursche muß wirklich gescheit sein. »Wirklich?« fragte ich. »Du siehst gar nicht aus wie ein typischer Psychologe.«

Das schien ihn zu amüsieren. Er war hinreißend, wenn er lachte. Er hatte so etwas Gutmütiges und Liebenswertes an sich. Ich lachte mit. »Oh, weißt du, so einer mit Nickelbrille und einem langen grauen Bart – wie Freud.«

Er nickte. »Nun, ich könnte mir immer noch einen wachsen lassen. Aber das dürfte ziemlich lange dauern, und weil ich GI bin, wird wohl nie was draus.«

»Du hast es gut«, meinte ich und dachte dabei an mein mageres Budget. »Ich muß mich selbst finanzieren. Zu welcher Vorlesung gehst du heute?«

»Die von Erich Fromm. Er hat *Die Furcht vor der Freiheit* geschrieben. Hast du das gelesen?«

»Ich hab' noch nie was von Fromm gehört. Und warum sollte irgendwer Angst vor der Freiheit haben?« Ich hätte mir auf die Zunge beißen können. Warum hatte ich das bloß gesagt. Er mußte mich ja für blöde halten.

»Das ist ein bißchen kompliziert. Ich werd's dir irgendwann erklären. Ich könnte dir das Buch ja leihen, dann könnten wir darüber diskutieren.« Sein Ton war vertraulich und einschmeichelnd, und er schaute mich an, als sei ich die einzige Person im Raum.

»Ja klar, ich würde es schon gerne lesen.« Ich schaute wieder in den Spiegel, während wir uns unterhielten. Wir sahen gut zusammen aus – ein attraktiver blonder Mann und eine hübsche Brünette. Ich schenkte ihm das Lächeln einer Frau, die sich ihrer Sexualität bewußt ist, und spürte, daß er mich begehrte.

»Du hast wunderschöne weiße Zähne«, sagte er.

»Oh, danke. Ich glaube, dreimal täglich Zähneputzen wirkt Wunder. Das liegt bei uns in der Familie. Mein Vater hat auch gute Zähne. Er zermalmt gerne Steak-Knochen, deshalb sind sie so kräftig und weiß.«

Er beugte sich zu mir und schaute mir direkt in die Augen. »Du siehst wie eine Italienerin aus. Bist du eine?«

»Nein, aber du bist nahe dran. Ich bin eine halbe Spanierin.

Und väterlicherseits stamme ich von peruanischen Indianern ab.«

»Wirklich? Interessant.« Nach einer Pause sagte er: »Ich wette, du bist in vieler Hinsicht ein recht leidenschaftlicher Mensch.«

Ich antwortete nicht. Wir starrten einander an. Dann lachte ich nervös und schaute weg. Oh Gott, dachte ich, wenn der wüßte. »Ja, das sagt man über die Latinos, aber das ist albern. Sie sind ganz verschieden, weißt du.«

Ich wollte mehr über ihn wissen. »Wo wohnst du? Hier im Village?«

»Nur ein paar Blocks weiter, in der Elften Straße, zwischen der Sechsten und der Siebten Avenue.«

»Das ist einer meiner Lieblingsblocks im Village«, rief ich begeistert aus. »Die Häuser dort erinnern mich immer an die Bilder, die ich von New Orleans gesehen habe, mit ihren schmiedeeisernen Balkonen.«

»Ich habe ein Zimmer in so einem Haus«, sagte er.

»Darum beneide ich dich! Ich lebe noch bei meiner Familie in Brooklyn. Das ist eigentlich nicht so schlimm, nur meine Mutter nervt mich, besonders wenn ich davon anfange, daß ich ins Village ziehen will. Sie will mich einfach nicht weglassen.« Ich schaute auf die Uhr. »Oh Mann, ich komme noch zu spät zur Vorlesung.« Ich streckte ihm die Hand hin. »War nett, deine Bekanntschaft zu machen.« Ich lachte. »Ich weiß gar nicht, wie du heißt.«

»Ed Fancher«, sagte er. »Und du?«

Ich schnappte meine Bücher. »Adele Morales.«

»Hör mal, könnte ich dich irgendwann anrufen?« fragte er. »Vielleicht könnten wir zusammen ins Kino gehen oder sonstwohin?«

Ich war sehr angetan, versuchte jedoch, cool zu wirken: »Doch, ich hätte schon Lust.«

Wir plauderten noch ein Weilchen, und als wir uns verabschiedeten, hatte er meine Telefonnummer und ich die Hoffnung, daß er mich anrufen würde.

Kapitel 2

Ungefähr eine Woche nach dieser ersten Begegnung mit Ed Fancher ging ich mit einer Freundin zu einer Volkstanzveranstaltung der New School. Wir holten uns eine Cola und setzten uns an einen Ecktisch. Die Tanzfläche, auf der sich Pärchen zu einer heißen Polka im Kreise drehten, war klein und überfüllt. Ich klopfte mit den Füßen den Takt und suchte mit den Augen den Raum nach einem annehmbaren Partner ab. Ich hatte noch nichts von Ed gehört und hoffte, daß er auch da sein würde. Ein Mann in einer schwarzen Fliegerjacke, einem Karohemd und groben Arbeitshosen steuerte schnurstracks auf unseren Tisch zu und forderte mich mit einer höflichen kleinen Verbeugung zum Tanz auf.

»Ich bin gerade erst gekommen,« sagte er und zog seine Jacke aus, »ich wollte dich holen, bevor es ein anderer tut.«

Er sah gut aus, wie ein Filmstar vom dunklen Typ, klein und stämmig, nicht dick, aber stabil, mit einem kräftigen Körper und breiten Schultern. Er hatte ein sehr klares Gesicht, schwarzes Haar, graue Augen und einen schön geschnittenen Mund.

Ohne sich vorzustellen und ohne mich nach meinem Namen zu fragen, zog er mich mit einem lauten Cowboy-Jodler vom Stuhl und umfaßte meine Taille. Ich winkte noch kurz meiner Freundin zu, und schon galoppierten wir davon. Er tanzte wie ein Wilder und wirbelte mich so schnell durch den Raum, daß meine Füße kaum noch den Boden berührten, aber ich hatte keine Mühe, mit ihm mitzuhalten.

»Ich bin Jack«, sagte er laut, um den Lärm zu übertönen. »Laß uns irgendwo hingehen, wo es ruhiger ist.«

Ich nickte, denn ich hatte allmählich genug von der Polka. »Ich heiße Adele/du sprichst mir aus der Seele.«

Er lachte. »Bist du vielleicht eine Dichterin?«

»Ja, doch ich wußte nicht, daß ich eine bin«, erwiderte ich.

Wir lachten beide, und ich mochte ihn auf Anhieb.

Ich sah mich nach meiner Freundin um; aber sie tanzte gerade. So verließen wir die Veranstaltung und machten uns auf den Weg zum San Remo in der MacDougal-Straße. Jack kannte sich im Village ebensogut aus wie ich. Er bestellte ein Bier für sich und eine Cola für mich. Nun, da wir den Lärm und den Tanzboden hinter uns gelassen hatten, mußten wir Konversation treiben.

»Wie heißt du mit Nachnamen, Jack?«

»Kerouac« antwortete er.

»Ach wirklich? Du siehst gar nicht wie ein Eskimo aus.«

Er lachte. »Wie kommst du denn darauf?«

»Weil dein Name wie ein Eskimo-Name klingt, besonders die letzten drei Buchstaben.«

»Wieviele Eskimos kennst du denn?«

»Keinen einzigen, aber ein Freund von mir hatte eine Eskimo-Freundin, die Rachel Inactook hieß.«

»Also, du liegst gar nicht so falsch. Ich bin ein Canuck.«

»Was ist ein Canuck?« fragte ich.

»Ein Frankokanadier. Und wer weiß, zum Teufel, in Nordkanada rennen schon einige Eskimos rum; vielleicht hast du sogar recht. Weißt du, ich mag diesen Namen.«

Er schnappte sich zwei Löffel, trommelte mit ihnen auf dem Tisch herum und sang dazu im Rhythmus der Schläge immer wieder die drei Namen »Kerouac, Inactook, Canuck«, als wolle er sich in Trance versetzen. Dann sprang er von seinem Sitz auf, vollführte mit schlurfenden Schritten auf dem mit Sägemehl bestreuten Fußboden einen merkwürdigen, kleinen Tanz und wiederholte dabei im selben Takt die Namen.

Oh Gott, dachte ich und sah mich in der Bar um, warum setzt dieser Verrückte sich denn nicht wieder hin. Doch wir waren im Village; die Aufführung kümmerte keinen weiter.

Endlich nahm er wieder Platz, hochzufrieden mit sich selbst. »Ich habe soeben einen Eskimotanz erfunden.«

Ohne mich zu fragen, ob ich noch eine Cola wollte, ging er sich noch ein Bier holen. Ganz schön kleinlich, dachte ich. Aber vielleicht ist er auch total abgebrannt und braucht dieses Bier wirklich. So verlor ich kein Wort darüber, daß ich auch noch durstig war. Er zog ein kleines Notizbuch aus seiner Jackentasche und begann zu schreiben. Ich saß ihm gegenüber, sah ihm zu und versuchte, den Text zu entziffern. Er ließ sich viel Zeit, und langsam ärgerte mich seine Unhöflichkeit. Ich wollte, daß er sich mit mir beschäftigte. »Mann, was schreibst du denn da?« fragte ich. »Ist es etwas über mich?«

»Nein, ich hatte nur eine Idee für mein Buch.«

»Du hast mir gar nicht erzählt, daß du Schriftsteller bist.«

»Nun, jetzt weißt du es.« Er steckte das Notizbuch in die Jackentasche zurück. Ich schaute ihn mit neuem Interesse an.

»Hast du schon etwas veröffentlicht?«

»Nein, das ist mein erster Roman, aber ich weiß, daß ihn jemand herausbringen wird, weil ich ein verdammt guter Schriftsteller bin.« Ich bewunderte seine Selbstsicherheit, beneidete ihn um seinen Glauben an sein schriftstellerisches Talent. »Du hast mir noch gar nicht deinen Nachnamen genannt«, meinte er.

»Morales.«

»Was für eine Landsmännin bist du?«

»Fragst du das im Ernst? Ich bin Spanierin, zumindest eine halbe.«

»Und was noch?«

»Peruanerin, Indianerin.« Ich hatte mich früher nie gern zu meiner indianischen Herkunft bekannt, doch im Village schien sie mich interessant zu machen. Auch Jack schien das zu faszinieren. Er beugte sich über den Tisch und nahm mein Gesicht in seine Hände. Ich schloß die Augen und wartete darauf, daß er mich küßte.

»Jetzt erkenne ich die Indianerin an deinen schrägliegenden, traurigen Augen. Du bist sehr schön, weißt du das? Wie eine exotische, tropische Blume.«

Nicht gerade originell für einen Schriftsteller, dachte ich, doch das Kompliment freute mich. Das war das letzte bißchen Aufmerksamkeit, das Jack mir schenkte. Den Rest des Abends redete er ununterbrochen von sich selbst. Unter anderem erzählte er mir, sein Freund Lucien Carr, den er an der Columbia-Universität kennengelernt hatte, habe einen anderen Studenten in einem Park am Riverside Drive erstochen und danach bei Jack Hilfe gesucht. Das erste, was Jack ihm riet, war, das Messer in einem Lüftungsschacht der U-Bahn verschwinden zu lassen. Das Ende der Geschichte war, daß Jack von der Polizei aufgegriffen, in den Akten als Komplize vermerkt und schließlich gegen Kaution wieder freigelassen wurde. All das hatte sich ein Jahr vor dieser unserer ersten Begegnung ereignet. Es hätte mir eine Warnung sein sollen, mich von diesem Burschen fernzuhalten, doch ich nahm es nicht ernst; es machte ihn für mich eher noch interessanter.

Jack sprach auch viel von seiner Mutter. Memére sei eine wundervolle Frau, die an sein schriftstellerisches Talent glaube. Er könne immer zu ihr nach Hause zurückgehen, wenn er pleite oder müde sei oder einen ruhigen Platz brauche, um zu sich selbst zu kommen und zu arbeiten. Sie würde für ihn waschen und unermüdlich seine Lieblingsspeisen kochen. Er sprach von ihr wie jemand, der sich endlos über die Vorzüge einer Frau ausläßt, in die er sich verliebt hat.

Inzwischen dachte ich an die lange U-Bahnfahrt nach Hause. »Jack, ich muß gehen. Es wird langsam spät.«

»Keine Sorge. Ich bring dich heim. Wo wohnst du?«

»In Brooklyn, bei meinen Eltern, aber ich hoffe, nicht mehr lange.«

»Wieso? Magst du sie nicht?«

»Doch, doch, sie sind schon in Ordnung.«

Es war so spät, ich wollte kein langes Klagelied über meine Familie anstimmen, daher sagte ich nur, Brooklyn sei zu weit von meinem Leben im Village entfernt.

Als der Sea Beach Express die Brücke erreichte, führte Jack sich auf, als hätte er sie noch nie überquert. Er war so begeistert von der Aussicht auf den Fluß, daß er von seinem Sitz aufsprang – Jack stand nie einfach auf, er flatterte förmlich in die Luft. Aufgeregt rannte er im U-Bahnwagen auf und ab, dann schaute er wieder aus dem Fenster und redete unzusammenhängend in einem Non-Stop-Stil, der mich irgendwie an Thomas Wolfe erinnerte. Ich fragte mich, ob er wohl auch so schrieb. Ich hatte gerade angefangen, Wolfe zu lesen, und fand ihn großartig.

Den ganzen Abend hatte Jack ziemlich gelassen gewirkt, doch jetzt war er wie ausgewechselt. Hatte er irgend etwas genommen, ohne daß ich es sah? Die Leute starrten ihn an, und sein Verhalten war mir peinlich. Aber ich sah den Fluß wirklich plötzlich mit ganz neuen Augen. Da ich ihn jeden Tag überqueren mußte, hatte ich die herrliche Aussicht gar nicht mehr wahrgenommen. Jack brachte sogar ein paar Passagiere dazu, von ihrer Zeitung aufzublicken und zum Fenster hinauszuschauen.

Er begleitete mich durch die dunkle, ruhige, von Bäumen gesäumte Straße bis vor die Haustür. »Oh je, wo zum Teufel bin ich denn hier?« Es war spät, und seine poetische Stimmung war verflogen. »Ich werde nie heimfinden.«

»Ich glaube auch nicht, Jack.«

Er lachte. »Nun, wenn das so ist, kann ich dann noch auf eine Tasse Kaffee reinkommen?«

»Um Himmels willen, nein, Jack. Sie schlafen schon alle.« Zu seinem Glück, dachte ich. Er gab mir einen Gutenachtkuß, und ich beschloß, mich wieder mit ihm zu treffen.

»Ich ruf' dich an«, sagte er. »Übrigens, mir gefällt Brooklyn.«

Ich lachte. »Klar, du mußt ja auch nicht hier leben.«

Er rief tatsächlich an und lud mich zu einem Vortrag an der New School ein. Er sagte, er würde mir sein Manuskript von *The Town and the City* mitbringen. Ich wäre die erste Frau, die es zu lesen bekäme. Vor seiner Mutter? dachte ich. Ob es nun stimmte oder nicht, ich war jedenfalls geschmeichelt und aufgeregt, weil ich diesen seltsamen jungen Mann wiedersehen würde.

Nach dem Vortrag nahm ich das Manuskript mit nach Hause. Mama sah mich lesen. »Wo hast du das her?«

»Von einem Freund. Es ist sein erster Roman.«

Sie blätterte darin herum. Nach drei Minuten stand ihr Urteil fest: »Ein Dickens ist er nicht.« Sie gab mir das Manuskript zurück. »Ein Schriftsteller, das fehlt dir gerade noch; du wirst für den Rest deines Lebens in Armut leben. Macht er noch etwas anderes?«

»Er ist Matrose bei der Handelsmarine.«

»Ach du lieber Gott, schon wieder so einer; es wird immer schlimmer. Übrigens hat Louis Scalia angerufen. Willst du dich denn nicht mehr mit ihm treffen? Er ist so nett und wohlerzogen, und er hat eine gute Stelle.«

»Mama, nennst du einen Job als Zementmischer eine gute Stelle?«

»Aber er ist verrückt nach dir.«

»Mama, er langweilt mich. Er ist ein Trottel.«

»Zumindest ist er ein netter Trottel und noch dazu ein Ex-Marine.«

»Wen interessiert das schon; laß mich doch in Ruhe«, sagte ich gereizt und ging zu Bett.

Jack schrieb nicht schlecht, mit einem lyrischen Gefühl für Sprache, doch stellenweise ging mir seine geschwollene Prosa auf die Nerven. Thomas Wolfe mochte sein Vorbild sein, aber er hätte sich auch mal hinsetzen und mit Hemingway einen trinken sollen. Jack hatte an der Columbia-Universität Football gespielt, und die Passagen, in denen er das Spiel beschrieb, waren für mich die besten im ganzen Buch. Daß ich freiwillig etwas über Football las, wo ich diesen Sport doch so haßte, war ein echtes Kompliment an ihn.

Ein paar Tage später trafen wir uns im San Remo. »Nun, was hältst du davon?« fragte er.

Ich nahm mir vor, so ehrlich wie möglich zu sein. »Es ist ein guter erster Versuch, Jack.« Mir gefiel diese Redewendung, die ich irgendwo aufgeschnappt hatte, doch aus meinem Mund klang sie herablassend. Ich fuhr fort, daß das meiste mich gelangweilt habe, und war so damit beschäftigt, meinen eigenen Worten zu lauschen, daß ich gar nicht merkte, wie sein Gesicht sich verfinsterte.

Schließlich knallte er seinen Bierkrug so heftig auf den Tisch, daß der Henkel abbrach. »Du kannst mich mal«, fauchte er. »Was verstehst du denn schon davon. Allen Ginsberg hält es für einen großartigen Roman.«

»Wer ist Allen Ginsberg?«

»Nur der größte Dichter der Welt.«

»Du bist ein schlechter Verlierer, Jack. Du kannst keine Kritik vertragen.«

»Und du bist ein Miststück.« Schon war er vom Tisch aufgesprungen und aus der Tür, ohne die Zeche zu bezahlen.

Ich fühlte mich mies. Vielleicht hätte ich lügen sollen, doch die Worte wären mir im Hals steckengeblieben. Ich war kurz versucht, ihm nachzulaufen und mich zu entschuldigen. Aber wofür denn eigentlich entschuldigen? Ich habe schließlich nicht behauptet, das ganze Buch wäre uninteressant. Jedenfalls hätte er mich nicht ein Miststück nennen dürfen. Egal, ich renn' ihm nicht hinterher. Er wird schon drüber wegkommen.

Zwei Wochen verstrichen, ohne daß ich etwas von ihm hörte. Ich war eingebildet genug, zu glauben, daß nicht sein verletzter Stolz ihn davon abhielt, mich anzurufen, sondern daß er wieder auf See war.

Allerdings hockte ich auch nicht neben dem Telefon, da ich mich inzwischen öfters mit Ed Fancher traf. Ein paar Verabredungen und ein paar Küsse – mehr war nicht zwischen Jack und mir gewesen.

Er hatte zwar behauptet, in mich verliebt zu sein, aber wir kannten uns ja kaum. Ob es stimmte oder nicht, es hatte meiner Eitelkeit geschmeichelt. Vielleicht sagte ich sogar dasselbe zu ihm. Ich weiß es nicht mehr. Er hatte sich nicht wirklich um mich bemüht, und ich hatte das Gefühl, daß er Angst hatte, sich auf eine leidenschaftliche Beziehung mit mir einzulassen. Seine egozentrische Art langweilte mich. Ich sah in ihm einen unschuldigen Träumer, der krampfhaft versuchte, »hip« zu sein, aber im Grunde einfach ein netter Kerl war. So jung ich auch war, erkannte ich doch sein Talent. Aber vom Leben hatte ich meine eigenen Vorstellungen, da interessierte mich seine Vision ebensowenig wie seine überhitzte Prosa.

Kapitel 3

Meine Beziehung zu Ed Fancher wurde immer enger, und es sollten Jahre vergehen, bevor ich Jack wiedersah. Ed war meine erste große Liebe.

Zum ersten Mal schlief ich mit Ed in seinem Zimmer in der Elften Straße. Ich mußte auf Zehenspitzen die fünf Treppen hinaufschleichen, da seine Vermieterin keinen Damenbesuch duldete. Ich hatte Vertrauen zu Ed und war fest entschlossen, mich ihm zu schenken. Bei diesem ersten Mal gab ich mich ihm hin, ohne auf die Schmerzen zu achten; ich wollte nur mit ihm kommen, ihn in mir spüren. Er war wundervoll, geduldig und verständnisvoll. Hinterher nahm er mich in die Arme und sagte mir, wie schön es gewesen sei. Noch mehr als Sex brauchte ich Zärtlichkeit, und Ed war sehr zärtlich.

Danach betrachtete ich mich ohne Scham im Spiegel; mir gefiel, was ich sah: eine verliebte Frau, die gerade ihre Jungfräulichkeit hingegeben hatte, leidenschaftlich und vorbehaltlos. Ich betrachtete meinen Mund, den Ed mit den Fingern nachgefahren war; ich liebte seine Form und das Vergnügen, das er Ed bereitete.

Wir sahen uns, so oft wir konnten, ohne daß meine Mutter Verdacht schöpfte. Sie wußte zwar, daß ich mich mit Ed traf, doch sie hatte keine Ahnung, wie ernst es war. Gewöhnlich trafen wir uns in der Waldorf-Cafeteria an der Ecke Sechste Avenue/Achte Straße. Das Waldorf war in gewisser Weise das erste Café im Village, vor dem Rienzi. Für meine beste Freundin Sylvia Roseni und mich war es damals unser Stammlokal.

Sylvia war Künstlerin und hockte immer mit ein paar

kommunistischen Freunden im Waldorf herum, das ein Treffpunkt für Maler, Möchtegernmaler, Schriftsteller und Intellektuelle aller Art war, wo sie über einer billigen Tasse Kaffee stundenlange Streitgespräche führen konnten.

Eines Tages hörte meine Mutter mich telefonieren. »Gut, ich seh' dich dann im Waldorf, Ed.«

»Also, der Junge muß ja Geld haben, wenn er dich ins Waldorf-Astoria ausführt. Was wirst du denn anziehen, Süße?«

»Mama, ich geh' nicht ins Waldorf-Astoria, sondern in die Waldorf-Cafeteria.«

Sie war enttäuscht. »Das hätte ich mir denken können. Er ist ein Knicker.«

Ed half mir, ein paar grundlegende Veränderungen in meinem Leben vorzunehmen. Er besorgte mir mein erstes Diaphragma und suchte meinen ersten Therapeuten aus – Dr. Gotthard Booth. Und er fand sogar eine Wohnung für mich, in der es zwar kein warmes Wasser gab, die dafür jedoch nur sechzehn Dollar im Monat kostete. Da ich bei Gimbels fünfunddreißig die Woche verdiente, konnte ich sie mir leisten, wenn ich sparsam war.

Seit ich in Ed verliebt war, fand ich es zu Hause noch unerträglicher. Ich verstand mich nicht mehr mit meiner kleinen Schwester und meinem Vater und mit meiner Mutter schon gar nicht. In meiner Verzweiflung bat ich sie, mit Dr. Booth zu sprechen, in der Hoffnung, daß es ihm vielleicht gelingen würde, sie davon zu überzeugen, daß ein Auszug das Richtige für mich sei. Sie wollte ihn zuerst nicht sehen, da sie ihn bereits haßte, ohne ihn zu kennen, doch ich drohte, bettelte und bearbeitete sie so lange, bis sie nachgab.

Vor ihrem Termin mit Dr. Booth machte sie sich schick und fragte mich, ob sie so gehen könne. Sie hatte sich das Haar ondulieren lassen und war zur Maniküre gegangen. Meine Mutter war stolz auf ihre langen, rotlackierten Fingernägel und tadelte mich immer, weil meine ganz abgenagt waren. Sie trug ihr hübschestes Kleid, einen Turban im Stil von Gloria Swanson, ihre schwarzen Schuhe mit den Fesselriemchen und ihre Lieblingsanstecknadel mit der Kamee.

»Du siehst gut aus, Mama, aber deine Talisman-Armreifen passen nicht zu den übrigen Sachen. Nimm sie lieber ab.«

»Kommt nicht in Frage. Wo ich hingehe, werden sie auch hingehen.«

Ich lachte. »Soll das Shakespeare sein?«

»Natürlich, erkennst du das nicht?« Gestärkt mit ein paar Gläschen Whiskey war sie bereit, sich auf feindliches Gebiet zu begeben.

Ich konnte ihre Rückkehr kaum erwarten, doch als ich dann ihr Gesicht sah, wußte ich gleich, daß es nicht funktioniert hatte. »Also, ich hab' diesem froschgesichtigen Nazi mal gründlich die Meinung gesagt! Zehn Dollar hat mich das gekostet! Gotthard? Ich möchte wetten, ha, ha.«

Trotz dieses Fehlschlags war ich fest entschlossen, mein Elternhaus zu verlassen. Ich würde die Wohnung anmieten, die Ed für mich gefunden hatte, und meiner Mutter erst einen Tag vor meinem Auszug Bescheid sagen. Als der Augenblick gekommen war, holte ich tief Luft.

»Mutter, ich ziehe aus, ob du es mir erlaubst oder nicht. Ich möchte Künstlerin werden, und dazu muß ich allein leben.«

Sie paffte an ihrer Zigarette und blies mir Rauch ins Gesicht. Auf ein neues, dachte ich. »Du meinst wohl, daß du am Ende doch deinen Willen durchsetzen kannst?« Ich sah ihr an, daß sie gleich wieder einen dieser Wutanfälle bekommen würde, vor denen ich mich als Kind so gefürchtet hatte. Erst Jahre später begriff ich, daß es ihr Alkoholkonsum war, der sie so leicht die Beherrschung verlieren ließ.

»Aber da irrst du dich. Wo ist es? Verdammt noch mal, sag' es mir gefälligst.«

»Ich kann nicht, Mama, noch nicht. Ich verspreche dir, ich rufe dich an, sobald ich mich eingerichtet habe.«

»Eingerichtet,« schrie sie, »eingerichtet!« Sie griff nach einem Teller und schmetterte ihn an die Wand. »Daß ich nicht lache. Das einzige Dreckloch, in dem du dich einrichten wirst, ist dein eigenes Zimmer. Du bist gar nicht fähig, allein zu leben. Du bist so verdammt naiv. Und weißt du was? Du hast noch gar nicht das gesetzliche Mindestalter, also vergiß es.« Inzwischen kreischte sie hysterisch. »Warte nur, bis dein Vater nach Hause kommt. Er wird dich einsperren.« Das Kreischen ging in Schluchzer über, und ihre Hände zitterten, als sie sich noch eine Zigarette anzündete. »Du und die Flittchen deines Vaters; ihr treibt mich noch zum Wahnsinn.«

Das kommt noch dazu, dachte ich. Ich werde nicht mehr auf einem Vulkan leben müssen. Wie sie an ihrer Zigarette pafft, dabei hat sie noch nicht einmal die letzte zu Ende geraucht. Wo hat sie bloß die andere Kippe gelassen? Vielleicht brennt sie das Haus nieder, dann hätte sich das Problem erledigt.

Hemmungslos schluchzend fegte sie die Scherben auf. Sie tat mir leid, und plötzlich fing ich auch zu heulen an. »Mama, bitte wein' doch nicht. Es ist nicht so, daß ich dich nicht liebe, aber du mußt mich einfach gehen lassen. Ich werde schon zurechtkommen.«

Sie wischte sich mit der Schürze über die Augen und schneuzte sich die Nase. Dann blickte sie mich mit versteinerter Miene an: »Nun ist Joanie die einzige Tochter, die mir noch bleibt.«

Am darauffolgenden Nachmittag packte ich: einen Koffer, meinen tragbaren Plattenspieler, den mir meine Eltern zu Weihnachten geschenkt hatten, meine Plattensammlung – Aufnahmen von Glenn Miller und Harry James, die mir größtenteils mein Vater mitgebracht hatte, und meine Mozart- und Bach-Konzerte –, meine Farben und meine Staffelei, meine Rollschuhe und einen kleinen Chintz-Sessel aus meinem Schlafzimmer. Zum Schluß setzte ich Teddy, meinen schönen Perserkater, in seine Transportkiste. An diesem Tag trug ich meine Village-Uniform, Arbeitshosen, eine mexikanische Bauernbluse und mein neues Diaphragma. Ed hatte versprochen, mich und meine Sachen mit seinem Lieferwagen abzuholen.

Er betrieb nebenher ein kleines Transportunternehmen, obwohl sein Vater als Teilhaber der Telefongesellschaft von Middletown, New York, über ein stattliches Einkommen verfügte. Das erfuhr ich allerdings erst später. Ich dachte lange Zeit, Ed sei ein armer Student, der sich wie ich irgendwie durchschlagen müsse; daher teilte ich bereitwillig alle Unkosten mit ihm und zahlte meine Kinokarten und meinen Anteil an unseren sonntäglichen Lammessen selbst.

Ed hatte meine Familie noch nicht kennengelernt, und ich hatte ihn auf das Schlimmste vorbereitet, obwohl ich immer noch hoffte, sie würde sich wie durch ein Wunder ausnahmsweise einmal manierlich benehmen. Ich wollte es einfach rasch hinter mich bringen. Nicht genug, daß ich mich mit meinen Eltern auseinanderzusetzen hatte; meine Großeltern waren auch noch da. Was für eine Szene!

Meine Großmutter betete auf den Knien für mich: »Aye, aye, aye, Dios mío. Qué pasa con este, muchacha, me aguelita. Vas a volver una puta y romper el corazón de tu madre. Ave María Sanctíssima«, klagte sie und bekreuzigte sich.

Sie sagte, ich würde eine Hure werden und meiner Mutter das Herz brechen. Es machte mich wütend, daß alle Bedenken meiner Familie mit Sex zu tun hatten, anstatt daß sie sich sorgten, ob ich in der Lage sein würde, meinen Lebensunterhalt zu bestreiten. Sie befürchteten nur, ich könnte eine Hure werden und, Gott bewahre, auch noch Vergnügen daran finden. So eine Heuchlerbande, dachte ich. »Bitte, Großmama, steh auf. Du machst alles nur noch schlimmer.«

Meine Mutter hatte sich einen Krug Martinis gemixt und schritt mit dem Glas in der Hand in der Wohnung auf und ab. »Du kannst diese Sachen gleich wieder zurückschaffen, denn du wirst nicht gehen.«

»Doch, das werde ich. Dr. Booth sagt ...«

Sie fiel mir ins Wort. »Hüte dich, mir gegenüber den Namen dieses Nazis zu erwähnen. Es ist nur seine Schuld, daß mein Baby das Nest verläßt. Ich werde ihn verklagen.«

»Mama, mit Dr. Booth hat das nichts zu tun. Ich habe meinen eigenen Kopf. Außerdem lieben Ed und ich einander.«

Sie drehte das Gesicht zur Wand: »Hört, hört, sie ist verliebt. Ist das nicht süß?« Dann blickte sie mich wieder an. »Du wirst schon noch herausfinden, wie das mit der Liebe ist. Dieser Taugenichts Ed ist an allem schuld.« Sie hatte offenbar schon vergessen, daß sie soeben Dr. Booth für alles verantwortlich gemacht hatte.

»Entscheide dich, Mama, wer soll schuld sein?« Inzwischen war Ed mit seinem Lieferwagen eingetroffen. Es war ein Riesenspektakel, an dem sich alle beteiligten – meine Mutter, meine Schwester Joanie, Papa und sogar Großvater, der, wie sich zu meiner Überraschung herausstellte, die Sache so sah wie ich.

Schließlich hatten wir alles aufgeladen und fuhren davon. Ich schaute zum Haus zurück, bis es außer Sichtweite war. Dann überfielen mich wieder meine Zweifel. Mache ich einen Fehler? Was ist, wenn ich meinen Job verliere, wenn ich die Miete nicht mehr bezahlen kann oder wenn wir uns trennen? Ich würde Ed nach dieser Szene nie die Schuld geben. Ich bin nicht wie meine Familie, dachte ich. Ich bin anders. Er legte den Arm um mich, und wie immer wirkte seine zuverlässige Art beruhigend auf mich.

»Du wirst dich dort wohlfühlen, Liebling. Du bist doch bei mir.« Ich schmiegte mich an ihn. »Sie sind wirklich leicht erregbar«, sagte er.

Ich lachte. »Leicht erregbar? Sie sind verrückt.«

»Jedenfalls verstehe ich jetzt, warum du ausziehen mußtest, und ich bin stolz auf dich, Delski.« Als wir die Brücke überquerten, wußte ich, daß es ein Abschied für immer war, daß kein Weg zurückführte. Doch Ed war ja da, und wir liebten einander. Ich konnte für mich selbst sorgen, und natürlich würde auch Ed sich um mich kümmern.

An diesem Abend hockte ich in meiner Drei-Zimmer-Wohnung zwischen meinen paar Habseligkeiten, die hier ganz verloren wirkten. Teddy lag warm und tröstlich auf meinem Schoß. Ich hatte meiner kleinen Schwester gegenüber ein schlechtes Gewissen, weil ich ihn einfach mitgenommen hatte, doch schließlich lebte ich nun allein und brauchte ihn. Er gab ein hungriges Miau von sich. Auch er spürte die Fremdheit.

Ich schaute mich in den schmuddeligen Räumen um. »Diese ganze Wohnung gehört mir allein, Teddy, und ich kann tun und lassen, was mir gefällt.«

Es machte mir Spaß, mir zu überlegen, wie ich sie herrichten würde. Gut, es gab kein warmes Wasser, weil Frost herrschte. »Ich werde mir morgen einen Kerosinofen kaufen müssen.« Ich mußte pinkeln, und da erinnerte ich mich wieder: »Oh je, das verdammte Klo ist im Flur.« Es war ein düsteres Loch, und das Bad war dreckig. »Igitt, wie viele Leute es wohl benutzen? Na ja, ich werde es morgen putzen und von nun an vor dem Schlafengehen kein Wasser mehr trinken.«

Ich probierte den Herd aus. Er war alt, aber er funktionierte.

Mama bekäme bestimmt einen Anfall, wenn sie diese Riesenbadewanne in der Küche sehen würde – es war so ein altmodisches Modell mit Klauenfüßen –, doch ich war begeistert. So konnte ich gleichzeitig essen und baden. Das Schlafzimmer meiner Nachbarn war keine zwei Meter entfernt, nur durch einen mit Müll übersäten Hof von meinem getrennt.

Nebenan stritt sich ein Paar heftig miteinander.

Ich knallte das Fenster zu, konnte sie aber immer noch hören. Oh mein Gott, was mach' ich bloß? Muß ich mir das nun die ganze Zeit mitanhören? Da hätte ich ja ebensogut zuhause bleiben können. Ein paar Minuten später war Ruhe. Entweder sie waren weggegangen oder er hatte sie umgebracht. Was soll's, dachte ich, ich werd' ja sowieso die meiste Zeit bei Ed drüben sein. Aber ich war trotzdem deprimiert, die Wohnung sah auf einmal unglaublich trübselig aus. Selbst die Badewanne in der Küche hatte ihren Reiz verloren.

Das einzige Geräusch war nun das Ticken der Uhr auf dem Fußboden. Ich seufzte. Sieben Uhr. Jetzt sitzen sie gerade beim Abendessen. Ich dachte an meine Mutter, wie sie weinend in der Türöffnung gestanden hatte; dann fiel mir wieder ein, daß sie meine Staffelei wie ein Stück Sperrmüll hinausgeworfen hatte. »Die können mich mal«, sagte ich. »Es ist mir gleich, ob ich sie je wiedersehe. Komm, Teddy, wir gehen rüber zu Ed.«

Ich stieg die zwei Treppen zum Dach hinauf und lief über das Verbindungsgebäude hinüber zu Eds Wohnung. Zum ersten Mal konnte ich über Nacht bleiben und ihm morgens Frühstück machen. Bei ihm war ich wieder glücklich. Er war so zärtlich, und ich liebte ihn so sehr. Alles würde gut werden, und morgen würde ich anfangen, meine Wohnung herzurichten.

Kapitel 4

Eines Abends nach der Arbeit traf ich mich mit Ed im San Remo in der MacDougal-Straße, einem Treffpunkt für Künstler, Träumer und Trinker. Heute wollte er mir seinen besten Freund Dan Wolf vorstellen, und anschließend würden wir zum Abendessen ins La Bilbaina gehen, ein reizendes, kleines, spanisches Restaurant in der Vierzehnten Straße, in dem das Essen reichlich und billig war; es gab sogar eine Dessertkarte, und für zwei Dollar konnte man eine Mahlzeit mit drei Gängen bekommen.

Dan traf ein, und ich schüttelte einem sehr schmalen, dunklen, jungen Mann die Hand, in dessen Gesicht schwer zu lesen war. Wir mochten uns auf Anhieb. Dan war ein Intellektueller, im besten Sinne des Wortes; ich schätzte bald seinen sarkastischen Humor, der sich oft gegen ihn selbst richtete. Er war ein einfühlsamer Zuhörer, der mir das Gefühl gab, es sei wichtig, was ich zu sagen hatte. Dan haßte Getue; ich glaube, er erkannte instinktiv, wie ich wirklich war, und ich spürte, daß er ein besonderer Mensch war.

Wir kannten eine Menge intelligente, redegewandte Leute, und oft entspannten sich interessante Diskussionen, doch ich war schüchtern und unsicher und brachte nur selten eigene Vorstellungen zum Ausdruck, sofern ich welche hatte. Ich hörte Namen, die ich nicht kannte – Philip Wylie, der *Generation of Vipers* geschrieben hatte, Nietzsche, Schopenhauer, Kant, Kafka, Sartre, Aldous Huxley, Theodore Reik und endlos viele andere. Nur wenn sie über Maler diskutierten, ein Thema, von dem ich mehr verstand, hatte ich weniger Hemmungen.

Wenn ich mit Ed und Dan allein war, fühlte ich mich geschätzt und blühte auf. Dann konnte ich mich von meiner komischen, originellen Seite zeigen. Wir waren dicke Freunde, die gemeinsam auf Village-Parties und Vernissagen oder ins Kino gingen und sich Klassiker wie Carl Dreyers *Jeanne d'Arc* und natürlich *Die Kinder des Olymp* mit der schönen Arletty ansahen. Dan war wie ich ein unermüdlicher Läufer, und wir genossen es, sonntags durch die verlassenen Straßen um die Wall Street zu streifen.

Es war meine erste Dreiecksbeziehung, allerdings war sie nicht sexuell, oder zumindest nicht offen sexuell. Auch später hatte fast jeder Mann, in den ich mich verliebte, einen engen Freund, mit dem ich mich glücklicherweise gut verstand. Diese Freunde waren immer ein bißchen in mich verliebt, nie so sehr, daß Probleme entstanden, doch genug, um mir das Gefühl zu geben, begehrenswert zu sein.

Alles schien sich zu fügen. Ich war so glücklich wie noch nie. Inzwischen arbeitete ich nicht mehr bei Gimbels, sondern als Pappmaché-Künstlerin in einem Atelier für Werbedekoration. Der Job machte mir Spaß. Jeden Abend schälte ich mich aus meinen mit Farbe und Kleister bekleckerten Arbeitsklamotten und schlüpfte in meine Village-Uniform, zu der inzwischen auch silberne Ohrringe gehörten. Im Winter trug ich schwarze Capezios und im Sommer meine handgefertigten, griechischen Sandalen von Raymond Duncan, Isadoras Bruder, der in der MacDougal-Straße einen Laden hatte. Ich sah ihn immer durchs Village spazieren, oft mit dem Schauspieler Lionel Stander und dem Dichter und Schriftsteller Maxwell Bodenheim. Er trug stets eine fließende, weiße Toga und ein silbernes Band um sein schulterlanges, weißes Haar, im Sommer wie im Winter.

Eines Morgens, als ich zur Arbeit kam, war ein neues Mädchen da, eine Schauspielerin und Malerin namens Emily

Stevens. Wir wurden Freundinnen, und sie lud mich in ihre bescheidene Wohnung ein, um mir ihren Mitbewohner José Quintero vorzustellen, einen großen, stattlichen Mann aus Panama mit schönen dunklen Augen, die einen aus einer tiefen, schmerzvollen Vergangenheit heraus anblickten, und einem Lächeln, das sein ganzes Gesicht aufleuchten ließ. Er war sehr zurückhaltend und strahlte eine innere Vornehmheit aus, als stammte er aus einer alten Adelsfamilie.

Er teilte Emilys Leidenschaft fürs Theater und sprach gut Englisch, allerdings mit einem starken spanischen Akzent, da er erst seit ein paar Jahren in New York lebte. Ich versuchte mich auf Spanisch mit ihm zu unterhalten. Meine Aussprache war gut, doch mein Vokabular leider äußerst begrenzt.

Bevor ich ging, überreichte er mir ein kleines Geschenk, eine dieser alten Siebzehn-Zentimeter-Schallplatten. Es war eine Aufnahme von einem in Lateinamerika sehr bekannten Lied mit dem Titel »Adelita«. Er legte die Platte auf, tanzte mit mir eine Méringue und sang dabei den Text. Ich erinnere mich nur noch an die erste Zeile: »Adelita, con quien se fueron… Adelita, mit wem bist du durchgebrannt?«

Ich lachte und ging darauf ein: »Mit wem wohl, mit José natürlich.«

Ich wußte, daß Ed sich mit Emily und José ebenfalls gut verstehen würde; so lud ich die beiden zusammen mit anderen Künstlerfreunden, die ich ihm vorstellen wollte, zu einer Party in seiner Wohnung ein.

Ich erbot mich, für das Essen zu sorgen, obwohl ich keine sehr gute Köchin war; es fehlte mir noch an Erfahrung. Natürlich war ich nervös. Fisch war billig, so entschied ich mich für Flunderfilets, die ich mit Cornflakes panierte und in einen Topf mit geschmolzenem Schweineschmalz warf. Im selben Fett fritierte ich später Bananen, die ich als Beilage servieren wollte, doch das war ein Fehler, denn sie schmeckten nach Fisch. Ich befürchtete, die Menge würde nicht ausreichen, deshalb kochte ich noch ein Chiligericht, das so scharf war, daß einem die Luft wegblieb.

Das Essen war miserabel, doch es war genug Wein zum Nachspülen da, so daß es die Party nicht verdarb. Niemand betrank sich oder nahm Drogen. Es war eine heitere Gesellschaft aus Künstlern, Intellektuellen und ein paar amüsanten Müßiggängern. Wir alle waren damals hungrig nach Leben, nach Ideen und neuen Eindrücken. Der Höhepunkt der Party war Josés wundervolle Lesung auf Spanisch von García Lorcas Gedicht »En el Cinco de la Tarde« über Spaniens berühmtesten Stierkämpfer Manolete, der um fünf Uhr nachmittags in der Arena von den Hörnern eines Stieres tödlich verletzt worden war.

Das Gedicht hatte für mich eine besondere Bedeutung. Mit siebzehn war ich mit meiner Familie in die peruanische Hauptstadt Lima gereist, um Verwandte zu besuchen. Dort sah ich zum ersten Mal einen Stierkampf und verfolgte das Spektakel mit leidenschaftlicher Anteilnahme. Wir hatten Glück, denn an diesem Tag kämpfte der große Manolete, und ich weiß noch, wie ich mit der Menge begeistert Olé rief, während er einen brillanten Stoß nach dem anderen führte.

Zu dieser Zeit, oder kurz danach, inszenierte José Quintero in einem kleinen Theater in Woodstock, New York, Tennessee Williams' *Summer and Smoke* mit einer unbekannten Schauspielerin namens Geraldine Page. Er bat Ed, Teile der Bühnenausstattung in die Provinz zu transportieren. Meine Freundin Emily und ich begleiteten ihn, malten an den Kulissen mit und fertigten Pappmaché-Bäume an. Später eröffnete José zusammen mit seinem Freund Ted Mann, einem Anwalt, das Village-Theater Circle in the Square.

Damals konnte keiner von uns ahnen, auch José selbst nicht, daß er es eines Tages zu *dem* Regisseur der Werke Eugene O'Neills bringen würde.

Kapitel 5

Die meisten Nächte verbrachte ich zwar bei Ed, doch ich behielt meine Wohnung. Eine Freundin, die eine Bleibe suchte, zog bei mir ein, und wir teilten uns die Miete. So zahlte jede von uns nur acht Dollar im Monat für eine Drei-Zimmer-Wohnung! Auch sie lebte mehr oder weniger bei ihrem Freund, so daß ich sie selten antraf, wenn ich mal in unserer Wohnung übernachtete. Wir hielten nur über Zettel Kontakt, die wir uns schrieben und an die Tür hefteten.

Diese erste Zeit mit Ed war sehr glücklich. Es war meine erste leidenschaftliche Liebesaffäre, und wir konnten nicht genug voneinander bekommen. Für mich war er ein wundervoller Mann, im Bett und auch sonst, doch schließlich hatte ich ja auch noch keinen anderen gehabt.

Zwar gab es viele attraktive GIs an der New School, und weil ich so gerne flirtete, geriet ich manchmal schon in Versuchung. Doch lieben hieß für mich treu sein. Mein Vater war ein ziemlicher Schwerenöter gewesen, und ich hatte gesehen, wie sich das auf meine Familie ausgewirkt hatte. So ein Verhalten kam für mich nicht in Frage.

Ich sagte Ed immer wieder, wie sehr ich ihn liebte, doch es dauerte Monate, bis er diese Worte ebenfalls über die Lippen brachte, obwohl ich nie daran zweifelte, daß er meine Liebe erwiderte. Als der sture Kerl sich endlich dazu durchrang, das auch auszusprechen, gingen wir aus und feierten. Wir hatten eine intensive Beziehung, und wie alle, die sich lieben, stritten wir uns gelegentlich, jedoch nicht ernsthaft, zumindest damals noch nicht.

Eds ruhige, vernünftige Art glich meinen nervösen, oder

sollte ich sagen: hysterischen Charakter aus. Ich war aufbrausend und brauchte Dramatik, und wie meine Lieblingsheldin Carmen schwang ich die Hüften, schrie und warf mit irgendwelchen Gegenständen – gewöhnlich nach Ed –, doch hinterher lachten wir beide darüber. Und natürlich war die Liebe nach einem Streit immer besonders prickelnd.

Ich wußte, daß es zwischen uns ernst war, als er mit mir nach Middletown fahren wollte, um mich seinen Eltern und seinen Schwestern Ginny und Cynthia vorzustellen. Ich war ziemlich aufgeregt, doch er drückte mich an sich und beruhigte mich: »Du wirst dich bei ihnen wohlfühlen, Delski. Sie werden dich mögen.«

So fuhren wir in seinem klapprigen Lieferwagen los. Er trug seinen ausgebeulten Army-Kampfanzug und ich meine sauberste Arbeitshose, eine buntkarierte Bluse statt meines Jeanshemds und meine neuen Schuhe mit den Pfennigabsätzen.

Wir hielten vor einem Gebäude, das wie eine Kulisse aus den Andy-Hardy-Filmen der vierziger Jahre aussah, mit denen ich großgeworden war. Als Kind hatte ich davon geträumt, in einer schmucken, weißen, viktorianischen Villa mit einem Kuppeldach und einer Veranda davor zu leben, die von einem weißen Lattenzaun umgeben war und an einer von alten Ulmen gesäumten Straße lag.

Genau das sah ich nun vor mir. Ich behielt mein Erstaunen und Entzücken nicht für mich und beneidete Ed darum, in so einer Umgebung aufgewachsen zu sein. Als seine Eltern mich begrüßten, wußten sie nicht so recht, was sie von mir halten sollten; ich stammte so offensichtlich aus ganz anderen Verhältnissen. Doch sie akzeptierten mich, weil ich Eds Freundin war – eine schwarze Dahlie in einem Gänseblümchenfeld.

Die Familie war unverkennbar »waspy« (gehörte der

weißen, angelsächsischen, protestantischen Oberschicht an, A. d. Ü.), doch Ed merkte man das überhaupt nicht an, und ich fragte mich, wie er es geschafft hatte, sich ihrem Einfluß zu entziehen. Das Haus war komfortabel eingerichtet, mit viel poliertem Mahagoni, einigen schönen Vitrinen mit Nippsachen und sorgfältig drapierten Schondeckchen auf allen Sesseln und dem dick gepolsterten Chintz-Sofa. Das ganze Heim strahlte Ruhe und Ordnung aus.

Wir nahmen zum Abendessen an einem Tisch Platz, den Eds Mutter mit ihrem chinesischen Porzellan gedeckt hatte, das den besonderen Anlässen vorbehalten war. Ich gab mir Mühe, gute Tischmanieren an den Tag zu legen und das Essen nicht hastig hinunterzuschlingen. Ich dachte auch daran, die Erbsen nicht mit den Fingern sondern mit einem Stück Brot auf die Gabel zu schieben. Schüchtern beantwortete ich die höflichen Fragen, die Eds Eltern dann und wann an mich richteten, doch ansonsten bestritt Ed die Unterhaltung. Ich betrachtete ihn, während er redete, und dachte, wie gut er doch aussah, wie klug er war und wie sehr ich ihn liebte. Ich begann mich wohl zu fühlen an diesem Ort, an dem er seine Kindheit verbracht hatte.

Seine Schwester Ginny, die ungefähr so alt war wie ich, und ihren durch und durch amerikanischen Freund Don fand ich sehr nett. Ich plauderte mit ihnen über meine Malerei und über das Village, jedoch nicht über meine Familie.

Eds Mutter war eine liebenswürdige Dame mit gepflegten Umgangsformen, die mit sanfter Stimme redete und immer etwas abwesend wirkte. Sie widersprach mir selten, und wenn, dann nur zaghaft, doch ich spürte den Ärger unter ihrer Krone aus schönem roten Haar. »Junior, möchtest du noch etwas Rostbraten?« fragte sie. Du meine Güte, dachte ich, war Ed denn ein Junior? Fast hätte ich laut herausgelacht.

Ed ähnelte seinem Vater, einer rundlichen Buddhafigur mit

schütterem Haar, um dessen Mundwinkel ein verstohlenes, feines Lächeln spielte, als müßte er über irgend etwas, das uns verborgen war, lachen. Er war überaus herzlich, und wenn er mit mir sprach, hatte er dasselbe Glitzern in den Augen wie sein Sohn. Er kniff mich nicht in den Hintern, doch dazu schien er durchaus in der Lage.

Die Art und Weise, wie die Familie sich miteinander unterhielt, beeindruckte mich. Sie waren so höflich zueinander, auch wenn ich eine gewisse Spannung zwischen Ed und seinem Vater zu spüren meinte. Keiner schrie; alle wirkten zufrieden. Ed klagte immer, er stamme aus einer Familie, in der Gefühle stets unterdrückt wurden. Sein Glück hätte ich haben mögen!

Als der Abend sich seinem Ende zuneigte, fragte ich mich, wo man mich wohl unterbringen würde. Ed hätte seine Familie nie mit dem Vorschlag konfrontiert, mich bei ihm schlafen zu lassen. So schlich ich mich nachts heimlich in sein Zimmer.

Von da an machten wir öfters Besuche in Middletown und verbrachten die meisten Wochenenden in einem Blockhaus, das Eds Familie im Wald baute. Ich fand es jedesmal herrlich, wenn wir mit dem Lieferwagen voller Freunde die Stadt hinter uns ließen und zu der unfertigen Waldhütte hinauftukkerten. Dort lebten wir sehr einfach, schliefen auf Feldbetten ohne Laken, nur in Armeedecken eingehüllt; ein Bad gab es auch nicht, nur ein Klohäuschen im Wald.

Jeder fühlte sich wohl. Wir lachten viel, führten interessante Gespräche und tranken nur wenig. Alle halfen kochen oder machten sich genüßlich über eine große Schüssel mit köstlichem Makkaronisalat her, die Eds Mutter oft zu unserer Wochenendverpflegung beisteuerte. Meine Töchter und ich verwenden ihr Rezept noch heute.

Ed zeltete und wanderte ebensogern wie ich. Als Kinder waren wir beide bei den Pfadfindern gewesen. Ich erinnere mich noch daran, wie Ed und ich in den Poconos den ersten Berg erklommen und wie wir uns das erste Mal in einem Schlafsack unter dem Sternenhimmel liebten. Es war einfach zauberhaft, und noch jetzt, wenn ich diese Zeilen schreibe, sehne ich mich nach diesen Tagen zurück, in denen wir jung und verliebt und in mancher Hinsicht so unschuldig waren.

Ed bereitete sich immer noch auf seinen Magister in Psychologie vor, und ich war mit meinem Job und meiner Malerei beschäftigt. Wir kannten viele Leute und hatten häufig Besuch, von Freunden, Malern, Schriftstellern, Psychologiestudenten und GIs, die schon ewig an der Uni herumhingen und mit ihren Problemen zu Papa Fancher kamen. Manchmal widmete Ed ihnen soviel Zeit und Aufmerksamkeit, daß ich eifersüchtig wurde.

»Warum schaffst du dir keine Couch an. Du praktizierst doch schon«, murrte ich dann.

Ich konnte mir nur einen Termin pro Woche bei Dr. Booth leisten, während Ed sich vier Mal die Woche auf der Couch von Dr. Berger, einem wandelnden Zombie mit verkniffenem Mund und einem starken deutschen Akzent, seiner Analyse hingab. Ich war neidisch auf die Couch. Ich mußte wie alle Angehörigen des Proletariats aufrecht dasitzen und Dr. Booth ins Gesicht sehen. Ich wollte wissen, warum ich mich nicht auch hinlegen durfte.

»Es ist besser für Sie, wenn Sie sich in einer konfrontativen Position befinden«, erklärte er. Natürlich, dachte ich, und es ist weniger Arbeit für dich. Ich machte mir einen Spaß daraus, in ausgeschnittenen Kleidern zu den Sitzungen zu erscheinen und zu beobachten, wie seine Augen zu meinem Brustansatz hinunterwanderten und gleich wieder wegblickten.

Ed und ich brachten jeden Monat insgesamt zwanzig

zermürbende Stunden damit zu, unsere Seele und unser Gewissen zu erforschen. Wir waren echte Psychofreaks, die alles und jeden analysierten. Ich sagte immer im Scherz, ich könnte eigentlich eine Praxis aufmachen. Mein Ansatz wäre einzigartig, da ich zwar nichts wüßte, die Leute aber noch als menschliche Wesen betrachtete.

Wilhelm Reich hielt eine Reihe von Vorlesungen an der New School, und Ed und Dan gingen natürlich hin. Sie luden mich ein, und ich saß zwischen ihnen, ohne viel zu verstehen, da Reich so viele Fachausdrücke benutzte.

Zu dieser Zeit waren Reichs Orgon-Akkumulatoren in Mode, und ein paar Leute im Village hatten schon welche. Dick Williams, ein guter Freund von uns, hatte sich eine solche »Energiekiste« gebaut und fragte Ed, ob er die Anleitung haben wolle. Die Kiste bestand aus wechselnden Schichten Zink und Holz und noch einigem Schnickschnack. Irgendwann gab Dick eine Orgon-Party. Ein Gast nach dem andern stieg in eine hohe Kiste, die von außen zugeschlossen wurde. Ich weiß nicht warum, doch ich machte freiwillig den Anfang und setzte mich eine halbe Stunde lang hinein – nackt bis auf BH und Slip.

Es gab nichts zu lesen. »He Jungs«, rief ich, »mir ist langweilig. Bringt mir doch eine Zeitschrift.«

»Vergiß es,« sagte Dick, »wenn du die Tür öffnest, verlierst du Orgonenergie. Konzentriere dich einfach auf deine eigenen Gedanken.« Wie gut, daß ich nicht unter Platzangst leide, dachte ich und unterdrückte einen Impuls, zu schreien.

Die halbe Stunde kam mir viel länger vor. Ich konnte im Nebenzimmer Gläser klirren und Leute lachen hören und fragte mich, ob sie mich wohl vergessen hatten. Bis jetzt spürte ich überhaupt nichts. Niemand außer Dick wußte so recht, was man eigentlich spüren sollte.

Ich klopfte an die Wand. »Ist die Zeit schon rum?« Niemand antwortete. Ich wurde allmählich nervös. Was zum Teufel machten sie denn? Vermutlich hatten sie mich gar nicht gehört. »Hey,« rief ich, »jetzt muß die Zeit doch vorbei sein.«

»Noch fünf Minuten«, antwortete Dick.

»Das ist alles Quatsch«, sagte ich, und in diesem Augenblick spürte ich ein leichtes Kribbeln in den Armen und Beinen, und mein Gesicht wurde heiß. War es meine Nervosität oder die Kiste? Ich pochte erneut gegen die Wand. »Okay, ich bin soweit. Laßt mich raus.«

»Wie war's? Wie fühlst du dich?« fragte Ed.

»Hungrig,« sagte ich, »hast du ein paar Bagels?«

Für mich gab es keinen anderen Mann als Ed, doch ich war mir nicht sicher, ob er das umgekehrt ebenso empfand. Wir lebten praktisch seit vier Jahren zusammen. Ich hatte immer noch meine Wohnung. Eigentlich wartete ich darauf, daß er mir vorschlug, sie aufzugeben und zu ihm zu ziehen. Ed hatte bereits eine kurze Ehe hinter sich, als er mich kennenlernte. Wenn er schon einmal verheiratet war, dann konnte er es doch noch einmal versuchen. Mit mir würde es sicher besser klappen. Ich wollte es, er aber nicht.

Wir begannen uns immer häufiger über Nichtigkeiten zu streiten, doch wir wußten beide, worum es bei diesen Kämpfen wirklich ging. Er hatte inzwischen mehr an der Uni zu tun, zumindest sagte er das, und es gab andere Frauen. Ich fand eine blonde Haarsträhne unter den Sofakissen und war aufgebracht, suchte jedoch nach einer harmlosen Erklärung. Schließlich hatten wir viel Besuch.

Ich wußte damals noch nicht, daß er sich hinter meinem Rücken mit einem sehr attraktiven Mädchen traf, das ich sogar kannte. Ich glaube, sie war Sozialarbeiterin oder so etwas Ähnliches. Vermutlich stammten die Haare von ihr, denn sie war blond. Das Schlimmste war, als ich unter dem Bett einen Damenslip fand, der nicht mir gehörte.

»Von wem ist der, du Scheißkerl?« Am liebsten hätte ich eine Schere genommen und den Slip und sein Gesicht zerschnitten.

»Beruhige dich, Delski. Der gehört dir«, beschwichtigte er.

»Was, zum Teufel, der soll von mir sein? Schau doch, wie groß der ist. Der gehört irgendeiner dicken, fetten, häßlichen Frau wie Sandra.« Ed wußte, wen ich meinte. Sandra war an der New School ständig um ihn herumscharwenzelt und hatte sich einfach in unseren Freundeskreis hineingedrängt; dabei war sie nicht einmal eine Künstlerin.

Eds Stimme verlor alle Wärme, die ich so liebte. Mit einem kalten Ton, den ich in den letzten Monaten recht oft gehört hatte, antwortete er: »Darüber reden wir später, Delski. Ich komme sonst zu spät zu meinem Seminar.«

»Nein, ich will jetzt darüber reden«, beharrte ich, »oder ich werde nicht mehr da sein, wenn du zurückkommst. Das ist mein Ernst.«

Ed holte tief Luft. »Delski, es klappt einfach nicht mit uns beiden. Vielleicht wäre es besser, wir würden uns eine Zeitlang nicht sehen.«

Ich stand da und fühlte mich, als hätte mir jemand einen Tritt in den Magen versetzt. Tränen schossen mir in die Augen. Sicher, wir hatten uns viel gestritten, doch ich konnte einfach nicht fassen, daß das sein Fazit sein sollte. »Ich dachte, du liebst mich!« Es folgten seine üblichen Rationalisierungen.

»Das tue ich auch noch,« sagte er, »du weißt ja, wie ich daran gearbeitet habe, meine ödipale Fixierung und meine Bindungsangst zu überwinden.«

Mein Schmerz schlug in Wut um. »Und deine anale Retention nicht zu vergessen! Du und dein Jargon! Der langweilt mich tödlich. Red' endlich mal Klartext. Wenn man jemanden liebt, dann heiratet man ihn und vögelt nicht herum. Ich hab' das nie gemacht, doch täusch' dich nicht, Ed.

Du ahnst ja gar nicht, wieviele Männer ich hätte haben können, ein paar sogenannte Kumpels von dir eingeschlossen. Doch für die treue kleine Adele kam das ja nicht in Frage.«

»Wen denn zum Beispiel?«

Ich grinste höhnisch. »Das möchtest du wohl gerne wissen, was? Weißt du, was dein Problem ist, Ed? Du bist innerlich tot. Du bist unfähig, irgend etwas zu empfinden, doch anderen etwas vormachen, das kannst du gut.« Ich geriet richtig in Fahrt. »Meine Güte, seit sechs Jahren rennst du zum selben Psychiater und legst dich auf diese verdammte Couch. Über was, zum Teufel, redest du eigentlich viermal die Woche? Über Einsteins Relativitätstheorie?« Inzwischen schrie ich und hätte ihm am liebsten eine in seine selbstgefällige Psychoanalytikervisage gehauen, mit der er mich ansah, als sei ich irgendeine verrückte Patientin. »Warum bist du zur Abwechslung nicht einmal ehrlich und erzählst Dr. Berger von deinem Geiz, deiner Pornosammlung und deiner üblen Angewohnheit, dir die Nase zu schneuzen und den Leuten mit deiner Rotzfahne vor dem Gesicht herumzuwedeln?«

Er lief zur Tür hinaus und die Treppen hinunter. Ich rannte auf den Flur und schrie ihm hinterher: »Gut so, hau ab. Was ist los, kannst du die Wahrheit nicht verkraften, du verdammter Feigling? Ich hasse dich, und ich gehe.« Ich schlug die wacklige Tür so heftig hinter ihm zu, daß sie fast zerbarst.

Ich hatte ganz weiche Knie, und der Schmerz in meinem Bauch war unerträglich. Ich setzte mich an den Küchentisch, und mein Liebling Teddy sprang mir auf den Schoß. Es war ganz still; der einzige Laut war sein Schnurren, das seinen ganzen Körper vibrieren ließ. Er schaute mich mit seinen schönen grünen Augen an, und ich konnte die Liebe in ihnen sehen.

Oh Gott, ich hatte vergessen, ihn zu füttern. Nun brach es aus mir heraus, ich heulte wie ein Schloßhund in sein warmes, graues Fell. Ich suchte meine Sachen zusammen und verfrachtete Teddy in seine Kiste. Ich hatte keine Lust mehr auf vier in einem Bett – Berger, Booth, Fancher und Morales –, ohne meinen Namen hörte sich das an wie der Name einer Anwaltskanzlei. Als ich daran dachte, daß ich nach drei Jahren immer noch brav meinen Anteil an allem zahlte, packte mich wieder die Wut.

Die folgenden Tage verliefen alle gleich. Jeden Morgen erwachte ich mit einem quälenden Gefühl des Verlustes und demselben dumpfen Schmerz im Bauch, so daß ich mich am liebsten umgedreht und weitergeschlafen hätte, um nichts mehr mitzubekommen. Doch da war mein Job; schließlich mußte ich meine Miete bezahlen. Ich vermißte Ed entsetzlich und konnte es kaum fassen, daß er nicht mehr Teil meines Lebens war. Der Gedanke, daß er in diesem Augenblick vielleicht gerade mit einer anderen Frau zusammen war, die einfach meine Stelle einnahm, trieb mich von Selbstmordgedanken zu Mordgedanken.

Ed wohnte nebenan, doch er hätte ebensogut auf dem Mond leben können. Wie konnte er vier Jahre bloß einfach so abhaken? Was hatte ich falsch gemacht? War ich vielleicht nicht klug genug, nicht hübsch genug, zu abhängig, zu unsicher? War es, weil ich während all dieser intellektuellen Diskussionen so selten den Mund aufgemacht hatte, aus Angst, etwas Dummes zu sagen? Dieses Band spulte sich immer wieder aufs neue in meinem Kopf ab. Ed wurde für mich größer und größer und ich selbst immer kleiner. Ich wurde zwischen Kummer und Wut hin- und hergerissen. Doch obwohl ich ihn haßte, wollte ich ihn wiederhaben.

Dan Wolf, der immer noch mein Freund war, versuchte mich zu trösten. »Mach dir keine Sorgen, Kleine. Das ist keine endgültige Trennung.« Doch in meinem Herzen wußte ich, daß es vorbei war.

Irgendwann hatte ich mich ausgeweint. Jetzt mußte ich raus aus dieser Wohnung, und wenn ich nur irgendwo alleine zu Abend aß. Ich war angezogen, mußte aber noch mein Gesicht herrichten. Ich schaute in den Spiegel und war erleichtert, daß ich trotz meines Kummers immer noch ganz gut aussah. Zumindest das hatte er mir nicht nehmen können. Ich spritzte mir kaltes Wasser ins Gesicht und trug Lippenstift auf. Mein Schmerz hatte langsam einem trotzigen Zorn Platz gemacht, der wesentlich leichter zu ertragen war. Die Nächste wird schon noch merken, wie er wirklich ist, dieser schäbige Mistkerl, dachte ich, als ich die Tür hinter mir schloß.

Dan Wolf rief an und bat mich, mich abends in der New School mit ihm zu treffen. Er brachte einen Freund aus Mexico City namens Steve Sanchez mit. Lateinamerikanische Männer interessierten mich sonst eigentlich nicht, doch Steve war mir wie fast alle Freunde Dans sympathisch. Er hatte die dunkle, tiefernste Schönheit eines Aztekenpriesters, einen schlanken Körper, eine Adlernase und glänzende dunkle Augen. Als er mich ansah, fühlte ich, daß alles möglich war.

Sein Gesicht zeigte wie meines spanische und indianische Züge. Tatsächlich erinnerte Steve mich sowohl vom Aussehen als auch vom Temperament her an meinen Vater. Allerdings lachte er im Gegensatz zu meinem Vater nur selten, und wenn, dann spürte man Schmerz und Wut hinter seinem Lachen, eine Wut, die leicht zum Ausbruch zu bringen war.

Er war hochintelligent, aber völlig humorlos; er nahm sich zu ernst. Wäre er Schauspieler gewesen, dann hätte er sicher die Rolle des tragischen Matadors in *König der Toreros* angeboten bekommen und wäre über Nacht zu einem neuen Valentino geworden.

Da er von Dan wußte, daß ich spanischer Herkunft war, überraschte es ihn, daß ich nicht besser Spanisch sprach. Doch sein Englisch war recht gut, so daß wir keine Verständigungsschwierigkeiten hatten. Auf seine Frage, ob er mich wiedersehen könne, sagte ich gerne ja. In dieser Zeit verabredete ich mich mit so vielen Männern wie möglich, um den Schmerz, der an mir nagte, zu betäuben und gleichzeitig mein angeschlagenes Selbstbewußtsein zu kitten.

Er kam noch am selben Abend in meine Wohnung, und wir liebten uns. Ich verspürte ein heißes, verzweifeltes Verlangen, das Bedürfnis, mich in einem Fick zu ertränken, den Schmerz und die Wut aus mir herausstoßen zu lassen. Ich hatte einen Orgasmus nach dem anderen, ohne Steve dabei tiefere Gefühle entgegenzubringen. Steve und ich paßten gut zusammen; wir waren zwei Desperados, die die Nacht durchritten, um sie heil zu überstehen.

Ein paar Tage später sagte ich beim Frühstück ganz freundlich zu ihm, ich hätte ihn zwar gern die Nacht über bei mir, doch er schnarche die ganze Zeit, so daß ich nicht schlafen könne. Diese Eröffnung löste sogleich eine wütende Tirade aus. »Wie kannst du so etwas daherbringen? Spielt das zwischen einem Mann und einer Frau, die sich die ganze Nacht geliebt haben, eine Rolle? Außerdem übertreibst du.«

»Es tut mir leid, Steve. Ich wollte dich nicht verletzen. Das ist doch kein Verbrechen, vielleicht hast du eine Nasenscheidewandverkrümmung.« Doch er war trotzdem eingeschnappt, und ich hatte ganz müde Augen, als ich zur Arbeit ging.

Etwas später trafen wir uns abends in der Wohnung von Dan, bei dem Steve damals wohnte. Dan war mit Ed essen gegangen; wir waren also allein und gingen miteinander ins Bett. Danach fragte Steve, ob es mir etwas ausmachen würde, wenn er noch etwas Wichtiges erledigen ginge. Es könne allerdings ein paar Stunden dauern, da er in die Bronx hinauf müsse, um bei einem Freund etwas abzuholen.

»Bis in die Bronx? Warum machst du unterwegs nicht noch einen kurzen Abstecher nach Mexiko? Kann ich mitkommen?«

»Adele, es ist etwas rein Geschäftliches. Du würdest dich langweilen.«

»Das hättest du mir gestern sagen sollen«, murrte ich.

Er seufzte. »Gestern wußte ich doch selbst noch nichts davon. Möchtest du hier warten oder lieber in deiner Wohnung?«

Ich war wirklich verärgert und versucht, ihm zu sagen, er solle die ganze Sache vergessen; doch ich wollte die Nacht nicht alleine verbringen. »Es tut mir wirklich leid, das läßt sich nicht ändern«, meinte er. »Aber wenn ich zurückkomme, gehen wir noch zum Essen aus.«

»Also gut, wenn es unbedingt sein muß, dann geh' halt«, meinte ich schmollend. »Ich werde hier warten, aber komm bald zurück.« Er küßte mich und weg war er.

Ich saß auf der Bettkante, starrte auf die zerwühlten Laken und dachte über Steve nach. Er war ein netter Kerl, wirklich intelligent und sexy, warum fühlte ich mich dann so leer, so niedergeschlagen? Meine Gedanken wanderten zu Ed, der nun gerade mit seiner neuen Freundin und Dan beim Abendessen saß. Dieser verdammte Dan, warum war er immer noch mit Ed befreundet? Du bist doch mein Freund, wo bleibt deine Loyalität? Ich wußte, daß ich unvernünftig war, doch das war mir gleich. Menschenskind, ich muß endlich aufhören, über all das nachzudenken, sonst werd' ich noch verrückt.

Es war ganz still in der Wohnung, zu still. Ich dachte kurz daran, meine Freundinnen anzurufen, aber es war Samstagabend und sie waren sicher alle ausgegangen. Ich sagte mir, daß ich eigentlich gar keinen Grund hatte, mich einsam zu fühlen. Schließlich war ich soeben mit meinem Geliebten zusammengewesen – war nicht alles ganz wunderbar? Er würde zurückkommen, wir würden zusammen essen gehen und ich würde nicht einmal die Hälfte der Rechnung bezahlen müssen. Trotzdem, ich fühlte mich schrecklich allein. »Komm, auf, zieh' dich an, dann geht's dir gleich besser«, munterte ich mich selbst auf.

Es gab weder eine Dusche noch eine Badewanne, so daß ich mich mit einer Katzenwäsche begnügen mußte. Ich stellte mich in einen Zuber und übergoß meinen Körper mit Wasser aus dem Spülbecken. An der Wand hing ein kleiner Spiegel. Ich schminkte mich, redete laut mit meinem Spiegelbild und schnitt Grimassen. »Großmutter, was für scharfe, weiße Zähne du hast. Ja, Ed, damit ich dir besser dein hinterhältiges Herz herausreißen kann. Oh Scheiße, was zum Teufel mache ich hier eigentlich?« fragte ich das Mädchen im Spiegel.

»Du fickst dir das Gehirn aus dem Schädel«, antwortete sie. Eine nur vorübergehende Lösung für ein so schwerwiegendes Problem. Ich sollte schauen, daß ich hier wegkomme. Warum hatte ich Steve bloß gesagt, daß ich auf ihn warten würde? Ach egal. Ich sollte einfach gehen. Nur wollte ich nicht in meine Wohnung zurück, auch nicht ins Kino oder allein im San Remo rumhängen. Ich hatte Angst, Ed über den Weg zu laufen. Vielleicht würde Dan bald zurückkommen, doch selbst das war ein schmerzlicher Gedanke, weil er mit Ed ausgegangen war. Alles der reinste Inzest. Es verwirrte mich.

Ich schaltete das Radio ein und drehte es voll auf, um meine panischen Gefühle zu verscheuchen. »Nicht heulen«, ermahnte ich mich, »fang' jetzt um Himmels willen nicht auch noch an zu heulen. Du ruinierst dein Make-up.« Doch mir kamen trotzdem die Tränen, und je mehr ich versuchte, sie zu unterdrücken, desto schlimmer wurde es.

Zum ersten Mal dachte ich an einen Drink. Alkohol hatte in meinem Leben bisher keine oder bestenfalls eine unbedeutende Rolle gespielt. Es war mir nie in den Sinn gekommen, daß ich mich mit ihm betäuben könnte.

Dan hatte immer ein Flasche Scotch im Schrank. Ich goß mir ein Gläschen ein, ohne mir Eiswürfel zu holen. Der erste Schluck war scheußlich, doch dann gewöhnte ich mich an den Geschmack und irgendwann trank ich direkt aus der Flasche. Es brauchte nicht viel, um mich betrunken zu machen, und da ich seit dem Morgen nichts gegessen hatte, ging es noch schneller.

Mein Kummer verwandelte sich in eine prekäre Mischung aus Wut und schniefendem Selbstmitleid. »Dieser miese Scheißkerl und dieses Flittchen von einer Sozialarbeiterin. Sie ist nicht einmal hübsch, aber sie war auf dem College und ich nicht, deshalb liebt er mich nicht mehr, der verdammte, intellektuelle Snob. Und wo zum Teufel bleibt dieser Mexikaner? Jetzt ist er schon Stunden fort.« Das Zimmer wirkte wie meine Wohnung trostlos in seiner Schäbigkeit. »Ich hocke ganz allein hier rum, und niemand schert es einen Dreck, ob ich lebe oder sterbe, Ed nicht, Dan nicht und Steve auch nicht. Er ist droben in der Bronx, also ist es ihm scheißegal, genauso wie meiner Freundin Phyllis, meinem Chef, meiner Familie, dem Metzger, dem Bäcker oder dem verdammten Kerzenleuchtermacher.«

Aus dem Radio dröhnte Bigband-Jazz. Ich nahm noch einen Schluck. »Hallo Leute, Zeit für 'ne Party«, rief ich niemandem zu. Ich stapfte in einem betrunkenen Rhythmus im Zimmer umher und sang, lachte und weinte gleichzeitig.

»Wen kümmert es schon?« sagte ich zu mir selbst. »Warum bring' ich mich nicht einfach um? Das wird Ed aufrütteln. Ich habe keine Waffe und kein Gift, und den Gashahn will ich nicht aufdrehen. Schließlich ist Dan mein Freund, da kann ich doch nicht seine Wohnung in die Luft jagen. Ich könnte mir die Pulsadern aufschneiden. Igitt, nein, das ist eine zu große

Schweinerei. Schätze, ich muß es mit Aspirin machen. Wenn ich ungefähr zwanzig schlucke, dann müßte das mit dem ganzen Scotch, den ich intus habe, eine tödliche Mischung ergeben.« Ich suchte in Dans Arzneischränkchen nach einem Röhrchen Aspirin. »Der wird schon sehen…«

Um es Ed also zu zeigen, spülte ich sechs Aspirin mit Scotch hinunter. Inzwischen war ich völlig betrunken und entsprechend unbeholfen. Ich ließ die Flasche fallen. Sie zersprang in tausend Stücke, die im ganzen Zimmer verstreut lagen.

»Oh Scheiße, was für eine Schweinerei«, fluchte ich. Beim Aufsammeln der Scherben schnitt ich mich versehentlich ein Stück oberhalb des Handgelenks. Es war nur eine kleine Schnittwunde, doch sie blutete stark.

Als sie nicht aufhörte zu bluten, geriet ich in Panik. »Du lieber Gott, womöglich ist eine Vene verletzt. Das wollte ich wirklich nicht.« Das Aspirin zeigte keine Wirkung; ich fühlte mich kein bißchen schläfrig, nur schwindelig.

Irgendwann rief ich Ed an und lallte laut und hysterisch in den Hörer: »Ich blute schrecklich an meinem Handgelenk, aber es ist mir egal, wenn ich verblute. Ist alles deine Schuld, du Schweinehund.«

Er redete beschwichtigend auf mich ein: »Schatz, hör mir mal zu, du kommst schon wieder in Ordnung.«

»Oh Ed, ich hab' solche Angst.«

»Ist ja gut, Schatz. Ich bin gleich da. Wo bist du?«

»Bei Dan.«

Er kam sofort und wurde blaß, als er sah, daß der Lappen, den ich mir um das Handgelenk gewickelt hatte, voller Blut war.

»Um Himmels willen, Delski, was ist denn los? Was hast du bloß gemacht?«

Ich streckte ihm die Hand hin wie ein Hündchen, das eine wunde Pfote hochhebt. Die Blutung hatte inzwischen aufgehört, und Ed war erleichtert, als er sah, daß es keine ernsthafte Verletzung war. Ich sagte ihm nicht, daß ich mich nur aus Versehen geschnitten hatte. Sollte er doch denken, was er wollte.

»Ed, ich habe sechs Aspirin geschluckt«, schluchzte ich, und just in diesem Augenblick erbrach ich auch schon, direkt vor seinen Füßen.

Er lachte und ließ mich den Boden aufwischen. Er verband meine Wunde, kochte einen starken, schwarzen Kaffee und schalt mich ein böses Mädchen.

»Ed, ich habe dich so vermißt.«

»Ich weiß, Delski. Ich glaube, ich liebe dich noch immer, doch ich hab' dir ja schon gesagt, daß es dir gegenüber unfair wäre, so weiterzumachen wie vorher. Ich kann mich an diesem Punkt meines Lebens einfach noch nicht binden. Es liegt nicht an dir sondern an mir.«

»Sei still, ich will das nicht mehr hören.« In meinem tiefsten Innern wußte ich, wenn er mir das in so einem Augenblick sagen konnte, dann war es wirklich vorbei. Ich mußte mich damit abfinden und in Zukunft mein eigenes Leben führen. Ich hinterließ Steve eine Nachricht und ging nach Hause.

Kapitel 6

Als ich eines Abends aus der New School kam, hörte ich jemanden meinen Namen rufen. Es war Jack Kerouac. Ich hatte ihn Jahre nicht mehr gesehen. Obwohl wir uns damals im Streit getrennt hatten, schien er sich über unsere unverhoffte Begegnung zu freuen. Er war so überschwenglich wie immer und sah in seinem konservativen Tweedjacket richtig gut aus. Er fragte mich, was ich in der Zwischenzeit so gemacht habe. Die Trennung von Ed lag nun schon ein Jahr zurück. Der akute Schmerz war vorbei. Meine jugendliche, enthusiastische Natur hatte wieder die Oberhand gewonnen. Ich zählte Jack nur die Höhepunkte auf und überging alle Abgründe. »Ich bin aus Brooklyn weggezogen, seit wir uns zum letzten Mal gesehen haben.«

»Toll. Und was haben deine Leute dazu gesagt?«

Ich lachte. »Sie waren nicht gerade begeistert. Ansonsten male ich eifrig, und alles läuft ganz gut. Und wie geht's dir so?«

»Prima. Ach übrigens, Harcourt Brace veröffentlicht meinen Roman.«

»Das ist ja großartig, Jack.« Ich umarmte ihn. »Das freut mich wirklich für dich. Wann kommt er heraus?«

»Das dauert noch eine Weile. Ich arbeite schon an einem neuen Buch. Hör mal, warum gibst du mir nicht einfach deine Telefonnummer, dann können wir mal zusammen ausgehen und feiern.«

Warum nicht, dachte ich, das ist sicher kein Fehler. Zudem kannte ich bisher keinen Schriftsteller, von dem bald ein Werk erscheinen würde. Vielleicht war das ein neues Kapitel für mich. »Ja, das machen wir.«

Da ich Jacks Freunde noch nicht kannte, nahm er mich bei unserer ersten Verabredung ins West-End-Café mit. Das war die Studenten-Kneipe der Columbia-Universität und neues Territorium für mich. Eine neue Szene, weit weg vom Village und den mit ihm verbundenen, schmerzlichen Erinnerungen; genau das, was ich brauchte.

Jack stellte mich einem Schriftsteller namens John Clellon Holmes vor, der wie ein schüchterner Bücherwurm aussah. Er schien mir eher ein Beobachter als ein aktives Mitglied der Clique, der alles, was er mitbekam, als Material für sein neues Buch verwendete. Zu Jacks Freunden aus der West-End-Szene gehörten außer John noch Allen Ginsberg und dessen langjähriger Geliebter Peter Orlovsky sowie Gregory Corso und William Burroughs, ein ruhiger, mürrischer Mann, etwas älter als wir.

Eines Abends, als ich wieder mal mit Jack im West-End hockte und an meinem Bier nuckelte, beschrieb er mir ein paar Stammgäste. Auf der anderen Seite des Raumes saß ein Zwerg mit einer über eins achtzig großen, attraktiven Blondine. »Siehst du diesen kleinen Kerl dort drüben?« fragte Jack. »Das ist ein Zweite-Etage-Mann, und sie ist seine Frau.«

»Was ist denn ein Zweite-Etage-Mann?« fragte ich.

»Er bricht von der Feuerleiter aus in Wohnungen ein.« Ich war fasziniert. Erstens weil ich noch nie einen Zwerg mit einer über eins achtzig großen Frau gesehen hatte und ihre sexuellen Möglichkeiten oder Schwierigkeiten meine Phantasie beschäftigten, und zweitens, weil ich noch nie einen echten Einbrecher zu Gesicht bekommen hatte.

Inzwischen war Jack mein Geliebter. Doch Sex war für ihn in mehr als nur einer Hinsicht nicht das Wichtigste im Leben. Er legte dabei dieselbe Eile an den Tag wie bei allen anderen Dingen. Ihn schien nur das große Ereignis zu interessieren. Wie es dazu kam, war nebensächlich. Aber ich mochte ihn;

und durch ihn lernte ich einige interessante Figuren und neue Schauplätze kennen.

In Holmes' Wohnung wurden ständig Parties gefeiert. Ich weiß nur noch, daß sie sich in irgendeinem alten Mietshaus ohne Fahrstuhl befand, das praktisch unter der Manhattan Bridge lag und in dem es von Ratten wimmelte. Die Gegend sah aus wie eine Kulisse aus Maxwell Andersons Stück *Wintertag* von 1935.

Im Gegensatz zu meinen Freunden aus dem Village rauchten die Leute aus dieser neuen Clique viel Marihuana, nahmen alle möglichen Drogen und betranken sich sinnlos mit billigem Wein, besonders Jack. Ich hatte kein Interesse an Alkohol oder anderen Drogen. Seit diesem mißlungenen Selbstmordversuch hatte ich, von einem gelegentlichen Bier abgesehen, keinen Alkohol mehr angerührt.

Ich war Zuschauerin, nicht weil ich mich überlegen fühlte, sondern weil ich einfach nicht so sein konnte wie sie, so verrückt und ständig betrunken. Alle in dieser Gruppe waren ziemlich intelligent und begabt, besonders Ginsberg. Ihre Gespräche waren unterhaltsam, doch jeder Abend endete im Chaos. Ich war noch sehr jung und dachte, außergewöhnliche Menschen müßten wohl so leben. Johns Frau Marion mochte ich besonders, aber die heftigen, hysterischen Kämpfe, die die beiden sich lieferten, wenn sie betrunken waren, erschreckten und langweilten mich zugleich.

Jack wohnte bei seinem Freund Neal Cassady aus Salt Lake City und dessen Freundin Luanne, einem süßen, verträumten Blondschopf. Neal war fünfundzwanzig und sehr attraktiv; er sah aus wie eine Mischung aus Paul Newman und Sean Penn.

Ich spürte gleich bei unserer ersten Begegnung, daß er mich nicht mochte. Er verhielt sich Jack gegenüber sehr besitzergreifend und war eifersüchtig auf mich, weil ich Jacks Mädchen war. Neal machte mich nervös. Er war immer high – von Alkohol, Benzedrin oder sonst irgend etwas, was er gerade in die Finger bekommen hatte – und schrecklich zappelig. Ständig hüpfte er von einem Bein aufs andere, fuchtelte mit den Armen in der Luft herum und zuckte mit dem Körper, als vollführe er einen unfreiwilligen, spastischen Tanz. Dabei kicherte er nervös und redete ununterbrochen über alles und nichts. Nun war mir klar, wo Jack seine Art, im »stream of consciousness« zu schreiben, her hatte.

Luanne und ich plauderten ein Weilchen von Frau zu Frau, doch uns ging bald der Gesprächsstoff aus. Sie war nett, aber außer unserem Geschlecht hatten wir nichts gemeinsam. Wir schauten Jack und Neal zu, wie sie sich umarmten, boxten und stupsten und dabei ununterbrochen redeten, ohne einander zuzuhören. Was sie einander erzählten, war merkwürdig einfallslos.

Angesichts meiner latenten Neigung zum Alkohol erstaunt es mich heute, daß ich damals weder trank noch Benzedrin oder sonst irgendwelche Drogen nahm. Später holte ich das gründlich nach.

Nach unseren Abenden im West-End-Café übernachteten wir manchmal bei Neal und Luanne in Spanish Harlem. Sie lebten in einer verdreckten Wohnung in einem schäbigen Mietshaus ohne Fahrstuhl. Meine Wohnung war ein Palast dagegen. Da kein Bett für uns da war, schliefen wir auf einer dünnen Unterlage auf dem Fußboden, und ein paarmal wachte ich nachts auf, weil mir Schaben über die Beine krabbelten.

»Jack, ich will hier nicht mehr übernachten«, sagte ich schließlich. »Du kannst doch bei mir schlafen.«

Jedesmal, wenn wir mit Neal und Luanne ausgingen, holte Neal uns in einem anderen Wagen ab. »Sag mal, Jack, Neal hat doch kaum genug zum Leben. Wie kommt er denn zu all diesen Autos?«

Jack lachte. »Er klaut sie, wenn er Lust auf eine Spritztour hat.«

»Das ist ja schrecklich. Er ist also ein Autodieb. Und was ist, wenn wir erwischt werden?«

»Keine Sorge«, antwortete Jack. »Er leiht sie sich nur kurz aus, wenn er ein bißchen herumfahren will. Später läßt er sie irgendwo stehen.«

Ich fand das ebenso schlimm wie aufregend und abenteuerlich. Es müssen zwei Seelen in meiner Brust gewohnt haben, die der Tochter einer konservativen, katholischen, spanischen Familie, die solche derben Späße mißbilligte, und eine wildere, die sie bis zur letzten Minute genoß. Im Grunde war ich ein harmloses, nettes Mädchen, das niemandem etwas Böses oder ans Geld wollte. Ich war einfach nur lebens- und abenteuerlustig, hatte Spaß am Sex und wollte am liebsten immer verliebt sein.

Eines Abends sagte ich zu Jack, es sei gut für unsere Beziehung, mal eine Nacht nur nebeneinander statt miteinander zu schlafen. Zunächst erhob er Einwände, doch dann war er einverstanden. Das Bett war sehr eng, und er warf sich die ganze Nacht hin und her, so daß keiner von uns beiden schlafen konnte. Am nächsten Morgen war er wütend und stundenlang beleidigt. So habe ihn bisher noch keine Frau behandelt, sagte er.

»Es gibt auch noch andere Dinge in einer Beziehung außer dem Bumsen.«

»Was denn zum Beispiel?« fragte er.

»Also wenn du das nicht selber weißt, tut's mir leid; ich hab' keine Lust, es dir zu erklären; zudem finde ich dein Verhalten kindisch.«

Wir hatten auch einen heftigen Streit wegen der Verhütungscreme, mit der ich mein Diaphragma bestrich. Ich benutzte sie nur ganz sparsam und wusch mich immer sorgfältig, nachdem ich es eingeführt hatte. Er sagte, er hasse es, das Zeug auf den Schwanz zu bekommen, ich solle es weglassen. Ich weigerte mich. Ich wollte keine Schwangerschaft riskieren. Wir stritten uns immer öfter über Lächerlichkeiten. Der wahre Grund für diese gereizte Stimmung war, daß unsere Beziehung mich zu langweilen begann. Wir drifteten ganz allmählich auseinander. Ich traf mich wieder mit anderen Männern, und soviel ich weiß, hatte er während seiner Seefahrten ebenfalls Affären.

Kapitel 7

Es war 1951. Ich lebte mit meinem Kater in der Sechzehnten Straße, und Ed Fancher wohnte im Gebäude nebenan. Wir liefen uns nur selten über den Weg und wenn, dann schaute ich ihn an und wunderte mich, wie es nur kam, daß ich fast gar nichts mehr empfand? All diese Liebe und Wut – und nun verspürte ich höchstens noch einen kleinen Stich.

Ich war immer noch mit Dan befreundet. Auch sonst hatte sich mein Bekanntenkreis kaum verändert. Obwohl er größtenteils aus Pärchen bestand, fühlte ich mich nicht einsam. Mein Leben war ausgefüllt, und meine Malerei hielt mich im Gleichgewicht.

Ich hatte inzwischen an mehreren Gruppenausstellungen teilgenommen und ein paar Bilder verkauft. Nichts ist so aufregend wie der Verkauf des ersten Bildes. Ich war überglücklich. Ich wünschte, ich hätte den ersten Scheck gerahmt. Mein Job in dem Atelier für Werbedekoration, wo ich nun eine kleine Gruppe talentierter Künstler leitete, machte mir nach wie vor Spaß. Ich war inzwischen eine gefragte Pappmaché-Spezialistin. In New York gab es damals nur einen kleinen Kreis von Künstlern, die sich auf solche Arbeiten verstanden, und ich gehörte dazu. Ich war nun ganz auf mich allein gestellt, und zu meiner Überraschung gefiel mir das.

Es war Samstagnacht; ich war im Kino gewesen. Als ich nach Hause kam, war die Wohnung kalt. Ich zündete den Kerosinofen an, machte mir einen heißen Kakao und legte mich mit einer Nachtausgabe der *Sunday Times* ins Bett; Teddy rollte sich neben mir zusammen.

Nach der Trennung von Ed hatte ich meine Wohnung renoviert, die häßlichen, dunkelgrünen Wände weiß gestrichen und meine Bilder aufgehängt. Nun sah sie nicht mehr wie ein Lagerraum sondern bewohnt aus. Ich döste schon, als das Telefon klingelte.

»Wer, zum Teufel, ist das denn noch?«

Es war Dan. »Del, wie geht's dir, Kleines?«

»Gut.« Er klang betrunken. »Dan, es ist zwei Uhr. Ist mit dir alles in Ordnung? Du bist wohl auf 'ner Party?«

»Nein, ich bin auf keiner Party. Ich bin bei Norman.« Er nuschelte.

»Dan, ich kann dich nicht verstehen. Bei wem bist du?«

»Bei Norman Mailer. Wir sitzen nur beisammen und genehmigen uns ein paar Drinks.«

»Hast du nicht gesagt, er wohnt in Vermont?«

»Jetzt nicht mehr. Er hat sich von seiner Frau getrennt.« Dan zögerte einen Augenblick. »Warum kommst du nicht noch auf einen Drink zu uns hoch?«

»Was genau meinst du mit ›hoch‹?«

»Die Vierundsechzigste Straße, zwischen der Zweiten und der Dritten Avenue.«

»Soll das ein Scherz sein? Ich fahr' doch um diese Zeit nicht mehr bis dort 'rauf.«

»Ach komm, Adele, schau zu, daß du deinen Besuch loswirst, wer es auch sein mag, und mach dich auf den Weg hierher. Norman möchte dich wirklich gerne kennenlernen.«

»Dan, ich bin zufällig allein.«

»Ha, das ist ja was ganz Neues.«

Ich lachte, halb amüsiert und halb verärgert. »Was soll das heißen?«

»Ich hab' nur Spaß gemacht, Adele. Hör mal, Norman ist wirklich ein großartiger Bursche; er wird dir gefallen.«

»Dan, zum zehnten Mal, ich zieh' mich jetzt nicht nochmal an und schleppe mich in die Sixties hinauf. Außerdem hab' ich kein Geld für ein Taxi.«

»Was ist denn heute mit dir los? Du bist doch sonst so unternehmungslustig. Warte mal, bleib kurz dran.«

Ich sah auf die Uhr. Es war gleich zwei Uhr zwanzig. »Also gut, aber beeil' dich.«

Die Pause war so lang, daß ich schon dachte, die Verbindung wäre unterbrochen worden. Dann vernahm ich eine Stimme am anderen Ende der Leitung, aber nicht die von Dan.

»Hallo, Adele.«

»Oh, hallo Norman, wie geht's?«

»Weißt du, du enttäuschst mich«, sagte er.

»Es tut mir leid. Aber ich bin schon im Bett, vielmehr: ich war schon im Bett.«

»Hoffentlich haben wir dich nicht geweckt.«

Ich lachte. »Nein, nein, ist schon in Ordnung. Ich war eh noch halb wach.«

»Weißt du, Dan hat mir schon so viel über dich erzählt.«

»Ja, er hat mir auch schon einiges über dich erzählt.«

Er hatte eine angenehme, tiefe Stimme und näselte ein bißchen. Nach einer Pause sagte er: »Adele, ich weiß, daß es schon spät ist, aber komm doch trotzdem noch zu uns rauf. Ich würde dich wirklich gerne kennenlernen. Setz' dich einfach in ein Taxi; es geht auf meine Rechnung.«

Gott, dachte ich, was für eine sympathische Stimme. Ich blickte aus dem Fenster; die Straße sah kalt und düster aus. Sie könnten doch auch herkommen, dachte ich, aber meine Wohnung war ein einziges Chaos. Überhaupt, warum soll ich denn jetzt noch da hinrennen? Wenn er mich so unbedingt kennenlernen möchte, dann soll er mir eine Verabredung vorschlagen.

»Norman, es geht wirklich nicht. Es ist einfach zu spät. Ein anderes Mal gerne.« Wieder machte er eine ziemlich lange Pause; dann überrumpelte er mich mit der Frage:

»Sag mal, hast du *Der letzte Taikun* gelesen?«

»Nein, das heißt, in letzter Zeit nicht.«

»Darf ich dir etwas vorlesen?«

Ich zögerte. Ich hatte es noch nie leiden können, wenn mir jemand etwas vorlas, schon gar nicht morgens um halb drei.

»Ja ... sicher«, erwiderte ich.

Es war eine Weile still.

»Da ist es.« Er räusperte sich.

»Während er den Berg hinabkurvte, lauschte er in sich hinein, als sollte dort etwas von einem unbekannten Komponisten, machtvoll, fremdartig und stark, zum ersten Mal gespielt werden. Alsbald würde das Thema erklingen, aber da der Komponist immer ein anderer war, erkannte er es nicht sogleich als das Thema.«

»Das ist schön,« sagte ich, »besonders deine Art, es zu lesen. Was bedeutet es?«

»Das erklär' ich dir, wenn du herkommst«, antwortete er.

Ich hörte mich sagen: »Also gut, ich komme hoch – auf einen Sprung.«

»Das finde ich großartig.« Er klang erfreut. »Dann geb' ich dir jetzt die Adresse. Es ist im östlichen Abschnitt der Vierundsechzigsten Straße, Hausnummer 224, Apartment 6 B.«

»Gut, Norman, bis gleich.«

Ich sah auf die Uhr. Es war 2.45. Ich sollte mich wohl besser sputen. Was sollte ich bloß anziehen? Ich entschied mich für eine cremefarbene Seidenbluse und einen schwarzen Kordsamtrock. Nach hektischem Suchen fand ich endlich ein Paar Strümpfe ohne Laufmaschen und hakte sie an meinen Hüftgürtel. So etwas wie Strumpfhosen gab es damals noch nicht. Das Schminken dauerte nicht lange, da ich nur sehr wenig

Make-up trug. Zum Schluß band ich mir noch einen geblümten Chiffonschal um den Hals und legte meine silbernen Ohrringe an. Es war kalt draußen; fröstelnd wartete ich auf der menschenleeren Straße auf ein Taxi und dachte: »Was für eine Schnapsidee!«

Doch ich war trotzdem ganz schön aufgeregt. Wie konnte ich ahnen, daß Scott Fitzgerald, Norman Mailer und diese Taxifahrt mein Leben für immer verändern würden? So begann meine phantastische Reise ins Licht mit einem netten, jüdischen Wunderknaben, der seit kurzem berühmt und reich war und eine fatale Anziehungskraft auf mich ausüben sollte.

Kapitel 8

Das Taxi hielt vor einem alten Gebäude aus rötlichbraunem Sandstein, das fast so schäbig aussah wie das Mietshaus, in dem ich wohnte. Die Treppen schienen kein Ende zu nehmen, und der Flur war so düster, daß ich die Nummern auf den Türen kaum erkennen konnte. Ich lief in die falsche Richtung. Wo, zum Teufel, ist 6 B? In diesem Augenblick hörte ich eine Tür aufgehen und sah Dan.

»Du hast es also doch noch geschafft, Kleines«, begrüßte er mich und schloß mich in die Arme.

Ich freute mich, ihn zu sehen. »Ja, deine verrückte Freundin hat es tatsächlich noch bis hier hoch geschafft.«

»Ach, wir spinnen doch alle. Willkommen auf der Party«, sagte er lachend und nahm mir den Mantel ab.

»Du hast doch gesagt, es sei keine Party.«

»Na, nun ist es eine.« Er fand das lustig, doch mir schien Dan schlicht betrunken.

Ich blickte mich um. »Hier sieht's aus wie bei mir.« Neben dem Garderobenschrank hing ein Spiegel. Dan wartete, bis ich mich gekämmt und mir die Lippen nachgezogen hatte.

»Also gut,« seufzte ich, »wo ist der Wunderknabe?«

Ich folgte Dan den Gang entlang an einer Reihe von Zimmern vorbei und durch eine Küche, in der wie in meiner eine Badewanne stand, in ein Wohnzimmer voller dunkelbrauner Möbel. Auf dem Sofa sah ich einen mageren kleinen Kerl sitzen. Ich wußte, daß er achtundzwanzig war, doch er wirkte viel jünger. Dan umarmte mich erneut. Er war herzlicher als sonst; vielleicht lag das am Alkohol.

»Sie hat es doch noch geschafft. Sie ist da«, verkündete er

Norman. Ich fühlte mich unsicher und fremd, doch Dans Gegenwart beruhigte mich.

»Was, keine Fanfaren?« scherzte ich und machte einen kleinen Knicks. Sie lachten.

Der Wunderknabe trug ein buntkariertes Flanellhemd und Arbeitshosen, die lose an seinem schmächtigen Körper herabhingen. Er sah mich an; seine Augen waren schön, nicht nur wegen ihrer strahlend blauen Farbe, sondern vor allem wegen ihres sanften, fast melancholischen Ausdrucks. Er sah gut aus – eine kräftige Nase, ein wohlgeformter, sinnlicher Mund und ein kleines Kinn mit einem Grübchen. Er hatte dunkelbraunes, lockiges Haar, so dicht, daß ich am liebsten hineingefaßt hätte, und ein freundliches Lächeln, bei dem sich kleine Fältchen um seine Augen bildeten. In seinem Gesicht lag eine Sensibilität, die mich ansprach. Er erhob sich halb von seinem Sitz.

»Oh, hallo Adele, hast du die Melodie schon erkannt?«

»Nein, noch nicht, vielleicht mußt du's mir doch nochmal vorlesen«, antwortete ich und setzte mich aufs Sofa.

»Darf ich dir einen Drink holen? Wir haben aber nur Scotch.«

Ich verzog das Gesicht. »Scotch mag ich gar nicht.«

»Also, ich könnte auch schnell noch was anderes besorgen.«

Seine Stimme klang wie am Telefon, tief, leicht nasal, sexy und ein bißchen gekünstelt. Ich merkte gleich, daß er – wie auch ich – seinen Brooklyn-Akzent nicht hören lassen wollte, daher hatte er sich seine eigene Variante eines Harvard-Akzents zugelegt.

»Nein, nein,« antwortete ich, »ist schon in Ordnung, ich nehm' nur ein bißchen, mit viel Wasser.«

Er erhob das Glas auf mich: »Prost!«

Das hatte ich noch nie jemanden sagen hören, doch ich prostete ihm ebenfalls lächelnd zu und fühlte mich dabei ein bißchen wie Bette Davis in *Jetzt, Reisender.*

Zunächst schmeckte der Scotch so scheußlich, wie ich ihn in Erinnerung hatte, doch ich schluckte ihn tapfer runter wie ein wohlerzogenes Mädchen. Wir saßen schweigend da. Ich fühlte mich unbehaglich und suchte nach Worten, um die Pause zu überbrücken. Dan war in die Küche gegangen. Wo bleibt er denn, zum Teufel? dachte ich. Da kam er zu meiner Erleichterung mit etwas Käse und Kräckern herein. Sie begannen sich über einen gemeinsamen Freund zu unterhalten.

Alle möglichen Gedanken schossen mir durch den Kopf, während ich an meinem Glas nippte und Norman beobachtete. Das ist also der berühmte Schriftsteller. Peinlich, ich habe sein Buch nicht gelesen. Er ist so schmal, doch sieh dir dieses Haar an, es hat ein Eigenleben wie bei Simson und vielleicht bin ich seine Delila. Ich glaube, er ist schüchtern; er sieht mich nie richtig an. Wahrscheinlich findet er mich nicht attraktiv. Ich hätte mich mehr herausputzen sollen, oder vielleicht hätte ich doch lieber meine Arbeitshosen anziehen sollen. Ich mag die Art, wie er grinst und sich hinterm Ohr kratzt. Ja, er sieht gut aus. Sensibel und stark zugleich. Ich wette, er hat schon die halbe Flasche Scotch niedergemacht. Aber er wirkt gar nicht betrunken, im Gegensatz zu Dan, der eindeutig blau ist.

Wir empfanden eine gewisse Scheu voreinander, weil wir nicht so recht wußten, was wir voneinander halten sollten, ob Gefahr in der Luft lag. Wären wir zwei Hunde gewesen, dann hätten wir uns gegenseitig das Hinterteil beschnüffelt und es schnell herausgefunden. Dieser Gedanke amüsierte mich. Ich spürte deutlich, daß ich allmählich entspannter wurde und in eine gehobene Stimmung geriet. »Junge, Junge, das muß der Scotch sein«, dachte ich.

»Wie lange wirst du in New York bleiben?« fragte ich.

»Ich weiß noch nicht, das kommt ganz darauf an.« Er starrte in sein Glas und kratzte sich hinterm Ohr.

»Auf was?« fragte ich. Ich wußte, daß das eine hinterlistige Frage war, da sie sich auf die Trennung von seiner Frau bezog.

Er zuckte die Schultern. »Auf alles mögliche.«

Das war eine recht vage Antwort. Er war wohl der Meinung, daß mich das nichts anging. So ließ ich es dabei bewenden. »Was hast du in Vermont gemacht?«

Er lachte. »Nun, ich bin Vater eines kleinen Mädchens geworden, bin Ski gelaufen und habe einen neuen Roman abgeschlossen, nicht unbedingt in dieser Reihenfolge.«

Dan füllte mein Glas nach. Ich nahm einen kräftigen Schluck. Inzwischen schmeckte der Scotch schon etwas besser. »Wie heißt es?« fragte ich, »und wovon handelt es?«

»Der Titel lautet *Am Rande der Barbarei*. Es ist ein politischer Roman; der Schauplatz ist eine Pension in Brooklyn Heights.«

»Wann wird er veröffentlicht?«

»In ein paar Monaten. Hättest du gerne ein Exemplar?«

»Oh ja, sehr gerne, danke, Norman. Weißt du, ich bin als Kind mal zum Zelten in Vermont gewesen. Ich habe nie eine schönere Landschaft gesehen. Vermißt du sie nicht?«

»Um Himmels willen, nein. Ich mag New York, nur das Skilaufen werde ich vermissen. Wir haben in der Nähe von Stowe gewohnt.«

»Und was ist mit deinem Töchterchen?« Ich bereute diese Frage sofort, als ich seinen gequälten Gesichtsausdruck sah.

»Ja, Susie wird mir fehlen«, sagte er bedrückt. Er nahm einen tiefen Schluck und wechselte das Thema. Er ließ sich lange über das Skilaufen aus und geriet dabei richtig ins Schwärmen. Ich war noch nie Ski gelaufen, doch seine Beschreibung war so lebendig, daß ich das leise Zischen seiner Skier durch den Pulverschnee und die weiße Stille auf dem Gipfel über dem langen, steilen Berghang beinahe hören konnte. Er redete über das Skilaufen, als sei es ein geheimer Schlüssel zum Glück.

»Das klingt wundervoll«, sagte ich. »Du machst mir direkt Lust, es einmal zu versuchen.«

»Das solltest du wirklich. Es ist unvergleichlich schön.«

Ich schaute ihn an, und schon dachte ich nicht mehr ans Skilaufen, sondern an seinen Mund und wie es wohl wäre, ihn zu küssen. Er griff nach seinen Zigaretten. Die Packung war leer; er ging ins Schlafzimmer, um sich eine neue zu holen. Ich lehnte mich im Sofa zurück und genoß dieses warme, belebende Gefühl, das so völlig anders war als mein Scotch-Rausch vor fast einem Jahr. Er kam mit einem neuen Päckchen Zigaretten und einem Drink zurück.

»Dan hat mir erzählt, daß du eine gute Malerin bist.«

Dan lachte. »Eine sehr gute sogar, wenn man versteht, was die Bilder darstellen sollen.«

»Eine Abstraktion muß man nicht verstehen, sondern auf sich wirken lassen«, erwiderte ich.

»Touché«, sagte Dan, und wir lachten.

»Tröste dich, Dan, auch ich bin ein Banause, wenn es um abstrakten Expressionismus geht«, warf Norman ein und schaute mich mit diesen Augen an, die die Eiskönigin zum Schmelzen gebracht hätten. »Aber ich würde mir deine Bilder gerne mal anschauen.« Ich sah ihm an, daß er das ernst meinte.

Ich hatte das Gefühl, einen direkten Draht zu ihm zu haben, als hätte jemand einen Hebel betätigt und den Strom zwischen uns angeschaltet. Niemand, den ich kannte, hatte eine so charismatische Ausstrahlung wie er, auch Kerouac nicht. Ich fühlte mich immer noch ein bißchen gehemmt, trotz des Scotchs, doch wenn ich mich an der Unterhaltung beteiligte, hörte er mir zu, ohne herablassend oder desinteressiert zu wirken. Er gab mir das Gefühl, wichtig zu sein.

Dann fesselte der Schauspieler in ihm sein kleines Publikum. Er erzählte uns Geschichten über Hollywood, das

Militär, New York und die Leute, denen er dort begegnet war. Er redete über alles mögliche, und wir lachten viel.

Er hatte diesen geistreichen Charme, dem Leute wie ich sofort erliegen. Ich hörte die meiste Zeit zu, doch ich sagte ihm mit den Augen, was in meinem Herzen vorging, und er antwortete mir, ohne die Lippen zu bewegen. Ich spürte, daß ich dabei war, mich zu verlieben.

Der Scotch enthielt eine brauchbare Medizin, daher fand ich ihn schließlich doch ganz gut. Wir tranken ein Gläschen nach dem anderen gegen die Schüchternheit und die Angst. Dan torkelte ins Schlafzimmer und sank um. Nun waren wir allein. Die Unterhaltung war verstummt; es war ganz still, nur das leise Klirren der Eiswürfel war zu hören. Mein Herz klopfte. Ich beugte mich vor und küßte ihn. Ein Kuß, der Nähe schuf, die in süße Lust überging. Eine Achterbahn, die immer weiter hinaufstieg, in atemberaubende Höhen, und wieder in die Tiefe sauste. Wir liebten uns, als sei es das letzte Mal, und konnten nicht genug voneinander bekommen. Schließlich ein letzter Kuß, der nach uns beiden schmeckte, Liebesgemurmel im Dämmerlicht von morgen. Die letzten paar Stunden der Nacht verbrachte ich als intimer Gast auf dem Wohnzimmersofa.

Ich erwachte früh, fragte mich einen Augenblick lang verwirrt, wo ich war, und spürte einen Impuls, zu fliehen. Doch dann erinnerte ich mich an all die Gefühle, die letzte Nacht aus Norman herausgebrochen waren, explosionsartig, als seien sie lange Zeit unterdrückt worden. Ich gähnte und rekelte mich genüßlich in den Laken, die Norman mir herausgebracht hatte. Sinnliche Bilder fluteten durch meinen Kopf. Ich sehnte diesen beinahe Fremden herbei, begehrte ihn, seinen wohlriechenden Körper von neuem, wollte seinen schönen Schwanz in mir spüren. Doch dann flüsterte mein zerbrechliches Frauenherz wieder: Geh fort und hinterlasse ihm eine Erinnerung, die nicht von der morgendlichen Wirklichkeit getrübt ist.

Ich setzte im Geiste eine lässige Nachricht auf, eine wie Bette Davis sie in *Opfer einer großen Liebe* schrieb, nachdem sie ihre Diagnose erfahren hatte.

Liebling,
ich mußte dringend weg; die Stunden mit dir waren schön; du hörst von mir.

Deine Adelita

Ich suchte meine Sachen zusammen. Meine Bluse und mein Rock lagen zu einem Häufchen aufgetürmt auf dem Fußboden. Doch wo waren bloß mein Hüftgürtel, mein BH und mein Slip? Schließlich fand ich sie zusammengeknüllt hinter einem Kissen. Mach keinen Mist, dachte ich, eigentlich willst du doch dableiben. Laß es einfach drauf ankommen und renn' um Himmels willen nicht gleich davon.

Ich ging ins Badezimmer, um mich zurechtzumachen, bevor er aufwachte. In Ermangelung einer Zahnbürste drückte ich etwas Zahnpasta auf den Zeigefinger. Da merkte ich, daß ich mein Schminkzeug vergessen hatte, und lief ins Wohnzimmer zurück, um meine Tasche zu suchen. Der Raum war düster; ich zog die Rollos hoch. Es war ein strahlend schöner Tag; die Sonne lachte mich an. Da aus dem Schlafzimmer immer noch nichts zu hören war, beschloß ich, mich anzuziehen und etwas Make-up aufzulegen. Ich hatte gerade erst meinen BH, meinen Slip und die Strümpfe an, als ich die Schlafzimmertür aufgehen hörte. Schnell kroch ich wieder unter das Laken und stellte mich schlafend.

Ich hörte Dans Stimme. »Adele, bist du schon wach?«

Ich gähnte. »Wie spät ist es denn?«

»Ungefähr halb elf.«

Wenn er überrascht war, mich hier zu sehen, so ließ er es sich jedenfalls nicht anmerken. Er sah müde und zerknautscht aus. Offenbar hatte er in seinen Kleidern geschlafen.

»Wie geht's dir, Dan?«

»Mies, ich hab' einen üblen Kater. Und was ist mit dir?«

»Ein bißchen Kopfschmerzen, sonst fühle ich mich großartig. Ist Norman schon wach?«

Dan setzte sich auf die Sofakante. »Nein, der schläft noch. Tut mir leid, daß es mich heute nacht umgehauen hat, Kleines. Ich habe ein ganz schlechtes Gewissen, weil ich dich alleine gelassen habe.«

»Ist schon in Ordnung, Dan, wirklich. Es ist nur so spät geworden, daß ich beschloß, hier zu übernachten.«

Er saß neben mir. Keiner von uns sagte etwas. Dann sah er mich an, und wir mußten lachen. Ich umarmte ihn. »Oh Dan, das Leben ist manchmal schon seltsam, was?«

Norman kam aus dem Schlafzimmer und blinzelte in die wirkliche Welt, sein schäbiges New Yorker Apartment. Da war ein Mädchen, das er erst vor ein paar Stunden kennengelernt hatte und mit dem er eine leidenschaftliche Liebesnacht verbracht hatte, und daneben saß ein guter Freund, der seine Arme um eben dieses Mädchen schlang.

Ich fragte mich, ob Norman wohl genauso aufgewacht war wie ich, von der Erinnerung an die Nacht erregt und erneut für mich bereit. Ich hoffte es, doch er wirkte abwesend. Würden wir einander wieder fremd sein? Plötzlich war ich ganz niedergeschlagen. Hätte ich doch lieber meinem Instinkt folgen und gehen sollen? Vielleicht war es bloß wieder so eine betrunkene Nummer gewesen. Doch dann warf er mir einen langen Blick zu und lächelte, und mein Herz wußte es besser.

Ich erwiderte sein Lächeln. »Tag Norman, hast du gut geschlafen?«

»Ja, so gut wie schon lange nicht mehr«, antwortete er.

Ich erkannte am Klang seiner Stimme, daß wir keine Fremden mehr waren. »Ich auch. Das Sofa ist sehr bequem.«

Er sah Dan an. »Wir haben tatsächlich die ganze Flasche Scotch niedergemacht.«

»Allerdings, und jetzt hab' ich einen Kater.«

»Tröste dich, ich auch.«

»Das sieht man dir gar nicht an«, meinte ich.

Seine Augen waren immer noch so strahlend blau. Wir drei waren noch so jung, daß wir trotz der nächtlichen Zecherei das kalte Licht des Tages nicht zu scheuen brauchten.

Norman räumte die Gläser ab, stellte sie in die Spüle, kam ins Wohnzimmer zurück und zündete sich eine Zigarette an.

»Adele, warum ziehst du dich nicht an, dann könnten wir frühstücken gehen. Ich bin am Verhungern. Gleich um die Ecke gibt's 'nen guten Schinken-und-Eier-Imbiß.«

»Red' bloß nicht vom Essen«, stöhnte Dan und verschwand im Badezimmer.

Norman setzte sich aufs Sofa und küßte mich. »Du riechst gut, und du bist schön, wenn du aufwachst.«

Ja, er ist noch derselbe wie letzte Nacht, dachte ich. Doch dann runzelte er die Stirn.

»Hör mal, was zum Teufel läuft zwischen dir und Dan?«

Ich war völlig überrascht. »Nichts, warum fragst du?«

»Menschenskind, ich steh auf, und das erste, was ich sehe, ist Dan mit dir im Arm. Hast du ihn auch gevögelt?«

Ich lachte. »Natürlich nicht.« Doch ich merkte, daß er die Frage ernst gemeint hatte, und wurde wütend. Wollte er uns die Erinnerung an die letzte Nacht verderben? »Wie kannst du so etwas denken? Er ist einer meiner liebsten Freunde und auch ein Freund von dir, hast du das vergessen?«

»Hör mal,« sagte er und legte seine Hände um mein Gesicht, »ich möchte dich für mich allein haben, verstehst du?«

Seine Worte erregten mich. Ich küßte ihn; der Geschmack seines Mundes war mir so vertraut, als würde ich ihn nicht erst seit der letzten Nacht oder dem Morgen sondern schon ein Leben lang kennen. Er liebkoste meine Brustwarzen, und ich begehrte ihn erneut.

»Ich wünschte, wir wären allein«, sagte ich.

»Mmm, ich auch«, sagte er, nahm meine Hand und preßte sie gegen seinen harten Schwanz.

»Das heben wir uns für später auf; jetzt zieh' dich erst einmal an. Ich werde grantig, wenn ich Hunger habe.«

So ging ich mit meinem guten Freund und meinem neuen Geliebten frühstücken. Das war nicht nur eine Affäre für eine Nacht. Was ich gegeben und empfangen hatte, ließ sich nicht damit abtun, daß wir letzte Nacht ein paar Scotch getrunken hatten. Er war glücklich, das konnte ich ihm vom Gesicht ablesen, und ich war es auch. Eine gewaltige Woge hatte den Schmerz der Vergangenheit fortgespült. Ich wußte, daß noch mehr auf mich wartete, mehr von seinem Charme und seinem Witz, mehr leidenschaftliche Liebe. Die beiden unterhielten sich ein Weilchen über Normans Frau Bea. Ich merkte, daß Dan sie mochte, eine offenbar sehr kluge und begabte Frau. Sie war Sprachwissenschaftlerin und hatte in Boston Musik studiert. Das deprimierte mich so, daß ich vergaß, was für eine gute Malerin ich war und daß auch ich eine Ausbildung genossen hatte.

Norman merkte, wie still ich geworden war. Er preßte sein Knie gegen meines und warf mir über den Tisch einen stummen Kuß zu. Ich sah ihm lächelnd in die Augen und las seine Gedanken: »Was ich letzte Nacht mit dir erlebte, habe ich schon lange mit keiner Frau mehr erlebt.« Da war ich wieder obenauf.

Bisher hatte ich die meiste Zeit zugehört, doch nun wollte mein Liebster mehr über mich wissen. Er war damals schon eine Berühmtheit, ein bedeutender Schriftsteller, der viel gereist war und ein mondänes Leben geführt hatte. Dennoch war er bescheiden und konnte anderen Menschen sehr gut zuhören, ohne überheblich zu sein, ganz gleich, welche Meinung sie vertraten.

Ich erzählte von meinem Job, beschrieb, was da zu tun war, und stellte ihn als eine interessante Tätigkeit dar, die schöpferisch war und Spaß machte. Ich sagte, ich gehöre zu einer kleinen Gruppe von Künstlern, die das Medium Pappmaché weiterentwickelt hätten. Viele Leute wüßten gar nicht, daß sich daraus nicht nur grobe Formen sondern richtige Kunstwerke herstellen ließen. Bestimmt könnten sich manche noch an die ganz aus Pappmaché gefertigten Weihnachtsdekorationen von Lord and Taylor, B. Altman, Saks Fifth Avenue und Macy's aus den letzten Jahren erinnern, an diese magischen Fenster, in denen Märchengestalten und Figuren in modischen Kostümen vor phantasievollen Kulissen zu sehen waren. Einige dieser Figuren hätte ich gemacht.

Ich erzählte Norman von Hans Hoffmans Seminar über abstrakte Malerei und von einigen Malern, mit denen ich zusammenarbeitete. Ich brachte ihn zum Lachen, indem ich den Meister nachäffte, und fragte ihn, ob er nicht zu einer von Hoffmans offenen Diskussionsrunden kommen wolle, um ihn kennenzulernen.

Ich redete sogar über meine Familie, erzählte ihm, daß mein Vater als Drucker und Setzer bei der *Daily News* arbeitete, und auch, daß er früher Berufsboxer gewesen war und nun im CVJM von Brooklyn Boxunterricht gab. Norman wollte ihn gerne kennenlernen. Dan und ich mußten lachen, als wir uns die beiden zusammen vorstellten.

»Was ist daran so lustig?« fragte Norman.

»Das wirst du schon herausfinden, wenn er dir ein paar Boxstunden gibt«, antwortete ich lachend.

Norman wirkte interessiert. »Das würde mir gefallen.«

Dann gab Norman noch ein paar Hollywood-Stories zum besten. Er war ein verhinderter Schauspieler, und was die Geschichten so köstlich machte, war seine Art, die Szenen nachzuspielen und alle Figuren lebendig werden zu lassen. Wir lachten so viel, daß die Leute zu uns herüberstarrten. Nach ein paar Tassen Kaffee war der Kater verschwunden. Wir drei verstanden uns prächtig. Ich fühlte mich geborgen, geschätzt und begehrenswert in Gesellschaft meiner beiden Männer und konnte es gleichzeitig kaum erwarten, mit meinem Geliebten allein zu sein.

Kapitel 9

Norman fuhr für ein paar Tage nach Vermont zurück, um einige Sachen zu holen und seine Tochter zu sehen. Er rief jeden Tag an und sagte mir, daß er viel an mich denke, sich herrliche Dinge mit mir vorstelle und mich sehr vermisse. Bei jedem Anruf rechnete ich halb mit der Eröffnung, daß Bea und er es noch einmal miteinander versuchen wollten. Doch da er jedes Mal so unglücklich klang, hatte ich schließlich keine Zweifel mehr, daß es von seiner Seite aus und vorbei war, und war erleichtert. Er sagte, er müsse mit sich und seinem Leben ins reine kommen, sich darüber klar werden, wie es weitergehen solle. Er machte sich wohl auch Sorgen, wie seine Mutter auf die neue Situation reagieren würde.

Meine Gedanken drehten sich oft um ihn, und ich hatte Sehnsucht nach ihm. Unsere Beziehung hatte mit einem Feuerwerk begonnen, doch so vieles stand noch in den Sternen. Damals wußte ich zum Beispiel noch nicht, daß Norman sich alles nahm, was er wollte, ohne nach den Konsequenzen zu fragen. Doch was auch mit uns geschehen würde, ich mußte trotzdem mein eigenes Leben weiterführen. Mein Job, Hoffmans Seminare und ein Kurs in Bildhauerei bei der Art Students League ließen die Wartezeit schneller verstreichen.

Als Norman wieder in der Stadt war, sahen wir uns fast jeden Abend, verbrachten viel Zeit im Bett und spielten uns lustvoll aufeinander ein, auch ohne Scotch. Ich war verliebt, und da er so vorbehaltlos auf mich einging, entfachte er meine Leidenschaften wie noch nie jemand zuvor.

»Sag mir obszöne Dinge, Liebling«, hauchte ich ihm zu,

während wir uns liebten, und die pornographische Prosa, die ich daraufhin zu hören bekam, war unanständig genug, um mich zu erregen, und literarisch genug, um auch meine feineren Sinne anzusprechen. Manchmal gingen wir auch in meine Wohnung. Dort waren die Wände dünn wie Papier, und ich war schon immer recht laut im Bett. Meine Wohnung grenzte ans Treppenhaus, so daß die Leute, die draußen auf und ab gingen, einiges mitbekamen. Soviel ich hörte, verkaufte jemand Eintrittskarten.

Norman erzählte mir, er sei in der Lage, seinen Orgasmus hinauszuzögern, indem er an eine schöne Landschaft, grüne Wiesen, Bäume und einen blauen Himmel denke. Ich fand das seltsam, da ich so etwas noch von keinem anderen Mann gehört hatte. Es war mir nie in den Sinn gekommen, daß ein Mann dabei an einen Geschäftsabschluß vom Vortag, ein Baseballspiel oder Gott weiß was denken könnte. Zudem nahm mich mein eigenes Vergnügen zu sehr in Anspruch, um mir allzu viele Gedanken darüber zu machen, wie er seines verlängerte.

Norman fand mich schön; ihn faszinierte das Indianische an meinem Gesicht. Einmal erzählte er mir von einem Mädchen aus seinem Block, für das er mit dreizehn Jahren geschwärmt hatte. Ihr Gesicht habe dieselben schönen, indianischen Züge gehabt. Allerdings erwiderte die Kleine seine Liebe nicht, sondern machte sich statt dessen über seine großen Ohren lustig.

»Schaut doch, wer da kommt, Rote Segel im Sonnenuntergang«, habe sie den anderen Kindern zugerufen. Der Spitzname saß und brach Normans dreizehnjähriges Herz.

Zu Anfang unserer Beziehung hatte ich oft das Gefühl gehabt, ich müßte Norman unterhalten, wir müßten ständig miteinander plaudern, doch inzwischen konnte ich auch die ruhigen Augenblicke mit ihm genießen; ich begann zu verstehen, wie sehr ihn sein neues Buch beschäftigte. Ich begriff, daß ich seine Aufmerksamkeit nicht ununterbrochen in Anspruch nehmen konnte. Je näher der Erscheinungstermin von *Am Rande der Barbarei* kam, desto nervöser wurde er. Er sorgte sich, wie das Buch wohl aufgenommen werden würde. Außerdem hatte er noch die bevorstehende Scheidung im Kopf.

Er erzählte mir von Bea, von diesem letzten Winter auf der Farm in Vermont. Er war deprimiert, wütend und ständig erkältet gewesen. Seine Ehe mit einer Frau, die in seinen Augen immer unweiblicher und unsensibler wurde, hatte ihn verbittert. Im Bett hatte es auch nicht mehr geklappt. Für ihn hatte Bea sich zu einer Xanthippe entwickelt.

»Was du nicht bist, mein Liebling«, betonte er. Ich sagte damals zwar nichts, doch ich hatte den Eindruck, daß er sich unter anderem aus purer Langeweile von Bea getrennt hatte. Er wollte einfach nicht mit einem kleinen Kind und einer kühlen Frau auf einer Farm in Vermont festsitzen, sondern frei sein, um die Früchte seines neuen Ruhms in vollen Zügen genießen zu können.

Vielleicht keimte in eben diesem Winter die Saat der späteren Gewalt. Norman erzählte mir, wie er in Vermont mit einem kleinen Kätzchen und einer Schnur ein grausames Spiel getrieben hatte. Die Schnur hatte sich dem Jungen um den Hals gewickelt. Da zog er die Schlinge immer fester zu, bis es fast keine Luft mehr bekam. Je verzweifelter das Kätzchen sich freizukämpfen versuchte, desto stärker zog er an der Schnur und ließ sie erst los, als er es fast erwürgt hatte. Ich fand das abscheulich, konnte es aber nicht einordnen.

Inzwischen verbrachte ich fast jede Nacht bei ihm, da wir gerne in einem Bett schliefen und seines größer war als meines. Zudem waren die Wände seiner Wohnung dicker.

Wir trafen uns oft mit Dan, und wie in der Zeit mit Ed genoß ich es, daß wir drei uns so gut verstanden. Manchmal brachte Dan auch seine derzeitige Freundin mit. Norman trank an diesen Abenden zwar einiges, doch damals veränderte der Alkohol seine Persönlichkeit noch nicht so auffällig wie in späteren Jahren. Er wirkte etwas abwesend, wenn er angeheitert war, aber an irgendwelche Gemeinheiten oder Gewalttätigkeiten kann ich mich nicht erinnern. Mir fiel nur der Südstaatenakzent auf, in den er dann oft verfiel, und den ich amüsant fand. Nun bricht wieder der Schauspieler in ihm durch, dachte ich.

An einem Sommerabend fuhren Dan, Norman und ich nach Coney Island. Norman war schon im Jahr davor dort gewesen und beschrieb die Cyclone-Achterbahn in dem unnachahmlichen Stil, in dem er schon vom Skilaufen geschwärmt hatte. Er verlieh ihr etwas Mystisches, als sei eine Fahrt mit ihr eine wichtige Lebenserfahrung und nicht nur ein weiterer Macho-Test. Vier- oder fünfmal stieg ich mit Norman in den vordersten Wagen des verdammten Dings und jedesmal starb ich fast vor Angst, vor allem bei den höllischen Sturzfahrten. Doch seine Anerkennung war mir so wichtig, daß ich keine Furcht zeigen wollte, was mir auch gelang – ein wichtiger Anfang für uns.

Norman fühlte sich mit seiner Familie eng verbunden und sprach stets in einem liebevollen Ton von ihr. Einmal sagte er zu mir: »Es gibt ein Bild von meiner Mutter, auf dem sie mich im Arm hält, als ich ein paar Monate alt war. Etwas an dir erinnert mich an sie. Eigentlich siehst du ihr überhaupt nicht ähnlich, doch in ihrem Gesicht und in ihren Augen, in der Art, wie sie mich hält, kommt so etwas Sanftes zum Ausdruck, dieselbe Liebe und Zärtlichkeit, mit der du mich gerade anschaust.«

Seiner Beschreibung nach war sie eine typische jüdische Mutter, obwohl ich nicht glaube, daß er dieses Klischee vermitteln wollte; ich kann mich nicht erinnern, daß er es je benutzte. Fanny Mailer wachte wie eine Glucke über ihre Familie und alles, was ihr gehörte. Niemand außerhalb ihrer Familienfestung zählte.

Seinen Vater beschrieb Norman als einen höflichen, adretten, südafrikanischen Juden. Er war Buchhalter von Beruf und im Gegensatz zu der freimütigen, mitteilsamen Fanny, bei der man sofort wußte, woran man war, ein zurückhaltender, introvertierter Mensch. Dann war da noch Normans vergötterte kleine Schwester Barbara, eine Radcliffe-Absolventin und Papas Liebling.

Das interessanteste Mitglied von Normans Familie war für mich Normans Großvater mütterlicherseits, ein Rabbi aus Long Branch in New Jersey, dem Geburtsort Normans. Das Foto, das ich von ihm sah, zeigte einen stattlichen Mann in einem langen schwarzen Mantel und mit einem breitkrempigen Hut, dessen Gesichtsausdruck und dessen Augen mich sehr an Norman erinnerten. Er war Besitzer einer Metzgerei und Mitinhaber eines Lebensmittelgeschäfts gewesen. Fanny hatte zusammen mit ihren drei Schwestern den Laden geführt. Sie war damals sechzehn und schuftete wie eine Sklavin. Sie konnte mit dem Hackmesser Fleisch zerteilen und in saubere Stücke schneiden wie ein gelernter Metzger und lieferte die Bestellungen auch selbst aus. Norman sagte, sie sei damals öfter zur Zielscheibe antisemitischer Äußerungen geworden, und es sei für seine Familie nicht leicht gewesen, in einer Stadt zu leben, in der es sonst keine Juden gab.

Der Rabbi war ein hervorragender Gelehrter gewesen, aber leider kein guter Geschäftsmann. Sanftmütig und großzügig wie er war, fiel er auf jede rührselige Geschichte herein und ließ sich immer überreden, weiter anzuschreiben – sehr zum Verdruß von Fanny, die sich bereits zu einer energischen Geschäftsfrau entwickelt hatte.

Seltsamerweise erzählte Norman mir nur wenig über seine Großmutter. Sie hatte irgendwann einen schlimmen Unfall gehabt. Wenn ich mich recht erinnere, war sie beim Überqueren der Geleise eines Rangierbahnhofs vor einen fahrenden Zug gestürzt und hatte dabei einen Arm verloren.

Norman war neun, als seine Familie von Long Branch nach Crown Heights zog, so daß wir beide ungefähr zur selben Zeit in Brooklyn aufwuchsen – ich in einem überwiegend italienischen Viertel mit einer kleinen spanischen Gemeinde und er in einem überwiegend jüdischen.

Mit sechzehn ging er nach Harvard. »Wie konntest du dir das leisten?« fragte ich, worauf er mir erklärte, daß sein reicher Onkel Dave den größten Teil seines Studiums finanziert habe.

»Es war aufregend für mich«, erzählte er, »gleichzeitig fühlte ich mich aber total deplaziert zwischen all diesen älteren, vornehmen, reichen Jungs. Ich hatte nicht die richtigen Klamotten, nichts von alledem, was dort zählte, nur meinen Grips und mein Talent. Ich war oft einsam und eingeschüchtert, besonders am Anfang.«

Inzwischen arbeitete Normans Mutter Tag und Nacht in einer Ölhandlung, die seinem Onkel Dave gehörte. So müde sie manchmal auch war, sie fuhr regelmäßig mit dem Zug nach Boston, um Norman in Harvard zu besuchen. Jedesmal war sie mit Einkaufstüten beladen, die alles enthielten, was er gerne aß, nicht etwa Süßigkeiten, sondern Matzeklößchensuppe, Hering in Sauerrahm, gehackte Leber und Schmorfleisch. Er lotste sie immer gleich in sein Zimmer und stellte sie nur wenigen Leuten vor, da er sich ihrer schämte, wofür ihn hinterher natürlich Schuldgefühle plagten. Ich erinnere mich noch so genau an diese Geschichte, weil ich nur zu gut verstand, was damals in ihm vorging; ich hätte meine Eltern auch manchmal am liebsten verleugnet.

Norman widerstrebte es sein ganzes Leben lang, Einkaufstüten zu tragen oder mit jemandem gesehen zu werden, der welche trug. Als er und Bea nach seinem großen Erfolg im Ritz abstiegen, erschien sie mit einer Einkaufstüte in jeder Hand in der Lobby. Norman war wütend, denn er fand das peinlich. Er schleppte tatsächlich nie für mich oder irgend jemand anderen eine Einkaufstüte.

Wir hatten ein paar intensive Tage miteinander verlebt und beschlossen, uns einmal wieder etwas Zeit für uns selbst zu lassen. Eines späten Nachmittags kam ich in Arbeitshosen, meinem verkleckstem Malerkittel und mit einem hölzernen Zeichenbrett unter dem Arm von meinem Kunstseminar nach Hause. Ich war schon vor meinem Haus angelangt, als neben mir ein Taxi hielt und jemand meinen Namen rief. Die Autotür ging auf, und Norman stand vor mir. Ich war überrascht und erfreut, denn eigentlich hatten wir für diesen Abend nichts ausgemacht. Er sagte, er sei auf dem Weg zu einer Besprechung mit seinem Verleger, doch er habe mich einfach sehen müssen, um mir zu sagen, wie sehr er mich vermisse. »Was für ein Glück, daß du mir genau zur richtigen Zeit über den Weg gelaufen bist. Ich liebe dich, süßer Fratz. Bis morgen«, sagte er und küßte mich.

Als das Taxi davonfuhr, winkte er mir noch durch das Rückfenster. Ganz benommen vor Glück stand ich da. Dann rannte ich die Treppen zu meiner Wohnung hinauf und ließ mich aufs Bett fallen. Zärtliche Gedanken überfluteten mich, die mein Herz und meinen Körper wärmten. Oh Norman, ich liebe dich so sehr. Ich hätte weinen mögen.

Manchmal versuche ich den Fremden, der Norman heute für mich ist, mit der Erinnerung an diesen Nachmittag des Jahres 1951 in Verbindung zu bringen, an dem ein schlanker junger Mann mit klaren blauen Augen mich so verliebt ansah.

Kapitel 10

Am darauffolgenden Tag holte Norman mich von der Arbeit ab. Alle waren schon gegangen, und ich verlieh gerade noch ein paar Pappmaché-Pudeln für die Osterdekoration von B. Altman's den letzten Schliff. Sie waren mir gut gelungen; ich war stolz auf sie und ganz in meinem Element. Schon als Kind war ich stets am glücklichsten gewesen, wenn ich schöpferisch tätig sein konnte, mit welchem Medium auch immer. Ich verbrachte einen großen Teil meiner Zeit in Museen, vor allem im Museum of Modern Art, wo ich mit meinen Freunden durch den Garten spazierte oder stundenlang in der Penthouse-Cafeteria hockte. Norman begleitete mich oft dorthin. Er hatte einen angeborenen guten Geschmack und warf nicht nur im Vorbeigehen einen flüchtigen Blick auf die Werke, sondern nahm sich Zeit zum Schauen. Wir unterhielten uns über das, was wir sahen. Einer seiner Lieblingskünstler war George Tooker, der diese seltsamen, stummen, graugesichtigen, isoliert wirkenden Figuren malte. Ich war schon oft an einem kleinen Gemälde von Tooker vorbeigelaufen, das zum festen Bestand des Museums gehörte, ohne mir viele Gedanken darüber zu machen, bis Norman mich darauf hinwies, daß es ein ganz besonderes Bild sei. Da mir die Surrealisten gefielen, mochte ich auch dieses Werk.

Mondrian gehörte ebenfalls zu meinen Lieblingsmalern. Einmal standen wir vor einem Bild mit dem Titel »Broadway Boogie Woogie«, und ich versuchte Norman zu erläutern, wie Mondrian die Farben einsetzte, um Rhythmus und Bewegung zu erzeugen, doch diesmal begriff er einfach nicht, was ich meinte.

Norman erzählte mir von Mark Rothko, einem Maler, den er auf einer von Zero Mostels Parties kennengelernt hatte. Er sagte, er würde mich gern mal in Rothkos Wohnung mitnehmen, denn dort gäbe es ein paar wirklich erstaunliche Bilder zu sehen. Er rief Mark an, und wir besuchten ihn an einem Nachmittag, an dem ich ein paar Stunden Zeit hatte.

Rothko war ein stämmiger, dunkler, finster aussehender Mann mit Brille und er trug einen marineblauen Anzug. Er war der erste unzerknitterte Künstler, den ich kennenlernte. Wir saßen in einem düsteren, holzgetäfelten Wohnzimmer und plauderten angeregt. Doch ich war ungeduldig, denn ich konnte es kaum erwarten, Rothkos Bilder zu sehen. Schließlich öffnete er zwei große Schiebetüren zu einem riesigen, zweistöckigen Atelier. Wir blickten fasziniert auf ein alles überragendes Gemälde am Ende des langen Raumes. Es zeigte zwei Rechtecke in leuchtenden Farben, die aufeinander zutanzten, so einfach und so schön, daß ich hätte heulen mögen.

Noch nie hatte ich ein Bild wie dieses gesehen; für mich war es ein fast spiritueller Augenblick. Das Bild prägte sich mir ins Gedächtnis ein und erinnert mich immer daran, daß ich diesen Augenblick mit Norman erlebt habe.

Unsere Beziehung hatte ungefähr vier Monate vor der Veröffentlichung von *Am Rande der Barbarei* begonnen. Norman war sehr gespannt auf die Rezensionen. Er befürchtete, daß die Kritiker darauf aus sein könnten, ihn fertigzumachen. Dieses neue Buch mußte schon ein Geniestreich sein. Nach einer Weile zeichnete sich ab, daß die schlechten Kritiken überwogen. Ich erinnere mich nur noch an eine. Die *Times* schrieb, es sei »geschmacklos, schwunglos und reizlos«.

Norman schien die Kritiken gelassen aufzunehmen, doch ich spürte seine unterschwellige Wut und Niedergeschlagenheit. Er versicherte mir, daß ich nicht der Grund für seine

Verstimmungen sei, und natürlich gab es unzählige Möglichkeiten, sich abzulenken, vor allem Parties; wir hetzten von einer zur andern. Ich hatte nur sehr wenige Partykleider, so daß meine Garderobe völlig überholt werden mußte. Norman war großzügig und gab mir Geld, damit ich mir ein paar hübsche Sachen kaufen konnte.

Ich kaufte viel schwarzen Samt. Das gefiel ihm. Und mit dem schwarzen Samt und den Parties kamen die Cocktails, an denen ich allmählich Geschmack fand. Meine Welt veränderte sich; alles war neu, meine Kleider, die Menschen, die Situationen, die ich erlebte – nur die Bruchbuden, in denen wir wohnten, nicht. Eine der ersten Parties, an die ich mich noch erinnere, mein Debüt sozusagen, fand in Viveca Lindfors' großem Haus droben in den Nineties statt. Norman und ich hatten miteinander geschlafen, bevor wir hingingen, und ich glühte noch von meiner Schönheitskur.

Nach unserer Ankunft stellte er mich Viveca und ihrem Ehemann George Tabori vor. Sie begrüßte und hofierte Norman überschwenglich, doch mich ignorierte sie völlig. Ich fühlte mich gehemmt und unbeholfen; nun ahnte ich, wie Bea zumute gewesen sein mußte und was mir bevorstand. Doch da ich damals noch nicht viel trank, reagierte ich nicht aggressiv, sondern blieb ruhig. Natürlich störte es mich nicht, wenn Männer Norman zum Mittelpunkt erhoben, doch daß Frauen ungeniert mit ihm flirteten, als sei ich gar nicht da, machte mir schon zu schaffen.

In viel angenehmerer Erinnerung habe ich eine andere Party, die irgendwo in der East Sixty stattfand. Ich weiß nicht mehr, wer sie gab, aber ich erinnere mich noch an die interessanten Leute, denen ich dort begegnete. John Huston und seine Frau, die Ballerina Ricky Soma, waren da. Der hochgewachsene Clifford Odets mit dem wilden Lockenkopf kündigte seine Ankunft mit ein paar Trillern auf der Klarinette an, die er dabeihatte. Stella Adler, die schon als Grande Dame zur Welt gekommen sein mußte, erschien mit ihrem Bruder Luther. Erhaben wie eine Königin schaute sie zu Norman herunter und flirtete unverhohlen mit ihm, ohne weiter auf mich zu achten. Doch sie war eine so außergewöhnliche Persönlichkeit, daß ich sie nicht als Bedrohung empfand. Ich wußte, die beiden würden nie nebeneinander aufwachen.

Der größte Augenblick war meine Begegnung mit Charles Chaplin. Er war galant, sagte mir, daß ich schön sei und küßte mir die Hand; ich war sprachlos. Diese Party hatte für mich etwas Unwirkliches; ich fragte mich, ob ich träumte. Als Charly mit mir und Norman plauderte, versuchte ich vergeblich, an irgendeiner winzigen Geste den kleinen Tramp wiederzuerkennen.

Kapitel 11

Im Frühjahr 1952 dachte Norman ernsthaft darüber nach, einen Roman über Hollywood zu schreiben. Er beschloß, drei Wochen nach Los Angeles zu fahren, um ein wenig zu recherchieren, seine Erinnerungen aufzufrischen und sich inspirieren zu lassen. Er bat mich, ihn zu begleiten, aber ich konnte keinen Urlaub nehmen. Wie immer um diese Zeit hatten wir alle Hände voll zu tun. Er schrieb mir fast jeden Tag – lustige, zärtliche, erotische Briefe. Doch der erste wühlte mich schrecklich auf; ich habe ihn nie vergessen und das beiläufige Geständnis der Untreue, das er enthielt, nie wirklich verstanden.

All das Schöne, das er mir in diesem Brief schrieb, wurde durch einen Satz zunichte gemacht: »Ich bin mit zwei Frauen ins Bett gegangen.«

Ich weinte vor Eifersucht und Wut und war drauf und dran, ihn in L.A. anzurufen und ihm zu sagen, daß er nicht mehr zu mir zurückzukommen brauche, daß es aus sei zwischen uns. Doch ich tat es letztendlich doch nicht, und dann geschah etwas, das mich ablenkte.

Ein Ehepaar, Malerfreunde aus meiner Anfangszeit im Village, lud mich zum Abendessen in sein Loft ein – zusammen mit Norman, den sie auf einer anderen Loft-Party flüchtig kennengelernt hatten. Norman sei in L.A., doch ich käme sehr gerne, gab ich Bescheid. Die Frau war eine ausgezeichnete Köchin, und nach dem Essen saßen wir drei beisammen und tranken. Ein Joint ging herum, und ich rauchte zum ersten Mal Pot.

Seit jener hysterischen Nacht in Dans Wohnung, dem endgültigen Bruch mit Ed Fancher, war ich nicht mehr richtig betrunken gewesen, und das war inzwischen schon lange her. Selbst auf den Parties in den gesellschaftlichen Kreisen meines Geliebten hatte ich höchstens mal einen kleinen Schwips. Ich konnte nach einem Cocktail aufhören, nicht weil ich mußte, sondern weil es mich gar nicht reizte, mehr zu trinken. Die Macht des Alkohols hatte ich noch nicht entdeckt. Er beherrschte mein Leben noch nicht, wie er es später tun sollte.

Norman trank viel, aber er wurde nicht ausfällig, aggressiv oder geil auf jede Frau im Raum. Noch nicht …

Doch an diesem Abend fühlte ich mich anders als sonst. Ich war wütend und verletzt. Mein Geliebter war mir untreu geworden, und das nicht nur einmal sondern gleich zweimal. Der Rest des Briefes interessierte mich nicht, das einzige, was zählte, war dieses Geständnis.

Der Alkohol und das Gras zeigten Wirkung; wir waren alle drei high. Mein Gastgeber und meine Gastgeberin begannen sich zu lieben. Ich war reichlich verblüfft und ziemlich verlegen. In solch einer peinlichen Situation hatte ich mich noch nie befunden. Dann forderten sie mich auf, mitzumachen.

Verdammt, warum nicht? Ich brauchte meine Rache, auch wenn ich mich unsicher, linkisch und mehr als nur ein bißchen verkrampft fühlte.

Ich war alles andere als orgienerfahren. Soweit ich wußte, gab es unter meinen Bekannten aus dem Village niemanden, der je einen flotten Dreier abgezogen hatte, und wenn, dann wäre nicht darüber gesprochen worden. Ich hatte in Eds Pornosammlung Bilder gesehen, doch das war auch schon alles. Wie unschuldig wir in Wirklichkeit doch alle waren!

Norman hatte mir von den zwei Prostituierten erzählt, mit denen er sich in Paris vergnügt hatte, als er noch mit Bea verheiratet war. Er erzählte die Geschichte sehr amüsant; an die Details kann ich mich nicht mehr erinnern. Die eine Hure hatte Norman gefragt, ob er etwas dagegen hätte, wenn ihre Freundin auch mitkäme. Norman hatte als reicher und erfolgreicher Schriftsteller genug Geld für beide. Es tat das zwar zum ersten Mal, doch zur Belustigung und Freude der beiden Frauen war er recht einfallsreich.

Und nun war ich hier und tat es selbst. Wenigstens fand ich die beiden ausgesprochen sympathisch. Sie waren begabte Maler, und ihr Stil und ihr schönes Loft gefielen mir. Ich beruhigte mich, daß ich doch nicht wirklich untreu sei. Schließlich sei es ein Pärchen. Mit einem Mann wäre es etwas anderes gewesen.

Am nächsten Morgen redete ich viel von Norman. Ich erzählte den beiden, wie eng unser Verhältnis sei, wie sehr ich ihn liebte, daß er ein paar Wochen weg sei und daß ich ihn schrecklich vermißte. Obwohl ich immer noch verletzt und wütend auf ihn war, sehnte ich mich in diesem Augenblick nach seinem Körper, seinem Geruch, seiner Stimme und seinem Lachen und wünschte, er würde mich in den Armen halten und vor mir selbst schützen.

Ich beschloß, ihm zu schreiben, und da er so ehrlich zu mir gewesen war, fand ich es nur fair, es auch zu sein.

Kapitel 12

Norman telegraphierte mir, er käme aus L.A. zurück, ich solle zu ihm in die Vierundsechzigste Straße kommen. Ich war überrascht, denn ich hatte ihn erst eine Woche später erwartet. Nach einem Arbeitstag, der kein Ende zu nehmen schien, hastete ich nach Hause, um mich umzuziehen. Ich wollte besonders schön aussehen und entschied mich schließlich für ein neues, hellgrünes Seidenkleid und meine hochhackigen, schwarzen Pumps. Ich war überglücklich, konnte an nichts anderes denken als an ihn. Seinen Brief und diese verrückte Nacht mit meinen Freunden hatte ich aus meinem Gedächtnis gestrichen.

Erst als ich die Treppen zu Normans Wohnung hinaufstieg, fiel mir mein Brief wieder ein. Ich fühlte mich noch kribbliger – und auch ein bißchen schuldig. Ich beschloß, nicht zu klingeln, sondern meinen Schlüssel zu benutzen.

Er kam nicht an die Tür, um mich zu begrüßen, sondern blieb mit einem Drink in der Hand in dem riesigen, schäbigen Sessel sitzen, der den Raum wie ein Thron dominierte. Trotzdem: Ich freute mich riesig, ihn zu sehen.

»Ach Liebling, ich bin so froh, daß du wieder zurück bist«, rief ich.

Die Worte waren kaum heraus, als er mich auch schon anspuckte. Er war so aufgebracht, daß ich einen Augenblick lang befürchtete, er würde mich schlagen. Ich starrte den nassen Fleck auf meinem Kleid an, und meine Augen füllten sich mit Tränen.

»Warum hast du das getan?«

»Du Flittchen, du konntest wohl nicht warten, bis ich

zurückkomme, wie? Ein Kerl war dir nicht genug; du mußtest gleich einen Zirkus veranstalten. Wie oft warst du mit ihnen zusammen?«

Ich spürte, wie ich rot wurde. Meine Schuldgefühle schlugen in Wut um.

»Und was ist mit diesen Frauen, die du gevögelt hast? Bei dir ist das wohl in Ordnung, nur bei mir nicht? Meinst du, ich sei aus Holz?« Ich begann zu weinen.

Er sah mich an, immer noch wütend. Lektion Nummer eins in unserer Beziehung – Frauentränen ließen Norman völlig kalt. »Ich gehe«, stieß ich hervor und lief auf die Tür zu.

»Komm her, verdammt nochmal!«

Ich drehte mich um; wir blickten uns einen Augenblick lang an, und ich spürte, daß ich eigentlich gar nicht gehen wollte, so wütend ich auch war.

»Komm her, Baby«, sagte er noch einmal.

Ich zögerte, dachte an diese gesichtslosen Frauen und meinen verletzten Stolz und war unschlüssig, was ich tun sollte.

»Ich liebe dich«, sagte er und umarmte mich; ich ließ ihn gewähren, sträubte mich jedoch noch gegen eine bittersüße Verführung.

»Warum hast du das getan?« fragte ich. »Was hast du bei ihnen gesucht?«

»Das könnte ich dich auch fragen«, erwiderte er.

»Das ist nicht dasselbe; ich habe dir doch geschrieben, wie es war. Ich hatte nichts mit ihnen, es waren Freunde.«

»Schöne Freunde.«

»Er hat mich nicht einmal gevögelt, wir haben nur herumgespielt wie Kinder. Ich war dumm und habe zuviel getrunken. Ich fühlte mich so einsam ohne dich, und als ich deinen Brief las, wurde ich verrückt vor Eifersucht.«

Er erstickte meine Worte mit Küssen und noch mehr

Küssen, bis kein Platz mehr war für Gedanken, nur noch für Verlangen.

Später, im Bett, erzählte er mir, er sei jahrelang mit dem Gefühl herumgelaufen, innerlich tot zu sein. Er hätte nichts mehr empfunden. Durch mich hätte sich das geändert. Bei mir hätte er sich geöffnet und sich gestattet, wieder Liebe und Schmerz und vor allem Freude zu empfinden, sich wieder lebendig zu fühlen.

Kapitel 13

Ein paar Wochen später erzählte mir Dan, daß die Wohnung neben ihm frei geworden sei. Sie bestünde wie seine aus einer Küche mit Badewanne, einem separaten kleinen Schlafzimmer, einem winzigen Abstellraum und einem Wohnzimmer, das etwas größer sei als mein jetziges. Wir müßten uns allerdings die primitive Toilette mit Zugkette teilen, die diese Wohnung mit seiner verband. Sie kostete nur siebzehn Dollar im Monat und befand sich im sechsten Stock eines baufälligen Mietshauses an der Ecke Erste Avenue/Zweite Straße. Durch die hinteren Fenster blickte man auf einen alten jüdischen Friedhof hinunter, der im Schatten von drei riesigen Ulmen lag. Einige Äste waren so lang, daß sie fast die Fenster berührten. Die niedrige Miete, der wunderschöne Ausblick und der Umstand, daß Dan gleich nebenan wohnte, erleichterten mir die Zusage. Ich brauchte sowieso eine Veränderung. Ed erfuhr von Dan, daß ich umziehen wollte. Da er immer noch seinen Lieferwagen hatte, erbot er sich, meine paar Sachen in die neue Wohnung zu transportieren, was ich sehr nett von ihm fand.

»Klar, warum nicht«, meinte ich lachend. »So bleibt es in der Familie.«

Ich strich die Wände weiß, und da das Schlafzimmer keine Türe hatte, versah ich den Eingang mit einem hübschen Holzperlenvorhang, den ich in einem Trödelladen aufgestöbert hatte. Ich mochte das leise Klimpern der Perlen und das rasselnde Geräusch beim Hindurchlaufen. Über die nackte Glühbirne im Schlafzimmer hängte ich eine rote, chinesische Laterne, die den kleinen Raum in ein glutrotes Licht tauchte, das durch den Vorhang schien.

Dort, in dieser Wohnung, konnte ich mich fühlen wie Sadie Thompson oder wie in Ricks Café in Casablanca. Norman gefiel der Lichteffekt, und eines Nachts bat er mich, so zu tun, als sei ich Sadie, die nackt hinter dem Perlenvorhang darauf wartete, daß Hochwürden Mailer erschien und ihre Seele rettete. Wir hatten großen Spaß an diesem Spiel.

In jenem Winter wollte Norman mich zum Skilaufen mitnehmen. Ich war eigentlich keine große Sportlerin, hatte nichts von der Sportlichkeit meines Vaters geerbt. Daddy hatte mir das Fahrradfahren und das Eislaufen beigebracht, und ich konnte bäuchlings auf meinem kleinen Schlitten fahren, doch kein Kind aus meinem Block lief Ski. Das war ein Sport für reiche Leute, den ich nur aus dem Kino kannte. Doch Norman versicherte mir, daß ich begeistert sein würde. Es war unser erster gemeinsamer Wochenendausflug.

Er kaufte mir im Norse House die neueste Skiausrüstung, und wir fuhren nach Stowe in Vermont. Er hatte recht, es war wundervoll. Ich stellte mich ganz geschickt an und machte schon instinktiv unbeholfene Stemmbögen, als ich noch nicht einmal den Schneepflug beherrschte. Norman hatte seine Freude an meiner Begeisterung und war stolz, daß ich so schnell lernte. Wir verbrachten eine herrliche Zeit miteinander, liefen in einer wunderschönen Landschaft Ski, gingen anschließend mit einem Bärenhunger von der Kälte und der Bewegung in frischer Luft etwas Leckeres essen und liebten uns in unserem mollig warmen, kleinen Zimmer. Wäre unsere Ehe ein ständiger Skiurlaub gewesen, wären wir vielleicht heute noch zusammen, doch unser Leben war nun mal kein Skiausflug.

Kapitel 14

Bevor ich Norman kennenlernte, hatte ich immer in billigen Village-Kneipen gegessen. Auch das hatte sich inzwischen geändert. Da wir beide Schlemmer waren, machte es ihm Spaß, seine Freundin aus der Village-Boheme in alle möglichen Restaurants auszuführen. Ich erinnere mich noch an das Petipas, ein romantisches kleines Lokal im westlichen Abschnitt der Neunundzwanzigsten Straße, ein Treffpunkt für Ballettänzer, dessen Küche Norman besonders schätzte. Es war mein erstes französisches Restaurant. Norman redete französisch mit dem Kellner; er übertrieb maßlos und versuchte sogar, den Marseille-Akzent von Jean Gabin zu imitieren. Ich hörte, daß seine Aussprache nicht gut war; ich hatte mir seit meinem sechzehnten Lebensjahr im Thalia sehr häufig französische Filme angesehen, deshalb war mir der Klang der Sprache wohlvertraut, auch wenn ich nicht viel verstand. Doch Norman war ein solcher Schauspieler, daß es einfach Spaß machte, ihm zuzuhören, besonders weil ich eine Schwäche für Gabin hatte, diesen Teddybären mit erotischer Ausstrahlung – genau wie mein etwas schlankerer Geliebter. Norman bestellte einen teuren Wein und brachte in seinem rollenden Französisch einen Toast auf mich aus: »Auf meine Wahrheit und deine Schönheit.«

Da war auch noch das Nicholson's, ein schickes Bistro mit einem kunstvoll gestalteten Garten, wo wir zwischen weißen griechischen Statuen und zwei kleinen Weiden speisten. Das Lokal war für seine *mousse au chocolat* bekannt – noch etwas, das ich noch nie probiert hatte. Als ich eine bestellte, verbesserte Norman mich nachsichtig: »Mousse, nicht moussé,

Liebling.« Das war der Beginn meiner Mädchenpensionatserziehung.

Norman mußte seine Wohnung räumen, da ihr Besitzer, der sie ihm auf unbestimmte Zeit überlassen hatte, nach New York zurückkehrte. Er fand ein noch übleres Loch in der Pitt Street drunten in der Lower East Side. Er wohnte ungefähr zwei Monate dort, als durch einen glücklichen Zufall die vordere Wohnung in meinem Stockwerk frei wurde. Der Umzug ging schnell, da er so gut wie keine Möbel hatte, nur Kartons mit Büchern. Ich fand es einfach großartig, nun zwischen Dan und Norman zu wohnen. Da Norman die meiste Zeit bei mir war, kam er auf die Idee, die Wand zwischen unseren beiden Wohnungen herauszureißen und aus ihnen eine durchgehende Etagenwohnung zu machen. Dann hätten wir jede Menge Platz, zwei Spülen und zwei Toiletten, an jedem Ende der Zimmerflucht eine, und was das Beste daran wäre, ich könnte mir ein Atelier einrichten. Norman brauchte keinen Platz zum Arbeiten; er hatte sich ein kleines Zimmer in Brooklyn Heights gemietet, in der Nähe der Wohnung seiner Mutter, bei der er jeden Tag zu Mittag aß.

Mein Geliebter hatte noch mehr Überraschungen auf Lager. Er konnte nicht nur Wände niederreißen, er war auch ein begabter Klempner und Schreiner. Zu meiner Freude schob er die Badewanne vom Wohnzimmer in die Küche und errichtete um sie herum eine Trennwand. Dann erneuerte er die alten Rohrleitungen und installierte sogar einen Boiler. Es sah schön aus, fast wie eine Kreation von Rube Goldberg. Wir liebten unsere Siebenunddreißig-Dollar-Etagenwohnung und die rückwärtige Aussicht auf den Friedhof. Gemeinsam scheuerten wir die Fußböden, strichen die Wände weiß und hängten meine Bilder auf. Sonntags klopften wir immer an Dans Tür, spazierten mit ihm durch die Einkaufsstraßen und hielten nach Sonderangeboten Ausschau. Zum Schluß landeten wir stets in Katz's Delikatessengeschäft und aßen Hot Dogs und Pastrami-Sandwiches. Ich glaube, Norman fühlte sich in keinem der Luxusdomizile, die wir später bezogen, so wohl wie in dieser bescheidenen Wohnung ohne fließend Warmwasser.

Ein paar Monate nach der Renovierung unserer Wohnung gab ich meinen Job auf. Norman sagte, ich bräuchte nicht zu arbeiten, und eröffnete ein Girokonto für mich, mein allererstes. Bisher hatte ich weder Schulden noch ein Sparkonto gehabt, sondern alles, was ich zum Leben brauchte, bar bezahlt, daher war ein Girokonto für mich eine aufregende Sache. Nun würde ich endlich mehr Zeit zum Malen haben, und mehr Zeit, Normans Frau zu spielen.

Was mich betraf, so war im Haushalt nicht viel zu tun. Ich mochte Hausarbeit sowieso nicht und beschränkte sie auf das Nötigste. Ich machte das Bett, fegte und spülte ab und zu ein paar Teller ab; da wir aber meistens auswärts aßen, war das kein Problem. Später, in anderen Wohnungen, hatten wir immer Hausmädchen. Norman schlug mir damals schon vor, eines einzustellen. Das war nett gemeint, doch die Vorstellung, daß ein Mädchen sechs Treppen zu unserer Bruchbude hinaufstieg, war einfach absurd.

Wir kannten viele Leute und gingen ständig aus. Ich besuchte immer noch Hans Hoffmans Kurse. Norman hatte mir schon kurz nach unserer ersten Begegnung angeboten, sie zu bezahlen. Das war sehr großzügig von ihm, und ich liebte ihn dafür, doch ich lehnte ab. Statt dessen erklärte ich Meister Hoffman, wie schwierig es für mich sei, die Kurse zu finanzieren, und bat ihn um ein Stipendium. Als Gegenleistung schlug ich ihm vor, mich als Klassenordnerin nützlich zu machen, nach dem Unterricht aufzuräumen, Modelle zu buchen und andere anfallende Arbeiten zu erledigen. Ich war stolz, als Hoffman sich einverstanden erklärte, denn das bedeutete, daß er meine Arbeit wirklich schätzte.

Obwohl ich nun mein neues Girokonto und Geld auf der Bank hatte, wollte ich auf mein Stipendium nicht verzichten – vielleicht weil es mir einen letzten Rest meiner früheren Unabhängigkeit bewahrte.

Die Sitzungen bei Dr. Booth hatte ich bereits reduziert, und schließlich erschien ich in seiner Praxis, um ihm zu verkünden, daß ich nun nicht mehr zu kommen bräuchte, da ich mich in Norman, den ich über alles liebte und eines Tages heiraten würde, selbst gefunden hätte. Er sah mich mit seinem gequälten Hundeblick an.

»Hat er Sie gebeten, ihn zu heiraten?«

»Nein, doch das wird er. Schließlich sind wir noch dabei, uns kennenzulernen.«

Er ließ mich reden und nickte nur gelegentlich. Am Ende der Stunde schüttelte ich ihm die Hand und dankte ihm, voller Vertrauen in mein neues Glück. Natürlich ließ er sich nicht anmerken, wie skeptisch er war, doch ich spürte es.

»Melden Sie sich mal wieder«, verabschiedete er mich, was ich jedoch nie tat.

Norman hatte mich zwar nicht kritisiert, weil ich zu einem Psychiater ging, aber ich wußte, wie wenig er von Psychoanalyse hielt, und ich bin mir sicher, daß seine ablehnende Haltung meine Entscheidung beeinflußte. Im nachhinein betrachtet war es nicht der richtige Zeitpunkt, die Therapie abzubrechen, doch wann ist schon der richtige Zeitpunkt? Meine Beziehung mit Norman war komplizierter als die mit Ed Fancher. Ich hätte mich eingehender mit unserem Verhältnis, mit seiner narzistischen, dominanten Persönlichkeit und meinen infantilen Abhängigkeiten, mit seinem Alkoholkonsum und meinem zunehmenden Interesse am Alkohol auseinandersetzen müssen, um über die Euphorie einer neuen Liebe, über Selbstsucht, Romantik und Sex hinausschauen zu können. Doch ich hatte weder das Bedürfnis noch die Einsicht, meine Scheuklappen abzulegen. Schließlich liebten wir uns, und das war für mich die Antwort auf alle Fragen.

Normans Vorbehalte gegen die Psychoanalyse waren vielleicht nicht der einzige Grund, warum er nicht wollte, daß ich zu einem Therapeuten ging. Er hatte ein ausgeprägtes Bedürfnis, den Pygmalion zu spielen. Und da ich mich trotz meiner leicht zu erschütternden Selbstachtung gegen die Rolle der Galatea sträubte, stritten wir uns oft. Mit Frauen herumzuzanken war jedoch ein Lieblingssport Normans.

Manchmal versteifte er sich auf die eine oder andere Idee und ließ sich durch nichts, was andere sagten oder taten, von ihr abbringen. Der Herr hat gesprochen, und so sei es.

Da war die Phase, in der ihm Knoblauch absolut zuwider war, obwohl er ihn sein Leben lang gegessen hatte. Ich entwickelte mich allmählich zu einer recht guten Köchin und probierte am liebsten neue Gerichte aus den schönen Kochbüchern aus, die Norman mir kaufte. Ich glaube nicht, daß ich damals übermäßig viel Knoblauch verwendete. Zumindest war es nicht so, daß alles, was ich kochte, nur nach Knoblauch schmeckte, denn ich hielt mich stets sklavisch genau an die Rezepte. Doch er steigerte sich immer mehr in seine Aversion hinein.

»Er kommt uns schon aus allen Poren heraus, ich kann ihn riechen.«

»Also ich nicht. Du und dein überentwickelter Geruchssinn. Du bist wie Marcel Proust, ständig riechst du irgendwas. Warum schreibst du nicht ein Buch über deine Nase?« Ich war wirklich aufgebracht, weil ich nun all meine mediterranen Gerichte vom Speisezettel streichen mußte. »Wovon zum

Teufel sollen wir uns denn ernähren? Von Hafergrütze? Und was ist mit den Spezialitäten-Restaurants, in die wir immer gehen?«

»Wir werden in Zukunft amerikanisch essen, in irgendwelchen kleinen, schlichten Lokalen.«

Ein Lieblingsgericht Normans, an das er sich heute noch erinnert, waren meine Schweinekoteletts mit Safranreis. Wie sollte ich das ohne Knoblauch zubereiten?

»Kein Knoblauch«, beharrte er.

»Aber das ist unmöglich. Nimm doch um Himmels willen Vernunft an.«

In meiner Verzweiflung kochte ich daraufhin von jedem Gericht zwei Varianten, eine mit Knoblauch und eine ohne. Das hielt ich ungefähr zwei Wochen lang durch, dann schmuggelte ich allmählich wieder Knoblauch ins Essen, immer nur ein bißchen. Er bemerkte es nicht.

Als wir zusammenzogen, mußte ich, was das Kochen betraf, erst einmal zwei grundlegende Dinge lernen. Mittags aß Norman am liebsten immer dasselbe, den Thunfischsalat, den seine Mutter ihm seit seiner Kindheit servierte. Ich mußte ihn nach dem gleichen Rezept zubereiten. Und Rührei mußte ebenfalls genauso schmecken wie bei Mama Fan.

Norman gab mir geduldig Unterricht im Eierbraten. Sie müßten genau die richtige Konsistenz haben, das sei sehr wichtig, erklärte er mir. Einmal waren sie noch nicht ganz durch, da kippte er sie einfach auf den Fußboden. Ich starrte fassungslos auf die klebrige Pampe.

»Wisch das auf«, sagte er.

»Du kannst mich mal, wisch es doch selbst auf. Und in Zukunft kannst du bei deiner Mutter frühstücken.«

Später gelangen mir die Eier, so daß sich der Vorfall nicht wiederholte.

Thunfisch und Rührei – das waren zwei Gerichte, die

genauso schmecken mußten wie bei Mama, sonst konnte man was erleben.

Ein anderes Mal drückte er mir seine Ausgabe von Marx' *Kapital* in die Hand; es habe sein Leben und folglich auch seine Arbeit beeinflußt, erklärte er mir.

»Warum liest du es nicht? Ich glaube, Bea hat es nie zu Ende gelesen. Wenn *du* es ganz durchliest, bist du wahrscheinlich die einzige Frau in New York, die das von sich behaupten kann.«

Ich fragte mich, ob die vollständige Lektüre dieses monumentalen Werks die einzige Leistung wäre, derer ich mich je würde rühmen können, und ob mir die dabei erworbenen Erkenntnisse endlich genug Selbstvertrauen verleihen würden, um mich an den heißen politischen Diskussionen mit Normans Schriftstellerfreunden zu beteiligen.

Ich blätterte die Seiten durch. »Du meine Güte, das kann nicht sein Ernst sein.« Es war wie bei diesen fünf Achterbahnfahrten. Nach zwei Kapiteln bekam ich Kopfschmerzen. Das war das Ende meiner Bekanntschaft mit Karl Marx.

Norman las ununterbrochen, selbst während der Mahlzeiten. Also las ich auch, um mich nicht einsam zu fühlen. Für mich war die Toilette ein Ort, an dem man sich nur aufhielt, um sein Bedürfnis zu verrichten, doch für Norman war sie die Öffentliche Bibliothek von Brooklyn.

Wir waren fast jede Nacht unterwegs, deshalb genoß ich die Abende, an denen wir zuhause blieben. Dann gingen wir nur kurz etwas essen und kehrten anschließend gleich in unsere Wohnung zurück. Ich betrachtete Norman sehr gern und freute mich über die Augenblicke, in denen er mir seine Liebe zeigen konnte. Dann und wann las er mir eine Passage vor und steckte mich mit seiner Begeisterung für seine Lektüre an. Da er sonst immer so rastlos war, schätzte ich diese seltenen Abende, an denen wir einfach zwanglos zusammensein konnten, ohne zu trinken.

Kapitel 15

Eines Tages beschlossen wir, eine Einweihungsparty zu geben.

»Welche Berühmtheit würdest du gerne einladen, Liebling? Du kannst haben, wen du willst.«

»Marlon Brando natürlich.« Norman kannte ihn, und er war zur Zeit in der Stadt.

Ich kaufte bei Katz's eine Menge wunderbarer Köstlichkeiten ein und breitete sie einfach auf dem Tisch aus. Und natürlich war genug zu trinken da. Ich glaube, wir heuerten sogar einen Barkeeper an; das war schon ulkig – ein professioneller Barkeeper in diesem baufälligen Mietshaus. Nur Norman Mailer konnte es sich erlauben, in so einer Bruchbude eine Party zu geben. Natürlich hielten die Gäste das für eine seiner Launen.

Marlon erschien mit Rita Moreno. Er wirkte recht ungesellig, jedenfalls blieb er die ganze Zeit mit Rita auf dem Schoß in einer Ecke sitzen. Sie klammerte sich mit mürrischer Miene an ihren Besitz und signalisierte allen unmißverständlich: Hände weg. Dabei hätte sie sich gar keine Sorgen zu machen brauchen, denn die Leute hielten respektvoll Distanz, auch wenn manche sich am liebsten auf ihn gestürzt hätten, besonders die Frauen. Ich war so damit beschäftigt, die Gastgeberin zu spielen, daß ich kaum ein Wort mit ihm wechseln konnte. So war ich enttäuscht, als er schon früh ging.

Das war die erste von vielen Parties, die wir in dieser Wohnung gaben, denn wir feierten einfach gerne. Trotzdem fand ich keine so wundervoll wie diese, auf der die unterschiedlichsten Persönlichkeiten aufeinandertrafen: Maler, Beat-Poeten, Schriftsteller, Schauspieler, Kritiker, schöne

Frauen und außergewöhnliche Männer – viel Grips und viel Sexappeal. Interessante Gespräche entspannten sich, und im Hintergrund hörte man Gelächter, das Klirren von Eiswürfeln und Jazzmusik aus dem Radio.

Norman war damals noch sanfter; er trank zwar, aber der Alkohol verwandelte ihn noch nicht in diesen bösartigen, betrunkenen Fremden, der uns geradewegs in die Hölle steuerte. Und ich war noch nicht seine willige, von ihrem eigenen Alkoholwahn besessene Beifahrerin. An diesem Abend waren wir zwei Verliebte, die diese Party, das Leben und einander aufregend fanden.

Einige unserer Gäste lebten in Stadtvillen und hatten noch nie einen Fuß in so ein schäbiges Mietshaus gesetzt, doch keiner benahm sich, als besichtige er die Slums. Schließlich waren sie in das Schloß eines jungen Prinzen eingeladen worden. Lillian Hellman kam auch, und als sie die sechs Treppen hinaufstieg, bot ihr jeder Stock ganz besondere Eindrücke: Sie hörte puertoricanische Familien herumschreien und begegnete einem alten Mann in Unterhosen, der zur Toilette unten im Flur wollte; es roch nach Bohnen mit Reis und nach dem Wein aus der Handpresse des Ladens im Erdgeschoß; sie entdeckte ein paar Küchenschaben und trat fast in eine Pissepfütze. Unser Boheme-Lebensstil lag Lillian nicht, doch sie bewunderte Normans Klempnerarbeiten, auf die wir so stolz waren, und brachte mit einem Martini einen Trinkspruch auf uns aus: »Auf Adele und Norman, dessen handwerkliche Meisterleistung mir ebenso großen Respekt einflößt wie *Die Nackten und die Toten*.« Wir lachten alle.

Norman war launisch. *Am Rande der Barbarei* hatte sich so lala verkauft, und er versuchte angestrengt, in sein neues Buch hineinzukommen. Unglücklicherweise hingen meine Stimmungen von seinen ab. Wenn er gute Laune hatte, war ich glücklich, doch wenn er niedergeschlagen war, dann war bestimmt ich der Grund. Mein ständiges Bedürfnis nach Bestätigung überforderte ihn oft. Gewiß, ich unterstützte und ermutigte ihn, doch ich brauchte auch emotionale Nahrung, manchmal mehr, als irgendein Mensch mir geben konnte.

Das galt besonders für die Tage vor meiner Periode, in denen ich nervös und depressiv war. Damals nannte man dieses Phänomen noch nicht PMS; es war einfach »der Fluch«, der einen eine Woche lang zu einer Nervensäge machte. Wenn es irgendwelche Medikamente dagegen gab, so kannte ich sie nicht und hätte sie auch nicht genommen, da Norman nichts davon hielt, irgendwelche Pillen zu schlucken.

»Wenn du deine Depressionen kriegst, sonderst du eine schwarze Tinte ab, die undurchdringlich ist«, pflegte mein Liebster zu sagen. So blieb mir nichts anderes übrig, als mich in einen Verschlag in der Wüste zurückzuziehen und mit einem Sack über dem Kopf zu warten, bis ich wieder die muntere Adele war.

Seit dem Hollywood-Streit hatten wir keinen wirklich schlimmen Krach mehr gehabt (unsere Szenen, wenn die Rühreier nicht so schmeckten wie bei Mama, zähle ich nicht). Eines Abends, als wir gerade aus dem Captain's Table, einem Fischlokal im Village, kamen, lief uns ein Kerl über den Weg, mit dem ich um die Zeit meiner Affäre mit Jack Kerouac ein paarmal ausgegangen war. Er hieß Bill und kam aus Texas. Ich stellte ihn Norman vor. Bill war schon mit einem anzüglichen Grinsen auf dem Gesicht zur Welt gekommen. Es war sein normaler Gesichtsausdruck. Er schaute mich an, als wäre ich ein Erdbeereis.

Wir tauschten die üblichen Floskeln aus, dann machten Norman und ich uns auf den Heimweg. Ich war guter Laune; es war eine wunderschöne Nacht, und wir hatten beide gut gegessen. Mir fiel auf, wie ruhig Norman geworden war.

»Was hast du, Liebling? Du siehst verärgert aus.«

»Das bin ich auch, verdammt noch mal«, knurrte er. »Wer zum Teufel war dieser Kerl? Er hatte eine Art, dich mit den Augen zu verschlingen, für die ich ihm am liebsten eine aufs Maul gegeben hätte.«

»Nur so ein Typ, mit dem ich ein paar Mal ausgegangen bin, als mit Ed Schluß war. Eine kurze Bekanntschaft, weiter nichts.«

Er runzelte die Stirn. »Das schien mir aber nicht so. Das muß eine ziemlich heiße Affäre gewesen sein, so wie der dich mit den Augen ausgezogen hat. Wie viele von diesen Kerlen werden uns im Village denn noch über den Weg laufen?«

»Schatz, der schaut alle so an. Er kann nicht anders. Das hat nichts zu bedeuten. Dieses Grinsen ist ihm angeboren.« Seine Eifersucht freute und ärgerte mich zugleich. »Verdammt nochmal, Norman, du warst schließlich nicht der erste Mann in meinem Leben, und ich war nicht die erste Frau in deinem. Vergiß das nicht.«

Schweigend und verstimmt liefen wir weiter. Nach zwei Blocks zog Norman das kleine Notizbuch heraus, das er immer bei sich trug, legte es auf eine Motorhaube und begann zu schreiben. Ich wußte, was das bedeutete, und es machte mich verrückt.

»Du und dein verdammtes Notizbuch, du warst gar nicht wirklich wütend auf diesen Bill. Du hast dich nur in einen Groll hineingesteigert und dich selbst dabei beobachtet, um dir anschließend Notizen über deinen emotionalen Zustand zu machen. Du hättest zumindest damit warten können, bis du alleine bist.«

»Das stimmt nicht, Baby. Ich war wirklich drauf und dran, ihm dieses verdammte, anzügliche Grinsen aus der Fresse zu hauen, weil ich so eifersüchtig war«, antwortete er, ohne von seinem Notizbuch aufzublicken.

»Dann hör auf zu schreiben.«

»Gleich.«

»Nein, sofort, verdammt nochmal!« Ich riß ihm das Notizbuch aus der Hand und warf es auf den Bürgersteig. »Du liebst mich nicht wirklich«, schrie ich und rannte davon.

Er holte mich ein und sagte, es täte ihm leid, doch er wisse nie, wann ihm etwas einfalle, ein Gedanke, ein Satz oder eine Handlung; er müsse jede Idee schnell notieren, bevor er sie wieder vergesse – was er gerade geschrieben habe, hätte nichts mit seinen augenblicklichen Gefühlen zu tun. Ich hätte ihn am liebsten aufgefordert, mir seine Notizen zu zeigen, doch da ich aus Erfahrung wußte, daß er sich weigern würde, ließ ich es lieber. Er war den ganzen Heimweg lang beleidigt. Unsere Streits zogen sich selten bis zum nächsten Tag hin, und auch in dieser Nacht versöhnten wir uns auf die beste Art, die wir kannten – im Bett. Der Zwischenfall mit Bill brachte uns einander näher, und Normans Eifersucht schürte nicht nur seine sondern auch meine Leidenschaft an.

Das einzig Unkonventionelle an unserem Leben war die Bruchbude, in der wir hausten. Ansonsten waren wir ein nettes Mittelklasse-Pärchen; Norman lief in seinem marineblauen Anzug von Brooks Brothers herum und ich in meinen schwarzen Samtkleidern, die ich von meinem neuen Konto bei Lord and Taylor abbuchen ließ. Ich mußte mich oft in Schale werfen, da wir ständig Einladungen aller Art erhielten, die Norman nicht ablehnen konnte. Ganz gleich, wer die Party gab und wo sie stattfand, er mußte hin.

Wir machten alles mit, von Soirées in den Vorortvillen irgendwelcher Berühmtheiten bis zu den chaotischen Parties der Beatniks und Drogis in der Innenstadt. Irgendwo dazwischen waren die Loftparties meiner Malerfreunde und einiger Literaten aus dem Village einzuordnen, die auch ohne Luxus gut zu leben verstanden.

Normans Energie war fast schon beängstigend. Ich war

zwar fast so ausdauernd wie er, doch ich hätte gerne öfter mal einen beschaulichen Abend zuhause verbracht.

»Warum müssen wir jeden Abend ausgehen?« klagte ich, als wir uns wieder einmal für eine Schickeria-Fete herausputzten, denn mir schwirrte noch der Kopf von den Oberflächlichkeiten der letzten Party.

»Weil ich jeden Tag sieben Stunden lang alleine in einem Zimmer hocke und schreibe, Liebes.«

Doch ich fand meinen neuen, ständig wachsenden Bekanntenkreis und meine Rolle als Geliebte eines Starschriftstellers noch aufregend genug und merkte gar nicht, wie sehr ich den Alkohol inzwischen brauchte, um meine Selbstzweifel und Ängste zu betäuben. Ich fand Geschmack an Longdrinks mit Whiskey, Tequila oder Rum, an all diesen verführerischen, tödlichen Cocktails, die mir das Gefühl gaben, eine Königin zu sein, die König Norman ebenbürtig war – manchmal kam ich mir auch vor wie eine Polizistin und Norman wie ein jugendlicher Straftäter.

Zwischen all diesen gesellschaftlichen Aktivitäten steuerte Norman regelmäßig seinen Heimathafen an, die Wohnung seiner Eltern in Brooklyn Heights, wo wir jeden Freitagabend zum Abendessen erwartet wurden. Dort konnte er sich am heißgeliebten Essen seiner Mutter gütlich tun; meist gab es Schmorfleisch und Kartoffelpfannkuchen – eine Wohltat für seine Seele und seinen Magen.

Als ich ihn kennenlernte, schwärmte er von Mama Fans Matzeklößchensuppe; die Klößchen seien so zart und leicht, daß sie immer sofort an die Oberfläche der goldenen Brühe stiegen. »Und warte, bis du erst ihr Schmorfleisch und ihren Apfelkuchen zu kosten bekommst.« Für Apfelkuchen hatte ich noch nie viel übrig, und von der jüdischen Küche kannte ich nur die paar Spezialitäten, die ich in Katz's Delikatessengeschäft aß.

Die Wohnung der Mailers war immer so makellos sauber, daß sie ein bißchen steril wirkte. Fan hatte kein ausgeprägtes ästhetisches Empfinden, daher war die Einrichtung phantasielos, aber gediegen und gutbürgerlich. In einer Ecke stand eine Vitrine mit ihrem besten Geschirr, einigen Porzellanfigürchen und anderen »Tschatschkes« (jiddisch für »Krimskrams«, »Nippes«, A. d. Ü.). Das Sofa und die Sessel waren mit geblümten Schonbezügen bespannt, und der ganze Raum war mit dunkelgrünem Teppichboden ausgelegt. Gegenüber dem Sofa hing ein großes Bild von Norman – alles sehr konventionell, aber behaglich, und man spürte die Gegenwart einer Frau, für die das Heim und die Familie stets der Mittelpunkt des Lebens waren und die Chaos nicht ertragen konnte.

Kurz nachdem ich Normans Eltern kennengelernt hatte, bat er mich um etwas, was ich befremdlich fand. Seine Eltern waren übers Wochenende verreist, und Norman schlug mir vor, mich in ihrer Wohnung mit ihm zu treffen, weil er im Bett seiner Mutter mit mir schlafen wollte. Ich weigerte mich, weil mich diese Vorstellung abstieß. Doch ihn erregte sie so, daß ich schließlich einwilligte.

Wir trieben es auf dem Chenille-Bettüberwurf, um die Laken nicht wechseln zu müssen, denn das wäre ihr aufgefallen, und danach noch auf dem Wohnzimmerfußboden. Zuerst hatte ich Hemmungen, doch als wir dann bei der Sache waren, vergaß ich, wo wir uns befanden. Wir duschten zusammen und beseitigten anschließend alle Spuren unserer Anwesenheit. Normans Augen strahlten vor Bewunderung für meine Kühnheit.

Kapitel 16

Ich wollte Norman meiner Familie vorführen, und da ich mich inzwischen mit meinen Eltern versöhnt hatte, luden sie uns zum Abendessen ein.

Zu den Dingen, die ich an Norman liebte, gehörte, daß er nie auf irgend jemanden herabsah. Ich war viel versnobter und intoleranter als er. Und da mein Liebling im Gegensatz zu mir auch ein guter Zuhörer war, wußte ich, daß er sich von seiner charmantesten Seite zeigen würde. Zudem war der Schriftsteller gespannt auf diese neuen Figuren. Meine Familie wußte, daß wir zusammenlebten und daß er Jude war. Doch daß er ein berühmter Schriftsteller war, würde mir die zwölf Himmelstüren öffnen. Meine Eltern versprachen sogar, vor unserem Besuch noch in *Die Nackten und die Toten* hineinzuschauen.

Ich war lange nicht mehr zu Hause gewesen und wurde ganz unruhig, als wir die Brücke nach Brooklyn überquerten. Norman wußte in etwa, was ihn erwartete, denn ich hatte mir weiß Gott große Mühe gegeben, ihm meine Familie so präzise wie möglich zu beschreiben. Seit ich sie zum letzten Mal gesehen hatte, war sie in eine kleine Kellerwohnung an der Ecke Shore Road/Vierundneunzigste Straße gezogen. Als ich klingelte, dachte ich: Warum, um Himmels willen, müssen sie bloß im Kellergeschoß wohnen? Sie könnten sich doch etwas Besseres leisten. Na ja, zumindest ist es ein hübsches Gebäude in einer schönen Gegend.

Norman spürte meine Nervosität und drückte mich an sich. Daddy öffnete die Tür, flankiert von Mama und meiner Schwester Joanie.

»Tag, alle miteinander, hier sind wir«, sagte ich. Norman sah zu, wie wir uns aufgeregt um den Hals fielen und küßten; dann kam der Augenblick der Wahrheit.

»Norman, das sind meine Mutter, mein Vater und natürlich meine Schwester Joanie.« Sie sah aus wie eine junge Dolores Del Rio, und Norman machte große Augen. Auch Daddy sah gut aus in seinem dunkelblauen Anzug mit der eleganten Fliege. Norman nickte. »Wie geht's, Leute?«

Daddy streckte Norman die Hand entgegen und begrüßte ihn mit seinem schmerzhaften Knochenbrecher-Händedruck.

»Freut mich, Sie kennenzulernen, Norman.« Mein Kavalier grinste und drückte ebenfalls mit aller Kraft zu.

»Mich ebenfalls, Herr Morales.« Auf diese Art stellte mein Vater immer meine Freunde auf die Probe. Beim geringsten Anzeichen von Schmerz oder Überraschung in ihrem Gesicht oder beim leisesten Zucken begann er zu lachen. »Komm schon, Junge, kannst du das etwa nicht verkraften?«

Norman hatte den Test bestanden. Das Humphrey-Bogart-Grinsen meines Vaters ging in ein Lächeln über, das sein schönes Gesicht erleuchtete.

»Nun kommen wir also endlich mal zusammen, und ich muß Ihnen sagen, daß es mir eine große Ehre ist, einen so berühmten Schriftsteller wie Sie kennenzulernen.«

»Vielen Dank, Herr Morales.«

»Ach, lassen Sie doch den Herrn weg. Nennen Sie mich einfach Al.«

»Also gut, Al, ich habe mich wirklich auf diesen Besuch gefreut. Adele spricht viel von Ihnen.«

Meine Mutter kicherte und schwenkte ihr Martiniglas in meine Richtung. »Darauf will ich wetten.«

Ich warf einen Blick auf ihr Glas, fragte mich, wie oft sie es wohl schon geleert hatte, und dachte an Normans kleines Notizbuch, das wie immer in seiner Tasche steckte.

Mama sah hübsch aus in ihrem Kattunkleid mit Leopardenmuster, doch sie hatte vergessen, ihre fleckige Küchenschürze abzunehmen. Heute war ihr Haar aschblond; als ich sie das letzte Mal sah, war es schwarz, und davor war sie ein Rotschopf gewesen.

»Schön, daß Sie kommen konnten, Norman.« Die Glöckchen an ihrem Talisman-Armreifen klimperten, als sie den Arm hochstreckte und Norman den Kopf tätschelte. »Oh, dieses Haar, sind das Naturlocken?«

»Das ist typisch Mama«, sagte ich, und Norman lachte.

Ich legte den Arm um meine Schwester. »Du siehst so erwachsen aus. Ich wette, alle Jungs in Bay Ridge High sind hinter dir her.«

Sie war geschmeichelt. »Zur Zeit nicht, denn ich hab' einen Freund. Ich zeig' dir später ein Foto von ihm.«

Ein köstlicher Duft nach Safranreis drang aus der Küche herüber, wo die Spezialität meiner Mutter, Paella à la Valenciana, im braunen Tontopf meiner Großmutter schmorte.

»Oh Mama, du hast mein Lieblingsgericht gekocht, Paella! Die wird dir schmecken, Norman. Das ist eine echte Paella, so eine bekommt man in den spanischen Restaurants im Village nicht.«

»Ja, die servieren nur billige Imitationen«, sagte sie. »Setzen Sie sich doch, Norman, machen Sie sich's gemütlich. Ich hoffe, ihr habt Hunger.«

»Und ob, Mama. Wir sind am Verhungern«, antwortete ich.

»Dann ist es ja gut«, sagte Daddy, »doch wie wär's mit einem kleinen Drink, Norman? Was darf's denn sein?«

Mein Geliebter bat um einen Scotch on the rocks.

Mama kam mit einem Teller Vorspeisen und einem Laib italienischem Brot aus der Küche.

»Rocks, rocks? So sagt man wohl in eurem Teil der Stadt

dazu, wir sagen Eiswürfel.« Mein Vater hatte mich nicht gefragt, was ich trinken wollte.

»Mama, ich hätte gern einen Whiskey sour. Hast du Zitronen da? Ich mach' ihn mir selber.«

»Hört, hört,« sagte sie zu Norman gewandt, »mein kleines Mädchen will einen Whiskey sour. Wir haben wirklich eine Menge gelernt, seit wir von zu Hause fort sind.« Sie zog an ihrer Zigarette und hauchte den nächsten Satz aus: »Wie wär's mit einem Sodawasser? Das macht nicht so dick. Außerdem sind keine Zitronen da.«

Ich war wütend; nichts hatte sich verändert. Mein kleines Biest von einer Mutter konnte mich immer noch auf die Palme und in Verlegenheit bringen, selbst in Gegenwart meines berühmten Freundes.

Norman grinste. »Nicht doch, Mae, sie ist inzwischen eine Dame wie Sie.«

Auf diese Bemerkung antwortete Mama nicht. Ich glaube nicht, daß sie den Ausdruck touché kannte, sonst hätte sie ihn bestimmt benutzt.

»Mensch Mama, ich bin wirklich kein Kind mehr. Ich bin Mitte zwanzig, um Himmels willen.«

Ich spürte, wie diese alte Wut wieder in mir aufstieg und meine Stimme einen weinerlichen Unterton bekam; ich konnte es kaum glauben. Doch dieser Besuch mußte reibungslos verlaufen; also gab ich klein bei. Ich würde mir später heimlich einen Drink genehmigen. Vorerst begnügte ich mich mit einem Sodawasser.

Im Gegensatz zu den meisten Kellerwohnungen war die meiner Eltern kein dunkles Verlies. Drei Fenster zur Straße ließen viel Licht herein. Die Möbel waren noch dieselben; einige stammten aus meinen Kindertagen. Wir saßen auf dem vertrauten, durchgesessenen Sofa mit den Zigarettenbrandlöchern unter dem fröhlichen, geblümten Chintz-Schonbezug. Dort stand der Sekretär mit den Dickens-Bänden und da der Tisch mit den geschwungenen Beinen, dessen Farbe sich schon ein halbes Dutzend Mal geändert hatte; jetzt war er grasgrün. Der kleine Konzertflügel meiner Mutter nahm ein Viertel des Wohnzimmers ein; ein Notenheft stand aufgeschlagen auf dem Notenständer. Auf dem Fußboden lag der falsche Perserteppich, und an der Wand hingen zwei schreckliche Ölgemälde, Landschaften, die meine Mutter gemalt hatte, als ich noch die Grundschule besuchte.

Mama war süchtig nach Flohmärkten, Auktionen und Garagenverkäufen; sie kaufte immer nur gebrauchte Sachen, denen sie zu neuem Glanz verhelfen wollte. Ich habe diese Schwäche für Trödel von ihr geerbt; mein Schrank war immer vollgestopft mit interessanten Fundstücken, die darauf warteten, daß meine kreative Hand sie zu neuem Leben erweckte; einige warten bis heute darauf.

Daddy hatte einen Hamstertrieb, der ihn zum Beispiel Gummibänder für hundertundeins mögliche Verwendungszwecke horten ließ. Sie hingen zu Dutzenden an jedem Türgriff. Wenn Mama eines fand, streifte sie es sich übers Handgelenk, damit es nicht verlorenging.

Ich ging ins Badezimmer. Mamas Kinnbinde hing an der Tür, überall standen Töpfchen mit Reinigungscreme, Nakkencreme, Augencreme, Körpercreme und Kompressen für ihre Stirnfalten. Ich tupfte mir ein wenig von ihrem Lieblingsparfüm Tabu hinter die Ohren. Ich nutzte die Gelegenheit, denn Norman mochte kein Parfüm an mir. Als ich ins Wohnzimmer zurückkam, redete gerade Norman.

»Adele hat mir erzählt, daß Sie Setzer und Drucker bei der *Daily News* sind, Herr Morales, ein gutgeschriebenes, reaktionäres Blatt.«

Daddy überhörte das »reaktionär«. »Ich habe doch gesagt, Sie sollen mich Al nennen. Soviel älter als Sie bin ich nun auch wieder nicht, zum Teufel. Ich bin neunundvierzig. Wie alt sind Sie denn?«

»Achtundzwanzig.«

»Ach, Sie sind ja noch ein halbes Kind. Wovon hatten wir's gerade? Ich habe den Faden verloren. Ach ja, von der *News*. Sie haben recht, das ist eine gute Zeitung, die beste, und sie ernährt mich nun schon seit sechsundzwanzig Jahren. Doch wissen Sie, was das Wichtigste ist? Die Druckergewerkschaft, die Big Six. Wir müssen doch dafür sorgen, daß diese Hornochsen da droben sich an die Spielregeln halten.«

Daddy goß sich noch einen Whiskey nach. Er trank ihn immer pur, Eiswürfel waren etwas für Weichlinge. Heute war er in Hochstimmung, weil Norman ihm zuhörte. Keiner von uns hörte ihm sonst zu, ich am allerwenigsten, außer wenn er verrückt spielte. Vater sein hieß für ihn, eine Familie versorgen zu können und den Kindern die Flausen auszutreiben, indem man ständig an ihnen herumnörgelte, ihnen Vorträge über das Leben hielt und uns allen und der ganzen Welt ein schlimmes Ende prophezeite.

»Blablabla, ständig hackst du auf mir herum«, murrte ich dann.

»Werd' nicht frech. Das ist nur zu deinem Besten.« Und dann bekam ich wieder das alte Lied zu hören: Als ich in deinem Alter war, hatte ich dies nicht und jenes nicht ...

Jetzt stöhnte meine taktvolle Mama: »Du meine Güte, jetzt fängt er wieder von seiner Gewerkschaft an, der und seine verdammten Gewerkschaftssitzungen.«

Doch heute war Daddy selig, weil Norman ihm Gehör schenkte. »Wissen Sie, ich schreibe selber ein bißchen. Nicht wie Sie, natürlich, nur ein paar Reden und Berichte für die Gewerkschaftssitzungen. Ich bewerbe mich nämlich um das Amt des Vorsitzenden, wissen Sie.«

Mama verzog das Gesicht. »Natürlich, Al, du bewirbst dich

schon seit sieben Jahren. Vielleicht wirst du ja irgendwann doch noch gewählt. Wissen Sie, Norman, der Mann ist stur. Ein Nein läßt er als Antwort nicht gelten.«

»Ach, sei still, Mae, und halt' dich da raus.«

Eine Weile herrschte verlegenes Schweigen. Ich ließ die Eiswürfel in meinem Glas klirren, und Norman starrte in seinen Drink. Dann sprang mein Vater auf. »Ich habe gehört, Sie haben Spaß am Boxen«, sagte er zu Norman und machte ein paar Schläge in seine Richtung. Dann ging er zum Schrank und nahm zwei Paar Boxhandschuhe heraus.

»Auf, Norman, wie wär's?«

Ich wußte genau, was jetzt kommen würde. »Daddy, bitte nicht jetzt, wir essen doch gleich, oder, Mama?«

Sie rollte die Augen. »Wie soll ich das wissen? Mich brauchst du nicht zu fragen.«

Norman erhob sich langsam; er und Al gingen in Kampfstellung. Sie tänzelten umeinander herum. Norman schlug eine Rechte und dann eine Linke. Doch mein Vater bewegte sich so schnell, daß die Schläge ihn verfehlten. Norman machte vergnügt mit, und mein Vater war begeistert; das war sein Auftritt. Das Wohnzimmer war klein und mit Möbeln vollgestellt. Daddy stieß eine Lampe um.

»Albert, um Himmels willen, schau, was du angerichtet hast, du und deine Boxerei. Laß den Mann doch in Ruhe.«

Sie tauschten noch ein paar Schläge aus und gingen in den Clinch. »Albert, nun hör endlich auf damit.«

»Warum regst du dich so auf, Mae? Der Mann kann sehr gut auf sich selbst aufpassen.« Norman lachte, und mein Vater auch.

»He, Sportsfreund, deine Linke ist gar nicht schlecht. Hast du ein bißchen mit dem Sandsack geübt?«

Norman kratzte sich hinterm Ohr. »Ja, ich trainiere ab und zu. Aber Sie sind ein Profi.« Er setzte sich und nahm einen kräftigen Schluck aus seinem Glas. »Wie sind Sie zum Boxen gekommen, Al?«

Normans Interesse war aufrichtig. Die beiden hatten dieselbe Leidenschaft und schienen einander zu respektieren. Daddy zeigte Norman ein gerahmtes, mit einem Autogramm versehenes Foto von sich und Jack Dempsey bei einem Sparringskampf und eines, auf dem Max Schmeling den Arm um ihn legte.

»Ja, ich habe zu meiner Zeit ganz schön viel geboxt«, sagte er zu Norman. »Ich habe schon als Kind in Hell's Kitchen mit Boxhandschuhen rumgespielt. Am Anfang verstand ich natürlich nicht viel davon, ich benutzte einfach nur meine Fäuste.« Er boxte in die Luft. »Bum, bum, bum; es ging rauh zu in diesem Viertel, man mußte um alles kämpfen. Dann trieb ich mich immer öfter in der Stillman's-Turnhalle herum; ein paar der großen Jungs konnten mich gut leiden. Ich hielt die Augen offen und lernte ein paar Kniffe. Sie sagten, ich sei gut. Später, während der Wirtschaftskrise, wurde das Leben härter, und es war nicht viel Geld da; da habe ich oft in Clubs geboxt. Mal sehen, ob ich's noch zusammenkriege – ja, ich gewann fünfundzwanzig Amateurkämpfe und verlor fünfundzwanzig, alle durch K.o. Das waren Zeiten, kein Wunder, daß ich kein bißchen Fett angesetzt habe. Jedenfalls meinte ich, ich müßte Berufsboxer werden, mit dem Ergebnis, daß ich zehn Kämpfe gewann und zehn verlor, alle auf die gleiche Weise.«

Ich mischte mich ein. »Ja, Daddy, ich weiß noch, als ich sechs war, bist du ein paarmal mit blutüberströmtem Gesicht und zugeschwollenen Augen nach Hause gekommen. Mama und ich haben jedesmal geweint.«

Meine Mutter seufzte. »Ja, daran kann ich mich noch gut erinnern. Wissen Sie, Norman, so ist er eben. Er wußte nicht, wann er aufzuhören hatte. Er weiß es bis heute nicht. Seine

Nase sah allmählich aus wie ein Schweinerüssel. Die Kinder und ich haben Heidenängste ausgestanden.«

Daddy zuckte die Schultern. »Ach, Sie wissen ja, wie Frauen sind. Ich war einfach noch nicht bereit, das Handtuch zu werfen. Aber sie meinte, ich müsse mich zwischen ihr und dem Ring entscheiden; so gab ich das Boxen auf. Sie trinken doch noch einen mit, oder?« Er ging Eis holen.

»Liebling, bist du nicht langsam hungrig?« fragte ich Norman.

»Ist schon in Ordnung. Ich find's richtig nett. Ich mag deine Leute.«

Daddy kam mit Normans Scotch zurück. »Wie ist *An der Küste der Barbaren* angekommen, Norman?«

»Es heißt *Am Rande der Barbarei*, Al.«

»Ach ja, natürlich, tut mir leid.«

»Macht nichts. Das verwechseln viele. Nun, ich erhielt recht gemischte Kritiken, und in den Läden verkauft sich das Buch nicht allzu gut.«

»Das ist aber schade. Hör mal, Ed Sullivan von der *Daily News* ist ein Freund von mir. Er kann mich gut leiden. Ich schau ab und zu auf ein Schwätzchen in seinem Büro vorbei. Vielleicht könnte er Werbung für dich machen.«

»Vielen Dank, Al. Ich weiß deinen Vorschlag zu schätzen, aber ich glaube nicht, daß er interessiert wäre. Es ist kein Buch nach seinem Geschmack.«

»Also, wie auch immer, Norman, wie auch immer. Mae und ich lesen gerade *Die Nackten und die Toten*. Du bist wirklich ein verdammt guter Schriftsteller. Du warst dort, daher mußtest du nichts erfinden. Es ist ein guter Stoff. Ich habe den Ersten Weltkrieg mitgemacht, aber nicht lange. Ich habe mich mit siebzehn gemeldet; beim Alter habe ich geschwindelt. Das Ganze war richtig fies; es kotzte mich an; ich wollte dorthin, wo was los war, doch die Mistkerle steckten mich einfach zusammen mit einem anderen peruanischen Jungen in die Küche; dort mußten wir die ganze Zeit Frauenarbeit machen, Teller spülen, Kartoffeln schälen und so. Eines Tages, als wir wieder mal Töpfe scheuern sollten, hatten wir die Schnauze voll und liefen weg. Wir versteckten uns ein paar Tage lang, und damit war die Sache für uns gelaufen. Sie kamen uns nie suchen.«

»Ihr seid einfach so abgehauen, Al?«

»Ja, einfach so.« Daddy lachte und stieß mit Norman an. »Auf das Militär.«

»L'chaim.«

»Sie sprechen Jiddisch?«

»Klar. Das habe ich gelernt, als ich in der Lower East Side wohnte. Ich kann auch italienisch.«

Mama kam aus der Küche zurück. Sie kochte immer mit Wein; allerdings floß mehr davon in ihre Kehle als in die Paella. Sie setzte sich neben den Ehrengast.

»Sagen Sie, Norman, kann ich ganz offen zu Ihnen sein?«

»Aber natürlich, Mae, nur zu.«

Ich zog das Genick ein, als Mama das fragte. Ihre Offenheit war gefährlich; die Familie hatte sie oft genug zu spüren bekommen, besonders wenn Mama etwas getrunken hatte. Oh Gott, dachte ich, bisher ist alles so gut gelaufen, aber jetzt wird sie mit ihrer großen Klappe alles verderben.

»Mama, bitte, ist das Essen denn nicht bald fertig?«

»Nein, noch nicht«, fertigte sie mich kurz ab und schwenkte ihr Weinglas. »Wie ich schon sagte, Norman, mit Ehrlichkeit fährt man am besten. Das war schon immer mein Leitspruch.«

»Mae, der Mann hat Hunger. Höchste Zeit, daß das Essen auf den Tisch kommt.«

»Nimm noch einen Whiskey, Al. Der wird dich besänftigen. Also, wo war ich stehengeblieben, bevor ich so rüde unterbrochen wurde, ha, ha? Doch im Ernst, ich dachte, Sie wären größer, wissen Sie, so wie Sie all diese pikanten Szenen beschrieben haben. Meine Güte, wie kriegen sie bloß all diese Wörter zusammen. Wissen Sie, vielleicht sollte ich gar nicht darüber sprechen, noch dazu mit Ihnen, doch ich schreibe selbst auch ein bißchen. Nichts Großes, hauptsächlich Gedichte. Ob Sie es glauben oder nicht, ich habe zufällig eines da, ein paar kurze, dilettantische Verse über Albert.«

»Klar, Mae, lassen Sie es uns hören.«

»Mama, ich glaube, die Paella brennt gleich an. Könntest du es nicht später vorlesen?« wandte ich ein.

»Dann geh sie halt kurz umrühren.«

Sie nahm einen kräftigen Schluck aus ihrem Glas. »Das Gedicht heißt ›Mein Gefährte Al‹.«

In mir verkrampfte sich alles, während sie es vortrug. Die zwei Drinks, die ich mir heimlich genehmigt hatte, machten mich auch nicht zuversichtlicher, daß das Abendessen den gewünschten Verlauf nehmen würde.

Es war schon recht spät, als wir uns endlich an den Eßtisch setzten. Norman war wundervoll. Ich wußte, wie unleidlich er werden konnte, wenn er hungrig war. Er bekam richtige Bauchschmerzen vor Hunger, wenn er zu lange warten mußte.

Doch das Warten lohnte sich. Mama übertraf sich selbst und rundete die Mahlzeit stilecht mit einem Flan ab, einem nahrhaften, spanischen Eierkaramelpudding. Es fehlte nur noch die Flamenco-Musik im Hintergrund. Zum Schluß brachte mein Vater noch einen Toast aus.

»Ich erhebe mein Glas auf einen großartigen Burschen, auf einen großen Schriftsteller und auf meinen zukünftigen Schwiegersohn, *sonst setzt's was*. Äh hm, Norman, ich mache nur Spaß, nichts für ungut.«

Als wir uns verabschiedeten, boxte Daddy Norman freundschaftlich gegen den Arm. »Ich nehme dich irgendwann zu den Kämpfen im Brooklyn-Stadion in Bay Ridge mit und stelle dich meinen Kumpels vor, die immer noch regelmäßig in den Ring steigen.«

»Klar, mit Vergnügen, Champ, ich ruf' dich an«, sagte Norman, und er meinte es ernst.

Wir nahmen ein Taxi. Ich hatte die Brücke in meinem jungen Leben schon so oft überquert – manchmal voller Hoffnung und manchmal voller Verzweiflung –, doch heute erschien mir die Aussicht auf den Hafen besonders schön, weil ich glücklich war.

Es war ein netter Abend gewesen. Meine Mutter hatte mich zwar genervt, doch im großen und ganzen hatten sie und mein Vater sich manierlich benommen. Mama war eine treffsichere Heckenschützin, vor der man sich in acht nehmen mußte. Doch Norman hatte sie trotz ihrer anfänglichen Skepsis mit seinem Charme für sich gewonnen und ihre Seitenhiebe mit Witz pariert. Was an diesem Abend auch in ihm vorgegangen sein mag, ich glaube nicht, daß diese Figuren ihn langweilten. Er hätte sie bloßstellen können, doch im Gegensatz zu mir war er fast nie boshaft.

Meiner Schwester gegenüber war er freundlich, aber sie war sehr schüchtern und sagte den ganzen Abend kaum ein Wort. Er schmeichelte ihr, indem er ihr vorschlug, doch einmal als Fotomodell ihr Glück zu versuchen. Joanie antwortete strahlend, das sei ihr noch nie in den Sinn gekommen. Kein Wunder, dachte ich, wenn man in einer Umgebung aufgewachsen ist, in der Frauen als Bürger zweiter Klasse betrachtet werden, die nur dazu da sind, ihren Herrn und Meister zu bedienen.

»Ich bin noch auf der High-School«, sagte sie.

»An Ihrer Stelle würde ich mal darüber nachdenken«, sagte Norman. »Ich kenne einen guten Modefotografen, einen Freund von mir, falls Sie ein paar gute Fotos brauchen.«

Klar, warum nicht, dachte ich, doch zuerst muß sie hier raus. »Eine tolle Idee«, kommentierte ich und verspürte dabei einen Stich der Eifersucht, denn mir hatte Norman noch nie vorgeschlagen, Fotomodell zu werden.

Obwohl der Besuch reibungslos verlaufen war, muß meine innere Anspannung größer gewesen sein, als mir bewußt war, denn danach war ich so erschöpft, daß ich mich gleich ins Bett legte. Norman blieb noch auf und las, wie üblich mit einem Schlummertrunk in der Hand. Als er ins Bett kam, schlief ich schon halb. Ich schmiegte mich an ihn.

»Süßer Fratz, nun verstehe ich manches ein bißchen besser.«

»Ist das gut oder schlecht?« murmelte ich.

Er lachte. »Von beidem etwas, Schatz, und ich liebe dich jetzt umso mehr. Du kommst aus einer starken Familie, die nicht so leicht losläßt. Jetzt weiß ich erst, wieviel Mut dich der Entschluß gekostet hat, auf eigenen Füßen zu stehen.«

Kapitel 17

Norman war verliebt in Provincetown, seit er Mitte der vierziger Jahre mit Bea dort gelebt hatte. »Dort möchte ich mit dir Ferien machen, Liebling. Ich bin sicher, du wirst begeistert sein. Provincetown ist ein portugiesisches Fischerstädtchen mit einem schönen Hafen und einem klaren, nördlichen Licht; zum Malen einfach ideal«, schwärmte er.

So verbrachten wir 1951 den ersten von vielen Sommern in Provincetown, in einem kleinen Apartment am Hafen. Es war eine gute Idee, New York für eine Weile den Rükken zu kehren. Norman hatte die Kritiken von *Am Rande der Barbarei* immer noch nicht ganz verdaut. In der Öffentlichkeit ließ er sich zwar nichts anmerken, doch ich wußte, wie enttäuscht und deprimiert er war, und ich spürte, daß er allmählich Angst bekam, auch wenn er nie darüber sprach. Wir hofften, daß Provincetown uns guttun würde, denn wir glaubten beide an die heilenden Kräfte des Meeres. Und Norman dachte, er könne dort vielleicht besser arbeiten. *Der Hirschpark* nahm in seinem Kopf allmählich Formen an, und er hatte sich bereits einige Notizen gemacht.

Im Laufe der Jahre mieteten wir viele Ferienquartiere an, von kleinen Apartments bis zu großen Häusern, doch am Meer zu wohnen, war am schönsten – für mich allerdings nur dann, wenn man auf dem Wasser sein konnte.

Ich fand es herrlich, von einem Schiffsdeck aus das abwechslungsreiche Schauspiel des Lichts am Himmel und auf dem Wasser zu betrachten. Ein ähnlich klares Licht habe ich nur auf den griechischen Inseln gesehen; die weißen Häuser des Dorfes spiegelten sich im blauen Wasser, das das Licht zurückreflektierte.

Diese ersten Sommer in Provincetown waren ein wichtiger Teil meines Lebens mit Norman, denn in diesem besonderen Licht leuchtete ein bißchen Glück auf, das den dunklen Hintergrund seiner wechselnden Launen überstrahlte. Später verblaßte es allmählich und erlosch schließlich in diesem letzten psychotischen Sommer des Jahres 1961 – dem Jahr, in dem ein Teil von mir starb.

Viele meiner Freunde von Hoffmans Kunstschule in New York besuchten die Sommerkurse in seinem Haus in Provincetown. Da ich nicht zu den Leuten gehörte, die im Urlaub den ganzen Tag am Strand herumliegen, kamen mir diese Kurse sehr gelegen. So hatte ich vier Tage in der Woche von neun bis fünfzehn Uhr Kunstunterricht. Und während ich malte, arbeitete Norman an seinem Buch.

Im Juli und August herrschte in Provincetown Hochbetrieb, doch wenn wir im Juni eintrafen, war es noch recht ruhig im Städtchen. Um diese Zeit konnte man abends nicht viel unternehmen. Es gab ein Kino, ein paar Galerien und einige wirklich gute Fischlokale, und wenn einen die Unruhe packte, ging man ins Old Colony, eine beliebte, das ganze Jahr über geöffnete Seemannskneipe in der Commercial Street. Norman trank in Lokalen, auf Parties und manchmal auch zu Hause, während ich eigentlich nur auf Parties dem Alkohol frönte. Doch mir gefiel die Atmosphäre im Old Colony. Der Fußboden war mit Sägemehl bestreut, man hatte das Gefühl, sich im Bauch eines alten Schiffes zu befinden. Es war selbst im Juni ständig überfüllt mit einem bunt gemischten Publikum aus portugiesischen Fischern, Touristen, Beatniks, Schriftstellern, Schauspielern, Malern, Müßiggängern und allen möglichen Leuten, die Trubel suchten oder einfach nur mit jemandem reden wollten.

Anfang Juli begannen dann die ersten Einladungen ins Haus zu flattern, und wir gingen fast jeden Abend aus. Es war immer etwas los, eine Party, eine Galerieeröffnung, eine Aufführung, ein Jazzkonzert in einem Nachtclub oder ein Abendessen bei Freunden. Tagsüber zu malen und abends Parties zu feiern, das war für mich eine ideale Kombination. Die Einladungen beschränkten sich nicht nur auf Provincetown; da waren auch noch die Literatenparties in Truro und Wellfleet, auf denen man Leute wie Dwight und Gloria Macdonald, Edmund Wilson oder Mary McCarthy traf.

Als Norman mir von der Macdonald-Party erzählte, unserer ersten in Wellfleet, war ich zunächst nicht sonderlich begeistert.

»Muß das sein, Norman? Ich hasse Seen mit morastigem Grund, an denen es von Insekten wimmelt. Warum konnten sie die Party nicht am Strand veranstalten?«

»Find' dich einfach damit ab, daß es keine Strandparty ist, und hör' auf zu meckern. Du warst doch noch nie an den Wellfleet-Seen draußen; sie sind wirklich schön. Keine Sorge, niemand wirft sich in Schale, und alle baden nackt.«

»Ach du liebe Güte, eine Orgie mit Edmund Wilson und Dwight Macdonald, wie aufregend! Dann kann Gloria endlich all deine Reize bewundern. Seit ich sie kenne, verdreht sie ihre kleinen blauen Augen und flirtet mit dir auf ihre allwissende Kleinmädchenart. Wahrscheinlich hast du sie auch schon gevögelt, und wer weiß, mit wem aus dieser hochnäsigen Wellfleet-Sippe du sonst noch was gehabt hast.«

Norman grinste diabolisch. »Das wirst du nie herausbekommen, was, Baby? Wenn du nicht mitwillst, dann gehe ich eben alleine hin.«

»Einen Teufel wirst du; dich kann man doch nicht aus den Augen lassen. Also, was ist mit uns? Müssen wir etwa auch mit nacktem Hintern herumstehen?«

»Keine Ahnung, das werden wir dann schon sehen.«

Dwight gehörte zu den Leuten aus der New Yorker Literatenszene, die ich mochte und in deren Gesellschaft ich mich wohl fühlte. Da er im Gegensatz zu manchen anderen völlig unprätentiös war, konnte ich mich mit ihm ganz ungezwungen unterhalten. Er war immer sehr liebenswürdig zu mir, und ich spürte, daß er mich attraktiv fand. Außerdem war er ausgesprochen intelligent und witzig, und es macht Spaß, einem intellektuellen Schlagabtausch zwischen ihm und Norman zu lauschen.

Dwight begrüßte uns herzlich, als er uns kommen sah. Er hatte nichts an außer seiner randlosen Brille und bot einen lustigen Anblick, mit seinem weißen Spitzbart, seinem langen, spindeldürren Körper und seinem süßen, kleinen Schmerbauch. Da ich noch nie eine Nudistenkolonie besucht hatte, war ich auf den Anblick dieser dickbäuchigen, alternden Körper nicht vorbereitet, die an Martinis nippten und sich so zwanglos miteinander unterhielten, als seien sie bekleidet. Wir plauderten mit Dwight und hielten uns an unseren Drinks fest.

»Warum geht ihr nicht eine Runde schwimmen?«

»Ist das Wasser kalt?« fragte ich, in der Hoffnung, er würde ja sagen.

»Nein, es ist herrlich«, antwortete er lächelnd.

Norman und ich tauschten fragende Blicke aus. Schließlich sagte ich schulterzuckend »Klar, warum nicht«, zog mich nackt aus und faltete meine Kleider ordentlich zusammen. Norman sah mir zu. Dann entledigte auch er sich seiner Sachen – bis auf die Unterhose. Ich war überrascht, doch da Dwight daneben stand, hielt ich den Mund. Dafür würde ich Norman später zur Rede stellen. Schließlich hatte ich meinen Slip auch nicht anbehalten.

Das Wasser sah trüb aus. Zögernd stand ich am Ufer und

fühlte mich befangen. Dwight war schon im Wasser, und Norman plauderte mit einer Dame, deren barocke Rundungen an Rubens denken ließen. Er winkte mich zu sich herüber. Doch da sie nicht hübsch war, hatte ich es nicht eilig.

Ich stürzte meinen Drink hinunter und betrachtete all diese nackten Intellektuellen, die sich angeregt unterhielten. Oh Gott, nüchtern stehe ich das nicht durch, dachte ich. Da fiel mir ein, daß ich vergessen hatte, ein paar Pickel auf meinem Hintern mit Make-up abzudecken, und daß ich allmählich einen Bauch ansetzte. (Norman war es gleich, wie fett ich wurde!) Auf dem Gras waren ein paar Decken und ein fürstliches Picknick-Buffet ausgebreitet, doch ich brauchte erst noch einen Drink; und dann würde ich herumlaufen müssen.

Ich starrte eine rothaarige Frau mit leuchtend rotem Schamhaar an und fragte mich, ob das wohl Mary McCarthy war. Dann zählte ich die falschen Blondinen. Niemand beachtete mich weiter, doch ich fühlte mich immer noch allen Blicken ausgesetzt. Die Getränke standen auf einem Picknicktisch in der Nähe. Ich genehmigte mir einen kräftigen Drink, fühlte mich jedoch immer noch nicht so recht in der Lage, lässig zwischen den Leuten herumzuspazieren, als sei ich voll bekleidet. Dazu würde ich mindestens noch zwei Gin-Tonics brauchen. Also setzte ich mich solange mit aneinandergepreßten Knien auf die nächste Decke. Ich stellte mich einer Frau vor, die mit einem Hot Dog in der Hand neben mir saß. Sie hatte ein engelhaftes Gesicht, große Hängebrüste und unten mehr Haar als oben.

»Ich bin Joan«, sagte sie zwischen zwei Bissen. Es stellte sich heraus, daß sie wie ich Malerin war; wir unterhielten uns darüber, wie schwierig es sei, Wellen zu malen – ohne dabei den Blick tiefer schweifen zu lassen als bis zum Kinn. Doch dann wurde ich von einem Klecks Senf abgelenkt, der auf ihre linke Brust getropft war und nun langsam auf ihre große, rosarote Brustwarze zuglitt. Anscheinend hatte sie nichts gemerkt, denn sie redete unbeirrt weiter, und ich unterdrückte einen Impuls, den Senf wegzuschlecken.

Als es dämmerte und die Moskitos kamen, verabschiedeten wir uns von den Macdonalds. Obwohl wir vom Alkohol umnebelt waren, stritten wir uns nicht, wie sonst auf dem Heimweg, sondern stiegen statt dessen an einer verlassenen Landstraße in der Nähe von Provincetown aus dem Auto und liebten uns im Stehen, auf die Motorhaube gestützt.

Norman wollte in den Sommerferien ein ebenso abwechslungsreiches gesellschaftliches Leben führen wie in New York. Außer den Literatencliquen aus Wellfleet und Truro gab es auch noch die Randgruppen der Beatniks, Trinker und Junkies. Norman hatte als einer der wenigen Stars in der Stadt mühelos Zugang zu allen Kreisen, und das Trinken und Potrauchen erleichterten uns diesen fliegenden Szenenwechsel.

In den fünfziger Jahren war Provincetown von Marihuana regelrecht überschwemmt. Es war jederzeit und überall billig zu bekommen. Norman gefielen die dekadenten Parties der lokalen Unterwelt, auf denen Aussteiger aller Art, langweilige Suffköpfe und Kiffer herumhingen, von denen einige schon ein Vorstrafenregister hatten. Ab und zu unternahm die Polizei Razzien, doch glücklicherweise erschien sie immer auf genau der Party, die wir verpaßt hatten. Solche Parties langweilten mich, doch mit ein paar Drinks ließ es sich fast überall aushalten. Ich fühlte mich gezwungen, mit Norman Schritt zu halten. In der Szene mitzumischen, in jeder Szene, gehörte für ihn einfach dazu, und ich hatte Angst, ihn zu verlieren, wenn ich schlappmachte.

Kapitel 18

1953 waren wir trotz mancher Meinungsverschiedenheiten immer noch ein Liebespaar. Auch für unsere Freunde waren wir eine unzertrennliche Einheit. Meine Gefühle für Ed Fancher und der Trennungsschmerz waren längst vergessen. Ich dachte kaum noch an ihn, auch wenn es wohl stimmt, daß etwas von jedem Menschen, den wir einmal leidenschaftlich geliebt haben, für immer in uns weiterlebt. Inzwischen fragte ich mich manchmal, wer ich eigentlich war. Irgendwie schien es mir so, als hätte ich das in meinem anderen Leben mit Ed noch besser gewußt. Bei Norman wurden die meisten Menschen zu Verlängerungen seines alles vereinnahmenden Egos.

Ich hatte immer das Gefühl, daß er völlig unfähig war, sich in andere Menschen hineinzuversetzen und nachzuempfinden, was in ihnen vorging. Es gab keine Farben in Normans Spektrum, nur schwarz und weiß, doch er verstand es brillant, daraus eine Unzahl überzeugender Grautöne zu mischen.

Norman mußte jedem, den er kannte, eine selbsterdachte Rolle verpassen. Man war dies oder jenes, doch das Bild, das er von einem entwarf, hatte mit dem Menschen, der man wirklich war, nichts zu tun. Ich war emotional unreif, hatte ausgeprägte Schwächen und Stärken und ein großes Bedürfnis, die Schauspielerin in mir zum Ausdruck zu bringen, obwohl ich damals nicht im Traum daran dachte, eine zu werden. Ich versuchte, die Rollen zu übernehmen, die Regisseur Norman mir zuwies. Doch dann brach plötzlich mein Unabhängigkeitsdrang wieder durch, und ich sträubte mich, weiter mitzuspielen. Es war ein ewiges Vor und Zurück zwischen uns, und meine Selbstachtung war äußerst labil. Ich war verwirrt, weil meine Identität sich gegen meinen Willen ganz allmählich in seiner auflöste.

Ich wußte, daß ich begabt war, auf jeden Fall war ich ausgesprochen produktiv, obwohl ich immer weniger malte, je verrückter unser Leben wurde und je mehr ich trank. Ich versuchte, alles auf einmal zu sein – die Geliebte eines berühmten Schriftstellers, eine Malerin, eine perfekte Gastgeberin und später die Partnerin bei seinen Showeinlagen. Weil ich ihn liebte, gab ich alles hin, mein Herz, meinen Körper und mein Talent.

Ich war kindisch, undiszipliniert und eine schlechte Hausfrau, doch ich tat, was ich konnte, um ihm zu gefallen. Das aber wurde immer schwieriger, je genauer wir uns kannten und je länger wir zusammen waren. Ich mußte es mit einem Perfektionisten aufnehmen, der die, die ihm am nächsten standen, besonders schonungslos kritisierte, und dessen Ego alles und jeden vereinnahmte. Er war jetzt härter, und es kam schneller zu Streits zwischen uns. Nie schien es einen Mittelweg zu geben. Im einen Augenblick war ich seine kleine Tigerin, seine Pasionaria mit der Anmut und Schönheit einer Spanierin – dann sonnte ich mich lächelnd in seinen Komplimenten –, im nächsten Augenblick stürzte er mich vom Sockel, verwandelte mich von einer anbetungswürdigen Göttin in jemanden, der jeden Tag aufs Klo ging, oder, was noch schlimmer war, die Gabel falsch hielt; dann konnte er mich erbarmungslos niedermachen. Er war ein Meister des Sadismus, der mich mit seiner messerscharfen Zunge geißelte, bis ich blutete. Und der Whiskey verschlimmerte seine Wutanfälle noch.

»Du blöde Schlampe, du lernst aber auch nichts dazu. Du bist in deinem Milieu steckengeblieben. Du bist bloß eine Fotze«, warf er mir dann an den Kopf.

Wie ich ihn in solchen Augenblicken haßte! Ich wehrte mich

auf die einzige Art, die ich kannte; ich schrie und fauchte ihn an, mit demselben weinerlichen Unterton in der Stimme wie meine Mutter, wenn sie meinen Vater anfuhr.

»Halt die Klappe, du Scheißkerl, du und deine verdammten, überkandidelten Freunde. Du denkst wohl, diese Speichellecker sind was Besseres als ich, du überhebliches Arschloch mit deinem aufgesetzten Harvard-Akzent. Du verdammtes Muttersöhnchen.«

Als ich dreizehn war, nahm mich meine Mutter zu einer *Carmen*-Aufführung in der Musikakademie von Brooklyn mit. Es war meine erste Oper. Ich war hingerissen und identifizierte mich ganz mit dieser schönen Verführerin, die Männer bei lebendigem Leib verspeiste, mit der Zunge über die tadellos gepflegten Zähne fuhr und die Knochen wieder ausspuckte, und die jeden Tag ein anderes Kostüm von Fredericks of Hollywood trug. Ich hätte mir nie träumen lassen, daß ich meinem Escamillo in Gestalt eines netten jüdischen Jungen begegnen würde. Für mich war eine Beziehung wie diese Oper. Man lebte von Krise zu Krise, sang Liebesduette und schrie sich an. Ich agierte das Drama meines Lebens aus, mit einem Schauspieler an meiner Seite, der ebenfalls zu maßlosen Übertreibungen neigte und diese theatralischen Auftritte ebenso brauchte wie ich.

Mein ganzes Leben drehte sich um Norman. Ich mußte mit ihm mithalten, und da er ein zwanghaftes Bedürfnis nach Parties hatte, gingen wir fast jeden Abend aus. Ich konnte ausschlafen, doch Norman fuhr jeden Tag zu seinem Arbeitszimmer, ganz gleich, wie müde oder verkatert er war. In dieser Zeit waren Kater für mich noch kein Problem. Erst einige Jahre später ging es mir nach einer durchzechten Nacht so schlecht, daß ich mich krankenhausreif fühlte. Trotz dieses intensiven Nachtlebens besuchte ich weiterhin meine Kunstseminare. Doch zu Hause malte ich immer weniger.

Eines Abends gaben wir mal wieder eine Party, diesmal allerdings kein großes, ausgelassenes Fest, sondern eine kleine, gepflegte Abendgesellschaft, zu der wir nur ein paar Redakteure der Zeitschrift *Commentary*, einen Literaturkritiker, einige Romanautoren und unseren Stammgast Dan Wolf einluden. Ich servierte eifrig Partysnacks, mixte Drinks und brachte mich dabei wie immer mit Alkohol in Stimmung, um der Rolle, die ich an diesem Abend zu spielen hatte, besser gewachsen zu sein. Ich mußte geistreich und charmant, schön und eine perfekte Gastgeberin sein – das Gegenteil dessen, wofür ich mich selbst hielt. Als ich zu fortgeschrittener Stunde Norman betrachtete, der schon einiges getrunken hatte und sich gerade wieder über eines seiner Lieblingsthemen, die Psychologie der Orgie, ausließ, war ich es plötzlich leid, inmitten einer Bewundererschar zu hocken, die ihrem Guru lauschte. Ich weiß nicht, was mich zu dem trieb, was ich dann tat. Vielleicht war es der Teufel, weil er wußte, wie satt ich es hatte, Norman ständig über orgiastische Erfahrungen dozieren zu hören. Ich wollte ihn zwingen, Farbe zu bekennen, und die vier Drinks, die ich bereits intus hatte, halfen mir natürlich dabei.

Ich hörte mich mit einer Stimme, die nicht die meine zu sein schien, ausrufen: »Also gut, Norman, du willst eine Orgie mit diesen Spießern. Du sollst eine bekommen.« Ich zog ein Kleidungsstück nach dem anderen aus und schleuderte es ihm wütend entgegen. Er verstummte, verlor sein Publikum. Es war ganz still, während ich nackt dastand, in aller Ruhe mein Glas leertrank und mir lächelnd diese selbstgefälligen Gesichter betrachtete. Schau dir all diese verklemmten, arroganten Säcke an, dachte ich, jetzt wissen sie nicht, was sie tun sollen. Vance Bourjaily, der Romanautor, mit dem ich mich eben noch unterhalten hatte, grinste hämisch, denn er hatte mich noch nie leiden können.

Dan lachte und sagte nur »Oh Adele«, als ermahne er ein unartiges Kind. Auch die übrigen Gäste reagierten gelassen; schließlich befanden wir uns in New York. Nach einem Augenblick der Bestürzung und etwas nervösem Gekicher nahmen sie ihre Gespräche wieder auf, nippten an ihren Gläsern, redeten mit mir über alles mögliche, nur nicht über meinen Protestakt, und vermieden es dabei diskret, den Blick von meinem Gesicht nach unten schweifen zu lassen. Ich hatte meinen Auftritt gehabt und wußte, daß es jetzt Zeit war, mich wieder anzuziehen.

Jeder andere Mann hätte seiner Frau oder Freundin solch ein Verhalten übel genommen, doch mein Norman nicht. Er genoß jede Minute, und seine Augen funkelten vor Bewunderung, weil ich wieder seine Tigerin war.

Ich beobachtete seine Reaktion mit recht gemischten Gefühlen. Ich fühlte mich betrogen und gekränkt, weil ich ihn wütend sehen wollte, weil ich seine feste Freundin war und trotz meines provozierenden Auftretens gar nicht die Absicht hatte, irgendwen anzumachen.

Kapitel 19

Ich entfernte mich immer weiter von meinen alten Freunden. Ihren Platz nahmen inzwischen Leute aus Normans Gefolge ein – Kneipenhocker, Schnorrer, ehemalige Boxer und ein angeblicher Priester, der ein rotgestreiftes T-Shirt trug und über ein beachtliches Vokabular an unanständigen Wörtern verfügte. Als er das erste Mal »Scheiße« rief, war ich schokkiert, doch gleichzeitig fand ich es auch aufregend; schließlich hatte ich in der Saint-Rosalie-Kirche in Bay Ridge die Heilige Kommunion erhalten. Wenn Norman und ich abends essen gingen, trabte ständig irgendwer mit. Ich machte keinen Hehl daraus, daß mir das nicht paßte. »Verdammt noch mal, Norman, wir kennen so viele interessante Leute; warum haben wir am Ende immer diese Verlierer am Hals, die nie die Rechnung bezahlen? Merkst du denn nicht, daß sie weit unter deinem Niveau sind? Das sind doch alles Flüchtlinge aus der No-Name-Bar im Village. Warum rufen wir nicht Marlon an und gehen mit ihm aus? Oder fürchtest du die Konkurrenz?«

Ab und zu unternahmen wir auch etwas ohne Normans Anhang, gingen ins Kino oder essen, nur wir zwei allein.

Vor dem Abendessen bestellte Norman sich immer gleich zwei Whiskey sour, um sicherzustellen, daß nach dem ersten Glas sofort Nachschub da war. Während der Mahlzeit trank er dann noch einen Scotch. Ich begnügte mich meist mit einem Whiskey sour als Aperitif. Wenn wir mit Leuten ausgingen, trank ich mehr.

Wenn Norman schlechte Laune hatte, konnte der Alkohol ihn inzwischen richtig bösartig machen. Dann putzte er mich ohne ersichtlichen Grund herunter und hackte so lange wegen irgendwelcher Nichtigkeiten auf mir herum, bis ich heulend den Tisch verließ.

Sein Zorn und seine Verstimmungen kamen woanders her. Ich glaubte, sie hingen mit seiner Selbsteinschätzung zusammen, mit dem Konflikt zwischen Allmachtsgefühlen und Selbstzweifeln, der Wut über die schlechten Kritiken von *Am Rande der Barbarei*, der Angst, ein gescheiterter Schriftsteller zu sein, dem Erfolgsdruck, den Schwierigkeiten bei der Arbeit an seinem neuen Buch *Der Hirschpark* und vielen anderen Dingen, die ich damals noch nicht verstand.

Doch unsere Krisen waren in Wahrheit nur Teil eines größeren Problems, das keiner von uns wahrhaben wollte: Wir hatten unseren Alkoholkonsum nicht im Griff. Mir war nicht bewußt, daß auch ich mich veränderte, wenn ich trank, doch ich sah deutlich, wie der Alkohol sich auf Norman auswirkte. Es war wirklich wie in *Dr. Jekyll und Mr. Hyde*, wenn er sich auf einmal von einem recht vernünftigen, charmanten Burschen in einen sadistischen kleinen Tyrannen verwandelte. Seine blauen Augen verengten sich argwöhnisch, seine Mundwinkel zogen sich verächtlich nach unten, und er verfiel in diese gedehnte Redeweise, seinen aufgesetzten Texas-Macho-Slang. In diesem Zustand tat er nichts mehr spontan oder mit Freude, sondern zog alles nur noch mit einer Art verzweifelter Verbissenheit durch.

Ich war nicht so großzügig wie Norman und konnte manchmal intolerant sein. Ich war kein mißtrauischer Mensch, doch ich hatte einen eingebauten Lügendetektor, der mich warnte, wenn etwas nicht stimmte, nicht nur mit mir selbst, sondern auch mit anderen, schon bevor die betreffende Person den Mund aufmachte. Norman wußte das und bat mich manchmal um meine Meinung, doch letztendlich machte er, was er wollte.

»Du bist engstirnig«, sagte er immer. »Dir paßt wirklich niemand.«

Er erinnerte sich nicht mehr daran, was er mir bei unserer ersten Begegnung in einem vertrauten Augenblick gesagt hatte:

»Nach dem Erfolg von *Die Nackten und die Toten* war ich mir nie sicher, ob man mich um meiner selbst willen mochte, oder nur, weil ich nun berühmt war; das hat mir sehr zu schaffen gemacht.«

Im Sommer 1953 beschlossen wir, mit dem Auto nach Mexiko hinunterzufahren. Norman war bereits dort gewesen um Susie zu besuchen, die inzwischen mit Bea in Mexico City lebte. Doch abgesehen von seinem Wunsch, seine Tochter wiederzusehen, wollte er mir auch das Land zeigen, das er faszinierend fand. Ich war begeistert von der Idee.

Bea wohnte mit meinem verflossenen mexikanischen Liebhaber Steve Sanchez zusammen. Ich war nicht überrascht, als ich erfuhr, daß die beiden zusammen waren, denn im inzestuösen Village kannte schließlich jeder jeden, und ich empfand es als eine kleine Ironie des Schicksals, daß sowohl Bea als auch Norman schließlich bei »Latin Lovers« hängengeblieben waren – ob das nun ein guter oder ein schlechter Tausch war.

Bea hatte Steve während eines Besuchs in New York über Dan Wolf kennengelernt, und zwar um die Zeit, in der Norman und ich unsere bescheidene Wohnung in der Ersten Avenue bezogen. Offenbar verliebten sie sich so heftig ineinander, daß sie ihm nach Mexiko folgte. Ich war Bea inzwischen ein oder zwei Mal begegnet. Sie war frostig, doch interessanterweise sagte sie mir nie offen ins Gesicht, was sie von mir hielt. Natürlich war sie wütend und verletzt, weil sie sitzengelassen worden war, auch wenn sie selbst am besten wußte, wie lange diese Ehe sich schon in einer Krise befand, als ich Norman kennenlernte.

Ich freute mich nicht gerade auf dieses Wiedersehen mit Bea und Steve, doch ich nahm mir vor, nicht weiter darüber nachzudenken, sondern es einfach auf mich zukommen zu lassen.

Zwei Tage vor unserem Aufbruch aus New York bekam ich wieder eine meiner Panikattacken. Es war albern, doch mir war plötzlich mulmig bei dem Gedanken, tagelang allein mit Norman in einem Auto eingesperrt zu sein. Da ich keinen Führerschein hatte, mußte er die ganze Strecke selbst fahren. Wie sollte ich ihn unterwegs unterhalten, wenn ich keine brillante Gesprächspartnerin, Stegreifkomödiantin oder Philosophin war?

Doch wir kamen gut miteinander aus. Sobald wir den Großstadtstreß hinter uns gelassen hatten, konnte ich es ganz entspannt genießen, mit ihm zusammen zu sein Ich freute mich auf unseren gemeinsamen Urlaub in Mexiko.

Norman wollte über Marshall in Illinois fahren, um seinen Freund James Jones zu besuchen, der dort in einer von Lowney Handy gegründeten Schriftstellerkolonie wohnte. Das bedeutete einen Riesenumweg. Ich war nicht sonderlich begeistert von dieser Idee, denn ich konnte es kaum erwarten, Mexiko City zu sehen und mir ein paar köstliche, mexikanische Spezialitäten schmecken zu lassen.

Als wir Jones in New York kennenlernten, stellte sich heraus, daß er von Normans Werken ebenso beeindruckt war wie Norman von seinen. Die beiden mochten sich auf Anhieb. Doch ich hatte das Gefühl, daß zwischen Jones und mir eine gewisse Rivalität um Normans Aufmerksamkeit bestand. Wenn Jones etwas getrunken hatte, sah er aus wie ein bissiger Hund, der wütend an seiner Leine zerrte, als wolle er einen zerfleischen. Wenn man seinen dicken Hals, seinen kräftigen

Körper und seine muskulösen Arme sah, überlegte man es sich zweimal, ob man sich mit ihm anlegen wollte.

Er verhielt sich mir gegenüber zwar höflich, doch ich spürte, daß er mich im Grunde nicht leiden konnte, und ich mochte ihn eigentlich auch nicht. Ich war nicht eifersüchtig auf die Kumpanei zwischen ihm und Norman. Doch mich nervte sein albernes Macho-Gehabe. Nun würde ich mir also noch mehr seiner dummen Sprüche anhören müssen.

Die ganze Fahrt über war es schrecklich heiß, und am Tag unserer Ankunft war die Hitze schier unerträglich. Ich ging davon aus, daß Jones in einem Haus mit Klimaanlage wohnte, was sich als Irrtum herausstellte.

Jimmy freute sich wirklich, Norman zu sehen. Er schloß ihn in seine Bärenpranken und hieß auch mich herzlich willkommen. Dann stellte er uns Lowney vor, eine Mitfünfzigerin mit einem Pferdegesicht, hinter deren Attitüde des guten, alten Mädchens man Härte und Erfahrung spürte. Sie hatte eine Schwäche für Schriftsteller und war Jimmys langjährige Mentorin.

Lowney war höflich zu mir, aber wie viele Frauen, die ich in New York kennengelernt hatte, war sie auf Stars scharf, so daß ihre ganze Aufmerksamkeit Norman galt. Sie hatte zwar schon ihren eigenen berühmten Autor, doch ich sah ihr an, wie es in ihrem Kopf arbeitete und funkte, wenn Norman in der Nähe war. Das ärgerte mich. Niemand beachtete mich während der drei Tage, die wir dort waren, aber das lag teilweise auch an mir selbst, weil mir mal wieder meine Schüchternheit und meine Unsicherheit im Weg standen. Sonst half mir der Alkohol über meine Hemmungen hinweg. Ich verstand mich mit Norman jedoch gerade so gut und wollte, daß das so blieb; also hielt ich mich lieber zurück.

Jimmy führte uns in der Kolonie herum, die aus seinem großen Holzhaus und ein paar kleineren, barackenartigen

Cottages für die anderen bestand. Überall herrschte eine geradezu klösterliche Atmosphäre; ein paar junge Schriftsteller harkten mit nacktem Oberkörper die Kieswege, pflegten den Rasen und jäteten im Gemüsegarten Unkraut. Da es immer noch sehr heiß war, trug ich so wenig wie möglich, nur einen winzigen BH und knappe Shorts. Vermutlich gefiel es Lowney nicht sonderlich, daß ich halbnackt herumlief und ihre Mönche in Versuchung führte. Es waren attraktive Burschen darunter, doch seltsamerweise sahen sie mich nie an, und Jones machte uns auch nicht miteinander bekannt. Ich fragte mich, ob sie vielleicht Angst vor Lowney hatten. Sie erzählte uns, daß die Jungs sich an strenge Regeln halten müßten. Kein Alkohol, kein nächtlicher Ausgang und kein Geschlechtsverkehr, zumindest nicht auf dem Gelände.

Durch Disziplin und ein sauberes Leben wird man zum Schriftsteller. Von wegen! Für Norman und Jimmy galt das jedenfalls nicht. Sie zechten jede Nacht, solange wir dort waren. An einem Abend legten die beiden sich auf den Boden, um zu sehen, wer die meisten Liegestützen schaffte.

Jimmy, der Bulle, hatte eine bessere Kondition als Norman, der inzwischen zugenommen hatte. Lowney war schon zu Bett gegangen, also zählte ich. Jimmy gewann. Nach den Liegestützen maßen sie sich noch im Armdrücken, was ich ziemlich langweilig fand. Warum verglichen sie nicht gleich ihre Schwänze?

Diese Macho-Konkurrenzkämpfchen, das zwanghafte Fluchen und die Show, die Norman und Jimmy die meiste Zeit abzogen, waren lächerlich. Trotzdem war es immer wieder auch interessant, ihnen zuzuhören, wenn sie zusammensaßen, ohne zu trinken und sich ernsthaft miteinander unterhielten – über das Schreiben und über ihr Leben vor und nach ihrem Erfolg.

Ich hielt *Verdammt in alle Ewigkeit* für einen guten Roman; er hatte mich wirklich gefesselt. Doch daß Norman ihn in mancherlei Hinsicht besser fand als *Die Nackten und die Toten*, konnte ich nicht verstehen.

Eine Sache, um die ich Jimmy beneidete, war seine prächtige Sammlung von Navajo-Türkisschmuck, mit dem er sich gerne behängte. Stets zierten zwei oder drei Silberhalsketten mit Türkisen seine behaarte Brust, die das bis zum Bauchnabel offene Hemd freigab; auch an den Handgelenken trug er Türkisarmbänder.

Wir verabschiedeten uns von Jim und Lowney und fuhren weiter nach North Conway in Arkansas, wo wir Normans altem Kriegskameraden Frances Gwaltney, genannt Fig, und seiner Frau Ecey einen kurzen, nicht weiter erwähnenswerten Besuch abstatteten. Nach der lähmenden Hitze und Langeweile in Arkansas freute ich mich richtig auf unsere nächste Station: New Orleans.

Nachdem wir uns dort in unserem Hotel einquartiert hatten, stöberten wir im örtlichen Boheme-Buchladen herum und unterhielten uns mit dem Besitzer, einem dikken jungen Mann mit Brille, unreiner Haut und einem langen Pferdeschwanz. Noch nie hatte ich jemanden so sichtlich begeistert gesehen, Norman persönlich kennenzulernen. Er hüpfte so aufgeregt herum, als habe er soeben im Lotto gewonnen.

»Mein Gott, ist das wahr? Sind Sie wirklich Norman Mailer? Das glaub' ich einfach nicht, Sie hier in meinem kleinen Laden. Das kann doch nicht sein!« Es war keine Spur von Blasiertheit an diesem Burschen; sein Enthusiasmus war richtig erfrischend. Schließlich beruhigte er sich und lud uns zu einer Party im französischen Viertel ein, auf der wir die einheimische Intelligentia kennenlernen sollten, was wir dann auch taten.

Im Gegensatz zu dem Buchhändler reagierte sie freundlich,

aber gelassen auf den berühmten Überraschungsgast. Wir erfuhren, daß es sich um eine Peyote-Party handelte.

»Was ist das?« fragte ich.

Man erklärte mir, Peyote werde aus Kaktussaft hergestellt und von einigen Indianerstämmen bei religiösen Zeremonien benutzt.

Ich sah mich um. Niemand im Raum schien sich verrückt zu gebärden, so schlenderte ich in die Küche, wo ein Mädchen in einem großen Topf mit dem mysteriösen Kaktus-Gebräu rührte. Aus irgendeinem Grund trug sie eine Krankenschwesteruniform. Ob das wohl ein Teil des Rituals sein sollte?

Sie bot mir etwas von dem Zeug an und ich griff abenteuerlustig zu. Ich würgte, weil es so scheußlich schmeckte, und bekam eine von den Orangen in die Hand gedrückt, die neben dem Bottich aufgestapelt waren.

»Lutsche daran, das mildert den bitteren Geschmack.«

Norman war nirgendwo zu sehen. Wahrscheinlich hatte er das Zeug bereits genommen. Er hätte ruhig auf mich warten können, dachte ich. Ich lehnte mich gegen den Gefrierschrank. Die Kühle tat gut. Ich schloß die Augen und wartete auf die Wirkung, doch ich spürte nur, daß mir übel wurde.

»Es dauert eine Weile«, hörte ich jemanden sagen.

Ich öffnete die Augen und sah einen jungen Schwarzen vor mir, der ein Sandwich aß und mich beobachtete.

»Bist du okay?«

»Bis jetzt merke ich noch gar nichts, aber wenn du mir weiter mit diesem Sandwich vor der Nase herumwedelst, übergeb' ich mich sicher gleich.«

Er lachte. »Nein, das wirst du nicht. Versuch einfach nicht dran zu denken. Der Brechreiz geht bald vorbei. Du mußt nur durchhalten.«

»Warum?« fragte ich und im selben Augenblick würgte es mich bereits wieder.

Der Bursche hieß Ray. Ich weiß nicht, warum ich mich noch daran erinnere, vielleicht, weil er die Rolle meines persönlichen Lehrmeisters zu übernehmen schien.

»Weil du die großartigste Erfahrung deines Lebens machen wirst. Du wirst vielleicht ungeahnte Geheimnisse entdecken, Dinge, die du dir bisher nie vorstellen konntest, und nie mehr Angst vor dem Tod haben. Aber nur, wenn du dich nicht vorher übergibst.«

Trotz meiner Benommenheit war ich beeindruckt. »Du hast wohl schon einige Erfahrung damit.«

»Ja, und es wird mit jedem Mal besser.«

Ich hätte am liebsten die nächste Toilette aufgesucht, doch ich kämpfte mich tapfer ins Wohnzimmer zurück und versuchte mich abzulenken, indem ich mich mit einigen dieser Gestalten unterhielt. Da ich unterwegs nicht über Pfützen von Erbrochenem hinwegsteigen mußte, faßte ich wieder Mut. Was die konnten, konnte ich auch. Ich sah Norman und fragte mich, ob ich wohl auch so grün im Gesicht war wie er. Wir unterhielten uns mit zusammengebissenen Zähnen.

Wo waren die versprochenen Geheimnisse? Wann würde es endlich soweit sein? Jemand schlug uns vor, noch in einem berühmten Jazzclub vorbeizuschauen, in dem gerade Max Roach und Charlie Parker spielten.

»Laß uns gehen, Norman. Ich höre gerne Musik, wenn ich high bin, und vielleicht geht es uns bis dahin schon besser. Hier ist es mir nicht geheuer.«

Ich lud Ray ein, uns zu begleiten. Schließlich war er mein Lehrmeister. Norman fuhr, denn er war noch nicht high; ihm war nur schlecht. Ray war im Gegensatz zu uns bester Laune.

»Ihr zwei werdet euch köstlich amüsieren, das sag ich euch. Ihr dürft euch nur nicht übergeben. Es wird bald besser.«

Bei unserer Ankunft vor dem Club hatte sich meine

Übelkeit gelegt. Als wir aus dem Wagen stiegen, kam es mir so vor, als bewege ich mich in Zeitlupe. Ich kannte dieses Gefühl bereits aus einem Alptraum, den ich ab und zu hatte. Darin wurde ich immer von einem Monster verfolgt, und je schneller ich wegzulaufen versuchte, desto bleierner wurden meine Beine. Jetzt bewegte ich mich ganz langsam, weil ich mich nicht in Gefahr sondern völlig gelöst fühlte. Die seltsamen Dinge, die mit mir vorgingen, nahmen mich so sehr in Anspruch, daß mein Geliebter und seine Empfindungen mich nicht mehr interessierten. In dem Club drängten sich die Menschen; laute Musik erfüllte den Raum.

Ich hatte den Eindruck, außerhalb meiner selbst zu stehen und alles, was ich sagte oder tat, im selben Augenblick als Film vor mir ablaufen zu sehen. Jeder Gedanke schien eine Ewigkeit zu dauern und dann als Untertitel auf dem Film zu stehen. Ich folgte dem Kellner zu unserem Tisch, immer noch in Zeitlupe und den Blick auf meine Füße gerichtet. Es kam mir so vor, als seien sie weit von meinem übrigen Körper entfernt, als sähe ich verkehrt herum durch ein Teleskop. Ich schien plötzlich gewachsen zu sein. Kichernd sagte ich zu Norman: »Ich bin Alice und habe an der linken Seite des Pilzes geknabbert.« Er gab keine Antwort, denn er befand sich auf seinem eigenen Solotrip.

Meine schwarzen Wildlederstöckelschuhe führten ein Eigenleben. Sie waren zwar an meinen Füßen, doch im nächsten Augenblick sah ich sie mit klappernden Absätzen alleine loslaufen. Wie lustig, dachte ich und fragte mich, ob noch irgendwer das gesehen hatte.

Wir setzten uns, und Norman bestellte etwas zu trinken. Ich lachte über eine Bemerkung Rays. »Mensch,« sagte ich zu ihm, »meine Übelkeit ist weg. Ich fühle mich großartig.«

Unser Tisch befand sich neben der Bühne. Ich schloß die Augen; da füllte sich jede Pore meines Körpers mit Musik, und ich sah eine schöne Farbe nach der anderen. Ein Glücksgefühl überkam mich. Ich mußte lachen. »Bumbum«, sagte ich wie ein entzücktes Kind. Ray grinste mich an. »Jetzt bist du drauf, Baby.«

Bumbum, die Musik strömte in meinen offenen Mund, die Kehle hinunter und durch den Magen in die Leistengegend, brandete gegen den Schritt meines seidenen Höschens, den Stoff meines Kleides und den Sitz des Stuhls. Ich fühlte mich wie die Katze, die an dem Käse knabberte, der auf dem Teller lag, der auf dem Tisch stand, der in dem Haus stand, das Norman gebaut hatte. Ich war überwältigt von der Tiefe und Vielfalt meiner Gedanken, die jedoch plötzlich von einer neuen Woge der Übelkeit unterbrochen wurden, die so heftig war, daß mir die Galle in die Kehle stieg. »Ray,« sagte ich mit erstickter Stimme, »es ist vorbei. Jetzt kommt's mir wieder hoch.«

»Unterdrück den Brechreiz. Halt durch. Das geht wieder vorbei. Mensch, ich hab' dir angesehen, daß du auf einem wunderschönen Trip warst.«

»Und wenn schon, du verdammter Sadist.«

Ich schaffte es gerade noch bis zur Damentoilette, wo ich mich so gründlich auskotzte wie noch nie. Inzwischen hatte ich aber mehr als genug von dem Zeug in meinem Blutkreislauf und war drauf, ob mir das paßte oder nicht. Norman fiel es leichter, das Zeug bei sich zu behalten, denn er konnte sich nie übergeben, ganz gleich, wie schlecht ihm war und wie viele Finger er sich in den Hals steckte.

Doch ich war eine Nachfahrin der Römer, die jederzeit und überall kotzen konnte. Benommen machte ich mich auf die endlose Reise von der Damentoilette zurück zu unserem Tisch. Seit wir uns auf dieses Abenteuer eingelassen hatten, war Norman ungewöhnlich ruhig; zweifellos dämpfte die Übelkeit sein Ego ein wenig. Er saß mit geschlossenen Augen da, ganz in die Musik und seine momentanen Empfindungen vertieft, welcher Art sie auch sein mochten. Das Peyote schien sein sonst eher schlechtes Gehör zu verfeinern. Dieser Norman war mir lieber als der betrunkene, der durch Kraftakte wie Wettkämpfe im Armdrücken oder Schlägereien sein öffentliches Macho-Image kultivierte. Ich gab mich wieder den erotischen Phantasien von Max Roach hin, der weiterspielte, ohne sich dessen bewußt zu sein, daß er mich öffentlich und in Gegenwart meines berühmten Geliebten vögelte.

Ich hatte jegliches Zeitgefühl verloren. Es hätte zehn, zwei oder acht, heute oder morgen sein können. Inzwischen hatte ich eine andere Phantasie im Kopf. Ich war fertig mit Roach und wollte nun mit Norman nach Hause gehen. Ich stand ganz langsam vom Tisch auf, denn wenn ich mich zu schnell bewegte, kamen meine Füße nicht mit, und die brauchte ich schließlich.

Wir verabschiedeten uns von Ray. Er redete sehr schnell. »Du hast es in dir, Baby, du hast gekotzt, aber du hast es in dir. Mach was draus.«

Ich war überrascht, daß Norman noch geistesgegenwärtig genug war, um die Rechnung zu bezahlen. Wir brachen zusammen auf und winkten Roach zum Abschied lächelnd zu.

»Danke«, sagte ich.

»Keine Ursache«, antwortete er.

Wahrscheinlich merkte niemand, wie high wir waren, obwohl wir uns in Zeitlupe bewegten. Wir wollten ins Hotel zurück. Norman fuhr in Zickzacklinien durch die dunklen Straßen und fluchte über seine mangelnde Kontrolle über den Wagen und über die Übelkeit, die ihn immer noch quälte. »Scheiße, dann eben nicht!« sagte er und hielt an. Wir ließen den Wagen einfach mitten auf der Straße stehen. Ich hatte

1. Adele Morales mit ihrer Mutter

.. Adele Morales und Ed Fancher Ende der vierziger Jahre.

3. Adele mit dem bereits berühmten Norman Mailer an der Copacabana.

4. Adele in Connecticut, ein paar Wochen vor der Geburt ihrer zweiten Tochter Betsy.

5. Adele – eine Studioaufnahme.

6. Norman mit dem geliebten Pudel Tibo in Provincetown.

. Norman und Howard Fertig testen eines von Normans Holzobjekten. *© 1997 Millicent Brower*

8. Norman und Adele kurz vor der Trennung. *Mit freundlicher Genehmigung der Bettmann Archive*

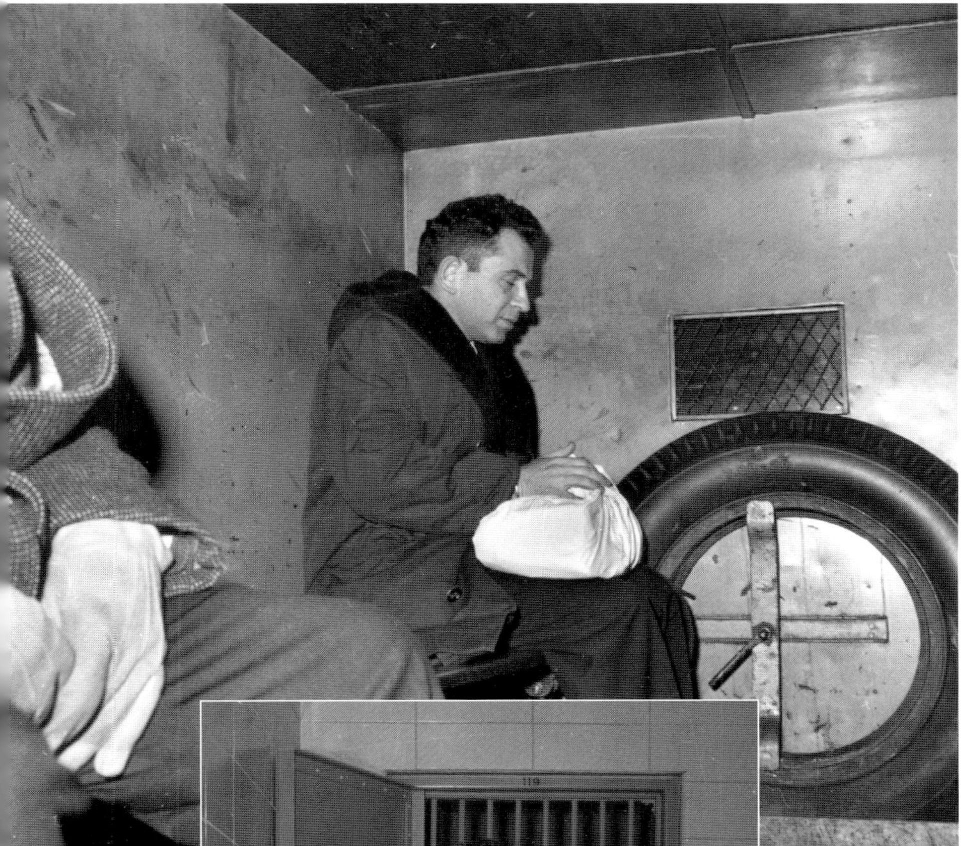

. Der Star-
chriftsteller
vird im Polizei-
vagen weg-
ebracht.
Mit freundlicher Genehmigung der Bettmann Archive

10. Norman wird nach seiner Verhaftung im Krankenhaus in Polizeigewahrsam genommen.
Mit freundlicher Genehmigung der Bettmann Archive

11. Norman Mailer in Connecticut. Ein Augenblick der Ruhe und Zufriedenheit.

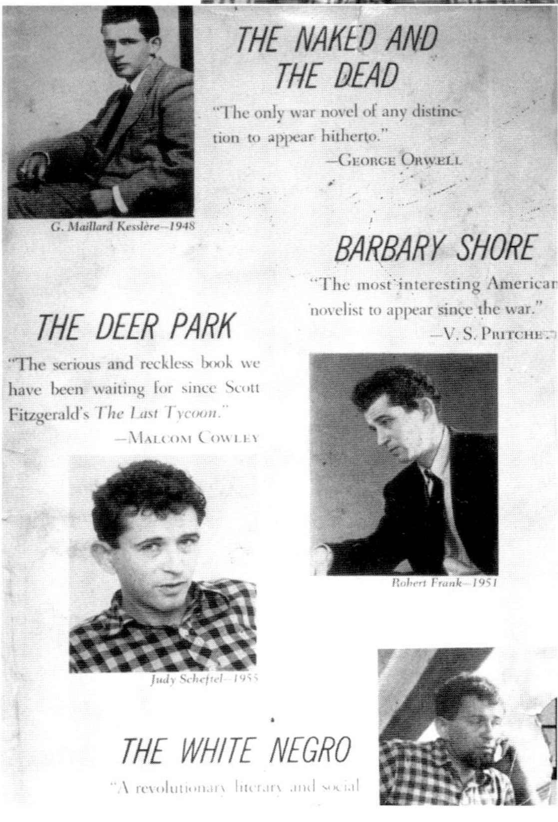

12. Norman Mailer – eine Literaturgeschichte in Bildern.

3. Adeles Schwester Joanie mit ihrem
weiten Ehemann Mickey Knox während
er Dreharbeiten zu ›Marco Polo‹.

14. Eine Studioaufnahme von Adele
aus den siebziger Jahren.

;. Mailer während des Wahlkampfs um das Amt des Bürgermeisters von New York;
chts im Bild Jimmy Breslin. *Mit freundlicher Genehmigung der New York Times*

16. Adele Morales Mailer, neun Monate, nachdem sie niedergestochen worden war.

keine Ahnung, wo wir waren, doch durch irgendein Wunder fanden wir schließlich in unser Hotel zurück.

Draußen vor unserem Zimmerfenster blinkte in roten Neonbuchstaben der Name des Hotels. Selbst bei heruntergelassenen Rollos erstrahlte der Raum in regelmäßigen Abständen in rotem Licht. Es kam mir vor, als wären wir gestorben und in der Hölle gelandet.

»Ich geh' ins Bett. Mir reicht's. Ich will, daß es endlich aufhört.«

Als ich die Augen schloß, begannen die Halluzinationen. Wir lagen im Bett, ohne uns zu berühren – zwei einsame Figuren im Gefängnis –, mit unseren flammenden Visionen. Ich sah schwangere Frauen mit gewaltigen Bäuchen, die dann als Kaleidoskop leuchtend bunter Blumen zerplatzten. Wenn ich mich aufrecht hinsetzte, verschwanden die Bilder, doch sobald ich zu schlafen versuchte, überfielen sie mich von neuem. Norman lag mit geschlossenen Augen da.

»Siehst du irgendwas?« fragte ich.

Er beschrieb eine aztekische Opferzeremonie – junge Indianer in ritueller Kleidung, die singend und mit Messern in den Händen eine Pyramide erklommen und, oben angelangt, auf etwas oder jemanden auf einem Opferstein einstachen. Dann wechselte die Szene und er sah nur noch banale Walt-Disney-Cartoons.

Ich nahm eine Dusche, trank heißen Kaffee und lief im Zimmer auf und ab, um mich wachzuhalten. Ich hatte Angst, mich hinzulegen. Trotz unserer Erschöpfung zogen wir uns schließlich wieder an und trieben uns den Rest der Nacht und einen Teil des nächsten Tages in der Stadt herum, bis die Wirkung des Peyote nachließ.

Ich weiß nicht, ob Norman diese Erfahrung genauso beängstigend fand wie ich. Ich würde das Zeug jedenfalls nie mehr nehmen. Es mußte weniger qualvolle Wege geben, sein Bewußtsein zu erweitern.

Außer unserem psychedelischen Trip unternahmen wir in New Orleans auch die üblichen Touristenausflüge. Wir aßen im Antoine's zu Abend und besichtigten ein bißchen Vorkriegsarchitektur.

Es war nett, wieder mit meinem Geliebten allein zu sein und ganz normale Dinge zu tun. Und ich freute mich schon auf das Ziel unserer Reise: Mexico City.

Kapitel 20

Nach unserer Ankunft in Mexico City fanden wir in einem Vorort ein reizendes, möbliertes Haus mit einem von Mauern umgebenen Hof und einem Blumengarten, über den ein riesiger Baum seinen Schatten warf. Wir packten unsere Koffer aus und riefen am folgenden Tag Bea und Steve an. Sie lebten in einer geräumigen, aber baufälligen Wohnung in der Stadt. Bea empfing uns kühl, fast unfreundlich. Sie lächelte mich nicht an, sondern zeigte mir nur die Zähne, mitsamt dem Zahnfleisch. In all den Wochen, die wir dort waren, legte sie ihre blasierte Miene nie ab. Sie haßte mich wirklich, mit gutem Grund, nehme ich an, doch um ihrer Tochter willen hielt sie ihren Groll im Zaum. Schließlich wußte sie, daß ich mich in New York möglicherweise um Susie kümmern würde, wenn Norman seine Tochter mal eine Zeitlang zu sich nahm.

Steve war liebenswürdig, aber ebenfalls sehr zurückhaltend. Susie schien die ganze Situation etwas zu verwirren. Sie tat mir leid. Nach dem Scheitern der Ehe war sie hin und her verfrachtet worden. Zuerst wohnte sie eine Zeitlang bei Normans Mutter in den Staaten und nun in einer fremden Stadt.

Bea spielte sich gerne auf, vor allem, wenn sie etwas getrunken hatte. Doch ich empfand ihr intellektuelles Getue nicht als Bedrohung, da ich wußte, daß zwischen ihr und Norman alles aus war. Auch Steve und ich gingen miteinander um, als sei nie etwas zwischen uns gewesen. Bei unseren ersten Besuchen war die Atmosphäre verkrampft, später entspannte sie sich allmählich. Wir waren nicht auf ihre Gesellschaft angewiesen, doch Steve war sehr gastfreundlich;

er zeigte uns ein Mexico City, das Touristen sonst nicht zu sehen bekamen und stellte uns ein paar sehr sympathische, mexikanische Freunde vor.

Sobald wir uns häuslich eingerichtet hatten, rief Norman ein paar Leute an, die uns gleich einluden und in neue Kreise einführten. Unter den in Mexiko lebenden Amerikanern war er natürlich ein großer Star. Ich liebte das Haus und den Garten, und wir fanden ein großartiges Hausmädchen namens Flora, das eine hervorragende Köchin war.

Mir läuft immer noch das Wasser im Munde zusammen, wenn ich an Floras *huevos rancheros* und an ihr unübertreffliches Huhn mit Schokoladensoße denke. Dem armen Norman entgingen all diese Gaumenfreuden, da er wegen Leberproblemen eine fade Diät verordnet bekam. Während ich Floras delikate Küche genoß, ernährte er sich von gekochter, ungewürzter Schonkost auf Tortillas, dem einzigen mexikanischen Gericht, das er essen durfte. Und Alkohol war natürlich auch verboten. Da es zu allem Übel auch mit dem Schreiben nicht so recht klappte, war er, milde ausgedrückt, nicht gerade bester Laune.

Trotzdem fanden wir beide Mexiko aufregend. Solche Farbenpracht! Für mich war das Land ein echtes Malerparadies. Ich machte mich begeistert an die Arbeit und baute in dem üppigen Blumengarten im Schatten des hundertfünfzig Jahre alten Baumes ein Stilleben auf. Er war wirklich einer der schönsten Plätze, an dem ich je gemalt habe.

Als Normans Leber sich erholt hatte, begann er gleich wieder zu trinken. Und ich hielt mit. Diese Literflaschen Tequila für zwei Dollar ergaben eine Menge Margaritas, und ich mixte welche, die es in sich hatten.

Norman litt seit einem Jahr unter Schlaflosigkeit und war inzwischen von Seconal abhängig. Ein Arzt in den Staaten verschrieb ihm dieses Schlafmittel in unbegrenzten Mengen.

Oft öffnete Norman eine Kapsel und leerte den Inhalt in ein Glas Scotch, um die Wirkung zu beschleunigen. Ich hatte noch nie Probleme mit dem Einschlafen gehabt, doch aus irgendeinem Grund ließ ich mich von Norman dazu überreden, es ein paar Nächte lang mit diesen Pillen zu versuchen.

»Mit denen schläfst du nochmal so gut«, drängte er.

»Aber ich schlafe sehr gut, Liebling. Ich liege nie stundenlang wach wie du. Ich brauche keine Pillen.«

»Versuch' sie einfach mal«, beharrte er, und das tat ich dann auch zwei Nächte lang – mit dem Ergebnis, daß ich mich fühlte wie eine Tote, die neben einer anderen Leiche lag. Am nächsten Morgen brauchte ich drei Tassen Kaffee, um aus meiner Betäubung zu erwachen, und war den ganzen Tag benommen.

Zwei Seconal reichten Norman nach einer Weile nicht mehr; als er bei drei Kapseln angelangt war, begann ich mir ernsthaft Sorgen zu machen. Doch er ließ sich nie etwas sagen. Er wußte immer alles besser und hatte jede Menge vernünftige Erklärungen parat, auch für sein selbstzerstörerisches Verhalten.

Wir lebten nach einem festen Rhythmus. Ich malte jeden Tag, während er an seinem Roman arbeitete, und abends fuhren wir in die Stadt. Steve spielte den Fremdenführer und nahm uns in eine seiner Lieblingskneipen mit, in der die beste Mariachi-Musik der Stadt gespielt wurde. Manchmal hatte Bea zuhause zu tun, dann gingen wir nur zu dritt aus. Ich kam gut mit Steve aus, wir mochten einander, doch wenn Bea dabei war, kam immer eine gewisse Spannung auf. Sie legte ein starkes Konkurrenzverhalten an den Tag, nicht nur mir sondern auch anderen gegenüber. Ich empfand sie jedoch nicht als Rivalin, weil sie und Norman nichts mehr verband. Nur Susie erinnerte noch daran, daß sie einmal ein Paar gewesen waren.

Wir besichtigten all die Sehenswürdigkeiten, an denen kein Tourist vorbeikommt, doch am meisten faszinierte mich der Stierkampf, die *corrida*. Das erste Mal nahm Steve uns mit; für Norman war es der erste Stierkampf seines Lebens; ich hatte ja bereits mit siebzehn in Lima Manolete kämpfen sehen. Zur Vorbereitung auf dieses atemberaubende Ritual hatten wir vor unserer Abreise aus New York noch Hemingways *Tod am Nachmittag* gelesen.

Jeden Sonntagmorgen war ich schon beim Erwachen vor Vorfreude ganz aufgeregt; so hatte ich mich als Kind immer vor einem Zirkusbesuch gefühlt.

Ich genoß Floras köstliches Sonntagsfrühstück, die *huevos rancheros*, deren scharfe Soße einem die Tränen in die Augen trieb, den frisch gepreßten Orangensaft gegen das Feuer in der Kehle und ihren guten Kaffee, dessen Duft sich mit dem der Blumen mischte, denn ich aß immer im Garten. Um ein Uhr fuhren wir dann zur *Plaza de Toros*.

Über den Stierkampf lernten wir noch mehr Leute kennen. Wir riefen Lewis Allen, einen Freund aus New York, an, der sich inzwischen als Hollywood- und Broadwayproduzent einen Namen gemacht hat. Lewis verbrachte damals gerade ein paar Monate in Mexico City bei dem Schauspieler David Ford und dessen Frau Betty, die früher Fotomodell und nun Stierkämpferin war. Sie hatte ihr Talent bereits in ein paar kleinen Arenen außerhalb der Stadt unter Beweis gestellt. Lewis lud uns gleich ein, doch am Abend auf einen Drink vorbeizukommen. Wir freuten uns, Lewis wiederzusehen. Er begrüßte uns herzlich. Offenbar hatten er, die Stierkämpferin und ihr Mann schon den ganzen Tag gefeiert, denn alle drei waren ziemlich betrunken. David und Betty waren gerade mit einem kindischen Spiel beschäftigt; sie vollführten zu lauter Musik aus der Stereoanlage unter einem folkloristischen Bettüberwurf eine Art Tanz. Wir sahen nur ihre Füße.

Mit viel schrillem Gelächter ermahnte die unsichtbare Stierkämpferin ihren kichernden Ehemann: »David, nun laß das doch.«

Lewis lachte, als wir uns dieser verhüllten Masse vorstellten. Norman fand das lustig, doch mir war Betty sofort unsympathisch, weil sie so ein albernes Theater abzog, natürlich extra für Norman.

»Los, Leute, wo ihr auch grade seid, kommt endlich raus«, forderte Lewis die beiden auf.

Betty stieß die Decke weg und sagte: »Meine Güte, ist das heiß da drunten. Ich brauche noch einen Drink.« Beide waren völlig bekleidet. David fand ich ausgesprochen attraktiv. Er erinnerte mich an Ralph Bellamy, den Vierziger-Jahre-Filmstar.

Betty war ein oder zwei Jahre jünger als ich und sah mit ihren blonden Locken, der Stupsnase und den grünlichen Augen aus wie eines dieser süßen Hollywood-Sternchen, wie ein typisch amerikanisches Mädchen. Lewis schien ganz hingerissen von ihr. Die Stierkämpferin sah man ihr nicht an.

Ich nahm einen kräftigen Schluck aus meinem Glas, als ich sah, wie sie Norman bezirzte und vor ihm mit dem Hintern wackelte.

»Los, Betty, zeig ihnen deine Technik«, forderte Lewis sie auf. Sie ließ sich natürlich nicht lange bitten und führte vor, wie sie die Capa schwang. David spielte den Stier. Norman konnte sich gar nicht sattsehen. Was für eine Herausforderung wäre es für meinen Geliebten, eine Frau zu vögeln, die mehr Mumm hatte als er.

Ich fühlte mich völlig in den Hintergrund gedrängt. Der geile kleine Norman begehrte eine angloamerikanische Schickse, die mit Stieren kämpfte. Wie sollte ich da mithalten?

Ab und zu gingen wir mit Lewis und den Fords zum Stierkampf. Natürlich war ich nicht unbedingt scharf auf

Bettys Gesellschaft. Immer wenn sie dabei war, fühlte ich mich von neuem in den Hintergrund gedrängt. Die mexikanischen Männer, die eine Schwäche für blonde Angloamerikanerinnen haben, murmelten bei ihrem Anblick überspannte Komplimente und warfen sich ihr geradezu vor die Füße. Ich sah nur wie eine Lateinamerikanerin aus, zwar hübsch, aber eben nichts Besonderes. Ich mußte auf eine Reise nach Schweden oder Deutschland warten, um diese Art von Aufmerksamkeit zu erhalten.

Ab und zu sahen wir eine schöne, perfekte *corrida* mit einem stattlichen Stier und einem erstklassigen Matador, doch die meisten Kämpfe wurden leider von *novelleros* (Anfängern) bestritten. Manche traktierten die Stiere mit so ungezielten Stößen, daß einem übel werden konnte, ja es kam sogar vor, daß einer auf die Hörner genommen wurde.

Irgendwann wurden wir auf eine Bullenzuchtfarm eingeladen, die einem damals schon weithin bekannten, aber noch nicht berühmten Matador gehörte. Es war wohl nur eine Besichtigung geplant, doch dann bot irgendwer Norman an, mit einem kleinen Bullen zu trainieren. Ich fand den Bullen immer noch zu groß, aber Norman wollte es versuchen, denn er hatte ein paar Techniken geübt, die er aus *Tod am Nachmittag* und von Betty Ford gelernt hatte. Auf Parties spielte er jetzt manchmal mit einem Umhang und einem Holzschwert den Matador und ich den Stier.

Doch das war kein Spiel sondern blutiger Ernst. Außerdem hatte mein einst so schlanker Geliebter inzwischen etwas zugenommen. Er würde nicht schnell genug sein für diesen kleinen Stier mit den gar nicht so kleinen Hörnern. Ich sah Norman schon mit aufgeschlitztem Bauch daliegen. Hysterisch flehte ich ihn an, es bleiben zu lassen – und zu meiner Überraschung gab er nach.

Außer dem Stierkampf gab es noch andere Ablenkungen,

zum Beispiel die, die Forest Waldman uns verschaffte. Forest war ein schwuler Malerfreund aus New York, der nun in Guanajuato lebte. Als er uns telefonisch mitteilte, daß er nach Mexico City käme, luden wir ihn für ein paar Tage zu uns ein.

Forest war ein Weltenbummler, der sich immer an ungewöhnlichen Orten herumtrieb. Er erzählte uns von einer Live-Sexshow in einer kleinen Stadt außerhalb von Mexico City. Da wir so etwas noch nie gesehen hatten, sagten wir zu. Am Tag vor unserem Ausflug fragte uns Forest, ob er eine Freundin mitnehmen könne, eine in Mexiko lebende Amerikanerin, die ein großer Fan von Norman sei.

Natürlich sagte Norman ja. Ich machte mich auf eine dieser herausgeputzten Frauen gefaßt, die auf Berühmtheiten scharf waren, doch meine Befürchtungen erwiesen sich als unbegründet. Eleanora war eine fast eins neunzig große Lesbe, deren baumstammdicke Beine in Kniestrümpfen steckten. Sie hatte ein unscheinbares, aber nettes Gesicht mit einer langen Nase. Ihr graubraunes Haar hing in glatten Strähnen auf die Schultern herunter, und ihr Pony endete hinter einer schwarzen Sonnenbrille, die sie während ihres ganzen Besuchs kein einziges Mal abnahm. Wenn ich mich recht erinnerte, studierte sie Archäologie. Nachdem wir die üblichen Begrüßungsfloskeln ausgetauscht hatten, sagte sie kaum noch ein Wort. Ich konnte mir nicht erklären, warum Forest sie bei unserem dekadenten Abenteuer dabeihaben wollte.

Nach einer einstündigen Autofahrt hielten wir vor einer einfachen, kleinen Ziegelhütte.

»Ist es dieses Haus?« fragte ich. »Es sieht nach nichts aus.« Ich nehme an, daß Forest schon einmal dagewesen war, denn er bat uns, im Auto zu warten, bis er die nötigen Arrangements getroffen hatte.

Als wir reingingen, bekamen wir nur die Puffmutter zu sehen, die sich Señora Alvarez nannte. Sie fragte uns, was für eine Kombination wir wünschten – zwei Männer und ein Mädchen oder zwei Mädchen und einen Mann.

»Zwei Frauen und einen Mann«, antwortete Norman. »Ist dir das recht, Liebling?«

Ich war nicht sonderlich begeistert. »Sicher, warum nicht.« Ich sah Forest an. »Vielleicht könnten sie noch ein Maultierpärchen dazugeben.« Forest lachte, doch Norman starrte mich wütend an.

»Sie versteht englisch, du Idiotin.« Doch nach einem kurzen Blick auf ihr Gesicht war ich mir sicher, daß sie mich nicht verstanden hatte.

Es gab nur Tequila und nur ganze Flaschen. Wir bestellten eine. Die wird wohl nicht reichen, dachte ich.

Señora Alvarez führte uns in eine kleine, weiß getünchte Kammer mit einem Bett in der Mitte, das fast die ganze Fläche einnahm. Der einzige Dekorationsgegenstand war ein großes Kruzifix an der Wand.

Wir saßen auf einer harten Bank am Fußende des Bettes, nippten an unseren Drinks und unterhielten uns im Flüsterton, als befänden wir uns bei einer Lesung. Ich fühlte mich ausgesprochen unbehaglich, nicht aus moralischen Gründen, sondern weil wir – gebildete Leute mit Geld – gekommen waren, um uns am Anblick kopulierender Bauern zu ergötzen. Andererseits wurde die Voyeurin in mir allmählich aufgeregt. Ich blickte Norman an, der zerstreut und ein bißchen gelangweilt wirkte, und fragte mich, ob er wohl sein Notizbuch mitgenommen hatte.

An der linken Seite des Raumes verdeckte ein Vorhang einen Durchgang zu einer anderen Kammer, in der die Akteure warteten. Die Bühne war vorbereitet und wartete darauf, von den drei Schauspielern, die Arabellita, Concepción und Ramón hießen, bestiegen zu werden. Das mit weißen Laken bezogene Bett, das einzige Requisit im Raum, erhielt durch das große Holzkruzifix eine besondere Dimension. Das ist ein Omen, irgendwann werden wir dafür bestraft werden, dachte ich und vermied es, den leidenden Christus anzusehen.

Wir hörten Gekicher und Geflüster in dem abgetrennten Räumchen, als Ramón, ein gutaussehender Indianer, in weißen Baumwollunterhosen und mit einem breiten Lächeln auf dem Gesicht ins Zimmer spazierte. Er verbeugte sich vor uns. »Buenas tardes, señores y señoritas. Wir freuen uns sehr über Ihren Besuch.«

Wir nickten und erwiderten sein Lächeln. Nun trat auch Arabellita auf, ein hübscher, stark geschminkter Teenager. Ihr Lächeln wirkte so ängstlich, daß ich mich fragte, ob wir ihr erstes Gringo-Publikum waren. Ihr langes, offenes Haar, das ihr bis an die Hüften reichte, war dunkelbraun mit einem Rotstich, ihr Körper untersetzt und stämmig, mit kleinen Brüsten. Scheu und unsicher, was sie nun tun sollte, blickte sie Ramón an und wartete auf ihr Stichwort.

Er umarmte sie, streichelte ihre Brüste, gab ihr laute schmatzende Küsse und half ihr, ihr Kleid auszuziehen. Als er es ihr über den Kopf zog, verfing sich ihr langes Haar im Verschluß. Je angestrengter Ramón sich bemühte, sie zu befreien, desto mehr verhedderte sie sich; ihr kopfloser, nackter Körper zappelte hektisch wie ein Fisch am Haken.

Ramón fluchte leise und sagte auf spanisch zu ihr: »Halt' doch endlich still, damit ich es rauskriege.« Frustriert versuchte er es mit einem heftigen Ruck; das Mädchen gab einen gedämpften Schrei von sich. Es war ein peinlicher Augenblick. Ich hätte den beiden helfen können, doch ich wollte Distanz wahren. »Entschuldige«, murmelte Ramón und löste vorsichtig eine lange Haarsträhne aus dem lästigen Haken.

Arabellitas Kopf tauchte wieder auf. Ihr Gesichtsausdruck

war mürrisch, ihr Lippenstift verschmiert und ihr Haar völlig zerzaust. Als Ramón seine Unterhose abstreifte, schnellte sein Schwanz nach oben wie ein Stehaufmännchen. Arabellita hielt ihm die Brüste vors Gesicht, um ihn dazu zu animieren, an ihren braunen Brustwarzen zu saugen, und wandte dabei in einem Anfall nervösen Gekichers den Kopf von uns ab. Auch ich war versucht, zu kichern, als ich die Pokergesichter meiner Begleiter sah, doch ich unterdrückte den Impuls. Schließlich wirkt Gekicher nicht gerade erotisierend. Vögeln ist eine ernste Angelegenheit, besonders wenn man dafür bezahlt.

Arabellita kniete nieder und begann, an Ramóns Schwanz zu lutschen wie ein Hund, der über einen Knochen herfällt. Ich fragte mich, ob sie wohl knurren würde, wenn ich jetzt die Hand ausstrecken würde, um ihn zu berühren. Entweder sie las meine Gedanken, oder ihr erlahmte der Mund, denn plötzlich griff sie nach seinem Schwanz. Ich sah ihre Hand auf und ab gleiten wie einen Kolben und dachte, Himmel, wenn sie nicht bald damit aufhört, ist die Show bereits vorbei, bevor das andere Mädchen hereinkommt.

Hochzufrieden mit sich selbst ließ Arabellita sich aufs Bett fallen und spreizte die Beine. Ramón wedelte mit seinem Schwanz in unsere Richtung und fragte mit einem anzüglichen Grinsen: »Was sollen wir als nächstes tun? Haben die Herrschaften irgendwelche Wünsche?«

Meine Güte, dachte ich, das ging ja ziemlich schnell. War das seine Vorstellung von einem Sexshow-Vorspiel? Ich suchte nach einer ausgefallenen Idee, doch ich fühlte mich befangen; vielleicht war ich noch nicht betrunken genug. Auch die anderen hatten keinerlei Vorschläge zu machen, nicht einmal mein Schriftstellerfreund.

Ich zuckte die Schultern. »Macht einfach, wozu ihr Lust habt, Ramón.« Der Tequila verursachte mir Kopfschmerzen, und der leichte Schwips, den ich hatte, schien allmählich zu verfliegen. Der Kellner tauchte mit einer weiteren Flasche des miserablen Tequila auf, die wir nicht bestellt hatten, aber nehmen mußten. Ich wurde langsam ungeduldig, denn ich wollte endlich das zweite Mädchen sehen. Hatte sie etwa Lampenfieber? Warum waren nicht von Anfang an alle drei auf der Bühne? Als hätte ich laut gedacht, erschien nun auch Concepción in einer Art rosa Nachthemd.

Ohne Ramón zu beachten, umarmten die Mädchen einander und begannen zu plaudern, als hätten sie sich soeben auf dem Marktplatz getroffen. Andale, hätte ich am liebsten gesagt – schaut zu, daß die Show weitergeht. Mit einem glucksenden Lachen kniff Concepción in Ramóns prächtigen Ständer. Na toll, dachte ich, nun haben wir eine, die kichert, und eine, die gluckst. Ramón, der offenbar keine der beiden bevorzugen wollte, ließ Concepción dieselbe Behandlung angedeihen wie Arabellita. Er half ihr aus dem Nachthemd und entblößte einen prallen Hintern mit Grübchen, der bei jeder Bewegung zitterte. Concepción war nicht so hübsch wie Arabellita, nicht nur wegen ihres schwarzen Schnurrbarts. Sie legte sich mit Ramón aufs Bett. Er lag nun behaglich zwischen den beiden Mädchen, in sanfte Hügel aus Fleisch gebettet, zwischen denen sein Schwanz emporragte. Ramón hatte sichtlich Spaß an seiner Arbeit mit so vielen Ärschen, Titten und Mösen, an denen er nach Herzenslust herumspielen konnte.

Sie waren wie Kinder in einem Süßwarenladen, Naschzungen, die an Kirsch-Limone-Zuckerstangen schleckten, Brustsauger, Schwanzlutscher und Klitorislecker. Ramón bestieg zuerst Arabellita und bot uns dabei eine Rückansicht von einem rhythmisch zuckenden Hintern mit braunen Hoden. Was für eine Nahaufnahme, dachte ich, könnten wir uns je selbst aus dieser Perspektive dabei beobachten, würden wir wohl nie wieder vögeln.

Concepción wartete, bis sie an der Reihe war. Es sah so aus, als würde sie gleich einschlafen. Da flüsterte Ramón ihr etwas ins Ohr, während er Arabellita weiterrammelte. Wir konnten nicht hören, was er sagte, doch es war wohl etwas wie »Du faule, kleine Fotze, wenn du meinst, du kannst dich drücken, dann bist du deinen Job bald los«, denn sofort war sie wieder hellwach und machte sich an die Arbeit. Sie saugte an Arabellitas Brustwarzen und brachte sie zu ihrem simulierten Orgasmus. Allmählich konnte ich Ramóns Stöße beinahe selbst spüren, doch wir saßen auf einer harten Bank ohne Lehne, die nicht dazu einlud, sich von der Darbietung sexuell stimulieren und mitreißen zu lassen.

Es kam mir vor, als sei der Raum voller Körper; ich nahm auch unsere Beine wahr, die zwischen unserer Sitzbank und dem Bett kaum Platz hatten – Eleanoras gewaltige Baumstämme, die in Armeestiefeln steckten, Forests knochige Knie und seine großen Füße mit den Zehensandalen, meine langen, unrasierten Beine, Normans ausgebeulte Hosen über seinen leicht krummen Waden und seine Socken, die auf seine ausgetretenen, schwarzen Schuhe hinuntergerutscht waren.

Es war ein brütend heißer Tag, und da keine frische Luft in diese Zelle von einem Zimmer gelangte, mischte sich der Geruch, der den entblößten Körperöffnungen entströmte, mit dem unseres schwitzenden Fleisches. Er muß dem armen Norman in der empfindlichen Nase gebrannt haben.

Die drei wälzten sich weiter lustvoll auf dem Bett herum. Ihr Stöhnen ging in das Crescendo der schrillen Ekstaseschreie Arabellitas über, während ihr Ramón Obszönitäten ins Ohr murmelte. Concepción, die wild an ihrer Klitoris herumfingerte, wimmerte dazu »aye aye chihuahua«. Und Ramóns Schwanz, der unermüdlich mit einem leisen Klatschen in Arabellitas feuchtes, offenes Fleisch stieß, lieferte ein

Duett mit den alten Bettfedern, die im selben Rhythmus quietschten.

Als Arabellita schließlich ihren letzten, schwachen Schrei ausgestoßen hatte, zog unser Sexprotz seinen zornrot glänzenden, steifen Schwanz heraus und kletterte über ihren matt daliegenden Körper, um Concepción in der gleichen Missionarsstellung zu beglücken. Während er in sie eindrang, leckte und streichelte Arabellita träge nur die Körperteile, die sie bequem erreichen konnte.

Der Reiz des Neuen und das kleine Feuer in meinen eigenen Geschlechtsorganen erloschen allmählich. Es begann mich zu langweilen, die ganze Zeit Ramóns kreisenden, pickligen Hintern zu betrachten. »Entschuldigt«, sagte ich. Ramón hielt inne. »Würde es euch etwas ausmachen, euch quer übers Bett zu legen, andersherum, damit wir mehr von euren schönen Körpern sehen können?« Der Tequila hatte mir zwar die Zunge gelöst, doch es gelang mir einfach nicht, mich auf spanisch verständlich zu machen. Drei braune Augenpaare starrten mich ratlos an, während ich herumstotterte und gestikulierte. Alle drei lächelten gezwungen, denn sie hielten die Unterbrechung für ein Zeichen meines Mißfallens. »Ist die Señora nicht mit uns zufrieden?«

»Sí, sí, me gusto muchíssimo«, versicherte ich ihnen. »Dreht euch einfach rum, ARRAVUELTA.« Sie begriffen immer noch nicht, was ich meinte. Beinahe hätte ich mich selbst aufs Bett geworfen, um es ihnen zu demonstrieren.

Norman war verärgert über die Störung. »Was macht das für einen Unterschied? Gib es auf. Es ist zu abwegig. Es ist normal, sich der Länge nach aufs Bett zu legen und nicht quer. Zudem ist es verdammt schmal.«

Doch ich ließ nicht locker. »Also, mir gefällt diese Perspektive nicht. Mensch Forest, erklär' du es ihnen doch.«

Forest sprach hervorragend spanisch, wenn auch mit einem

grauenhaften amerikanischen Akzent. »Ah, sí, sí, Señorita, wir verstehen«, erwiderten die Kinder und drehten sich zur Seite, Ramón zusammen mit Concepción.

»Gracias, es mejor«, sagte ich. »So ist es viel besser.« Doch ihre Beine baumelten nun unbeholfen über den Rand der Matratze. Ramón sah frustriert aus, machte ein paar halbherzige Stöße und zog sich aus Concepción zurück. Nun lag er zwischen den Mädchen wie eine muffige Füllung in einer verdorbenen Enchilada.

»Hätten die Herrschaften gern andere Positionen?«

»Nein,« erwiderten wir im Chor, »ihr seid alle sehr gut, und wir genießen es sehr.«

Zum Schluß bildeten sie noch eine Kette, die Ramón erneut mit einer Frage unterbrach. »Möchte die Señora vielleicht mitmachen?« Ich lehnte höflich ab. Der letzte Orgasmus wogte durch die Kette, und wir applaudierten. Die Rechnung, den Tequila und ein großzügiges Trinkgeld inbegriffen, belief sich auf runde fünfzig Dollar.

Kapitel 21

Als wir wieder in die Staaten aufbrachen, nahmen wir Susie mit. Wir wollten gemeinsam ihre Großmutter besuchen, und dann sollte sie noch eine Zeitlang bei uns bleiben. Für ein kleines Mädchen war das eine lange Autofahrt, doch sie hielt sich wacker. Wir verkürzten ihr die Zeit, indem wir alle Figuren aus ihren Lieblingsmärchen durchspielten. Zwischendurch döste sie immer wieder. Nach zwölf Stunden Fahrt suchten wir uns in Ciudad Victoria ein Hotel. Da Susie unterwegs viel geschlafen hatte, war sie nun hellwach. Sie war damals erst fünf, und wir begingen den Fehler, sie allein in einem Zimmer unterzubringen.

Norman war total erledigt und ich auch. Wir wollten nur noch ins Bett. Er hatte natürlich für alle Fälle seine Schlaftabletten dabei. Ich deckte Susie gut zu und erzählte ihr viele Gutenachtgeschichten. »Ich möchte spazierengehen«, sagte sie nach der zehnten, und natürlich wollte sie bei uns schlafen. Beide Wünsche wurden ihr mit einem bestimmten »nein« verwehrt.

Norman beschloß, Susie ein Viertel einer Seconal-Tablette zu geben. Ich hielt das für eine üble Idee, doch wie gewöhnlich ignorierte er meine Einwände. »Das bißchen kann ihr nicht schaden«, sagte er. Natürlich wirkte das Schlafmittel sofort. Am nächsten Morgen ging ich in Susies Zimmer, um sie zu wecken. Ich schüttelte sie, aber sie bewegte sich nicht. »Mein Gott,« dachte ich, »womöglich ist sie tot.« Doch dann sah ich, daß sich ihre Brust regelmäßig hob und senkte.

Ich rannte in unser Zimmer zurück. »Komm schnell, Norman. Ich kann Susie nicht wachbekommen.«

Er fühlte ihr den Puls, der war normal. »Susie, Susie, wach auf«, rief er. Er schüttelte sie, hob sie hoch und versuchte sie auf dem Bett zum Laufen zu bringen – sie schlief immer noch fest. Norman wurde blaß, und ich sah ihm an, daß ihn nun auch die Angst packte.

»Sie muß aufwachen, Norman. Was sollen wir bloß tun, wenn sie nicht wach wird? Wir müssen einen Arzt rufen.« In diesem Moment schlug sie die Augen auf. Das Ganze dauerte wohl nur ein paar Minuten; mir kamen sie vor wie eine Ewigkeit. Ich hielt die Kleine in meinen Armen und weinte vor Erleichterung. Im nachhinein ist mir unbegreiflich, wie Norman so etwas Unverantwortliches hatte tun können. Ich wußte damals schon, daß es falsch war, doch er behauptete steif und fest, daß die geringe Menge, die wir ihr gaben, völlig ungefährlich sei. Gott sei Dank war mit ihr alles in Ordnung.

Schließlich erreichten wir New York ohne größere Zwischenfälle. Trotzdem wollte ich so eine anstrengende Reise nie wieder machen.

Im darauffolgenden Jahr reisten wir wieder nach Mexiko. Da Susie bei ihrer Mutter war, mieteten wir auf dem Gelände des Reitklubs außerhalb von Mexico City ein modernes, zweistökkiges Haus mit einem »Schlafbalkon«.

Auch diesmal wurden wir zu vielen Parties eingeladen, auf denen wir neue Gesichter und neue Speichellecker kennenlernten; wir gingen mit derselben Begeisterung zum Stierkampf, tranken immer mehr und stritten uns immer häufiger. Norman arbeitete am *Hirschpark*, kam aber nur schlecht voran. Er war äußerst gereizt und übellaunig und ließ viel von seiner Unzufriedenheit an mir aus.

Forest lebte immer noch in Mexiko. Wir trafen uns häufig mit ihm. Er kannte eine Menge Leute, und wir waren neu in diesem Teil der Stadt. Eines Abends lud er uns zu einer Party im vornehmen Vorort Lomas ein. Die Gastgeber waren reiche Amerikaner, Boris Lattimore und seine Frau Rhea. Forest, das notorische Klatschmaul, hatte uns einiges über sie zu erzählen. Abgesehen vom Reichsein bestand die Hauptbeschäftigung der Lattimores angeblich darin, mit möglichst vielen Leuten gleichzeitig Sex zu haben. Normans Augen begannen zu funkeln. Neuer Stoff für sein Notizbuch, dachte ich.

Die Lattimores wohnten in einem beeindruckenden Herrschaftshaus im Tudorstil, das von einem herrlichen Park umgeben war. Als wir klingelten, meldete sich ein Butler. Wir wurden in eine große Empfangshalle geführt, wo wir von den Gastgebern und zwei riesigen dänischen Doggen begrüßt wurden. Boris hatte einen schwarzen Spitzbart, war groß und schlank. Er hatte eine gewisse Ähnlichkeit mit dem gängigen Bild vom Teufel, nur die Gabel und der Schwanz fehlten. Seine Frau Rhea war eine dünne, sehnige Blondine mit einer kalten Art und einem aufgesetzten britischen Akzent. Sie erinnerte mich ein bißchen an einen Vierziger-Jahre-Filmstar mit ihrem eleganten Kleid, einem aufwendig mit Perlen verzierten, klassischen Futteralkleid, das um die fünfundzwanzig Pfund gewogen haben muß; ihr Haar war zum kurzen Bubikopf der zwanziger Jahre zurechtgestutzt. Die Party habe ich als ziemlich langweilig in Erinnerung, obwohl so um die dreißig Leute da waren. Nach ein paar Drinks gingen wir wieder.

Auf der Heimfahrt unterhielten wir uns über die Lattimores. »Er sah wie Mephisto aus mit diesem Bart, doch sie war zu verklemmt und zu hochnäsig, um auf Orgien zu stehen«, meinte ich.

Norman grinste diabolisch. »Ach komm, Baby, gib doch zu, daß du an ihnen interessiert bist.«

Ich kicherte. »Das meinst aber auch nur du. Er ist nicht mein Typ. Deiner etwa?«

»Nein, ist sie denn dein Typ?«

»Du kannst mich mal, Norman. Sie ist auch nicht dein Typ, doch andererseits, wer ist schon nicht dein Typ.«

Er gab keine Antwort. Und dann platzte ich lachend heraus: »Dreißig Leute, die es in einer Reihe treiben. Dafür ist ihr Wohnzimmer gar nicht groß genug. Was für ein Anblick! Das zu malen, wäre sicher interessant, aber die Person am Ende der Kette hätte das Nachsehen.«

Norman lachte. »Das würde meiner kleinen, lüsternen Katholikin gefallen, nicht wahr? Doch höchstwahrscheinlich wäre ihr ein Vierer lieber.«

Ich küßte ihn. »Nur vier, wie langweilig.«

»Du mußt es ja wissen«, sagte er.

Das war eine bissige Anspielung auf diesen Ostersonntag mit dem Malerehepärchen, mein bisher einziges Vergehen. Doch ich ging nicht auf sie ein, und wir fuhren schweigend weiter, jeder in seine eigenen Gedanken vertieft.

»Also, ich mag die beiden nicht«, sagte ich nach einer Weile. »Sie sind mir suspekt. Er hatte zwar wenigstens ein bißchen Charme...« Ich wartete auf Normans Kommentar, doch es kam keiner. »Er sagte, ich sei schön. Wann hast du mir das zum letzten Mal gesagt?«

»Ich sage dir das, wenn es zählt.«

»Er war ausgesprochen aufmerksam zu mir. Er hat sich lange mit mir unterhalten, hauptsächlich über sich selbst.«

»Das habe ich gesehen.«

»Die stocksteife Rhea hat mich kaum wahrgenommen.«

Dieses neckische Geplänkel stimulierte uns und machte die Liebe in dieser Nacht besonders prickelnd. Norman hatte offensichtlich einen Plan im Kopf. Während er sich in mir bewegte, flüsterte er mir zwischen Küssen den Text seines Drehbuchs zu und beobachtete mein Gesicht. Er beschrieb mir, wie all diese Lattimore-Tentakel sich um meinen Körper schlingen und all die hübschen, geheimen, kleinen Stellen, die nur er kannte, berühren und erforschen würden. Gegen meinen Willen wurde ich in seine Phantasie von dem gespensterhaften Paar hineingezogen, doch am Ende siegte die Wirklichkeit. Ich krallte die Fingernägel in Normans Rükken und schrie: »Ich liebe dich so, ich will nichts von ihnen, ich will nur dich, mein Liebling, liebe mich, ja, jetzt, ja …« und schon hob ich ab.

Hinterher, als ich schläfrig und zufrieden neben ihm lag, machte ich mich kichernd über die Lattimores lustig und äffte Rheas britischen Akzent nach. Obwohl Norman in meinen Armen glücklich war und mich liebte, lag er mir die ganze Zeit damit in den Ohren, wie eine Orgie mit den beiden wohl wäre.

»Aber ich will wirklich niemand anderen. Es war so gut gerade eben. Bist du denn nicht glücklich mit mir? Wir brauchen sie doch gar nicht.«

In mir löste diese Vorstellung recht gemischte Gefühle aus. Sie regte meine Phantasie an, obwohl ich diese Fremden nicht einmal mochte. Sie wirkte arrogant und jenseits aller Sinnlichkeit, und er hatte etwas Sadistisches an sich. Ich verschwieg Norman, daß ich Angst davor hatte und daß ich verletzt war, weil er so versessen darauf schien. Wir verstanden uns immer noch so gut im Bett; warum sollte er mich mit jemandem teilen wollen? Das sei es nicht, sagte er. Statt ehrlich zu mir zu sein, flüchtete er sich in alle möglichen Begründungen. Schließlich wurde ich wütend.

»Was soll es denn sein, nur ein Frauentausch, oder hast du mit ihm auch etwas vor? Was ist, wenn er nach dir grapscht – obwohl ich das gar nicht glaube. Ich sag's dir gleich, er hat sich richtig an mich rangemacht, daher dürfte ich wohl die Hauptattraktion sein. Zwei Männer zusammen, das läßt mich völlig kalt, das ist höchstens deprimierend, und die Vorstellung, daß du es mit Boris treibst, regt mich wirklich auf.«

Norman lachte. »Dieser Teil interessiert mich nicht.«

»Wer weiß, was uns erwartet? Warum sollten wir so etwas machen?«

»Weil du es willst.«

»Aber ich will es gar nicht.«

»Doch, du willst es.«

Am nächsten Tag bedrängte und beschwatzte er mich weiter, bis ich schließlich halbherzig sagte: »Meinetwegen, rufe sie an und lade sie auf einen Drink ein.«

Ich hatte Angst, wie bei all den anderen Tests, denen Norman mich bereits unterzogen hatte. Wenigstens war Rhea nicht attraktiv, sonst wäre es verrückt von mir gewesen, ja zu sagen. Wenn die Gefahr bestanden hätte, daß Norman dabei wirklich Feuer fing, hätte ich mich nie darauf eingelassen.

»Aber sag ihnen bitte, sie sollen ihr Doggenpärchen zuhause lassen«, fügte ich hinzu.

Norman fragte die beiden, ob sie Lust hätten, am Samstag mit uns ein paar Cocktails zu trinken. Er lud sie auf sieben Uhr ein, damit wir uns, falls das Ganze danebenging, mit der Ausrede abseilen konnten, wir seien am späten Abend noch zum Essen verabredet. Natürlich waren die beiden entzückt über eine Einladung von Norman Mailer und sagten sofort zu. Bevor sie kamen, war Norman ganz besonders aufmerksam zu mir, sagte mir, wie sehr er mich liebe und wie schön ich aussähe, doch ich war trotzdem schrecklich nervös. Ich versuchte mich zu beruhigen, indem ich mir sagte, daß ich Norman Mailers Frau war und tun konnte, was ich wollte, und mit genug Alkohol konnte ich das natürlich auch.

Als sie eintrafen, küßte Mephisto mir die Hand. Da Handküsser so selten waren, zumindest in diesem Land, fühlte ich mich jedesmal, wenn mich jemand so begrüßte, wie Bette Davis, der Paul Henreid die Hand küßt, doch dieser Mann war nicht Paul und wir befanden uns nicht in dem Film *Jetzt, Reisender.*

»Meine Liebe, du bist so schön wie immer«, sagte er. Als sein Bart meine Hand kitzelte, fragte ich mich, was er wohl sonst noch alles kitzeln würde. »Ist sie nicht bezaubernd, Rhea?« Ihre Augen huschten über meinen Körper, als sie nickte und mit einem steifen Lächeln und ihrem affektierten britischen Akzent meinte: »Natürlich, meine Liebe, wie schön, dich wiederzusehen.« Sie streckte mir die Hand entgegen. Ich ergriff sie und hatte das Gefühl, einen toten Fisch zu schütteln. Sie sah sich um. »Wie nett von euch, uns einzuladen, und was für ein entzückendes Haus. Ist die Architektur nicht interessant?« Sie blickte auf meinen sichtbaren Brustansatz herab, als ich antwortete: »Ja, sie ist einzigartig, nicht wahr?« Und ich wußte, daß sie wußten, daß wir wußten, warum sie da waren.

Lange Zeit benahmen wir uns alle schrecklich höflich. Norman servierte die Drinks und ich ein paar Appetithäppchen. Natürlich zog Norman alle Aufmerksamkeit auf sich. Aufgeputscht vom Scotch spielte er den glänzenden Unterhalter und gab einige seiner dummen Sprüche über die mexikanische Politik, die Azteken, Diego Rivera und andere Themen zum besten. Die Lattimores hingen an seinen Lippen. Rhea mußte schon ein paar getrunken haben, bevor sie herkam, doch wahrscheinlich gehörte sie zu den Leuten, die trinken und trinken können, ohne daß man ihnen etwas anmerkt, bis der Alkohol sie ganz plötzlich umwirft. Sie wirkte so steif wie immer. Zwischen ihren knallrot lackierten Krallen hielt sie eine lange Zigarettenspitze. Sie schaute mich mit glasigen Augen an und hauchte ein Rauchwölkchen in meine Richtung. »Weißt du, meine Liebe, du bist äußerst attraktiv, wirklich hinreißend, und ich brenne darauf, dir die Möse zu lecken.«

Ich starrte in diese kalten blauen Augen. »Danke«, sagte ich wie ein nettes kleines Mädchen – beinahe hätte ich noch einen Knicks gemacht. Lieber Himmel, dachte ich, soll das eine Einstimmung sein? Das ist doch total verrückt, so unwirklich, was machen diese Figuren hier? Oh Gott, ich brauche noch einen Drink. Doch andererseits konnte es mir doch scheißegal sein. Was der kleine König Norman wollte, das bekam er. Wer würde wohl als erster zur Tat schreiten? Vielleicht sollten wir eine Flasche kreiseln lassen. Ich merkte, daß ich allmählich betrunken wurde, denn ich lachte laut auf bei dem Gedanken. »Haben wir eine Milchflasche da, Liebling?«

»Nein, aber ich habe großartigen Stoff bekommen«, sagte er und fuhr die schweren Geschütze auf, ein paar perfekt gedrehte Joints, die er für diesen Anlaß vorbereitet hatte. Rhea legte ihre Zigarettenspitze weg und sog gierig den Rauch ein. Nach ein paar Zügen war ich bereit für den wilden Flug ins Blaue. »He, alle miteinander – Lady Windermere (vermutlich eine Anspielung auf Oscar Wildes Lady Windermere, A. d. Ü.) eingeschlossen – laßt uns tanzen«, rief ich und legte Musik auf.

Wir hatten nur wenige Platten nach Mexiko mitgenommen, Dave Brubeck und ein paar Bluesscheiben von Miles Davis. Wo war Ravels *Bolero*, wenn ich ihn brauchte?

Ach, zum Teufel, Brubeck oder Miles, was machte das schon für einen Unterschied? Vielleicht würde es trotzdem lustig werden. Mephisto konnte es kaum erwarten, mich zu einem Tanz an sich zu reißen. Sein schöner Körper in diesem schicken Anzug und dazu der schwarze Bart machten mich an.

Er war ein guter Tänzer, was ich genoß, denn von Norman konnte man das wahrlich nicht sagen. Norman hatte nur dort ein Gefühl für Rhythmus, wo es zählte – in seinen Werken und im Bett –, daher stand Tanzen bei uns nie auf dem Programm. Manchmal bedauerte ich das sehr; ich hatte das Tanzen wohl im Blut.

Jemand drehte alle Lichter aus, doch durch das große Fenster fiel das Mondlicht herein. Mehr Beleuchtung will ich gar nicht, dachte ich.

Während Boris mich zur Musik herumwirbelte, küßte er mich, machte mir überschwengliche Komplimente, zog mich langsam aus und beschrieb mir die Wonnen, die mich erwarteten. Er atmete heftig, und sein Spitzbart schien mit jedem Atemzug spitzer zu werden. Seine Zunge erforschte meinen Gaumen, als ich ein leises Klicken hörte. Hatte er falsche Zähne? Ich versuchte, nicht weiter darüber nachzudenken. Es war ein Wunder, daß ich überhaupt noch denken konnte, denn ich war total high.

Der ganze Alkohol und das Pot strömten von meinem Kopf direkt in meine Möse. Es gab kein Zurück mehr. Obwohl Boris alle Register zog und mich in Atem hielt, warf ich zwischendurch einen verstohlenen Blick zu Norman und Rhea hinüber, die sich noch im Stadium des Befummelns und Küssens befanden. Doch als ich das nächste Mal nach ihnen schaute, waren sie nackt.

Boris ließ nichts aus. Inzwischen hatte seine emsige, purpurrote Zunge meinen Bauchnabel gefunden. Zuerst kitzelte es, doch dann verspürte ich ein neues, erregendes Gefühl. Wenn diese Schlangenzunge mir ganz neue Lustquellen erschließen konnte, dann hatte ich noch einiges zu erwarten. Er ging auf die Knie und grub seinen Spitzbart in mein schwarzes Dreieck. Ich öffnete die Augen und sah Norman und Rhea in der anderen Ecke des Zimmers.

Sie kniete zu seinen Füßen; ihr Kopf bewegte sich rhythmisch auf und ab, während er an seinem Drink nippte. Ihr blasser Körper war so dünn, daß die Schulterblätter herausragten wie Flügelstümpfe. Für einen Moment trafen sich Normans und meine Augen. Ein sonderbarer Ausdruck lag auf seinem Gesicht. Armer Norman, dachte ich – aber warum sollte ich mir Gedanken darüber machen, wie er sich fühlte? Das war sein Problem; er hatte es so haben wollen.

Dann hob mein Liebhaber ab und überließ mich dem

Vergnügen fremder Münder, die mich mit hauchzarten Liebkosungen erregten und an mir saugten und leckten, bis die Hurenkönigin die Glocken läuten hörte.

Danach machten wir weiter und wanden uns zu dritt in Krämpfen purer, hemmungsloser Lust.

Schließlich drang Boris in mich ein, umarmte mich wimmernd in einem letzten Krampf, ließ sich ermattet auf mich niedersinken und preßte mich mit seinem Gewicht in ein frühes Grab hinunter. Nach einer langen, erdrückenden Stille packte mich plötzlich eine klaustrophobische Panik.

»Geh' sofort von mir runter. Ich krieg' keine Luft mehr. Hau ab. Laß mich in Ruhe, faß mich nicht an.« Der entgeisterten Rhea fiel vor Schreck über meinen Wutanfall die Maske herunter.

»Boris, was ist denn plötzlich mit ihr los? Was haben wir denn gemacht?«

»Ich weiß nicht, vermutlich hat sie zuviel getrunken. Sie ist völlig außer sich. Wo ist Norman denn hin? Wir sollten ihn besser holen. Sie ist in einem schlimmen Zustand.«

»Kümmert euch nicht um Norman, haut bloß ab, alle beide! Sofort! Sonst bring ich euch um«, schrie ich.

Nach diesem Zornausbruch suchten die beiden verschreckt ihre Klamotten zusammen, zogen sich hastig an und verließen fluchtartig das Haus des berühmten Schriftstellers und seiner übergeschnappten Frau. Ich hörte sie die Tür hinter sich zuschlagen und davonfahren. Plötzlich war es unerträglich still. Ich blickte mich in dem verwüsteten Zimmer um. Auf dem Fußboden lagen überall Kissen und umgestoßene Gläser, und zwischen den Flecken auf dem Teppich schwelte der Stummel eines Joints vor sich hin. In der Eile hatte Boris seine teure Krawatte vergessen und Rhea ihre Zigarettenspitze.

Ich mußte kichern, als ich daran dachte, wie schnell sie sich aus dem Staub gemacht hatten. Jetzt brauchte ich dringend einen Drink und eine Dusche. Ich nahm mein Glas mit ins Badezimmer und schrubbte mich mit heißem Wasser ab, bis meine Haut ganz rot war. Dann lief ich die Treppe hinauf, inständig hoffend, Norman möge da sein.

Er war da und stellte sich schlafend. Da unser Schlafzimmer nur eine offene Fläche auf einer balkonartigen Zwischenetage war, konnten ihm meine hysterischen Anfälle und alles andere nicht entgangen sein. Ich war völlig durcheinander, mir war schwindelig und schlecht, und ich zitterte. Ich brauchte dringend seine Wärme, um mich wieder heil zu fühlen. Doch er lag da wie versteinert und drehte mir den Rücken zu. Ich blickte mich im Schlafzimmer um und fühlte mich wie ein verängstigtes, kleines Mädchen an einem unbekannten Ort, weit weg von zuhause; der Mann neben mir kam mir vor wie ein Fremder, der mich nicht liebte und der mich den Hunden vorgeworfen hatte wie ein Stück Fleisch.

Ich preßte meinen zitternden Körper gegen seinen Rücken. »Norman, bitte sprich mit mir.« Er drehte sich um; sein Gesicht war bleich und eingefallen, sein Mund vor Wut zusammengekniffen.

»Bleib mir vom Leib, du Nutte.« Er stieß mich so heftig von sich, daß ich fast aus dem Bett fiel. Der vernichtende Haß in seiner Stimme gab mir den Rest. Er roch Blut, und das hatte ihn schon immer erregt.

»Du hast ja eine tolle Show abgezogen.« Er äffte mich nach. »Oh Boris, ich bin ganz verrückt danach, deinen Schwanz zu lutschen.«

»Das habe ich nicht gesagt.«

»Gibt es jemanden, dem du nicht gerne den Schwanz lutschen würdest? Hunde, Schweine, irgendwen?«

»Es hat mir nicht wirklich Spaß gemacht.« Ich wußte, daß ich zu weit gegangen war. Für einen Moment sah er aus, als würde er zuschlagen. »Gut, vielleicht ein bißchen, doch ich habe mir gewünscht, daß du es wärst. Aber dann bist du verschwunden und hast mich mit ihnen allein gelassen, und sie machten einfach weiter. Sie wollten mich nicht in Ruhe lassen. Gott, ich bin immer noch sturzbetrunken.«

»Ich wette, daß du an mich gedacht hast, bei diesem ganzen Gestöhne und Gewinsel. Ich habe hier oben alles gehört. Du widerst mich an.« Ich konnte nicht glauben, daß er das gesagt hatte. Meine hilflose Verzweiflung schlug in Wut um.

»Ich widere dich an? Hör mal, du Scheißkerl, du wolltest das Ganze doch mehr als ich. Du hättest sie ja rauswerfen können; verdammt nochmal, es ist schließlich dein Haus, und ich bin deine Frau! Hast du das vergessen?« schrie ich. »Nur weil es nicht so lief, wie der kleine Normie es sich vorstellte, konntest du es nicht ertragen und wolltest nicht mehr mitspielen. Du hast ihn nicht hochgekriegt, stimmt's? Wovor hattest du denn Angst? Sie war zwar keine Sexbombe, aber du hast schon schlimmere Vogelscheuchen gehabt. Vielleicht warst du auch nur eifersüchtig, weil ich meinen Spaß hatte und du nicht der große Zampano warst. Die ganze Zeit hast du den harten Mann markiert, der vor nichts zurückschreckt; als Schriftsteller mußtest du natürlich deine Orgien-Erfahrungen erweitern.« Ich äffte ihn nach. »›Ein Schriftsteller muß alles selbst erleben.‹ Von wegen, du bist davongelaufen. Du konntest es nicht ertragen, daß ein anderer Mann mit mir schlief oder eine andere Frau, wenn wir schon beim Thema sind.« Ich begann zu weinen. »Oh Norman, wir sind zwei Seelen im Fegefeuer, aber ich liebe dich. Du wolltest es so, und vielleicht wollte ich es auch. Ich dachte, es würde dir gefallen, und du würdest mich dafür nur umso mehr lieben. Oh Gott, ich bin ganz durcheinander.«

Er berührte mich nicht, sondern drehte mir den Rücken zu, ungerührt von meinem leisen Weinen in der Dunkelheit. Schließlich schliefen wir ein, erschöpft von Wut und Schmerz.

Mitten in der Nacht wurde ich von seinen Küssen geweckt. Halb schlafend, Normans Mund auf meinen Brüsten, liebten wir uns – nicht aggressiv, sondern zärtlich und leidenschaftlich.

»Du hast recht,« sagte er, »ich konnte es nicht ertragen, daß irgend jemand anderer mit dir schlief. Du kleines Luder, verstehst du denn nicht, ich liebe dich.«

»Ja,« murmelte ich, »niemand stört uns und nur das zählt, daß du jetzt in mir bist, Liebling. Ich liebe dich so sehr.«

Ich schlief aus, und als ich die Augen aufschlug, war ich allein. Ich hatte starke Kopfschmerzen und ein pelziges Gefühl im Mund. Mein Körper war ausgetrocknet, und ich mußte aufs Klo. Als ich aufstand, fühlte ich mich immer noch betrunken. So einen üblen Kater hatte ich schon lange nicht mehr gehabt.

Worum war es bei der ganzen Sache eigentlich gegangen? Wollte ich Norman testen, ihn an die Grenzen treiben, um herauszufinden, wie wichtig ich ihm war? Er war aus dem Spiel der letzten Nacht ausgestiegen und hatte mich mir selbst und seinen Gästen überlassen.

Es war alles so kompliziert. Je mehr ich darüber nachdachte, desto verwirrter wurde ich, doch dann kam mir ein seltsamer, schmerzlicher Gedanke: Vielleicht haßt er mich, weil er mich liebt. Meine Güte, wie komplex und vielschichtig Normans Charakter doch war. Würde ich ihn je verstehen? Ich wußte, auch wenn ich es damals nicht wahrhaben wollte, daß uns diese Nacht teuer zu stehen kommen würde, daß mit ihr die allmähliche Zerrüttung unserer Beziehung begann.

Ich hatte so viel von meinem Vater. Wie Daddy stand ich im Ring eine blutige Runde um die andere durch, ohne zu wissen, wann ich aufzuhören hatte. Diese fragwürdige Tugend sollte mich eines Tages fast das Leben kosten.

Es war schon spät, aber ich fühlte mich immer noch so

elend, daß ich erst einmal den Rest meines Katers ausschlafen mußte. Als ich wieder aufwachte, ging ich hinunter, um mir einen Kaffee zu machen und mit etwas leichter Kost meinen Magen zu besänftigen. Allmählich kehrten meine Lebensgeister zurück. Ich versuchte zu malen – ohne Erfolg. Ich war zerstreut und konnte mich nicht konzentrieren, fühlte mich immer noch verwundet, verletzlich und zärtlichkeitsbedürftig. Doch Normans Stimmung konnte so schnell umschlagen; wer wußte, wie er gelaunt war, wenn er heimkam? Ich hoffte, daß er bei der Arbeit gut vorankam, weil er dann meistens ausgeglichener war.

Als ich ihn an diesem Abend sah, schien er mit anderen Dingen beschäftigt, so daß nach der Nähe der vorigen Nacht wieder eine gewisse Distanz zwischen uns herrschte. Es war nicht unbedingt Kälte, sondern eher eine vorsichtige Zurückhaltung, da keiner von uns über das Lattimore-Debakel sprechen wollte.

Wir liefen ihnen nie mehr über den Weg, und der Schmerz dieser Nacht ging allmählich vorüber. Die Wunden junger Menschen heilen schneller, und bald stürzten wir uns wieder in den Trubel und lebten weiter wie bisher.

Kapitel 22

Ende 1954 lebten wir bereits drei Jahre zusammen, und ich begann ernsthaft über eine Heirat nachzudenken. Warum auch nicht? Schließlich ging ich schon auf die Dreißig zu, und außerdem regte sich in mir der Wunsch nach einem Kind.

Obwohl unsere Überspanntheiten regelmäßig zu heftigen Szenen ausarteten, hatten wir uns gern und schafften es sogar, zwischen den Streitereien glücklich zu sein. Ich setzte Norman wegen der Heirat zwar nicht gerade zu, doch ich schnitt das Thema bei jeder passenden Gelegenheit an. Er reagierte stets ausweichend und sagte nie klipp und klar seine Meinung.

Als ich mich wieder einmal deswegen beklagte, machte er eine seiner plumpen, sadistischen Bemerkungen, die mich verletzte und ärgerte. »Wir könnten es versuchen, Baby, und wenn es nicht funktioniert, lassen wir uns eben wieder scheiden. Dann könntest du wenigstens meinen Namen tragen.«

»Für was hältst du mich eigentlich? Für einen Anzug, den man im Laden kauft und bei Nichtgefallen zurückgibt? Du kannst deinen verdammten Namen behalten und dir sonstwohin stecken!«

Doch schon im nächsten Augenblick widersprach ich mir selbst. »Und ich will dir noch was sagen. Ich hab's satt, als Adele Morales vorgestellt zu werden. Was bin ich denn eigentlich für dich? Eine Freundin? Eine Zimmergenossin? Deine Hure? Wie wär's mit Frau Mailer? Oder hast du was gegen das Wort Ehefrau? Du solltest mal darüber nachdenken, denn ich werde jedesmal daran erinnert, wenn sich wieder eine Frau wie eine Klette an dich hängt, so als ob es mich gar nicht gäbe. Die Leute würden mich mehr respektieren, wenn wir verheiratet wären. Ich kann mir gut vorstellen, wie deine sauberen Freunde mich schlechtmachen.«

Ich kämpfte gegen die Tränen an, weil Norman heulende Frauen nicht ausstehen konnte, und seine Gefühllosigkeit machte mich noch wütender. »Ist Heiraten etwa zu spießig für unseren Schriftsteller und Bohemien?« fragte ich sarkastisch. »Nun, ich will gerne spießig sein, und zwar mit allem Drum und Dran.« Inzwischen war mein Zorn verraucht, aber trotz aller Bemühungen konnte ich die Tränen nicht länger zurückhalten. »Und ich will dieses Stück Papier.«

Er legte den Arm um mich, aber ich war immer noch verkrampft und traute ihm nicht. Zu meinem Erstaunen war er sehr liebevoll.

»Natürlich bist du meine Frau, Baby. Ich habe nur einfach das Gefühl, als sei ich mein ganzes Leben lang verheiratet gewesen. Ich war noch so verdammt jung, als ich Bea kennenlernte, und ich hatte nie Gelegenheit, einmal auszubrechen.«

»Das hast du mit mir doch gründlich nachgeholt. Du liebst mich, Schatz, und das weißt du. Du hast es mir weiß Gott oft genug gesagt.«

»Ja, das stimmt«, seufzte er. Er schüttelte den Kopf und lächelte. »Du bist zwar eine miserable Hausfrau, aber du hast recht, mein Fratz, du bist meine Frau, in guten wie in schlechten Zeiten. Du weißt, daß ich dir mehr gegeben habe als irgendeiner Frau zuvor. Also, laß den Kopf nicht hängen. Wenn es dir so viel bedeutet, dann sollst du dieses Stück Papier haben.«

Ich sah ihn an. Manchmal war er so unausstehlich, daß ich ihn wirklich haßte, aber dann zeigte er sich wieder von seiner anderen Seite und war der reizende Charmeur, in den ich mich stets aufs neue verliebte.

»Ich liebe dich, Norman«, schniefte ich und wischte mir die Tränen ab, »und ich werde versuchen, die Wohnung besser in Ordnung zu halten, das verspreche ich dir.«

Das entsprach zwar nicht ganz meiner Vorstellung von einem Heiratsantrag, doch ich war trotzdem glücklich. Wir ließen uns auf dem Standesamt einen Termin für den 19. April geben. Das war nicht besonders romantisch, aber was machte das schon? Schließlich kannten wir uns schon eine ganze Weile. Die Höhen und Tiefen, die wir in unserer Beziehung bereits durchlebt hatten, reichten für zehn Ehen aus.

Ganz gleich, was uns nun zusammenhielt, ob Lust oder Schmerz oder beides, wenigstens war es nie langweilig, jedenfalls mir nicht.

Die Hochzeit sollte ganz alltäglich vonstatten gehen – so nach dem Motto: Verhalte dich einfach so, als wär's ein Tag wie jeder andere. Blumen und große Festivitäten waren etwas für Spießer.

Natürlich bestimmten wir seine Eltern zu unseren Trauzeugen. Meiner Mutter hätte unsere Art zu heiraten gar nicht gefallen. Ich hörte sie schon jammern: »Mein Gott, bei seinem vielen Geld hätten sie doch alles mit rosaroten und blauen Bändern schmücken können.«

Aber letzten Endes waren meine Eltern doch erleichtert. Es hätte ihnen nicht einmal mehr etwas ausgemacht, wenn uns ein buddhistischer Priester getraut hätte.

Wenn wir erst einmal verheiratet waren, konnte mein Vater bei der *Daily News* von seinem berühmten Schwiegersohn erzählen. »Er ist ein netter Kerl. Ich bringe ihm gerade das Boxen bei und mache ihn mit ein paar Techniken vertraut.«

Normans Mutter erbot sich, mir mein Hochzeitskleid zu kaufen. Ich wollte eines mit einem hübschen Blumenmuster. Statt dessen ließ ich mich von ihr zum Kauf eines schrecklich spießigen, matronenhaften, braunen Kostüms mit dunklen

Bernsteinknöpfen von Bergdorf Goodman überreden. In diesen Laden hätten mich sonst keine zehn Pferde hineingebracht. Das war eine Welt, mit der ich nichts zu tun haben wollte.

Norman besorgte einen Dreizehn-Dollar-Ring für die Trauung und versprach, ihn später durch einen Diamantring zu ersetzen. Es kam nie dazu, aber das war mir im Grunde völlig egal. Erstens trug ich nur selten Ringe und zweitens mochte ich keine Diamanten. Ich bevorzugte Modeschmuck aus Jade oder Türkis. Schließlich kaufte er mir einen schlichten Goldring, den ich während unserer ganzen Ehe trug.

In den Wochen vor der Hochzeit hatte Norman mächtig Bammel. Er hatte mal wieder Probleme mit seiner Leber und war nach der Fertigstellung eines Entwurfs von *Der Hirschpark* ziemlich deprimiert. Er fühlte sich ausgelaugt und machte sich Sorgen um den Erfolg des Buches. Am Abend vor der Trauung hatte er wie gewöhnlich eine Schlaftablette genommen. Ich schlief wie immer gut, doch ihn mußte ich am Morgen aus dem Tiefschlaf holen.

»Komm schon, Schatz«, sagte ich vergnügt. »Wach auf. Es ist schon spät. Heute ist doch unser Hochzeitstag.« Ich kicherte und betrachtete seinen trägen Körper. »Bis daß der Tod uns scheidet, richtig?«

»Ja, ja, wie spät ist es denn?« fragte er mit einem Gähnen.

»Halb zehn, und draußen regnet's. Ausgerechnet an einem der wichtigsten Tage meines Lebens.«

Er vergrub den Kopf in seinem Kissen. »Tja, vielleicht können wir das Ganze auf einen anderen Tag verschieben.«

Ich hatte den Eindruck, daß er das zumindest halb ernst meinte.

»Nein, verdammt, du hast es versprochen, und außerdem haben wir schon den Bluttest gemacht.« Er stützte sich auf den

Ellbogen und griff nach einer Zigarette. »Okay, okay, Baby, reg dich ab. Ich hab' nur Spaß gemacht.«

Ich war verärgert, aber Streit wollte ich wenigstens heute nicht.

Beim morgendlichen Kaffee war ich auf einmal niedergeschlagen und hing düsteren Gedanken nach. Vielleicht war es wirklich nur ein Tag wie jeder andere. Was war so aufregend daran? Machte dieser Fetzen Papier tatsächlich so einen großen Unterschied?

Zwischen der Küche und dem Schlafzimmer gab es keine Trennwand; während ich meinen Toast mit Butter bestrich, sah ich meinen künftigen Ehemann nackt auf der Bettkante sitzen und ins Leere starren. Er hatte von der Party am Vorabend einen Kater. Ich zwar auch, doch der Kaffee, ein Aspirin und die Aufregung darüber, daß mein Herzenswunsch nun endlich in Erfüllung ging, ließen meine Kopfschmerzen schnell verfliegen. Norman runzelte die Stirn und bewegte zwischen den Zügen an seiner Zigarette leise die Lippen. Oh, oh, dachte ich, jetzt holt er gleich wieder sein Notizbuch hervor. Wir werden bestimmt zu spät kommen.

Ich kannte diese Angewohnheit längst. Manchmal passierte es mitten in einem Gespräch. Er verstummte, seine Augen wurden glasig, und ich wußte, daß sein geliebtes Notizbuch mal wieder gefüttert werden wollte.

»Norman, du hast mir überhaupt nicht zugehört.«

»Doch, ich hör' dir schon zu«, erwiderte er dann und zog sein Notizbuch heraus. »Aber ich muß unbedingt diesen Gedanken zu Papier bringen, bevor ich ihn wieder vergesse.« Während er schrieb, spielte ein leises Lächeln um seine Mundwinkel, und ich wußte, daß ihm sein Einfall gefiel.

Ich war neugierig. »Norman, was findest du so lustig? Liest du es mir vor?«

»Jetzt nicht. Ich will das nur kurz festhalten, ein paar Notizen, die dir nichts sagen würden.«

»Komme ich darin vor? Ist es etwas, was ich gesagt habe?«

»Nein, Schatz, es hat nichts mit dir zu tun.«

Ich bemühte mich jedesmal, gelassen zu bleiben. Schließlich war ich in einen berühmten Schriftsteller verliebt, und das Leben mit einem Genie hatte seinen Preis.

Norman zeigte mir zwar nie seine Notizen, aber dafür ließ er mich an seiner Arbeit teilhaben, indem er mir Passagen aus dem *Hirschpark* vorlas. Er legte Wert auf meine Meinung und lauschte aufmerksam meinen Kommentaren.

»Du bist wie meine Mutter. Sie sieht die Dinge mit derselben Aufrichtigkeit und demselben Einfühlungsvermögen. Du würdest eine hervorragende Lektorin abgeben, Liebling.« Es ärgerte mich zwar, daß ich dieses Kompliment mit Fanny teilen mußte. Aber Norman war ein kritischer Mensch, deshalb empfand ich es trotzdem als ein großes Lob.

Ich setzte mich in die Badewanne und brauste mich mit dem kleinen Schlauch ab, den Norman anmontiert hatte. Als ich fertig war, saß er immer noch da und schrieb. »Schatz, bitte beeil' dich und zieh dich an. Ich bin schon fast fertig. Du trägst doch deinen marineblauen Anzug, oder?« Ich wählte eine Krawatte aus, eine von vielen, die ich ihm gekauft hatte. »Die hier ist genau richtig. Die Farben passen wunderbar zum Anzug.«

Wir trafen uns mit seinen Eltern auf dem Standesamt. Sie saßen mit zwei anderen Paaren im Vorzimmer, und wir mußten warten, bis wir an der Reihe waren.

Fanny gab sich dem Anlaß entsprechend fröhlich, und Barney war freundlich, aber insgeheim wünschte er sich, sein Sohn hätte ihn zum Schwiegervater von Jackie Kennedy oder Marilyn Monroe gemacht; daraus hätten sich für ihn unendliche Möglichkeiten ergeben. Wirklich zu schade. Doch ob es ihm nun gefiel oder nicht, in Kürze würde ich ein Mitglied der Familie sein. Barney hatte zu Hause schon mal mit dem Feiern angefangen. Sein Gesicht glühte, als er mir verschwörerisch zuzwinkerte und mich in die Backe kniff.

Nach der standesamtlichen Trauung luden uns Normans Eltern zum Mittagessen ins Tavern on the Green ein; dann ging's zurück in die Realität, unsere Wohnung mit fließend kaltem Wasser. Norman brachte mich nur kurz nach Hause, denn er wollte noch arbeiten, und ich wollte zum Kunstunterricht, mit Ehering. Lachend trug er mich über die Schwelle.

»Tja, Frau Mailer, das ist der Anfang eines neuen Kapitels.« Er hätte besser sagen sollen: »Schnall dich an, mein Schatz, es wird ein turbulenter Flug.«

Obwohl wir um unsere Heirat nicht viel Aufhebens machten, freute ich mich, daß ein paar Freunde sie dennoch als ein besonderes Ereignis betrachteten. Normans Schwester und unser Freund Tobias Schneebaum, ein schwuler Maler, planten eine kleine Hochzeitsfeier. Tobias wollte die Feier ausrichten und sich um alles kümmern, aber da sein Apartment zu klein war, fragte er uns, ob wir etwas dagegen hätten, wenn das Fest in unserer Wohnung stattfände. Natürlich waren wir einverstanden und gaben ihm unsere lange Gästeliste. Am nächsten Tag zeigte er uns die von ihm entworfene Einladungskarte. Auf die Vorderseite hatte er einen beschnittenen Penis gemalt, der sich auf der Innenseite der Karte der Länge nach fortsetzte. »Kommt und feiert die Hochzeit der Mailers«, lautete der Text. Wir fanden die Karte lustig. Ob aber Gäste wie Lillian Hellman, der Literaturkritiker Harvey Breit oder Diana und Lionel Trilling Tobias' deftigen Humor ebenfalls schätzten? Egal, Hauptsache, sie kamen.

Die Party war wunderbar, aber damals hatten wir auch ein Talent dafür, tolle Parties zu geben. Wie versprochen kümmerte sich Tobias um alles. Es gab Spezialitäten aus dem Nahen Osten, die nicht schwer im Magen lagen, und eine große Auswahl an alkoholischen Getränken, die von einem Barkeeper serviert wurden. Doch das Wichtigste war unsere Gästeliste, eine bunte Mischung aus Schriftstellern, Malern, Schauspielern, Dichtern, ein paar weniger bekannten Theaterkritikern und unserem Vorzeigepsychiater. (Norman pflegte damals noch keine Beziehungen zu wohlhabenden Mitgliedern der besseren Gesellschaft. Das änderte sich erst mit der Frau, die nach mir kam: mit Lady Jean Campbell, der Tochter des Herzogs und der Herzogin von Argyll und der Enkelin von Lord Beaverbrook.)

Jimmy Baldwin brachte seinen Bruder David und ein paar Freunde aus Harlem mit ihren Bongos mit, eine interessante Untermalung für New Yorker Partygeplauder.

Es war eine laute, aber keine lärmende Party. Die Stimmung war heiter und beschwingt. Alle flirteten und plauderten, und der Duft der Parfums schöner Frauen vermischte sich mit dem unangenehm süßlichen Geruch der Marihuanazigarette, die herumgereicht wurde. Während ich die Runde machte, schnappte ich Bruchstücke von interessanten Gesprächen auf, deren Themen von der Politik bis zum Boxen reichten und die von Gelächter und dem Klirren von Eiswürfeln begleitet wurden. Eine beachtliche Menge an Alkohol floß im Laufe des Abends die Kehlen unserer Gäste hinunter.

James Jones war mit seiner damaligen Freundin, der Schauspielerin Faith Dane, gekommen. Faith war eine attraktive Brünette mit markanten Gesichtszügen und einer wilden schwarzen Löwenmähne, die ihre großen, ausdrucksvollen, lakritzschwarzen Augen umrahmte. Sie benahm sich zwar wie ein New Yorker Straßenmädchen, aber sie war herzlich und lustig, und ich mochte sie sehr.

(Ein paar Jahre später spielte sie in dem Erfolgsmusical

Gypsy eine Stripperin. Sie beherrschte ihre Rolle wirklich perfekt. Bei der Nummer »Mach's anders als die andern« spielte sie Trompete, wackelte mit den Hüften und schmetterte: »If you're gonna bump it, bump it with your trumpet.«)

Auf dem Höhepunkt der Party verschwand Jones plötzlich. Als er nicht zurückkam, machten wir uns Sorgen. Er war zu betrunken, um bei Nacht in der Lower East Side herumzulaufen. Zudem trug er mit Türkisen besetzten Navajo-Silberschmuck im Wert von etwa dreitausend Dollar.

Faith, die genauso high war wie wir alle, tanzte mit einem gutaussehenden Burschen. Sie schien nicht beunruhigt. »Ja, das macht er öfter, aber er kommt wieder. Man müßte schon lebensmüde sein, um ihn zu überfallen.«

Dan kam auf die Idee, daß Jones in seine Wohnung hinübergegangen sein könnte. Er konnte seine Schlüssel nicht finden, deshalb kletterten wir über die Feuerleiter und stiegen durchs Fenster in die Nachbarwohnung. Es roch nach Gas. Jones saß auf einem Stuhl und hatte den Kopf in den Backofen gesteckt. Vermutlich saß er erst seit ein paar Minuten so da, denn er wirkte noch ziemlich lebendig.

Dan lachte und drehte den Gashahn zu. »Was zum Teufel machst du da, Jonesy? Bist du verrückt? Willst du das ganze Haus in die Luft jagen?«

»Laßt mich in Ruhe. Ich will sterben«, brüllte er. »Es ist alles Scheiße, und Scott Fitzgerald ist ein viel besserer Schriftsteller als ich.«

Norman auch, hätte ich beinahe gesagt, aber ich gehörte nicht zu denen, die einen Menschen treten, der schon am Boden liegt. Alles war so grotesk, daß ich zu lachen anfing. Jones zog seinen Kopf aus dem Ofen. Er starrte mich an wie ein wildgewordener Eber. »Verdammt, worüber lachst du?«

»Komm schon, Jonesy, wir vermissen dich alle, besonders Norman. Du kannst dich nicht umbringen, weil du mir damit meine verdammte Party ruinieren würdest, und das würde ich dir nie verzeihen.«

Er wolle nach Hause, erklärte er, aber wir überredeten ihn zu bleiben. Als wir wieder zu der Party zurückkehrten, nahm Tobias gerade ein Bad in unserer Badewanne in der Küche. »Ich bin ein warmer Martini, und ich bin viel zu trocken«, sang er. Daraufhin goß ein wohlmeinender Gast eine Flasche Wermut in die Wanne, während ein anderer drei Gläser von meinen Cocktailkirschen über Tobias' Kopf ausleerte.

»Ich bin immer noch zu warm«, beklagte er sich. Da kühlten wir ihn mit dem Inhalt eines Eiskübels ab. Ich war genauso high wie alle anderen, doch es war ein heiterer Schwips, den ich genoß, keiner dieser Frusträusche, die ich mir manchmal antrank und in denen ich wütend irgendwelche Leute in meiner Nähe beschimpfte.

Dieser Abend gehörte mir, und ich war glücklich, als ich mit Tobias' Machete meine Hochzeitstorte anschnitt. Ich betrachtete meinen gutaussehenden Ehemann, der seinen Kreis von Bewunderern unterhielt. Er war sichtlich gutgelaunt, ja er sprühte förmlich vor Lebensfreude, und das machte mich noch glücklicher. Doch am glücklichsten war ich darüber, daß ich jetzt Frau Norman Mailer war. Ein hübsches Mädchen stand dicht neben Norman und lachte über eine Bemerkung von ihm. Ich kannte sie nicht, aber da sie mir etwas zu aufdringlich erschien, beschloß ich, mich an der Unterhaltung zu beteiligen.

»He, Baby«, sagte er, legte den Arm um mich und sah sich im Raum um. »Eine gelungene Party, nicht wahr?« Dann wandte er sich an das Mädchen, das über die Unterbrechung verärgert schien. »Sonya, kennst du schon meine Frau Adele?«

Ich genoß es, wie er »meine Frau« sagte, diese zwei Worte, die, wie ich in meiner Naivität annahm, mein ganzes Leben verändern würden. Sie veränderten es tatsächlich, aber nicht so, wie ich es mir erhofft hatte.

Kapitel 23

Da bereits drei Jahre zweifelhaften häuslichen Glücks hinter uns lagen, mußten wir uns nicht erst an das Eheleben gewöhnen. An das Wort »Ehe« knüpfen sich zwar Assoziationen wie Anerkennung, Ordnung und vielleicht auch Harmonie, doch da mein Ehemann ein rastloser Einzelgänger war, der zum Größenwahn neigte, und ich unter einem unstillbaren Bedürfnis nach Liebe und Anerkennung litt, stellte sich bei uns auch weiterhin kein häuslicher Friede und keine geistige oder emotionale Harmonie ein.

Die ganzen Jahre hindurch hatte ich das Malen zwar nie ganz aufgegeben, doch oft fehlten mir die Muße und die Disziplin dazu. Einerseits fühlte ich mich gezwungen, mit Normans hektischem Lebensstil Schritt zu halten, andererseits wollte ich als Künstlerin Erfolg haben. Wir wurden zu unzähligen Parties eingeladen, und gelegentlich erschien ein Foto von mir im *Women's Wear Daily* – meist waren es schreckliche Bilder von einer Frau, die zu tief ins Glas geschaut hatte.

Oft handelte es sich bei diesen Parties um Literatentreffs wie die berühmten Soireen des Pen Clubs. Bei einer dieser Soireen saß ich neben dem betrunkenen John Cheever. Es war meine erste Begegnung mit ihm, und ich war entsetzt, ihn in diesem Zustand zu erleben. Ich plauderte mit ihm, so gut man eben mit jemandem plaudern kann, der sich kaum noch klar auszudrücken vermag. Ich bewunderte seine Arbeit, und obwohl ich ihn eben erst kennengelernt hatte, mochte ich ihn und hatte Mitleid mit ihm. Hinter seinem vom Alkohol geröteten Gesicht und seinem ungepflegten Äußeren spürte ich eine tiefe Verzweiflung. Nach dem Essen war er über seinem Teller zusammengesackt. Alle Anwesenden, auch seine Frau, unterhielten sich einfach weiter und ignorierten Cheevers lautes Schnarchen.

Ich erinnere mich auch noch an eine Dinnerparty bei Lillian Hellman, auf der ich ihren Liebhaber Dashiell Hammett kennenlernte. Er war an diesem Abend noch stiller als ich, deshalb weiß ich nur noch, daß wir uns die Hand schüttelten. Lillian war immer sehr nett zu mir gewesen, und weil ich in Gegenwart dieser beeindruckenden Frau eher schüchtern war, bemühte sie sich, mich aus der Reserve zu locken, indem sie mich nach meiner Malerei fragte und erwähnte, wie sehr ihr eine Kohlezeichnung in unserer Wohnung gefallen habe.

So sehr ich Lillian auch mochte, ihre Art, ständig mit Norman zu flirten, ärgerte mich, zumal Norman einem Flirt nie abgeneigt war, besonders wenn es sich bei der Dame um eine bekannte Bühnenschriftstellerin handelte. Trotz ihres selbstsicheren Auftretens schien sie an ihrer Attraktivität zu zweifeln. Sie war eine recht unscheinbare Frau mit beinahe maskulinen Zügen. Doch Norman hat sich durch fehlende weibliche Attribute bei einer Frau nie abschrecken lassen. Was ihn an Frauen reizte, war ihre Verfügbarkeit.

An diesem Abend freute ich mich auf ein erlesenes Essen – vielleicht irgendein ausgefallenes Gericht aus New Orleans, Lillians Geburtsort. Doch zu meiner Enttäuschung wurde als Hauptgang nur Eintopf mit Rindfleisch serviert, allerdings auf elegantem Porzellan. Außerdem gab es eine Vorspeise und einen Salat, so daß an jedem Platz drei oder vier verschiedene Gabeln lagen. Als das Essen aufgetragen wurde, nahm ich die meiner Meinung nach richtige Gabel für die Vorspeise in die Hand. Norman saß am anderen Ende des Tisches. Auf einmal merkte ich, wie er mich anstarrte und versuchte, meinen Blick zu erhaschen. Er hielt eine größere

Gabel als die, die ich genommen hatte, in der Hand. Stirnrunzelnd bewegte er die Gabel leicht hin und her, um mir zu bedeuten, daß ich die falsche genommen hatte. Obwohl niemand seine Geste bemerkte, war ich wütend und sagte ihm das später auch.

Unter den vielen Ratgebern, die auf dem Bücherbord meiner Mutter standen, befand sich auch Emily Posts Buch über gute Umgangsformen. Ich erinnerte mich an eine Regel, die besagte, daß man sich beim Besteck immer von außen nach innen zum Teller vorarbeitet. Ich höre heute noch meine Mutter über meine Manieren schimpfen und aus Emily Post zitieren.

Vielleicht fand Norman es wirklich wichtig, bei solchen Anlässen die richtige Gabel zu benutzen, doch zu Hause schaufelte er das Essen in sich hinein, aß so schnell, wie er sprach, und starrte dabei in ein Buch.

Trotz seiner Kritiksucht gab er mir nie das Gefühl, nur ein Anhängsel zu sein. Im Gegenteil, er genoß es, mit seiner hübschen Frau einen Saal voller Menschen zu betreten. Meine Zurückhaltung bei hochgeistigen Gesprächen störte ihn nicht. Und wenn ich mich tatsächlich einmal dazu durchrang, eine Frage zu stellen, dann war sie qualifiziert oder zumindest nicht dumm.

Wenn Norman wollte, konnte er sehr aufmerksam sein. Er achtete dann darauf, mich in die Unterhaltung mit einzubeziehen, drückte mir dabei auch mit einem ganz besonderen Lächeln die Hand. Ich fühlte mich durch ihn nie in den Hintergrund gedrängt, weil ich im Grunde nicht mit ihm wetteiferte. Wenn überhaupt, dann war ich stolz, wenn mein Schatz in der Öffentlichkeit intellektuell in Hochform war.

Ja, ich genoß meinen Status; trotzdem gelang es mir nicht, die Dämonen zu verscheuchen, die mich auch dann noch verfolgten, wenn ich mich hinter der gestylten Maske von

Frau Norman Mailer versteckte. Auf eines konnte ich mich jedoch verlassen: auf meine Cocktails. Sie brachten diese quälende Stimme in meinem Kopf zum Verstummen, die mir zuflüsterte: »Du bist eine Schwindlerin. Du bist nicht die coole, hübsche Frau eines berühmten Schriftstellers. In Wahrheit bist du ein Nichts.« Wenn ich trank, erwachte obendrein die Schauspielerin in mir, die jede Rolle beherrschte, wenn Normans Persönlichkeit sich unter dem Einfluß von zuviel Alkohol veränderte. Mal hatte ich es mit einem Gott zu tun, mal mit Iwan dem Schrecklichen, Svengali, Rocky Marciano, Jesse James, dem coolen Miles Davis oder dem betrunkenen Scott Fitzgerald.

Norman machte es Spaß, mich zu provozieren, indem er auf Parties heftig flirtete. An einem Abend bei Gloria Vanderbilt beobachtete ich ihn dabei, wie er ganz ungeniert die Telefonnummer eines hübschen Mädchens notierte. Daraufhin betrank ich mich sinnlos. Einen Moment lang dachte ich daran, die Carmen zu spielen und auf Glorias kostbarem, antiken Couchtisch einen heißen Flamenco zu tanzen. Aber statt dessen warf ich meinem Mann unter Tränen obszöne Schimpfworte an den Kopf und drohte gleichzeitig damit, diese Hure aus der sogenannten besseren Gesellschaft umzubringen, die sich ihm schon bei unserer Ankunft an den Hals geworfen hatte. Ich wollte dieses hochnäsige, hübsche Gesicht verunstalten, das mich aus sicherer Entfernung angrinste.

James Jones war auch unter den Gästen, und ich weiß noch, wie nett er war. Er hielt mich fest und versuchte mich zu beruhigen. Ich war überrascht, weil er eigentlich mit Norman befreundet war und nicht mit mir. Er war kein bißchen hämisch, vielleicht weil er wußte, wie es war, wenn man die Beherrschung verlor. Die Gastgeberin hingegen sah mich an, als sei ich verrückt, und vielleicht war ich das in diesem Augenblick ja auch. Ein ebenfalls betrunkener Norman packte mich, trotz heftiger Gegenwehr und hysterischem Geschrei, und brachte mich nach Hause.

Doch manchmal kümmerte er sich gar nicht um mich. Es gab Zeiten, da ließ er mich abends einfach allein und trieb sich irgendwo herum. Ich brauche wohl nicht zu erwähnen, daß Gloria Vanderbilt uns nie wieder einlud.

Manchmal konnte Norman auch in betrunkenem Zustand richtig vernünftig, charmant und lustig sein, aber ich wußte nie, wann und wie seine Stimmung umschlagen würde. Mit der Zeit ließ sich das Verhalten des betrunkenen Norman klarer von dem des nüchternen abgrenzen. Für mich galt dasselbe. Ab und zu verwandelte sich die nette, vernünftige Frau in eine böse Hexe, die ihrem Mann nacheiferte und seine destruktiven Eskapaden mitmachte. Dann entlud sich die ganze Wut, die sich seit meiner Kindheit in mir aufgestaut hatte und die ich nicht einmal durch eine Therapie in den Griff bekommen hatte. Ich ritt auf meinem Besen los und attackierte jeden, der mir in die Quere kam. Letztlich schadete ich mir selbst damit mehr als anderen, was man von Norman nicht behaupten kann. Er fügte mehr Wunden zu, als er hinnehmen mußte.

Norman war nach wie vor ein leidenschaftlicher Partygänger und brachte es nicht fertig, auch nur eine Einladung abzulehnen. Während der Ferien jagte eine Party die andere. Und ganz gleich, ob sie nett oder langweilig war, er ging fast immer als letzter. Ich hielt durch, so lange ich konnte, weil ich nicht wagte, ihn allein zu lassen. Meistens halfen mir ein paar Drinks über die Langeweile hinweg, doch manchmal waren die Parties so öde, daß ich sie nicht einmal betrunken oder bekifft ertrug. Dann ging ich doch nach Hause und überließ Norman seinem Schicksal.

Ich begriff nie, warum er auf Parties immer so lange blieb. Was erhoffte er sich davon? Eine heiße Nummer mit irgendeiner Tussi? Eine Schlägerei? Oder wollte er der Liebe seines Lebens begegnen? (Ich dachte immer, er hätte sie mit mir bereits gefunden.) Suchte er Stoff für sein Buch? Von welchem Teufel wurde er geritten? Was für Enthüllungen erwartete er sich von diesen abgeschlafften, langweiligen, betrunkenen Partyleichen?

»Verdammt noch mal!« fluchte ich in meiner Verzweiflung. »Warum mußt du immer als letzter gehen, wenn sogar die Gastgeber schon todmüde sind?« Als Antwort zitierte er Gatsby, der einmal gesagt haben soll, Parties veränderten das Leben der Menschen.

Norman fragte nie bei den Gastgebern an, ob er noch Gäste mitbringen durfte; manchmal begleiteten uns nicht weniger als sechs Personen. Die Gastgeber beschwerten sich nie, zumindest nicht bei ihm selbst. Vielleicht ärgerten sie sich über seinen lässigen Umgang mit Einladungen, aber gleichzeitig freuten sie sich, einen großen Fisch an Land gezogen zu haben. Vor jeder Party tranken wir immer noch ein paar. Norman nahm seinen Jack Daniels mit, den wir dann im Taxi schlürften, damit Frau Mailer auch ganz entspannt war, wenn sie einen Raum voller fremder Leute betrat.

An Silvester war es besonders schlimm. Norman zählte jedesmal die Einladungen, und wir waren erst zufrieden, wenn es mindestens acht waren. Das war der reinste Marathon für die Mailers, weil wir zu allen Parties gingen, aber nie lange genug blieben, um auf unsere Kosten zu kommen. Ob wir die Party am Ende sang- und klanglos oder mit einem Paukenschlag verließen, war nie vorhersehbar.

Abgesehen vom Alkohol machte mir auf diesen Parties auch immer wieder weibliche Konkurrenz zu schaffen. Jedesmal, wenn wir einem besonders hübschen Mädchen vorgestellt wurden, sah Norman mich schadenfroh an. Er hätte ebensogut sagen können: »Ich weiß, du fühlst dich unsicher. Diese bezaubernde Person könnte dir gefährlich werden; du mußt also wieder die Augen offen halten.«

Ich entdeckte Namen und Telefonnummern auf den Innenseiten seiner Streichholzbriefchen – von jungen und älteren Frauen, von hübschen und weniger hübschen. Er war nicht wählerisch. Hauptsache, sie waren liebeshungrig und beharrlich und träumten davon, mich von meinem Thron zu stürzen.

Es war nicht so, daß wir uns im Bett nicht mehr gut verstanden. Ich begehrte und liebte meinen Mann nach wie vor. Er war der einzige Mann in meinem Leben. Ich hatte kein Verlangen, ihn zu betrügen – noch nicht. Doch er mußte sich mit zahllosen, unbedeutenden Affären immer wieder aufs neue beweisen, daß er auf Frauen anziehend wirkte. Warum nur? Konnte er das einfach nicht glauben?

Eines Abends hatte er sich mit einer alten Freundin zum Essen verabredet. Er hatte sie kennengelernt, als er noch mit Bea verheiratet war. Ich kannte die Frau, eine unscheinbare Ex-Kommunistin ohne jeden Schick, recht nett zwar, aber keine Konkurrenz für mich. Ich hatte nichts dagegen, daß Norman sich mit ihr traf. Trotzdem freute ich mich, als er schon früh nach Hause kam. Es sei zwar ein nettes Abendessen gewesen, erklärte er, aber zwischen ihm und seiner alten Freundin sei es zu Spannungen gekommen. Ich wurde hellhörig. »Ach ja, weshalb denn?«

Angeblich war diese Frau von Anfang an scharf auf Norman gewesen, doch er hatte nie reagiert, weil er sie nicht attraktiv fand. Das behauptete er zumindest.

»Das hat dich doch früher auch nicht abgehalten.«

Er ignorierte meine Bemerkung. »Du hast sie doch kennengelernt und gesehen, wie reizlos sie ist.«

»Das kann man wohl sagen.«

Ich hatte das Gefühl, daß er auf etwas ganz Bestimmtes

hinaus wollte, auf etwas, das mir nicht gefallen würde. Aber trotz all unserer gemeinsamen Verrücktheiten war ich auf das, was jetzt kam, nicht gefaßt.

»Sie ist so verdammt einsam, und sie ist menschlich echt in Ordnung. Sie hat nur Probleme, einen Stecher zu finden. Oh Gott, Baby, du hast ja keine Ahnung, wie gerne sie mit mir geschlafen hätte. Sie hat mich so bedrängt, daß es schon fast peinlich war.«

»Ach du Ärmster, sie wollte dich wohl vergewaltigen und du hast dich gewehrt.«

»Nein, ich habe ihr nur gesagt, daß ich dich liebe und daß ich dir treu bin.«

»Wie galant von dir.«

Er seufzte. »Liebling, du weißt doch, daß keine Frau von mir das bekommt, was ich dir gebe.«

Ich lachte. »Zum Beispiel die Kreditkarten von Lord und Taylor und Bonwit?«

»Ach komm, Baby, überleg' doch mal, was du alles hast in deinem Leben. Sie hat nichts. Warum läßt du mich also nicht einfach zu ihrer Wohnung zurücklaufen und mit ihr vögeln. Du kannst es dir doch leisten, großzügig zu sein. Du würdest ihr damit einen großen Gefallen tun. Und ich würde dich dafür zutiefst bewundern.«

Er klang so überzeugend und beruhigend, und seine Argumente schienen so einleuchtend. Mit ihr zu schlafen würde ihm nichts bedeuten, und es würde ihm nicht einmal Spaß machen, behauptete er.

Diese Unterhaltung hat etwas Unwirkliches, dachte ich. Der Klang meiner Stimme kam mir fremd vor, als ich mich seinen Vorschlag akzeptieren hörte.

Was tat ich da? Das war doch nicht richtig. Da war doch etwas faul! Aber schließlich schob ich meine Zweifel beiseite und redete mir ein, die Geschichte sei völlig harmlos.

Schließlich war ich seine Frau und konnte es mir leisten, dieser Frau einen Knochen hinzuwerfen.

Norman war eine Kämpfernatur, und im allgemeinen stritten wir uns viel. Wenn ich der Meinung war, daß er unrecht hatte, dann sagte ich ihm das, doch ich begriff im Grunde immer noch nicht, warum er so einen starken Einfluß auf mich ausübte und auf welch heimtückische Weise er mich immer weiter in seine Verrücktheiten hineinzog. Jetzt war er zärtlich, nahm mich in seine Arme und sagte mir, was für eine schöne, großartige Frau ich sei und wie sehr er mich bewundere.

»Ich bin bald wieder zurück, mein süßer Schatz.«

»Mach es kurz«, sagte ich barsch.

Er warf mir noch eine Kußhand zu und schon war er verschwunden, glücklich wie ein kleiner Junge, dem seine Mutter erlaubt hatte, spielen zu gehen.

Wie er mich, Adele Morales, im Unterbewußtsein mit seiner Mutter Fanny verwechseln konnte, werde ich nie begreifen. Aber vielleicht war das der springende Punkt.

Als er zurückkam, erzählte er mir, er habe seiner Freundin gesagt, daß ich ihm die Erlaubnis gegeben hätte, und wie dankbar sie gewesen sei. Als ich das hörte, empfand ich nichts als Verachtung für diese Frau, die sich so bereitwillig mit den Resten begnügte, die ich ihr übrigließ.

Ich war wütend auf Norman und noch wütender auf mich selbst, weil ich mich auf seine idiotische Idee eingelassen hatte. Zu allem Überfluß wollte er an diesem Abend auch noch mit mir schlafen, doch ich empfand Abscheu vor ihm und wollte nicht, daß er mich berührte. Ich wollte einfach nur schlafen und alles vergessen.

Kapitel 24

In zehn Jahren lebten wir an sechs verschiedenen Orten. Keiner von uns beiden fühlte sich irgendwo fest verwurzelt, und vermutlich war das ein Grund für unsere Rastlosigkeit. 1955 lebten wir in unserer zweiten Wohnung seit 1951. Dann erfuhr Norman, daß in der Monroe Street in der Nähe des East River ein ganzes Dachgeschoß zu vermieten war. Er sah es sich an und war ganz begeistert, doch das einzige, was seiner Beschreibung nach für das Loft sprach, war, daß es groß und billig war. Es sei riesig, schwärmte er, und ich konnte es kaum erwarten, es zu sehen. Wir würden dann zwar weiterhin in der Lower East Side wohnen, aber eine Wohnung dieser Größe hatte auch ihre Vorzüge.

Die Erste Avenue und die Zweite Straße waren allerdings das reinste Paradies im Vergleich zur Monroe Street, der schlimmsten Straße in dieser Gegend, die von Gangs unsicher gemacht wurde. Überall türmte sich der Abfall; zudem lag die Straße im Schatten der Manhattan Bridge, was sie noch düsterer und schmutziger wirken ließ. Was die Größe des Lofts anbelangte, hatte Norman nicht übertrieben. Es war so groß, daß man mit einem Fahrrad von einem Ende zum andern radeln konnte. Obwohl es neunzehn Fenster hatte, konnte man eigentlich nur durch eines einen Blick auf den East River werfen.

Es gab keine richtige Küche, und das Badezimmer war nur mit dem Allernötigsten ausgestattet. Aber all das ließ sich richten, und die Miete von 150 Dollar im Monat war sagenhaft günstig. Wir hatten allerdings keine Wohnlizenz; damals waren Lofts noch nicht in Mode und daher auch nicht als

Wohnraum ausgewiesen. Von dem Modefotografen im Stockwerk über uns und dem Maler unter uns erfuhren wir jedoch, daß es eine Möglichkeit gab, die Vorschriften zu umgehen. Wie Norman war auch ich begeistert, in Zukunft jede Menge Platz zu haben. Ich stellte mir schon das große Atelier vor, das ich mir einrichten würde, und die Parties, die wir hier geben könnten!

Die Tatsache, daß wir in einer Gegend wohnen würden, in der mein Mann mich mit einer in Zeitungspapier eingerollten Eisenstange von der U-Bahn abholen mußte, ignorierten wir einfach. Wir wollten diese Wohnung unbedingt haben, und da uns wie üblich der Weitblick fehlte, griffen wir zu.

Die paar Möbelstücke, die wir mitbrachten, wirkten in der riesigen Wohnung ganz verloren, aber in meiner Phantasie richtete ich sie schon mit hübschen neuen Möbeln ein. Da die Miete so niedrig war, konnten wir uns größere Anschaffungen leisten. Aber zuerst wollten wir eine Malparty geben, zu der wir zehn Leute einluden. Für das Streichen der Wände brauchten wir mindestens 75 Liter weiße Farbe plus zehn große Pinsel für unsere Gäste. Außerdem besorgte ich ein paar Delikatessen von Katz's und jede Menge Alkohol.

Monty Clift erschien in einem Arbeitshemd und einer Latzhose. Er fand unsere Idee toll, aber erwartungsgemäß waren er und die übrigen Gäste am Ende völlig betrunken. Monty unterhielt uns mit Geschichten aus Hollywood, und es entbrannte eine interessante politische Debatte, während Sergeant Mailer Befehle erteilte, denen kaum jemand Beachtung schenkte. Aber immerhin strichen sie die Wohnung, auch wenn sie selbst dabei mehr Farbe abbekamen als die Wände.

Wenn ich darauf bestanden hätte, hätte Norman sicher richtige Maler bestellt, doch so hatten wir einen originellen Vorwand für eine Party. Wie vorauszusehen, waren die

Wände hinterher total streifig, vor allem in Montys Ecke, und natürlich hatten wir vergessen, sie vorher abzuwaschen, so daß überall Schmutzflecken durchschienen. Netterweise boten alle an, am nächsten Tag einen zweiten Anstrich vorzunehmen, womit wir natürlich einverstanden waren.

Später gaben wir dann eine Einweihungsparty mit vielen Gästen. Der Schauspieler Kevin McCarthy kam mit John Aldridge, dem Autor von *After the Lost Generation.* Lillian Hellman war da; sie hatte sich inzwischen einigermaßen an unsere verrückten Wohnungen gewöhnt. Norman lud außerdem ein paar Bekannte aus der besseren Gesellschaft ein, die im Smoking erschienen. Brando sprach wiedermal mit keinem ein Wort. Clift war ebenfalls unser Gast; er redete zwar nicht mit Brando, war aber wenigstens geselliger.

Es ging wie immer sehr ausgelassen zu. Die Gäste verstanden sich prächtig und plauderten angeregt, und im Hintergrund lief Jazzmusik. Als Gastgeberin bemühte ich mich, möglichst nüchtern zu bleiben, kümmerte mich um das Essen, stellte die Gäste einander vor und zeigte mich von meiner besten Seite.

Als ich gerade an der Bar einem Freund das Glas nachfüllte, hörte ich Geschrei am anderen Ende der Wohnung, vom Eingang her. Da standen fünf brutal aussehende Halbstarke aus der hiesigen Straßengang, die die Party stören wollten und mit dem französischen Autor Jean Malaquais, einem Freund Normans, lautstark debattierten.

Jean, ein kleiner, eitler Gockel, fuchtelte aufgeregt mit den Armen herum und versuchte, indem er mit seinem französischen Akzent auf sie einredete, die Eindringlinge zur Vernunft zu bringen. Die Musik und das Geplauder der Gäste waren aber so laut, daß ich nicht alles verstehen konnte. Wie ich Jean kannte, sagte er vermutlich etwas wie: »Verschwindet hier, ihr Ausgeburten der Soziologie!«

Sie suchten so eine Tussi, erklärte der Anführer, die ihn beleidigt habe; sie würden nicht eher gehen, als bis sie mit ihr gesprochen hätten. Ich weiß nicht, wer das Mädchen war. Höchstwahrscheinlich war sie mit einem Gast gekommen. Aber wir durften diese Typen auf keinen Fall in die Wohnung lassen.

Soviel ich verstand, waren die Frau und ihr Begleiter am Süßwarenladen unten vorbeigekommen, und ein Mitglied der Gang hatte eine obszöne Bemerkung fallenlassen. Bei der nachfolgenden Auseinandersetzung hatte sie den Typ geohrfeigt – eine selbstmörderische Kühnheit! Wie durch ein Wunder war sie unbeschadet davongekommen. Nach Aussagen eines Mieters waren zwei Mitglieder der Gang bereits an mehreren Raubüberfällen und Einbrüchen beteiligt gewesen.

Der sturzbetrunkene Norman stolzierte zur Tür und sagte mit wütend zusammengekniffenen Augen und seinem harten, texanischen Akzent zu dem Anführer der Bande: »He, Mann, du hast gehört, was mein Freund gesagt hat. Das Mädchen ist nicht hier, also scher dich zum Teufel.«

»Leck mich am Arsch. Wir haben sie hier hineingehen sehen«, erwiderte der Kerl und schob Norman beiseite. Im selben Augenblick sauste ein Hammer drei Mal auf Normans Schädel nieder. Aber mein kleiner Stier sträubte sich, zu Boden zu gehen. Er sank auf ein Knie, rappelte sich aber gleich wieder auf. Zum Glück war er schon ziemlich betäubt von dem vielen Alkohol in seinem Körper. Noch ehe Norman den Hammer packen konnte, riß der Halbstarke ihn wieder hoch und versetzte ihm zwei weitere Schläge auf den Kopf. Dann war die Gang auf einmal verschwunden.

Beim Anblick meines blutüberströmten Mannes fing ich an zu schreien. »Oh, mein Gott, was hat der Kerl getan? Holt rasch einen Arzt, ehe er verblutet.«

Norman war ganz benommen. »Ich hab' nichts, Baby«, versicherte er immer wieder. »Beruhige dich, mir geht's gut.« Ich glaube, er hatte von den Schlägen gar nichts mitbekommen. Die meisten Gäste standen in Grüppchen am anderen Ende der Wohnung und waren so ins Gespräch vertieft, daß sie von dem Drama, das sich an der Wohnungstür abspielte, nichts bemerkten. Ein paar hatten die Auseinandersetzung beobachtet, aber der Angriff erfolgte viel zu rasch, um ihn abzuwehren.

»Holt die Polizei«, rief jemand. Plötzlich war Norman von aufgeregten Leuten umringt, und es herrschte große Verwirrung.

»Was ist mit Norman passiert? Wer waren diese Typen?« fragten sie.

Unter den Gästen befand sich ein Arzt und Psychoanalytiker mit Doktortitel und starkem deutschen Akzent. Er alberte mit Norman herum und leistete dabei ungeschickt erste Hilfe.

»Hähä, so viel Spaß beim Doktorspielen hatte ich in den ganzen letzten zwanzig Jahren nicht«, scherzte er. »Ich glaube nicht, daß es eine Gehirnerschütterung ist, aber die Wunden sind ziemlich tief. Du läßt dich besser gleich ins nächste Krankenhaus fahren, denn sie müssen vielleicht genäht werden.«

Der Doktor hatte recht; es war keine Gehirnerschütterung, und die tiefen Platzwunden mußten tatsächlich genäht werden. Ich weiß nicht mehr, warum Norman keine Anzeige erstatten wollte. Da er keine allzu schlimmen Verletzungen davongetragen hatte, wollte er wohl keine Zeit mit Herumprozessieren verplempern. Ich haßte es, jeden Tag an dem Süßwarenladen vorbeigehen zu müssen, vor dem diese Gang immer herumlungerte. Wir versuchten, die Typen zu ignorieren, und sie schauten ebenfalls in die entgegengesetzte

Richtung. Womöglich waren sie vorbestraft, und ein oder zwei hatten noch Bewährung. Sie hatten es nicht eilig, das Schicksal herauszufordern und sich erneut mit uns anzulegen.

Norman mußte ständig bei mir bleiben, weil ich mich allein in dieser großen Wohnung fürchtete, vor allem nachts.

»Warum besorgen wir uns keine Waffe?«

Mein Mann lachte nur. »Du bist immer so dramatisch.« Trotzdem lebten wir in einer ständigen Anspannung. Das war wirklich kein Zustand!

Wenn ich jetzt an diese brutale Szene auf der Einweihungsparty zurückdenke, wird mir bewußt, daß Normans Kopf bei all seinen Schlägereien im Suff immer am meisten abbekam. Und mir fällt ein, was meine Mutter meinem Vater bei ihren ständigen Streitereien oft sagte: »Albert, du hast einfach kein Einfühlungsvermögen. Das muß von den vielen Schlägen kommen, die dein Kopf abgekriegt hat.«

Kapitel 25

Eine Weile blieben wir noch in der Monroe Street wohnen, doch auf die Dauer war dieses Leben unerträglich. Wir waren mit unserem unkonventionellen Lebensstil ganz schön reingefallen. Schließlich verfielen wir ins andere Extrem und wechselten in die Upper East Side über. Dort fanden wir eine Maisonettewohnung in einem ungewöhnlich schmalen, vierstöckigen Sandsteinhaus in der Fünfundfünfzigsten Straße, zwischen der Ersten und der Zweiten Avenue. Das erste, was der Hauswirt bei der Wohnungsbesichtigung erwähnte, war der Name des Mieters unter uns. Es handelte sich um Billy Daniels, den bekannten schwarzen Sänger, der in den vierziger Jahren durch seine einzigartige Interpretation des Titels »That Old Black Magic« berühmt geworden war. Mir bedeutete das mehr als Norman, dem solche Musik wenig oder gar nichts sagte. In den zwei Jahren, die wir dort wohnten, blieb Billy immer für sich und kam zu keiner unserer Parties. Unsere Bekanntschaft beschränkte sich auf ein kurzes Nicken, wenn wir uns an der Haustür begegneten.

Ich wollte einmal völlig von vorne anfangen, deshalb ließen wir unseren ganzen alten Trödel zurück. Wir nahmen nur unsere Kleider, das Bett und Normans Bücher mit. Mit Hilfe eines befreundeten Architekten richteten wir uns im modernen dänischen Stil ein. Norman verstand nichts von Inneneinrichtung und interessierte sich auch nicht sonderlich dafür. Ab und zu ging er mit mir ein paar Sachen aussuchen, aber meistens verließ er sich auf meinen Geschmack.

Wir hängten immer zuerst die Bilder auf, wenn wir eine neue Wohnung bezogen. Ich wußte, daß sie auch Norman viel bedeuteten. Bei diesem gemeinsamen Ritual fühlte ich mich ihm nahe und hatte den Eindruck, daß es in unserer verrückten Ehe doch so etwas wie Beständigkeit gab. Zumindest bemühten wir uns um ein gemeinsames Heim wie ein richtiges Ehepaar.

Ich richtete die Wohnung in der Fünfundfünfzigsten Straße mit viel Liebe und Geschmack ein; schließlich war ich eine erfahrene Dekorateurin. Ich genoß es, von meinem ständig gedeckten Girokonto soviel Geld abheben zu können, wie ich wollte.

Zu dieser Zeit legten wir uns einen schwarzen Königspudel namens Tibo zu, weil ich mir schon lange einen Hund gewünscht hatte und Norman keine Katzen mochte. Wir liebten diesen Hund so sehr, daß wir ihm eine Gefährtin besorgten, eine braune Pudelhündin vom selben Züchter in Connecticut. Doch Zsa Zsa hatte nicht das Format von Tibo, diesem Fürsten der Finsternis, der intelligent und sensibel war. Sie war eher giftig, und obwohl wir versuchten, unsere Aufmerksamkeit gleichmäßig zu verteilen, war sie eifersüchtig auf Tibo, der der Schönere von beiden war. Trotz der Unvereinbarkeit ihrer Charaktere produzierten sie in den folgenden vier Jahren zwei Würfe hübscher Hundebabys.

Norman mochte Zsa Zsa im Grunde nicht. Sie war schwerer zu erziehen als Tibo. Eines Tages pinkelte Zsa Zsa auf den Teppich. Norman, der weder mit Tieren noch mit Menschen viel Geduld hatte, packte sie wütend und warf sie die Treppe hinunter.

»Das hat sie mit Absicht gemacht, das kleine Mistvieh.«

Ich war empört über seine Reaktion, aber eigentlich nicht überrascht. Gott sei dank war Zsa Zsa nicht verletzt, aber von da an hatte sie Angst vor Norman und war noch neurotischer als zuvor.

Ich liebe Tiere und verabscheue Typen, die ihren Frust und Ärger brutal an hilflosen Tieren auslassen, und das sagte ich ihm auch. Sein lakonischer Kommentar, der mich noch wütender machte: »Sie ist dumm, sie lernt nicht. Das ist die einzige Sprache, die sie versteht.«

Im Umgang mit Tieren legte Norman einen gewissen Sadismus an den Tag, und mit Ausnahme von Tibo mochte er eigentlich keine Tiere. Tibo war ein braver Hund und machte sich immer bemerkbar, wenn er raus mußte. Aber ich weiß noch, wie Norman Tibo voller Zorn schlug, als dieser einmal sein Geschäft im Wohnzimmer verrichtet hatte, wahrscheinlich weil wir zu lange geschlafen hatten. Der arme Hund hatte es wohl einfach nicht länger ausgehalten, und als Norman am nächsten Morgen aufstand, trat er in das nette kleine Präsent, das Tibo vor der Schlafzimmertür hinterlassen hatte. Trotz seiner Wut mußte er über Tibos Rache lachen.

Gelegentlich besuchte uns Normans Tochter Susie. Ich tat alles, um ihr die Tage bei uns möglichst schön zu machen, was mir nicht schwerfiel, weil Susie wirklich süß und unwiderstehlich war. In mir regten sich Muttergefühle. Ich wollte unbedingt ein eigenes Kind, aber Norman vertagte dieses Thema immer wieder.

Obwohl er viel mit sich selbst und seiner Schriftstellerei beschäftigt war, war er immer sehr lieb zu Susie, wenn sie bei uns war. Er widmete ihr soviel Zeit, wie er nur konnte, ging mit ihr ins Museum und in den Zoo und machte mit ihr all die Dinge, die Kindern Spaß machen; ich war natürlich immer dabei. Einmal war sie auch über Weihnachten bei uns, und ich weiß noch, mit welchem Vergnügen ich bei F.A.O. Schwarz Geschenke für sie aussuchte, um ihr unvergeßliche Ferien zu bereiten. Ich kaufte unter anderem ein teures Puppenhaus, das mit kunstvollen Nachbildungen antiker Möbel eingerichtet war. Am Weihnachtsmorgen beobachteten wir gespannt

Susies Reaktion. Der Ausdruck des Erstaunens und Entzükkens auf ihrem Gesicht war überwältigend.

In diesen Ferien schaute eines Abends unser alter Freund Dan Wolf vorbei. Wir vereinbarten, später zusammen essen zu gehen. Ich freute mich darauf, denn ich hatte Dan schon länger nicht mehr gesehen. Als Dan uns abholen kam, begann Norman, der bereits den ganzen Tag über schlecht gelaunt gewesen war, auf mir herumzuhacken. Ich verteidigte mich, und damit begann unser übliches Gezänk. Ich erinnere mich nicht mehr, worum es bei diesem Streit ging, irgendeine Belanglosigkeit vermutlich. Jedenfalls sagte Norman zum Schluß, ich solle zu Hause bei Susie und der Babysitterin bleiben.

Das war keineswegs nötig, da wir diese Babysitterin bereits kannten und Susie bei dem Mädchen gut aufgehoben war. Ich verlor die Geduld: »Hör zu, Norman, ich will mich nicht länger streiten. Ich bin den ganzen Tag mit Susie zusammengewesen, und jetzt freue ich mich darauf, auszugehen.« Das sei keine Beschwerde, sondern nur eine Feststellung, fügte ich hinzu. Da schlug Norman mir ohne Vorwarnung mit dem Handrücken ins Gesicht. Dan war schockiert, und ich war vor Schreck und Schmerz sprachlos.

Am liebsten hätte ich zurückgeschlagen, aber als ich Normans bösartigen Blick sah, den ich bereits kannte, ließ ich es lieber sein. Ich begann zu weinen, vor Schmerz und weil ich mich vor unserem Freund gedemütigt fühlte.

Dan hätte ruhig etwas sagen können, doch er schwieg und machte keine Anstalten, mich mit ein paar Worten oder einer Berührung zu trösten. Ich war gekränkt. Hatte er etwa Angst vor Norman? Oder hatte er die Fronten gewechselt?

Hätte ich mich Normans übler Laune gebeugt, wie ich es manchmal tat, dann wäre es nicht zu diesem Streit gekommen, doch an diesem Abend war ich fest entschlossen, mich nicht wieder von ihm tyrannisieren zu lassen. Ich schminkte mich und ging trotzdem aus. Ich war wütend, haßte ihn, schmollte die ganze Zeit, ignorierte ihn und schenkte Dan meine ganze Aufmerksamkeit. Glücklicherweise trank ich nicht viel, aber Norman schluckte sein übliches Quantum, tat, als ob nichts gewesen wäre, und entschuldigte sich nicht einmal für sein brutales Benehmen.

Bis zu diesem Abend hatte er sich auf verbale Attacken beschränkt, aber von nun an wurde er immer häufiger handgreiflich.

Kapitel 26

Nun, da wir eine anständige, ja sogar schicke Wohnung hatten wie die meisten unserer wohlhabenden Freunde, veranstalteten wir öfters Dinnerparties. Ich hatte lange daran gearbeitet, eine gute Köchin zu werden. Inzwischen war das Kochen meine zweitliebste Beschäftigung nach dem Malen, und so ist es bis heute geblieben. Es machte doppelt Spaß, weil ich hinterher nicht saubermachen mußte. Das übernahm immer ein Hausmädchen. Normans Mutter betrieb ein Hauspersonalvermittlungsbüro und stellte mir bereitwillig ihre umfangreiche Kartei zur Verfügung, wenn ich ein Mädchen suchte.

Norman arbeitete immer noch am *Hirschpark*, aber ich kam nur noch selten zum Malen, weil ich fast meine ganze Energie darauf verwendete, eine gute Gastgeberin zu sein, mich um die Wohnung zu kümmern und mit der Rastlosigkeit meines Mannes klarzukommen. Wir gingen fast jeden Abend aus, tranken und rauchten Gras. Norman zuliebe bemühte ich mich, all das zu sein, was ich nicht war und in nüchternem Zustand nie hätte sein wollen.

Ich erinnere mich, wie ich an einem Sonntagmorgen nach einer durchzechten Nacht immer noch betrunken und im Abendkleid die Hunde ausführte. Als ich an der Kirche an der Ecke vorbeikam, blieb ich einen Augenblick stehen und betrachtete die hineinströmenden Leute; ich war noch nicht einmal im Bett gewesen. Sieh dir diese scheinheiligen Spießer an, dachte ich, doch im Innersten kam ich mir vor wie der letzte Dreck. Ich haßte mich und beneidete diese ganz normalen Leute, die Familien, die sonntags zur Messe gingen.

Wir hatten ein Gästezimmer, und manchmal kam Mickey Knox, ein Schauspieler und Freund Normans, zu Besuch. Die beiden hatten sich in Hollywood kennengelernt, gleich nach Normans Erfolg mit *Die Nackten und die Toten*. In manchen Dingen waren sie sich recht ähnlich. Beide waren intelligent, beide waren eitle Gockel, und beide stammten aus Brooklyn.

Mickey hatte Hollywood den Rücken gekehrt und lebte jetzt in Rom. Es hieß, er könne nicht mehr in Hollywood arbeiten, weil sein Name während der McCarthy-Ära auf die schwarze Liste gelangt war. Es ging ihm jedoch sehr gut in Rom, wo er kräftig in der italienischen Filmszene mitmischte.

Anfang der fünfziger Jahre machte ich Mickey mit meiner damals sechzehnjährigen Schwester Joan bekannt. Er fand sie zwar hinreißend, doch in seinen Augen war sie noch ein Kind, da er damals schon über dreißig war. Er sah sie erst viele Jahre später wieder und wurde schließlich ihr zweiter Ehemann. Joanie war gerade dabei, als Fotomodell Karriere zu machen, als er sich in sie verliebte. Sie war größer als er, was besonders auffiel, wenn sie hohe Absätze trug, aber Mickey störte das nicht. Je größer, desto besser, fand er. Er liebte meine Schwester wirklich sehr, aber ich glaube, daß auch die verwandtschaftliche Beziehung zu Norman Mailer nicht ganz ohne Reiz für ihn war. Die Freundschaft zwischen Norman und Mickey war sehr eng, und es gab Zeiten, in denen sie sie so intensiv pflegten, daß selbst ich mich ausgeschlossen fühlte.

Mickey verehrte Norman und war meistens auf seiner Seite, egal wie verrückt er sich benahm. Die Freundschaft mit Mickey hat Normans sechs Ehen und alle Höhen und Tiefen seiner Karriere überdauert. Nun werden sie gemeinsam alt.

Gore Vidal hatte engen Kontakt zu Joanie und Mickey, solange die beiden verheiratet waren. Jahre später erzählte Joanie mir von einem Gespräch, das sie mit Gore geführt hatte, als es zwischen ihr und Mickey Probleme gab. Sie beklagte sich darüber, daß ihrem Mann seine Freunde offenbar wichtiger seien als seine Frau. Natürlich fiel auch Normans Name, und Gore, der mit Norman befreundet war, bemerkte in seinem nüchternen, überlegenen Ton: »Meine Liebe, Norman war immer mit Mickey verheiratet. Für ihn hat es nie jemand anderen gegeben.«

Die ganzen Jahre über verhielt Norman sich Mickey gegenüber äußerst großzügig; in Restaurants und Nightclubs hielt er ihn frei, wofür Mickey sich selten revanchierte. Aber trotz alledem hatten wir eine schöne Zeit zusammen, denn Mickey war nicht nur attraktiv und intelligent, sondern auch ein guter Geschichtenerzähler.

Mickey sammelte Berühmtheiten, vor allem Filmstars. Er kannte eine Menge Leute und nahm uns zu ein paar tollen Parties mit. Meistens machte es Mickey nichts aus, bei der Gastgeberin nachzufragen, ob er uns mitbringen durfte, und trotz der kritischen Aufnahme von *Am Rande der Barbarei* und später von *Der Hirschpark* waren die Leute daran interessiert, den Autor von *Die Nackten und die Toten* kennenzulernen. Und Norman konnte nach wie vor durch seinen Witz und seine intellektuelle Brillanz bezaubern – wenn er nicht gerade betrunken war, was immer häufiger passierte. Ich bekam Normans dunkle Seite zunehmend stärker zu spüren.

Durch Mickey lernten wir etliche Filmstars kennen. Meistens verbrachten wir den Abend mit Mickey und seiner jeweiligen Freundin. Die Frauen an seiner Seite waren gewöhnlich attraktive Schauspielerinnen wie Leslie Caron, Eva Marie Saint oder Lois Andrews, eine ehemalige Schauspielerin, die als Fünfzehnjährige Schlagzeilen gemacht hatte, als sie George Jessel heiratete. Lois war schön, unerschrocken und einsdreiundachtzig groß – dreizehn Zentimeter größer als Mickey. Sie trank gern, und die Szenen, die sie Mickey in betrunkenem Zustand lieferte, glichen denen, die ich Norman machte, nur daß ich im Gegensatz zu Lois nicht in der Öffentlichkeit Gegenstände nach meinem Partner warf. Ich muß gestehen, daß es mich in gewisser Weise erleichterte, zur Abwechslung mal jemand anderen durchdrehen zu sehen. Leslie Caron war so sympathisch, wie sie in ihren Filmen wirkte. Eva mochte ich auch. Sie war schön, dabei ganz unprätentiös, und lebte in einer großen Atelierwohnung mit Oberlicht in der Grove Street im Village. Soweit ich mich erinnere, lernten wir sie während der Dreharbeiten zu *Die Faust im Nacken* kennen.

Mickey machte uns auch mit Christopher Plummer und dessen damaliger Frau Tammy Grimes bekannt. Robert Ryan, ein wunderbarer Schauspieler, sah im wirklichen Leben noch viel besser aus als auf der Leinwand, aber privat war er eher reserviert und schwermütig. Ich erinnere mich auch noch an eine flüchtige Begegnung mit Raf Vallone und dem äußerst attraktiven, französischen Filmstar Alain Delon, der recht bescheiden wirkte; die beiden drehten damals gerade zusammen *A View from the Bridge*. Ich glaube, Mickey, der fließend Italienisch und Französisch sprach, führte bei diesem Film Dialogregie.

Doch die faszinierendste Persönlichkeit von allen war für mich der Regisseur Jean Renoir, der in einer höhlenartigen Zweizimmerwohnung am Riverside Drive wohnte. Er war charmant und herzlich, und trotz meiner Schüchternheit fühlte ich mich in seiner Gegenwart wohl. Es war ein Erlebnis, ihn kennenzulernen, nicht nur wegen seiner tollen Filme, sondern auch, weil er der Sohn des Malers Renoir war.

Ich habe mich nie mit Mickey gestritten, doch einmal passierte mir etwas sehr Dummes, das ich hinterher zutiefst bedauerte. Wie Norman war Mickey immer der Liebling seiner Mutter gewesen. Sie war damals gerade gestorben.

Mickey war aus Rom angereist und wohnte ein paar Wochen lang bei uns. Mick und ich tranken ein paar zusammen und warteten darauf, daß Norman von der Arbeit zurückkehrte. Er erzählte von seiner Mutter und brach dabei in Tränen aus – und ich lachte. Ich weiß nicht, warum ich so reagierte, denn eigentlich bin ich kein herzloser Mensch. Es muß am Alkohol gelegen haben und an meinem Erstaunen darüber, diesen recht reservierten, harten Burschen weinen zu sehen. Ich entschuldigte mich, doch obwohl wir weiterhin miteinander redeten und scheinbar freundlich miteinander umgingen, wurde ich nie das Gefühl los, daß er mir nicht wirklich verziehen hatte. In dieser Beziehung war er wie Norman. Wenn man erst einmal auf seiner schwarzen Liste stand, blieb man lebenslänglich drauf.

Kapitel 27

Mitte der fünfziger Jahre beendete Norman seinen Roman *Der Hirschpark*. Rinehart und Co., der Verlag, der *Die Nackten und die Toten* veröffentlicht hatte, wollte auch dieses Werk herausbringen, aber im letzten Augenblick machte der Verlagsleiter Stanley Rinehart einen Rückzieher. Ihm hatte das Buch im Grunde nie gefallen, und er war schockiert über eine bestimmte Passage, in der geschildert wurde, wie ein Starlet einem Filmmagnaten aus Hollywood einen blies. Er fand sie zu freizügig und befürchtete aufgebrachte Reaktionen, dabei beschrieb Norman die Szene eigentlich sehr dezent. Die beanstandete Passage lautete:

Sie streckte versuchsweise eine Hand aus, um sein Haar zu streicheln, aber in diesem Augenblick ließ Herman Teppis Bobby zwischen seinen Beinen auf den Fußboden gleiten. Als er den überraschten Ausdruck auf ihrem Gesicht sah, mußte er lachen. »Es ist gut, Süße«, sagte er und blickte auf ihren erschrockenen Mund hinab, das Abbild all jener lächelnden Lippen, die er so bereitwillig gesehen hatte, jener Kraftquelle zu dienen. »Gutes kleines Mädchen. Sie sind ein Engel, und ich mag Sie gern, Sie sind mein großer Liebling. 's ist schon recht.«

Norman wurde vor die Wahl gestellt: Entweder er strich die Passage oder das Buch wurde nicht verlegt. Natürlich weigerte er sich. Ich liebte ihn dafür, daß er Mut und Integrität bewies.

Das Leben mit Norman war nie leicht gewesen, aber inzwischen war es für uns beide die Hölle. Sein Agent schickte den Roman an sieben weitere Verlage, und mit jedem

Ablehnungsschreiben wurde Norman wütender und deprimierter. Oft saß er einfach nur da, starrte ins Leere, trank Scotch und kaute Eiswürfel. Manchmal wirkte er mitten in einem Gespräch plötzlich zerstreut und abwesend. Er lächelte in sich hinein, als befände er sich in anderen Sphären, bewegte stumm die Lippen und führte einen Dialog mit sich selbst, als wäre ich gar nicht da. Zwischendurch stand er auf, um sein Glas nachzufüllen, ging hin und her und sprach leise vor sich hin.

Er benahm sich anders als früher. Gedankenverloren über irgendeine Idee nachzusinnen, das kannte ich an ihm, doch diese tranceähnlichen Zustände waren neu. Anstatt mir Sorgen zu machen, ignorierte ich dieses seltsame Verhalten und ließ ihn in Ruhe. Ich hielt es für besser, wenn er sein Problem allein löste.

Norman hatte in diesem Jahr eine Menge zu tun. Zwischen seinen zeitraubenden Bemühungen, einen Verlag für sein Buch zu finden, schrieb er eine umstrittene Kolumne für die *Village Voice*, eine Zeitung, die um 1955 von Dan Wolf, Ed Fancher, Norman und Jerry Tallmer ins Leben gerufen worden war. Ich weiß noch, wie wir zusammensaßen und uns einen Namen für die Zeitung ausdachten. Ich glaube, der Name war Dans Idee. Er war auch der Herausgeber. Doch mit dem Erscheinen der Zeitung zerbrach die Freundschaft zwischen Norman und Dan an Normans Anfällen von Größenwahn und seinem zwanghaften Bedürfnis, alles und jeden zu kontrollieren. Er hatte völlig andere Vorstellungen von der *Voice* als die anderen.

Anfangs hatte Norman erklärt, er wolle lediglich stiller Teilhaber sein. Das war ein Witz, denn Norman konnte noch nie zu irgend etwas schweigen. Wie vorauszusehen, verfaßte er schließlich eine Kolumne mit dem Titel »Der Intellektuelle und der Spießer«. Sie enthielt einige interessante Aspekte, aber auch völlig überzogene und fast unverständliche Passagen. Es schien so, als benutze er die *Voice* als Ventil für seine schlechte Laune.

Das Zerwürfnis zwischen Norman und Dan belastete mich sehr, denn ich mochte meinen Freund. Dennoch hielt ich treu zu meinem Mann, so verrückt er sich manchmal auch aufführte. Während Norman bei der *Voice* noch seine Kämpfe austrug, bot Walter Minton von G. P. Putnam ihm an, den *Hirschpark* ungekürzt herauszubringen. Gott sei Dank! Vielleicht würde Norman sich jetzt etwas beruhigen. Norman wollte eine hübsche, kleine, abstrakte Gouache von mir auf dem Umschlag haben, eines von vier Bildern, die in einer Galerie in der Zehnten Straße ausgestellt waren. Er hatte dieses Bild immer besonders gemocht und es *Feuer* genannt, ein Titel, der mir gefiel. Ich war richtig begeistert von der Idee, daß mein Werk den Einband eines Buches zieren sollte, das hoffentlich ein Bestseller werden würde. Aber der Verlag war dagegen. Das Bild sei zu gewollt künstlerisch und habe zudem keinerlei Bezug zum Inhalt des Buches. Norman kämpfte sehr für mein Bild, vor allem als er den Einband sah, den der Verlag ausgewählt hatte. Ich sah ihn auch und fand ihn scheußlich.

Das Schlimmste kam jedoch erst, als die Rezensionen erschienen. Die meisten waren gehässig und richteten sich nicht nur gegen das Buch, sondern auch gegen den Autor. Norman wurde unter anderem als Psychopath und untalentierter Perverser bezeichnet und das Buch als »geschmackloser Schund«, als »langweilig und schwachsinnig« und als »der chaotischste Roman des Jahres« abgetan. Die wenigen guten Kritiken wogen die schlechten nicht auf.

In der *New York Times* erschien eine positive Rezension. »Obwohl der Roman nicht in jeder Hinsicht gelungen ist, enthält er doch etliche brillante und erhellende Passagen und liest sich im großen und ganzen gut. Er hinterläßt zwar keinen so nachhaltigen Eindruck wie *Die Nackten und die Toten*, der wohl beste Kriegsroman über einen Kampfeinsatz, ist jedoch weitaus besser als *Am Rande der Barbarei.*«

Ständig wurden neue schlechte Kritiken veröffentlicht, nicht nur in der New Yorker Presse sondern auch in auswärtigen Zeitungen. Norman war nur noch wütend. Ich litt mit ihm und regte mich über manche Verrisse so auf, daß mir die Tränen kamen. Dann nahm er mich mit einem Ausdruck der Angst und Verwirrung auf dem Gesicht in die Arme und tröstete mich.

»Weine nicht, mein Schatz. Wart nur ab. Ich werd's diesen Arschlöchern schon zeigen«, sagte er und schenkte sich noch einen Scotch ein. Vielleicht wäre es ein Trost gewesen, wenn das Buch sich wenigstens gut verkauft hätte, doch dazu waren die Kritiken zu vernichtend.

Kapitel 28

Norman trank und kiffte immer mehr – er vertrug zehnmal so viel wie ich. Um mich betrunken zu machen, brauchte es nur drei Martinis, und nach sieben Zügen an einem Joint war ich bereits high. Mein Problem waren nicht die Mengen, die ich trank oder rauchte, sondern die Schwierigkeiten, in die ich mich in betrunkenem oder bekifftem Zustand brachte. Normans Drogenpalette war breiter gefächert als meine. Er konsumierte nicht nur Alkohol, Pillen und Marihuana, sondern war auch ein starker Raucher; vielleicht experimentierte er (ohne mein Wissen) auch noch mit irgendwelchen anderen Drogen herum.

Doch, um es noch einmal zu sagen, so erledigt, verkatert oder deprimiert er auch sein mochte, er stand am nächsten Tag auf und fuhr in seine kleine Studiowohnung in Brooklyn Heights, um zu arbeiten.

Wir führten unser sehr geselliges Leben weiter, und ab und zu selbst eine Party zu geben, gehörte einfach dazu. Der verrückte General und ich, sein Adjutant, veranstalteten in jeder Wohnung, die wir im Laufe der Jahre anmieteten, mindestens ein rauschendes Fest. Ich erinnere mich nur noch bruchstückhaft an eine wilde Party in unserer Wohnung in der Fünfundfünfzigsten Straße, zum Beispiel an die Szene, in der ein besoffener Monty Clift und eine gleichfalls besoffene Adele auf dem weißen Treppenläufer miteinander schmusten; Montys Küsse waren wirklich filmreif. Währenddessen lag Norman ausgestreckt auf dem Fußboden im Wohnzimmer, das von Marihuanarauch erfüllt war. Sein Kopf lag dicht neben unserer funkelnagelneuen Stereoanlage, aus deren

Lautsprechern Musik von Dave Brubeck drang. Norman hatte kein gutes Gehör und war davon überzeugt, daß das Pot sein Wahrnehmungsvermögen verbessern würde.

Ein paar Anfänger rauchten einen unserer sorgfältig gedrehten Joints und beklagten sich hinterher, daß sie überhaupt nichts spürten. Daraufhin stülpte der General jedem von ihnen eine braune Papiertüte über den Kopf und riet ihnen, tief zu inhalieren und den Rauch möglichst lange in der Lunge zu behalten. Das funktionierte normalerweise. Als sie die Tüten abnahmen, waren sie high genug, um sich Normans weitschweifigen, zusammenhanglosen Vortrag über die geheimnisvollen Kräfte des Marihuana anzuhören.

Sein Verhalten wurde immer seltsamer, unkontrollierter und theatralischer. Er verkündete, er wolle sich auf Bongositzungen selbst analysieren. Er nahm seine Bongo zu allen Parties mit, auf denen er dann stundenlang im Mittelpunkt stand. Norman war ganz der leidenschaftliche Prophet, der mit vor und zurück wippendem Körper flammende Reden hielt.

Worte, nichts als Worte. Eine Art ununterbrochenes, aufgeregtes, betrunkenes, psychotisches Geschwätz, das niemand wirklich verstand. Selbstanalyse bedeutete für ihn, jedem Impuls nachzugeben und all seine Triebe auszuleben, wo und mit wem auch immer. Alle suchten Deckung, während ich, Svengalis Frau, nur mein Glas nachfüllte. Norman kam nie zur Ruhe, schwitzte ständig und ging auf und ab, den Drink in der einen und den Joint in der anderen Hand.

Eines Abends kamen wir spät von einer Dinnerparty nach Hause. Norman ging noch mit den Hunden raus, und ich legte mich mit einem Buch ins Bett. Eine halbe Stunde verging. Länger brauchten die Hunde sonst nie, um ihr Geschäft zu erledigen. Er hätte eigentlich schon zurück sein müssen. Nach einer weiteren halben Stunde wurde ich langsam unruhig. War er noch auf einen Schlummertrunk ins P. J. Clarke's gegangen? Ich wartete eine weitere halbe Stunde. Inzwischen machte ich mir ernsthaft Sorgen. Als ich ihn gerade suchen gehen wollte, hörte ich ihn die Haustür öffnen und die Hunde die Treppe hinaufstürmen.

Ich erschrak, als ich ihn sah. »Oh, mein Gott, was ist passiert?« Sein Regenmantel war schmutzig und zerrissen, ein Auge war zugeschwollen, und er blutete im Gesicht und am Kopf. »Schau dir bloß mal dein Gesicht an! Verdammt, wer hat das getan?« jammerte ich.

»Schon gut, Schätzchen. Ich bin in Ordnung.«

Das Seltsame war, daß er anscheinend gute Laune hatte. Ja, er war beinahe in Hochstimmung. »Ich habe mich vor einer Bar mit zwei Matrosen geprügelt.«

»Warum denn, um Gottes willen?«

»Nun, als ich an den beiden vorbeilief, deutete der eine auf Tibo und sagte: ›He Mister, Ihr Hund ist ja 'ne Schwuchtel‹. Das wollte ich mir nicht bieten lassen. Ich bat den anderen Kerl, die Hunde zu halten, und ging auf den Bastard los, der den dummen Spruch abgelassen hatte. Tibo, der alte Feigling, kam mir nicht mal zu Hilfe, geschweige denn Zsa Zsa.«

Armer, schöner Tibo. Woher sollte er denn wissen, daß sein verrücktes Herrchen verprügelt wurde, weil er ihn verteidigen wollte. Schließlich war er nur ein verhätscheltes Hündchen mit einem Pompon am Schwanzende und kein Polizeihund. Norman hatte offenbar den kürzeren gezogen; dieser Matrose hatte ihm den Finger ins Auge gebohrt. Das Auge sah furchtbar aus, ganz entzündet und geschwollen.

Ich stellte mir vor, wie mein höflicher Ehemann den andern Matrosen bat, seine beiden prachtvoll getrimmten Pudel zu halten, damit er sich den Schädel einschlagen lassen konnte. Ich rief Jack Begner an, einen befreundeten Arzt, der in der

Nähe wohnte. Jack gefiel das Auge gar nicht. Er bestand darauf, daß Norman einen Spezialisten aufsuchte. Wie sich herausstellte, hatte sich die Netzhaut abgelöst, und es mußte operiert werden. Das war das zweite Mal, daß Norman verprügelt wurde.

In einer anderen Nacht schreckten wir aus dem Schlaf hoch, weil jemand an unserer Haustür Sturm klingelte. Es war drei Uhr morgens. So etwas ist immer unheimlich, ganz gleich, ob man in einer Bruchbude oder in einem schicken kleinen Apartment wohnt. Wir hatten keine Sprechanlage, nur einen Summer.

»Mach nicht auf«, sagte ich. »Wahrscheinlich ist es nur ein Betrunkener.«

Wer es auch war, er ließ den Klingelknopf nicht los und hämmerte schließlich gegen die Tür. »Scheiße«, fluchte mein Mann. »Ich geh runter.«

»Ignorier' es einfach. Der wird schon wieder verschwinden. Und wenn nicht, dann ruf die Bullen.«

»Nein, ich will wissen, wer zum Teufel hier so einen Radau macht.«

Feige wie ich war, blieb ich oben, während Norman die Tür öffnete. »Wer ist es, Norman?« rief ich hinunter.

Ich hörte Norman reden und eine Männerstimme antworten, die ich sofort erkannte. Es war Monty Clift, sturzbetrunken. Sie debattierten noch eine Weile, und plötzlich krachte es. »Scheiße, was ist da unten los?« Neugierig lief ich die Treppe hinunter.

Monty sah aus wie ein Verrückter. Ich glaube nicht, daß er mich erkannte, und er schien vergessen zu haben, wo er war. »Schatz, ist mit dir alles in Ordnung? Was hat er denn gemacht?«

»Er hat eine Lampe zerbrochen und ein Bücherregal umgeworfen. Geh nach oben, er kommt schon wieder auf die Beine.«

»Na großartig«, sagte ich. »Immerhin demoliert ein Filmstar unsere Wohnung.« Trotzdem tat ich, was mein Herr mir befahl und horchte hinunter, ob noch mehr zu Bruch ging. Ich hörte Monty fluchen; dann war es still. Norman kam die Treppe herauf.

»Monty ist in einem üblen Zustand. Ich habe ihn ja schon oft betrunken erlebt, aber so noch nicht. Er wollte hierbleiben. Aber ich hielt es für besser, ihn nach Hause zu schicken, ich hab' ihn in ein Taxi gesetzt.«

Norman verkaufte die Filmrechte von *Die Nackten und die Toten* für hunderttausend Dollar an Charles Laughton; für damalige Verhältnisse war das ein gutes Geschäft. Laughton und Paul Gregory, der mit Janet Gaynor verheiratet war, wollten den Film produzieren.

Eines Nachmittags, als ich mich gerade oben im Schlafzimmer zum Ausgehen fertig machte, rief Norman nach mir. »Komm runter, Baby. Ich möchte dich gern mit jemandem bekannt machen.«

Ich hörte Norman mit jemand reden. Das war unverkennbar Charles Laughtons Stimme. Als ich die Treppe herunterkam, lächelte er mich an und sah dabei aus wie auf der Leinwand. Noch nie hatte ich einen so charmanten und liebenswürdigen Mann kennengelernt. Trotz seines Ruhms wirkte er ganz natürlich.

Im selben Jahr trat Norman zum ersten Mal in David Susskinds Fernsehshow auf. Ich weiß noch, wie aufgeregt wir beide waren, als wir an jenem Abend ins Studio fuhren. Damals war noch alles live. Norman wußte nur zu gut, daß er nicht betrunken vor der Kamera erscheinen durfte, daher hatte er sich trotz seiner Nervosität zurückgehalten. An diesem Abend war er so klar im Kopf wie selten, brillant und sehr attraktiv. Truman Capote war ebenfalls Gast in der Show.

Truman war witzig und äußerst scharfsinnig. Er und Norman waren sich auf Anhieb sympathisch. Sie unterhielten sich angeregt, und Truman machte seine berühmte bissige Bemerkung über Jack Kerouac: »Er schreibt nicht, er tippt«, meinte er mit einer wegwerfenden Handbewegung.

Nach der Show nahm Truman uns mit in den Stork Club. Wir amüsierten uns prächtig. Auf seine Art war Truman unprätentiös. Ich war mir sicher, daß er mich mochte, weil ich mich in seiner Gesellschaft völlig entspannt fühlte.

»Sie sind eine schöne Frau«, sagte er mit seiner hohen, melodiösen Stimme. »Sie sollten unbedingt ein Kleid von meinem Freund Balenciaga tragen. Das würde ihnen wunderbar stehen. Ich werde Sie mit ihm bekannt machen.«

Ich fühlte mich sehr geschmeichelt und hätte nichts dagegen gehabt, wenn er mir ein solches Kleid hätte schenken wollen. »Das fände ich toll, Truman«, erwiderte ich begeistert. Leider ist nichts daraus geworden. Er hatte es nur so dahin gesagt.

Auf einer unserer Dinnerparties war der bekannte italienische Romanautor Alberto Moravia zu Gast. Wir hatten Moravia im Chumleys kennengelernt, einem unserer Lieblingsrestaurants im Village. Er war mit Judy Sheftel da, einer mit uns befreundeten Fotografin, die später durch uns Jules Feiffer kennenlernte und seine Frau wurde.

Alberto war hochintelligent und ziemlich verschlossen. Sein Gesicht wirkte so düster, daß man geradezu erleichtert war, wenn es mal durch ein Lächeln erhellt wurde. Er hatte eine Adlernase, und seine stechenden schwarzen Augen wurden von dichten, schwarzen Brauen überschattet.

Norman und Moravia respektierten einander als Schriftstellerkollegen. Ich hatte Moravias Romane bereits begeistert gelesen, ehe ich meinen Mann kennenlernte. Ich hatte Moravia erst ein paarmal gesehen, doch bald gemerkt, daß meine kokette Art ihn ansprach und daß er sich für mich interessierte, auch wenn er mir das nicht offen zeigte. Es war aber nicht viel zwischen uns, da ich einen grausamen Zug an ihm spürte. Ein Sadist in meinem Leben reichte mir.

Dann fing Moravia auf einmal an, mich tagsüber, wenn Norman in seiner Arbeitsklause war, unter irgendeinem Vorwand anzurufen. Zunächst plauderte er nur mit mir, doch dann wollte er mit mir etwas trinken gehen. Er war recht hartnäckig, aber ich lehnte so taktvoll wie möglich ab. Vor seinem Rückflug nach Rom gaben wir ihm zu Ehren noch eine kleine Dinnerparty. An diesem Abend war Alberto ein interessanter, gesprächiger Gast und schien sich zu amüsieren.

Da ich keine Lust hatte, etwas Italienisches zu kochen, entschied ich mich für Roastbeef und Yorkshirepudding. Als ich gerade in der Küche das Fleisch aufschnitt, kam Alberto herein und bat um mehr Wein. Beim Anblick meiner Tranchierkünste bot er mir seine Hilfe an. Dankbar reichte ich ihm das Messer. Während wir plauderten, nippte ich an meinem Martini und sah nach dem Pudding im Ofen. An der Art, wie Alberto an dem Roastbeef herumsäbelte, erkannte ich, daß er schon eine ganze Menge Wein getrunken haben mußte. Zwischendurch stopfte er sich immer wieder kleine Fleischstückchen in den Mund. Irgendwann trat eine unangenehme Stille ein, und ich machte eine harmlose Bemerkung. »Männer können besser Fleisch tranchieren als Frauen.«

»Finden Sie?« fragte er und fuchtelte mir mit dem Messer vor der Nase herum.

Auf seinem düsteren Gesicht lag ein zynisches Lächeln. Ich gab keine Antwort. Plötzlich packte er mich am Arm und sagte mit seinem starken italienischen Akzent: »Ich merke, daß du mit mir spielst, und das gefällt mir nicht. Denkst du denn nie an mich? Ich denke sehr oft an dich, Adeley.« (Mir gefiel, wie er meinen Namen aussprach.) »Ich will mit dir schlafen. Du mußt morgen in mein Hotel kommen. Wenn du nein sagst, bringe ich dich um.« Er versuchte, mich mit dem Messer in der Hand zu küssen.

Ich kam mir vor wie ein linkischer Teenager, als ich ihn wegstieß. »Bitte, Alberto, spiel nicht mit dem Messer herum. Du überraschst mich wirklich. Ich verstehe deine Gefühle schon, aber mein Mann wartet auf sein Roastbeef; er wird immer so grantig, wenn er Hunger hat.« Ich trank meinen Martini aus. Da ich ebenfalls angeheitert war, amüsierte mich dieses kleine Melodram hinter den Kulissen. Ich liebte Überraschungen, und dieser ernste, schwarz gekleidete Autor um die Fünfzig war wirklich eine.

Aber als er erneut mit dem Messer herumfuchtelte und mich bedrängte, bekam ich es doch mit der Angst zu tun. Ich hatte genug von diesem albernen, betrunkenen Spiel. »Alberto, das ist doch lächerlich«, sagte ich und ließ ihn einfach in der Küche stehen. Nach ein paar Minuten erschien er mit dem Roastbeef und dem Wein. Er sah finsterer aus denn je und war den Rest des Abends recht schweigsam. Später trafen wir ihn in Rom wieder. Der kleine Zwischenfall schien vergessen.

Kapitel 29

Im Frühjahr 1956 traten wir eine dreimonatige, verspätete Hochzeitsreise nach Europa an. Es war mein erster Besuch in Europa, und ich weiß noch, wie aufgeregt ich war. Wir brauchten beide dringend eine Veränderung und hofften, diese Reise würde uns auf andere Gedanken bringen. Norman litt unter starken Depressionen und schluckte nach wie vor große Mengen Seconal gegen seine Schlaflosigkeit.

Wir reisten zweiter Klasse mit dem Passagierschiff *United States of America,* das auf der Überfahrt nach Europa schon so manchen Geschwindigkeitsrekord gebrochen hatte. Da der Verkauf der Filmrechte für *Die Nackten und die Toten* Norman eine Menge Geld gebracht hatte, hätten wir auch erster Klasse reisen können, doch vermutlich entsprach die zweite Klasse der weniger großartigen Seite von Norman und mir.

Außerdem war ich so begeistert, daß wir per Schiff und nicht per Flugzeug reisten, daß mir die Klasse völlig egal war. Wir hätten auch ein italienisches, französisches oder britisches Schiff nehmen können. Ich habe nie begriffen, warum Norman ausgerechnet ein amerikanisches ausgesucht hat. Vielleicht weil seine Mutter und seine Schwester mit diesem Schiff gereist waren, als sie ihn und Bea Ende der vierziger Jahre in Paris besucht hatten.

Das Schiff war riesig, innen und außen grau gestrichen wie ein Kriegsschiff, und unsere winzige Kabine mit dem Etagenbett nicht gerade ein romantisches Liebesnest für ein Paar, das seine Flitterwochen nachholen wollte. Auf dem Schiff herrschte ein so strenges Regiment, als gehörte es noch zur Marine. Die Mahlzeiten und Veranstaltungen kündigte nicht ein Gong oder irgendein dezentes Signal an sondern eine ohrenbetäubend laute Schiffsglocke. Wenn man zu spät zum Frühstück kam, war es schwierig, noch etwas zu essen zu bekommen.

Norman entdeckte auf der Passagierliste der ersten Klasse den Namen eines Bekannten, aber als wir ihn auf dem Oberdeck besuchen wollten, versperrten uns zwei Matrosen, die den gut gesicherten Eingang bewachten, energisch den Weg. Wir waren furchtbar aufgebracht. Doch nachdem wir an den Kapitänstisch gebeten worden waren, durften wir uns auf dem ganzen Schiff frei bewegen.

Auf dieser Reise stritten wir uns viel seltener. Das lag sicher daran, daß wir jetzt nicht mehr so viel rauchten und tranken. Es tat uns gut, einmal weit weg zu sein von New York und dem dortigen Streß. Ich hatte sogar das Gefühl, daß mein Verlangen nach Alkohol nachließ.

In Paris stiegen wir im Palais Royal ab. Ich war wie geblendet von dem Charme und der Eleganz der Stadt. Eine solche Pracht hatte ich noch nie gesehen. Norman genoß es, Paris mit meinen Augen neu zu entdecken. Mir war kein bißchen langweilig. Ich kam mir vor wie ein Kind, das mit großen Augen Paris und die Weinbergschnecken bestaunte, die wir allabendlich genüßlich verschlangen. Die eigentlichen Flitterwochen allerdings hatten leider nur auf dem Schiff stattgefunden. Dort hatte für eine Weile Waffenstillstand geherrscht; wir waren einander nähergekommen und hatten uns zärtlich geliebt. Doch jetzt waren wir an Land.

Norman trank wieder mehr, und mit der Anzahl der Drinks stieg seine innere Unruhe. Ich dagegen hatte mich unter Kontrolle. Notgedrungen blieb ich bei Wein, weil ich weder einen anständigen Martini noch irgendeinen anderen Cocktail bekommen konnte. Damals hatten die Franzosen für Cocktails noch nicht viel übrig.

Als erstes besuchten wir Normans Freund Jean Malaquais und seine damalige Frau Galy, die wir seit unserer großen Party in der Monroe Street nicht mehr gesehen hatten. Norman kannte Jean aus der Zeit, als er mit seiner ersten Frau Bea in Paris gelebt hatte. Jean war ein gutaussehender, ernsthafter Intellektueller. Er war Trotzkist und politisch sehr aktiv. Die beiden verstanden sich von ihrer ersten Begegnung an.

Jean hielt sehr viel von Normans Arbeit, war dabei aber auch sehr kritisch und vielleicht sogar ein bißchen neidisch. Zwar war er ein selbstgefälliger Opportunist, der es verstand, Leute auszunutzen, doch er hatte auch liebenswerte Seiten und viel europäischen Charme.

Galy war schrullig, ziemlich von sich eingenommen und humorlos. Sie war keine Schönheit, aber sie hatte einen gewissen Stil, einen sehr französischen, obwohl sie nur eine halbe Französin war; was sonst noch, weiß ich nicht mehr, vielleicht Polin oder Russin. Mir gefielen ihre halb abstrakten, recht lyrischen und farbenfrohen Bilder. Galy sprach Englisch mit einem starken französischen Akzent, doch wenn sie es tat, benahm sie sich, als erweise sie einem damit einen großen Gefallen. Manchmal legte sie einen kindlichen Charme an den Tag, der fast schon komisch wirkte.

Jean hatte *Die Nackten und die Toten* ins Französische übersetzt und war mit dem Buch, wie mit allen Werken Normans, überaus kritisch ins Gericht gegangen. Doch Norman schien Jeans Urteil so widerspruchslos hinzunehmen, als sei es das Wort Gottes. Ich glaube, Jean spielte die Rolle des Mentors, und in dieser Funktion hatte er einigen Einfluß auf Norman, wohl auch deshalb, weil Norman sich nach einer starken Vaterfigur sehnte und der zehn Jahre ältere Jean dieses Bedürfnis zu befriedigen schien.

Während unseres Frankreichaufenthalts schimpfte Norman ständig über die Franzosen und bezeichnete sie als arrogante, dünkelhafte Typen. Da war was dran. Zu jener Zeit waren sie tatsächlich hochnäsig und nicht besonders tolerant, vor allem gegenüber Ausländern, die ihre Sprache verstümmelten. Normans Französisch war gar nicht schlecht, wenn er nicht gerade versuchte, Jean Gabin zu übertreffen. Aber meine Französischkenntnisse waren gleich Null.

Die ganze Reise über gab es immer wieder kurze Phasen, in denen Norman sich nicht gezwungen fühlte, eine Schau abzuziehen, sondern die Liebenswürdigkeit in Person war und den Urlaub genoß. Doch meist war er einfach nur anstrengend. Sicher ging ich ihm auch ab und zu auf die Nerven, schließlich waren wir sehr viel zusammen, aber meine kleinen Neurosen waren nichts im Vergleich zu der großen Angst, die ihm im Nacken saß. Auf dem Schiff war er viel ausgeglichener gewesen, doch nun hatte das wirkliche Leben uns wieder eingeholt. Das sah hier zwar ganz anders aus als in New York, aber dennoch schien ihm alles zuviel zu sein.

Norman versteckte sich hinter einer Fassade, und nur ich wußte, was wirklich in ihm vorging. Er hatte den Mißerfolg von *Der Hirschpark* immer noch nicht verkraftet, hatte Angst und gleichzeitig einen Zorn auf alles und jeden. Wenn ihm danach zumute war, ließ er seine schlechte Laune an der erstbesten Person aus. Das war natürlich, ich aber war kein sehr geeignetes Ziel, war es nie gewesen. Viel von dem Müll, den er auf mir ablud, schleuderte ich ihm wieder ins Gesicht – auf meine Weise.

Es war eine Reise voller Höhen und Tiefen. Ich versuchte trotz unserer Krisen möglichst viel von Europa mitzubekommen. Norman wurde weiterhin von Schlaflosigkeit gequält, und da er diesen Urlaub dazu benutzen wollte, vom Seconal loszukommen, litt er unter heftigen Entzugserscheinungen.

Kapitel 30

Da wir von Anfang an geplant hatten, uns einen Teil von Europa anzusehen, mieteten wir uns in Paris ein Auto und brachen zu einer gemütlichen Rundreise durch Deutschland, Spanien und Italien auf.

Kaum hatten wir Paris hinter uns gelassen, besserte sich Normans Laune. Unterwegs zu sein, schien ihn zu beruhigen. Besonders entspannend war für uns beide die Fahrt durch die französische Provinz. Es war einfach herrlich. Einmal machten wir bei einer Burgruine halt und veranstalteten ein Picknick mit Pastete, Obst und Wein. Die Sonne schien, es war warm, und wir liebten uns hinter einer hohen Steinmauer.

Ich konnte immer noch nicht Auto fahren, was Norman manchmal ärgerte. Im Grunde konnte ich das verstehen, denn seit unserer Mexikoreise hatte ich keinen Versuch unternommen, es zu lernen. Ich bekam Alpträume bei dem Gedanken, ein Auto durch den New Yorker Stadtverkehr zu lenken, und hatte eine kindische Angst davor, mich zu verfahren. Offensichtlich (obwohl mir das damals nicht klar war) benutzte ich meine Angst vor dem Autofahren als eine Entschuldigung dafür, daß ich von meinem Mann so abhängig war. Erst im letzten Jahr unserer Ehe nahm ich Fahrstunden, aber da war es schon zu spät.

Abgesehen davon, daß Norman noch nie in Deutschland gewesen war, gab es zwei Gründe, weshalb wir dorthin reisten: zum einen, um seinen deutschen Verleger Hugo Weichlein in München zu besuchen, und zum anderen wollte er ein ehemaliges Konzentrationslager besichtigen. Erst wollte ich nicht zu dem Lager mitfahren; schon der bloße

Gedanke daran erschreckte mich. Doch Norman erklärte, als Autor und Jude müsse er hin, und schließlich ging ich dann doch mit.

Als wir uns der deutschen Grenze näherten, hielten wir unsere Pässe bereit. Ich weiß noch, wie ich zu Norman sagte, daß ich Angst und Herzklopfen hätte. »Vielleicht haben die Wachposten zwei Köpfe.«

Norman lachte. »Mein Herz klopft noch heftiger, Baby. Ich bin Jude, du nicht.«

In München stiegen wir in einem Hotel ab und riefen Hugo an. Die Weichleins, die Englisch sprachen, waren sehr gastfreundlich und herzlich; ich mochte beide auf Anhieb. Sie zeigten uns München und stellten uns ihren Freunden vor, die fast alle zwei Sprachen beherrschten. Wenn ich an diese Stadt zurückdenke, fallen mir nur noch drei Dinge ein: die zerbombten Wohnviertel, die ich bis dahin nur aus den Nachrichten kannte, die Museen, wo wir einige Meisterwerke Albrecht Dürers bewunderten, und der Abend, an dem uns die Weichleins in Hugos Lieblingsrestaurant zu der besten gebratenen Ente einluden, die ich je gegessen habe – eine vielleicht banale, aber nicht erstaunliche Erinnerung, denn ich aß gerne gut.

In Deutschland kam ich mir weitaus attraktiver vor als in Paris. Die Franzosen hatten mir nicht soviel Aufmerksamkeit geschenkt. Aber den Männern in München gefiel mein dunkler Typ sehr. In Restaurants und Fahrstühlen hörte ich, wie sie mich als »schönes Mädchen« bezeichneten. Norman gefiel das. »Sie sprechen von dir, Baby.«

Manche Männer flirteten ganz ungeniert mit mir. Diese Bestätigung brauchte ich damals, da mein Selbstbewußtsein sehr unter Normans extremen Stimmungsschwankungen litt. Ich nahm von dem reichhaltigen, fetten Essen ordentlich zu. Und natürlich waren da auch noch die gigantischen Maßkrüge mit köstlichem Bier, das Norman gar nicht guttat. Mein ehemals schlanker Liebhaber war inzwischen vom vielen Trinken aufgedunsen und hatte einen Bauch angesetzt. Aber Norman kümmerte sich nicht um seine Figur.

Keiner von uns beiden sprach Deutsch. Norman konnte etwas Jiddisch und griff nach einigem Zögern darauf zurück, als er einen Fremden nach dem Weg fragte. Ich war gespannt, wie der Mann darauf reagieren würde. Feindselig? Schließlich waren seit dem Zweiten Weltkrieg erst zwölf Jahre vergangen. Aber der Mann war freundlich. Mit Gesten und mit Hilfe einer Straßenkarte beschrieb er uns den Weg.

Bei unserem Besuch im Lagermuseum sahen wir alles mit eigenen Augen: die Gräben für das Blut, die Galgen, die Gaskammern mit den von Fingernägeln zerkratzten Wänden, das ganze Szenario des Grauens. Am deutlichsten erinnere ich mich an das Krematorium mit dem kleinen Ofen für Kinder. Das war für mich das Erschütterndste.

Mit diesen Bildern im Kopf verließen wir Deutschland, froh, bald in Rom zu sein.

Dort wohnten wir bei Mickey Knox. Seine Wohnung lag ganz in der Nähe der Spanischen Treppe. Er arbeitete damals vorwiegend als Dialogregisseur und drehte mit Dino di Laurentis Italowestern.

Mickey war äußerst charmant und geschäftig und erzählte uns die neusten Klatschgeschichten über Dino und dessen Frau Silvana Mangano. Vom ersten Tag an sorgte er dafür, daß wir seine vielen prominenten Freunde kennenlernten.

Wir kannten niemanden in Rom außer Moravia, doch Mickey kannte jeden in der Via Veneto, in der jeder, der etwas gelten wollte, früher oder später aufkreuzte, um zu essen oder bei einem Glas Wein zu plaudern.

An unserem allerersten Nachmittag arrangierte Mickey ein Mittagessen mit Federico Fellini und Marcello Mastroianni.

Da Mickey fließend Italienisch sprach und die Englischkenntnisse von Fellini und Mastroianni begrenzt waren, fungierte Mickey als Dolmetscher. Mastroianni entsprach ziemlich genau dem Bild, das seine Filme von ihm vermittelten, nur fand ich ihn in natura nicht so attraktiv. Fellini war recht zurückhaltend, groß und hatte einen Kopf wie ein Löwe. Für mich war er der Interessantere von beiden.

Norman schien jetzt besser gelaunt zu sein, und das bedeutete weniger Streit zwischen uns. Die Wärme und die Schönheit Roms trugen ihren Teil dazu bei, und natürlich das gute Essen. Es war einfach himmlisch. Ich konnte dreimal am Tag Pasta essen und Gerichte probieren, von denen ich noch nie etwas gehört hatte.

Wir waren so sehr damit beschäftigt, Rom zu genießen, daß wir Moravia erst kurz vor unserer Abreise aufsuchten. Wir trafen uns auf einen Drink, und er schien erfreut zu sein, uns zu sehen, vor allem mich. Er wollte uns unbedingt ein paar hübsche kleine Plätze in den Außenbezirken Roms zeigen, und bestand darauf, zu diesem Zweck eine Pferdekutsche zu mieten. Ich weiß kaum noch etwas von diesem Nachmittag, außer daß ich eingezwängt zwischen Norman und Alberto in der Droschke saß und letzterer mich ständig in den Hintern kniff. Das war eine der letzten Erinnerungen an Rom. Am nächsten Tag reisten wir ab.

Wieder in Paris beschlossen wir eines Abends, einfach nur Touristen zu sein und mit Irene Fornes, einer Amerikanerin, die wir auf der Reise kennengelernt hatten, im Maxims zu essen. Irene und ich warfen uns groß in Schale, um besonders hübsch auszusehen. Davor genehmigten wir uns auf unserem Zimmer ein paar Drinks, so daß wir bei unserem Aufbruch schon ziemlich high waren, Norman noch mehr als Irene und ich, weil er außerdem noch Gras geraucht hatte. Ich war in letzter Zeit ruhiger geworden und rauchte nicht mehr so viel wie mein Mann. Im Maxims mußten wir warten, obwohl wir einen Tisch reserviert hatten.

Es dauerte zwar nicht lange, aber Norman war wütend und wollte gleich wieder gehen. Ich überredete ihn zum Bleiben. Schließlich geleitete uns ein hochnäsiger Oberkellner an unseren Tisch. Ich wußte, daß Norman schon seit dem Augenblick, in dem wir das Restaurant betreten hatten, auf Hundertachtzig war. Er befand sich in jenem nervösen, trunkenen Zustand, den ich nur zu gut kannte. Ich fühlte mich fabelhaft und angenehm high, deshalb schenkte ich ihm weiter keine Beachtung. Als der Kellner kam, um unsere Bestellung entgegenzunehmen, verlangte Norman eine Flasche teuren Champagner und zwei verschiedene ebenso teure Weine. Der Ober mußte die Flaschen sofort entkorken. Er machte dabei ein gequältes Gesicht, aber Irene und ich amüsierten uns. Ich versicherte Irene, daß wir das alles austrinken würden. Kaum hatten wir das erste Glas Champagner geleert, bestellte das *Enfant terrible* gleich noch eine Flasche und dazu noch einen Likör; ich glaube, es war Pfefferminzlikör. Auf unserem Tisch standen jetzt insgesamt fünf Flaschen; es war kaum noch Platz für die Teller.

Ich war etwas beunruhigt. »Liebling, wer soll denn das alles trinken?«

»Wir«, sagte er, stellte die Flaschen in einer Reihe vor sich auf und fing an, alles miteinander zu mischen – weiß mit rot und trocken mit lieblich – wie der verrückte Wissenschaftler, der voller Begeisterung seine Mixtur vom Reagenzglas in den Kolben und vom Kolben wieder ins Reagenzglas schüttet. Schließlich rührte er um und probierte die Mixtur aus Pfefferminzlikör, Weißwein und Rotwein. »Nicht übel«, meinte er und bot uns einen Schluck an.

Irene und ich konnten kaum glauben, was sich da vor

unseren Augen abspielte. Der ganze wunderbare Wein war verdorben. Der Kellner war noch entsetzter als wir, und es war ein Wunder, daß er sich nicht beim Oberkellner über den verrückten Amerikaner beschwerte. Vermutlich tat er es deshalb nicht, weil Normans Rechnung immer höher wurde. Irene und ich aßen etwas und beobachteten dabei bang und gleichzeitig fasziniert diesen wilden Mann, der sein Essen kaum anrührte. Dr. Jekyll war in den letzten Tagen so nett gewesen, aber jetzt trieb Mr. Hyde wieder sein Unwesen.

Allmählich ärgerte ich mich über diese Verschwendung und über die hohe Rechnung, die man uns zum Schluß präsentieren würde. »Verdammt nochmal, Norman, willst du nicht endlich mit dieser Herumpanscherei aufhören? Du weißt doch, wie sehr ich Champagner mag, und nun hast du ihn verdorben. Warum machst du das überhaupt? Kommt's dir nur auf das Auffallen an? Das ist dir schon gelungen. Alle starren zu uns herüber. Wahrscheinlich wird man uns gleich rausschmeißen.«

»Scheißfranzosen«, sagte er und warf mir diesen giftigen Blick zu, den ich so gut kannte. »Baby,« meinte er mit seinem texanischen Akzent, »wenn es dir nicht paßt, kannst du ja mit Irene zurück ins Hotel gehen. Du bist zu blöd, um zu begreifen, was ich tue.« Da ich um jeden Preis vermeiden wollte, daß unser Streit wieder zu einer Riesenszene ausartete, hielt ich für den Rest des Abends den Mund.

Eines Morgens war mir beim Erwachen ganz schwindlig und übel. Ein Kater konnte es nicht sein, weil ich am Abend zuvor nur ein Glas Wein getrunken hatte. Vielleicht kam es vom Essen? Plötzlich ging mir ein Licht auf. Meine Periode war seit drei Wochen überfällig. »Natürlich, du dummes Ding«, sagte ich laut zu mir selbst. »Du bist schwanger.«

Gott, war ich glücklich. Wie lange hatte ich auf diesen

Augenblick gewartet, und ich weiß, daß Norman sich trotz der Krise, in der er steckte, auch freute. Als ich ihm die Neuigkeit erzählte, meinte er, er wisse genau, wann wir das Kind gemacht hätten. In jener Nacht hatten wir uns besonders leidenschaftlich geliebt, und danach hatte Norman mich zärtlich in die Arme genommen. Wir hatten weder getrunken noch geraucht und uns nur der puren Lust hingegeben.

Und was machte es schon, daß ich während unserer letzten Tage in Paris das ganze gute französische Essen wieder auskotzte? Ich war so glücklich!

Wir waren drei Monate lang unterwegs gewesen; jetzt war es an der Zeit, mit dem kostbaren Geschenk, das ich in mir trug, nach Hause zurückzukehren. Wir hatten auf dieser Reise manches Schöne erlebt, doch die meiste Zeit war Norman unerträglich gewesen. Aufgrund meiner Unsicherheit hatte ich nie gelernt, mich seinen Launen zu entziehen und mich von ihm abzugrenzen. Mir fehlte einfach die Distanz, um einigermaßen objektiv beurteilen zu können, was mit ihm los war.

Aber trotz meiner Verwirrung wußte ich eines ganz sicher: Er freute sich auf das Kind. Das war für mich das langersehnte Zeichen, daß er mich wirklich liebte, und in meiner Naivität glaubte ich, ein Kind könnte mehr Ruhe und Klarheit in unser chaotisches Leben bringen.

Kurz nach diesem verrückten Abendessen bei Maxims verabschiedeten wir uns von Irene. Es hatte Spaß gemacht, mit ihr herumzureisen, und ich war traurig, als sie ging.

Wir fuhren mit demselben Schiff zurück, mit dem wir gekommen waren – mit der *United States*.

An Bord wurde meine allmorgendliche Übelkeit wegen des Seegangs noch schlimmer. Sonst konnte es Norman nicht ertragen, wenn jemand krank war, und wurde schnell ungeduldig, doch jetzt war er wirklich lieb zu mir, brachte mir morgens Orangensaft und Kräcker ans Bett, und ab und zu bekam ich sogar ein weichgekochtes Ei hinunter. Ich verspürte kein Verlangen nach Alkohol mehr, und wenn ich Normans Fahne roch, drehte sich mir der Magen um. So hatte ich auch früher schon manchmal reagiert. Es schien fast, als hätte ich meinen Körper unbewußt auf die Schwangerschaft vorbereitet. Mein Widerwillen gegen Alkohol dauerte die ganze Schwangerschaft und Stillzeit über an. Gott, wäre es doch nur für den Rest meines Lebens so geblieben!

Kapitel 31

Als wir wieder zu Hause in unserer Wohnung in der Fünfundfünfzigsten Straße waren, überlegte ich mir, wie schön es doch wäre, das Kind auf dem Land großzuziehen. Norman hatte mich auf diese Idee gebracht, und er hatte sie von Bill Styron, dem Romanautor, der in Connecticut lebte. Wir hatten Rose und Bill Styron 1951, als sie noch im Village wohnten, auf einer Party kennengelernt.

Norman und Bill schienen sich auf Anhieb zu verstehen, und jeder schätzte die Arbeit des anderen. Norman fand Bills Geschichte *Der lange Marsch* großartig, und ich glaube, daß ihm auch *Geborgen im Schoße der Nacht* im großen und ganzen gut gefiel. Einige Jahre später bezeichnete Norman Styrons Erstlingswerk in einem Aufsatz in *Reklame für mich selber* als einen der nettesten Romane unserer Generation – was Styron ungeheuer erboste.

Bill kam aus Virginia. Ich glaube, er entstammte der Südstaatenaristokratie. Hinter seiner Fassade des »good ol' boy« verbargen sich ein verdrießlicher, neidischer, schäbiger Charakter und gewisse Zweifel an seiner Männlichkeit, die sich manchmal in einem blasierten Gehabe äußerten. Er war überfreundlich, doch ich traute ihm nicht.

Norman verließ sich auf meine Menschenkenntnis und fragte mich häufig nach meinem Eindruck, wenn wir jemanden kennenlernten. Doch da er Styrons Gesellschaft offensichtlich genoß, behielt ich meine Meinung diesmal für mich und ließ ihn selbst herausfinden, was für ein Mensch Styron war. Rose Styron war eine reiche Jüdin, die Erbin der Burgunder Warenhauskette in Baltimore.

Natürlich, es paßte alles zusammen; unser »good ol' boy« versuchte stets, die Numero Uno auszustechen, und dazu war ihm jedes Mittel recht. Einmal luden uns die Styrons vor einem gemeinsamen Abendessen auf einen Drink in ihre Wohnung ein. Rose trug eines dieser braven, gestärkten Kleider mit Puffärmeln von Peck und Peck. Aber was ich einfach unglaublich fand, waren die weißen Handschuhe, die sie anzog, bevor wir ausgingen.

Sie war keine Schönheit, aber recht attraktiv, und hatte ihr Gesicht offenbar sorgfältig darauf trainiert, keine unschickliche Regung zu zeigen. Sie sprach geziert, mit gedämpfter Stimme und beinahe ohne die Lippen zu bewegen. Sie war zwar höflich, aber mich behandelte sie ein wenig von oben herab – das heißt, wenn sie sich mal von meinem Mann losreißen konnte, der überaus charmant zu ihr war.

Auf einmal wurde unser Gespräch durch Trommelschläge auf Kochtöpfen unterbrochen. In der anderen Ecke des Zimmers hockte ein Junge auf dem Fußboden. Der Raum war so schwach beleuchtet, daß ich ihn erst bemerkte, als er zu trommeln begann. Zunächst ignorierten wir ihn, aber er hörte nicht auf. Bill wurde richtig ärgerlich.

»Jimmy, wirst du wohl damit aufhören? Wir wollen uns unterhalten.« Und dann stellte er uns James Dean vor. Ich sah sein Gesicht nicht richtig, weil er auf den Fußboden starrte, und verstand auch nicht, was er vor sich hin murmelte. Dean war damals noch nicht der große Star aus *...denn sie wissen nicht, was sie tun,* sondern nur ein begabter Junge, der Schauspieler werden wollte.

Von unserer ersten Begegnung mit den Styrons an trübte die Tatsache, daß nicht Rose sondern ich mit einem berühmten Schriftsteller verheiratet war, das sowieso eher gespannte Verhältnis zwischen ihr und mir. Das blieb auch während unserer Zeit in Connecticut so, in der wir öfter Kontakt mit den beiden hatten. Es muß diese ehrgeizige Person sehr gewurmt haben, daß Styron sich als Schriftsteller noch keinen Namen gemacht hatte, während Norman schon berühmt war und als einer der besten Schriftsteller des Landes galt, trotz der schlechten Kritiken von *Am Rande der Barbarei* und *Der Hirschpark.*

Norman gefiel der Gedanke, nach Connecticut zu ziehen, in eine Gegend, in der etliche gute Schriftsteller und Kritiker wie Malcolm Cowley oder Van Wyck Brooks und seine Frau Gladys lebten. Brooks war ein charmanter, distinguierter alter Herr, seine Frau war genauso sympathisch wie er, und beide waren so angelsächsisch-protestantisch wie ihre Namen.

Im Jahr 1956 fanden wir ein hübsches altes Haus in Bridgewater, Connecticut. Das große, weiße Haus im Kolonialstil mit seinen fünf Schlafzimmern gefiel uns auf Anhieb. Ich war ganz aufgeregt vor Freude, als wir es kauften.

Wieder ein Ortswechsel in unserem Nomadendasein – der vierte in den sechs Jahren unseres Zusammenlebens. Ich machte mir damals keine Gedanken darüber, warum wir andauernd umzogen; ich fand das völlig normal. Im nachhinein frage ich mich allerdings, was in aller Welt uns dazu trieb. Sollte der ständige Wechsel ein Mittel gegen die Seelenqualen meines Mannes sein? Würde dieses hübsche Haus alles verändern? Ob ja oder nein, eines wußte ich sicher: Es war der ideale Ort für das Baby. Und ich hoffte, in diesem behaglichen Heim eine friedliche Schwangerschaft zu verleben.

Das Haus war einfach wunderbar. Es hatte eine überdachte Veranda, im Wohnzimmer befand sich ein großer offener Kamin, und das Elternschlafzimmer hatte eine eigene Terrasse. Alle Räume waren schön hell. Im unteren Stock gab es ein Arbeitszimmer für Norman, und die Küche war ein Traum, ziemlich groß und mit allem ausgestattet, was ich brauchte. Zwei riesige Ulmen bewachten das Haus, das mitten in einer grünen Hügellandschaft lag; es war von etwa zweihundert Morgen Land umgeben. Zu meiner Freude gab es außerdem ein Erdbeerbeet und eine Scheune, in der Norman sich eine Werkstatt einrichten konnte. Tibo und Zsa Zsa fühlten sich in der neuen Umgebung wie im Hundeparadies. Als wir sie das erste Mal auf dem Grundstück springen ließen, tollten sie herum wie verrückt.

Unsere paar Möbel reichten bei weitem nicht aus, um ein großes, elegantes Haus einzurichten, und ihr modernes dänisches Design paßte nicht so recht dazu. Das bedeutete, daß wir nochmal ganz von vorne anfangen mußten und daß eine gewaltige Aufgabe vor mir lag. Eine andere Frau hätte vielleicht einen Innenarchitekten beauftragt – ich nicht. Das machten vielleicht Spießer, aber keine Künstler. Doch ich war schwanger und hatte weder die Energie noch die Zeit und die Geduld, immer wieder die dreistündige Fahrt nach New York auf mich zu nehmen, um mich in Einrichtungsgeschäften beraten zu lassen und alles mögliche zu besorgen. Wie vorauszusehen, sah dieses vornehme Haus die ganzen drei Jahre, die wir dort wohnten, wie eine modern-dänische Beatnik-Bude aus.

Den Dachboden verwandelte Norman in ein geräumiges Atelier für mich. Die meiste Arbeit machte er selbst. Unter anderem setzte er ein Panoramafenster ein, durch das viel Licht in den Raum flutete. Es war das schönste Atelier, das ich je hatte, mit einem herrlichen Ausblick auf die grünen Hügel.

Kapitel 32

Eine Zeitlang herrschte in unserem Leben eine gewisse Ordnung. Nach dem Frühstück zog Norman sich in sein Arbeitszimmer zurück und ich mich in mein Atelier. Später nahmen wir gemeinsam das Mittagessen ein. Ich hätte zwar ebensogut alleine essen können, da Norman dabei entweder las oder über seine Arbeit nachdachte, aber das war ich ja schon gewohnt. Norman arbeitete gerade an mehreren Projekten gleichzeitig: an *Der weiße Neger, Reklame für mich selber* und der Bühnenfassung von *Der Hirschpark.* Nach dem Mittagessen machte ich immer ein Nickerchen. Dann ging ich wieder an die Arbeit. Ich malte während der ganzen Schwangerschaft. Allerdings gab es zwischendurch längere Phasen, in denen es mir schwerfiel, ein Bild zu beenden. Ich fing ein Gemälde an, war unzufrieden damit und veränderte und überarbeitete es so lange, bis seine anfängliche Ausdruckskraft und Lebendigkeit dahin waren. Dazu trieb mich mein Ehrgeiz, ein absolut vollkommenes Bild zu malen, das nicht schlechter war als ein Matisse oder ein Picasso. Ein Künstlerfreund riet mir, an mehreren Bildern gleichzeitig zu arbeiten; dann könnte ich, wenn ich mit einem nicht vorankam, an einem anderen weitermachen. Das funktionierte eine Zeitlang, doch dann brach mein Perfektionswahn wieder durch.

Gelegentlich besuchte mich Norman in meinem Atelier, um zu sehen, was ich machte. Manchmal wurde er regelrecht wütend, weil das Bild, das ihm in der Woche davor so gefallen hatte, verschwunden und durch ein völlig neues ersetzt worden war.

»Warum zum Teufel hast du es denn nicht gelassen, wie es war? Es war doch fertig.«

»Ich fand es nicht gut. Da war eine Stelle, mit der ich unzufrieden war. Du verstehst das nicht, du bist kein Maler. Außerdem sollen meine Bilder nicht nur dir gefallen.«

Norman hatte so gut wie keine Ahnung von abstrakter expressionistischer Malerei. Doch er hatte einen kritischen Blick und einen angeborenen Sinn dafür, was ein gutes Bild ausmachte.

Einmal bat er mich um ein großes Stück Leinwand. Er wolle versuchen, wie Jackson Pollock zu malen, sagte er mit einem solchen Selbstvertrauen, daß ich lachen mußte. »Ja, das trau ich dir glatt zu«, sagte ich, verdünnte ein paar meiner billigeren Farben mit Leinöl und gab sie ihm.

»Norman, du solltest für dein kleines Experiment eigentlich Wandfarbe nehmen. Jackson benutzt bestimmt keine Windsor-Newton-Farben; die sind für seine Technik zu dickflüssig.« Norman stieg auf einen hohen Stuhl und beugte sich mit einem Eimer Farbe in jeder Hand über eine weiße Leinwand auf dem Fußboden – wie ein Kampfflugzeug, das gleich seine Bomben aufs Ziel abwerfen wird.

»Wozu brauchst du den Stuhl?«

»Mein Gefühl sagt mir, daß ich von hier oben die bessere Kontrolle habe.«

Amüsiert sah ich zu, wie er schwarze, blaue und rote Farbe auf die Leinwand tropfen ließ.

»Ich komme langsam rein. Jetzt stimmt der Rhythmus«, meinte er und machte eine Pause.

»Du bist doch noch nicht fertig, oder? Dort fehlt noch eine Schicht und etwas Rot, damit es ausgewogen ist. Und da ist zuviel …«

»Ja, ist ja gut«, unterbrach er mich, verärgert über meine Kritik. »Ich kann das genauso gut wie Pollock. Das ist doch kinderleicht.« Er fing von neuem an, Farbkleckse über die ganze Leinwand zu verteilen, dann schüttelte er die Farbe von einem Pinsel ab, um ein Spritzmuster zu bekommen.

»Warum pinkelst du jetzt nicht noch drauf«, fragte ich. »Jackson hat das auch gemacht.«

Er war so in sein Werk vertieft, daß er gar nicht hörte, was ich sagte. Ich ließ ihn in Ruhe und arbeitete an einem Stilleben weiter, mit dem ich mich schon seit Wochen abmühte. Nach einer halben Stunde fieberhafter Aktivität sagte er schließlich: »Jetzt ist es fertig. Komm, schau es dir an.«

Zu meinem Erstaunen war es gar nicht mal schlecht. Die Farbtropfen ergaben tatsächlich eine effektvolle Struktur, und das sagte ich ihm. Ich sah, wie sehr er sich über meinen Kommentar freute.

»Kannst du noch eine Leinwand entbehren?« fragte er. »Ich würde gern einen Picasso versuchen.«

Mein Gott, dachte ich, das kommt dabei heraus, wenn einem die Mutter tagtäglich versichert, daß man ein echtes Genie ist.

»Ich glaube, ich versuch' mal eine Frau so zu malen wie Picasso.«

Ich lachte. »Soll ich dir Modell stehen?«

»Nein, ich werde sie aus dem Gedächtnis malen.«

Nach zehn Minuten war er fertig.

»Vergiß es, Norman. Du bist keine Konkurrenz für Pablo.«

Diese Bilder sollten nicht seine einzigen künstlerischen Experimente bleiben. Irgendwann kam er auf die Idee, einen Gipsabdruck von seinen Hoden und seinem steifen Schwanz zu machen – mit meiner Unterstützung. Bevor er den Gips aus Paris anrührte, kremte er sich sorgfältig mit Vaseline ein. Dann setzte ich meine Verführungskünste ein, bis sein Penis sich in seiner ganzen Pracht aufrichtete.

Norman arbeitete gegen die Zeit, nahm dicke Gipsklumpen

und packte sie auf seinen Penis und seine Hoden. Da er stand, fiel immer wieder Gips herunter, aber er klatschte solange neuen drauf, bis schließlich genug davon haften blieb. Natürlich hatte er mit dieser ganzen schweren Pampe auf dem Schwanz Mühe, die Erektion aufrechtzuerhalten. Ich mußte ihn dauernd von hinten kitzeln und streicheln und ihm dabei unanständige Worte ins Ohr flüstern.

Alles war voller Gips, auch der Fußboden meines Ateliers. Das Ergebnis unserer chaotischen Bemühungen war ein formloser Gipsbrocken mit zwei runden Einbuchtungen und einer länglichen Vertiefung, an dem ein paar braune Schamhaare klebten.

»Für das Smithsonian Institute ist es nicht gut genug,« bemerkte ich, »aber vielleicht kannst du es mit einem Rahmen versehen und an die Wand hängen wie eine von Hemingways Trophäen.«

Beim Fotografieren hatte Norman mehr Talent als als Maler oder Bildhauer. Er machte ein paar sehr hübsche Nacktaufnahmen von mir, keine Pornofotos sondern schön belichtete, stimmungsvolle Bilder, wahrscheinlich die besten, die je von mir gemacht wurden.

Kapitel 33

Arthur Miller lebte mit Marilyn Monroe in einem kleinen Haus in Roxbury. Norman faszinierte der Gedanke, nur wenige Kilometer von Marilyn entfernt zu wohnen. Seit sie Arthur Miller geheiratet hatte, war er regelrecht besessen von ihr und konnte seinen Neid kaum verbergen. Das machte mich rasend. Er hätte mir oder jeder anderen Frau sofort den Laufpaß gegeben, wenn Marilyn Monroe Interesse an ihm gezeigt hätte. Er bildete sich ein, sie brauche keinen Langweiler wie Miller, sondern ein echtes Genie mit viel Einfühlungsvermögen und Verständnis für Frauen. Nur er könne sie verstehen, nur er könne das Beste aus ihr herausholen und eine große Schauspielerin aus ihr machen. Ich muß lachen, wenn ich mir vorstelle, wie sich diese beiden Monster bei ihrem Balztanz in ihrem Narzißmus gegenseitig verschlungen hätten.

Die Millers lebten recht zurückgezogen. Ich glaube, sie pflegten keinen Kontakt mit ihren »Nachbarn«, auch nicht mit den Styrons. Norman war stocksauer, daß Miller uns nicht einmal auf einen Drink einlud. Aber warum sollte er auch? Schließlich hatten die zwei sich nie so richtig gemocht, nicht einmal in den vierziger Jahren, als sie beide noch unbekannt waren und in kleinen Wohnungen in Brooklyn Heights lebten. Norman schrieb damals gerade *Die Nackten und die Toten* und Miller arbeitete an *Tod eines Handlungsreisenden.* Als ich 1951 zum ersten Mal mit Norman ausging, trafen wir auf einer Party bei Rosten, einem Freund Normans, Arthur und seine erste Frau. Damals war Miller ziemlich kühl und zurückhaltend, vielleicht nur aus Schüchternheit. Seine Frau war eine hübsche, große, matronenhaft wirkende Blondine. Miller verhielt sich Norman gegenüber keineswegs feindselig, sondern nur reserviert.

Schließlich erhielten wir doch noch eine Einladung von Miller. Endlich würden wir Marilyn Monroe kennenlernen. Wir waren beide ganz aufgeregt.

Arthur trat auf die Veranda hinaus, als wir vorfuhren. Aber wo war Marilyn? Es war ein bescheidenes, schlicht möbliertes, zweistöckiges Haus. Arthur bot uns etwas zu trinken an; wir unterhielten uns, doch es fiel kein Wort über Marilyn. Ich spürte Normans Ungeduld. Nach einem langweiligen Gespräch erzählte Miller schließlich ganz beiläufig, Marilyn habe an die Küste fahren müssen. Ich war furchtbar enttäuscht. Zu schade, dachte ich, wir wären uns sicher sympathisch gewesen.

Der Besuch endete ziemlich abrupt. Norman war die ganze Heimfahrt über stinkwütend auf Miller. »Der Mistkerl hat natürlich mit der Einladung gewartet, bis sie weg war«, schimpfte er.

Später hörten wir, sie habe sich die ganze Zeit oben im Schlafzimmer verkrochen, weil sie Norman nicht sehen wollte.

Norman hatte eine Schwäche für Schauspielerinnen und wollte sogar aus mir eine machen. Das erste Mal sprach er davon, als wir uns gerade mal wieder eine häßliche Szene lieferten. »Du solltest Schauspielerin werden, Adele«, meinte er. »Du würdest mit deiner Leidenschaft die Bühne in Brand setzen.« Ich mußte lachen. »Sei nicht albern. Ich war mein Leben lang Malerin.«

»Aber du spielst doch ständig Theater. Warum machst du dir dieses Talent nicht zunutze?«

Jetzt wurde ich richtig wütend. »Ich spiele nicht ständig Theater. Meine Gefühle sind echt. Ich bin eben anders als du.

Du betrachtest dich immer nur aus der Distanz.« Doch mit diesen Worten gab mir Norman einen wichtigen Anstoß. Später begriff ich, daß er recht hatte, nicht in bezug auf die Echtheit meiner Gefühle, sondern auf mein Bedürfnis, verschiedene Rollen zu spielen und mich dramatisch auszudrücken.

Als ich im achten Monat war, erhielten wir einen Anruf von Mickey Knox. Er hatte in den Staaten zu tun und fragte an, ob er eine Woche bei uns wohnen könne. Norman war wie immer entzückt. Klar, so lange du willst, sagten wir. Mickey drehte als Dialogregisseur mit Anna Magnani den Film *Der Mann in der Schlangenhaut* nach Tennessee Williams' Drama *Orpheus steigt herab*.

Neben Anna Magnani spielten Marlon Brando und Joanne Woodward die Hauptrollen. Mickey lud uns zu den Dreharbeiten an einem Ort in Connecticut ein, der nicht allzu weit von uns entfernt lag. Ich freute mich darauf, Anna kennenzulernen, aber noch aufgeregter war ich bei dem Gedanken, ihr bei der Arbeit mit Brando zuzusehen. Mickey war an diesem Tag richtig nett und lud uns zu einem Mittagessen mit Joanne Woodward ein. Joanne war nicht nur schön, sondern auch warmherzig, und hatte überhaupt nicht die Allüren eines angehenden Stars. Ich spürte eine gewisse Seelenverwandtschaft zwischen ihr und mir. Nach dem Essen besuchten wir den Schauplatz des Films, und Mickey stellte uns Anna Magnani vor. Vor mir stand eine unscheinbare Frau ohne Make-up und mit Lockenwicklern in den Haaren. Sie war klein und ziemlich pummelig, hatte einen großen Busen und spindeldürre Beine.

Als die Kamera zu laufen begann und Magnani und Brando die Szene betraten, staunte ich über Annas wundersame Verwandlung. Aus der unscheinbar, unelegant und sehr kontrolliert wirkenden Frau war eine strahlende Schönheit geworden; in der Art, wie sie sprach und sich bewegte, in ihren traurigen dunklen Augen und in ihrem ausdrucksvollen Gesicht lag eine ungeheure Leidenschaft. Zwischen den beiden geschah etwas Wunderbares, das diese Szene unvergeßlich machte.

Doch die Wirklichkeit sah ziemlich traurig aus, wie Mickey uns anvertraute. Er wußte über alles Bescheid, was hinter den Kulissen vor sich ging. Offensichtlich war Anna ganz verrückt nach Brando und stellte ihm hartnäckig nach, doch sie war überhaupt nicht sein Typ. Schließlich ließ er sie auf eine sehr grobe und beleidigende Art abblitzen. Natürlich wußten alle von dem Drama, das da ablief, doch als geborene Schauspielerin legte Anna ihre ganze Leidenschaft in diese Szene, und das war richtig. Man erzählte uns, daß sie während der gesamten Dreharbeiten völlig aufgewühlt gewesen sei. Doch obwohl sie litt, oder vielleicht gerade deshalb, spielte sie ihre Rolle hervorragend.

Kapitel 34

Norman und ich schliefen fast bis zum Tag meiner Entbindung miteinander. Er ließ sich von meinem dicken Bauch nicht abschrecken. Er war zärtlich und liebevoll, sagte mir, wie schön ich sei und wie sehr er mich und das Baby liebe, und war genauso begeistert wie ich, wenn das Baby sich in meinem Bauch bewegte. Wie lieb er damals sein konnte! Er machte mich sehr glücklich, und ich liebte ihn mehr denn je.

Ein paar Wochen vor meiner Niederkunft bezogen wir vorübergehend in New York Quartier. Ich besuchte einen Kurs über die Lamaze-Methode und machte gewissenhaft meine Übungen, da ich entschlossen war, die Geburt bewußt mitzuerleben. Norman nahm an einem speziellen Kurs für werdende Väter teil. Ich mußte lachen, als er mir von einem Mann erzählte, der den Kursleiter gefragt hatte, wie sich eine Frau kurz vor den Wehen fühle. »So, als stecke eine große Grapefruit in ihrem Arsch, die sie unbedingt herauspressen muß, wenn sie nicht für den Rest ihres Lebens so herumlaufen will«, lautete die Antwort. So verrückt und launisch Norman manchmal auch sein konnte, in dieser letzten Phase der Schwangerschaft war er nett und verständnisvoll; nur ganz zum Schluß kam es in der Klinik zu einer unangenehmen Szene. Als die Schwester kam, um mich auf die Geburt vorzubereiten, wollte Norman nicht zulassen, daß sie mir die Schamhaare abrasierte, und erklärte ihr lang und breit, daß das unnatürlich sei und so weiter. Die Schwester war verblüfft, erlangte aber schnell ihre Fassung wieder und sagte das Allerdümmste, was sie zu meinem Mann sagen konnte.

»Tut mir leid, Sir, aber das ist Vorschrift.«

»Kommt nicht in Frage«, schnaubte mein kleiner Stier. »Ich will den Arzt sprechen.«

In diesem Augenblick hatte ich eine schmerzhafte Wehe. »Um Gottes willen, Norman,« keuchte ich und umklammerte den Bettpfosten, »laß sie machen. Die Haare wachsen doch wieder.« Während ich das sagte, spürte ich, wie mein Bauch sich erneut zusammenkrampfte, und machte meine Atemübungen, um mich zu entspannen. Norman debattierte immer noch mit der Schwester herum. »Bitte, Schatz, was macht das schon aus, vergiß es einfach.«

Ich lag sechs Stunden in den Wehen. Die Geburt verlief völlig normal, und nach zwanzig Minuten war das Baby da.

Norman wollte unbedingt mit in den Kreißsaal. Das war damals keineswegs üblich, und die Ärzte lehnten zunächst ab. Ich weiß nicht, ob ich überhaupt gefragt wurde. Ich war so sehr mit meinen Wehen beschäftigt, daß mir alles andere ziemlich egal war. Andererseits hatte ich Angst und hätte ihn schon gerne in meiner Nähe gehabt. Norman blieb stur und rang dem Arzt schließlich die Erlaubnis ab.

Nun hatte ich drei Geburtshelfer, den Arzt, seinen Assistenten und meinen Mann, der mir die Hand hielt und mir Mut zusprach. Es war wunderbar. Gott sei Dank hatte Norman auch eine liebenswerte Seite und nicht nur die dämonisch-verrückte, die mir so oft das Leben schwermachte.

Ich kann mich noch genau daran erinnern, wie ich mein hübsches kleines Mädchen mit dem dichten schwarzen Flaum auf dem Kopf zum allerersten Mal im Arm hielt. Ich weinte vor Freude, wie so viele Mütter, und es war schön, diesen unglaublichen Augenblick zusammen mit meinem Mann zu erleben. Ich war unsagbar glücklich mit meinem Baby, so glücklich wie schon lange nicht mehr. Wir nannten unsere Tochter Danielle. Nach ein paar Tagen fuhren wir mit unserem kleinen Bündel zurück nach Connecticut. Nun würde ein neues Leben beginnen – dachte ich.

In den ersten Monaten war ich ganz mit dem Baby beschäftigt und konnte meinem Mann nicht viel Aufmerksamkeit widmen. Ich spürte seinen Groll. Trotz der Hilfe unseres Kindermädchens Mary war ich ständig müde. Vermutlich war ich verwöhnt, weil ich sie an ihren zwei freien Wochenenden im Monat wirklich vermißte.

Wenn das Kindermädchen nicht da war, kam ich aus dem Bademantel gar nicht mehr heraus. Das Stillen war nicht einfach, da meine Brustwarzen bald ganz wund waren und jedesmal schmerzten. Als ich nach drei Monaten nicht mehr genug Milch hatte, gab ich es auf. Danach schien mein Leben nur noch darin zu bestehen, streng nach Rezept Fläschchen und Breichen zuzubereiten. Dandy hatte häufig Bauchkrämpfe. In manchen Nächten ging ich stundenlang mit ihr auf und ab, damit sie ein Bäuerchen machte. Ich war sehr angespannt; ich wollte eine perfekte Mutter sein, und das machte alles nur noch schlimmer.

Norman, der stets großzügig war, wenn es darum ging, Haushaltshilfen einzustellen, besorgte mir eine Putzfrau, die dreimal die Woche vorbeikam, und natürlich war da auch noch die gute Mary, die so wunderbar mit dem Baby umgehen konnte.

Kaum hatte ich mich einigermaßen erholt, empfingen wir wieder Gäste, die oft übers Wochenende blieben. Als die Stillzeit vorüber war, bekam ich auch wieder Lust auf Alkohol. Und wie früher gaben wir dann und wann ein Essen. Ich freute mich über meine schöne Küche, kochte viel und machte so viel Unordnung, wie ich wollte, da ein Hausmädchen hinterher alles wieder aufräumte.

Bei all der Hilfe, die ich im Haushalt hatte, konnte ich jetzt das tun, was Norman mir die ganze Zeit vorgeschlagen hatte: Schauspielunterricht nehmen. Mickey Knox hatte Norman ins Actors Studio mitgenommen, wo er Frank Corsaro kennenlernte, der nicht nur Schauspielunterricht gab, sondern auch als Regisseur arbeitete. Norman erzählte mir von den Kursen, aber ich hörte nur mit halbem Ohr hin, weil ich genug mit dem Baby, meiner Malerei, dem neuen Haus und einem Ehemann zu tun hatte, dessen Verhalten, gelinde gesagt, immer unberechenbarer wurde.

Ich war immer schon gern ins Theater oder ins Kino gegangen, doch die Schauspielerei war Teil einer Scheinwelt, die von meiner damaligen Realität sehr weit entfernt war. Norman liebte die Atmosphäre im Studio, erzählte mir Geschichten über den künstlerischen Leiter Lee Strasberg, über Elia Kazan und Tennessee Williams und sprach auch von diesem talentierten Burschen Frank Corsaro, seinem Sinn für Humor und seinen Fähigkeiten als Regisseur.

»Ich habe Frank erzählt, du hättest Talent und das Zeug zu einer sehr guten Schauspielerin«, sagte Norman eines Tages. »Wenn du Schauspielunterricht nehmen möchtest, sollst du dich bei ihm melden.« Ich glaube, das war um die Zeit, als Norman im Studio einen Workshop über sein Stück *Der Hirschpark* leitete. Er beschäftigte sich immer intensiver damit, und ich merkte, wie wichtig ihm die Arbeit im Studio war.

Vielleicht war es der Wunsch, an all dem teilzuhaben, der mich schließlich dazu bewog, ja zu sagen. Verdammt, warum auch nicht? Wenn es mir nicht gefiel, konnte ich ja wieder aufhören.

Zuerst war ich ängstlich und schüchtern, wie damals in meinen ersten Kunstseminaren bei Hans Hoffman. Nun lernte ich ein neues Medium kennen, eine neue Sprache, eine neue Welt voller Menschen, die noch unsicherer waren als ich.

Trotz meiner Angst genoß ich es, auf einer Bühne zu stehen und meinen ersten Text zu sprechen.

Am Anfang war ich nicht besonders gut, aber ich hielt durch und strengte mich an, denn mich reizte die Herausforderung, und ich war begeistert von Franks Kreativität als Lehrer. Frank war geduldig, selbst wenn ich mir schrecklich unbeholfen vorkam, gab mir Tips und schlug mir Szenen vor, an denen ich arbeiten sollte. Ich war ungefähr sechs Monate dort, und ich erinnere mich noch an eine Szene aus Ibsens *Hedda Gabler*, die ich damals einstudierte. Es war die, in der Hedda das Manuskript ihres früheren Geliebten Eilert Lovborg verbrennt.

In dieser Szene hat Eilert sein einziges Exemplar auf einer Zechtour verloren. Heddas Ehemann findet es im Straßengraben. Er zeigt es Hedda und sagt ihr, daß er es Eilert am Morgen zurückgeben wolle, da kein zweites Exemplar existiere. Aber auf Heddas Bitte hin gibt er ihr das Manuskript. Bei einer Begegnung mit Lovborg, der über den Verlust seines Manuskripts verzweifelt ist, verschweigt Hedda ihm, daß sie es hat. Nachdem er gegangen ist, verbrennt sie es aus Eifersucht auf Eilerts Geliebte Thea. Während sie die einzelnen Seiten in den Ofen wirft, redet sie vor sich hin: »Dort ist dein Kind, Thea. Mit seinen schönen, flatternden Haaren. Eilert Lovborgs Kind. Und deines, ich verbrenne es. Es soll verbrennen.«

Ich sprach diesen Text mit Begeisterung und Überzeugungskraft. Das war genau der richtige Stoff für mich. Ich brauchte mich nur darauf besinnen, wie wütend ich oft auf meinen Mann war, um diese Szene glaubhaft spielen zu können.

Es machte mir nichts aus, daß ich wegen des Schauspielunterrichts bei Frank zwischen Bridgewater und New York hin und her pendeln mußte. Ich hatte inzwischen eine echte

Leidenschaft für die Schauspielerei entwickelt und mich vielleicht auch ein bißchen in Frank verliebt. Ich fand seine Anregungen brillant und genoß die Arbeit mit ihm. Wenn einer von uns sich mit einer Szene vergeblich abmühte, gab Frank uns einen Tip, und schon wurde die Szene lebendig. Er schlug Veränderungen vor, auf die wir selbst nie gekommen wären. Frank besaß Phantasie und scheute sich nicht, etwas Neues auszuprobieren.

Bald liebte ich die Schauspielerei ebensosehr wie die Malerei. Gleich zwei künstlerische Talente zu besitzen, ist aber nicht nur ein Segen. Viele Jahre hindurch versuchte ich mich in beiden Künsten gleichzeitig zu perfektionieren – ein Ding der Unmöglichkeit, zumindest für mich. Zwar stellte ich meine Bilder aus und war auf einigen kleineren Bühnen ganz erfolgreich, doch für eine berufliche Karriere reichten die Fortschritte, die ich als Malerin und als Schauspielerin machte, nicht aus. Vielleicht wäre ich weitergekommen, wenn ich mich nur einer Kunst gewidmet hätte.

Ich war glücklich mit meinem Baby, das sich prächtig entwikkelte und von Tag zu Tag hübscher wurde. Für unsere Tochter war Connecticut tatsächlich die ideale Umgebung. Für mich nicht so unbedingt. Ich liebte die herrliche Landschaft zwar, doch manchmal vermißte ich das Meer und fühlte mich »landumschlossen«. Im Sommer und im Herbst war es angenehm, auf dem Land zu wohnen, doch die Wintermonate waren trostlos und nahmen kein Ende. Natürlich gab es dort kein reges gesellschaftliches Leben, und wir bekamen weniger Besuch als früher. Eine gewisse Abgeschiedenheit bringt das Landleben nun mal mit sich. Von Zeit zu Zeit besuchten wir eine Party in der Stadt, doch das bedeutete jedesmal eine mehr als dreistündige Autofahrt. Gott weiß, wie wir es geschafft haben, mit einem betrunkenen Norman am Steuer und auf vereisten Straßen immer wieder heil nach Hause zu kommen.

Wir schlossen uns immer mehr Styron und der Roxbury-Clique an. Ich hatte mich schon der New Yorker Intelligentsia nicht gewachsen gefühlt, doch in diesem neuen Kreis brauchte ich den Alkohol wirklich, denn mit der Zeit zeigte sich immer deutlicher, wie viele üble Intrigen und Konkurrenzkämpfchen dort liefen. Im ersten Jahr kamen Norman und Bill gut miteinander aus. Sie tauschten Geschichten aus, unterhielten sich über das Schreiben, und einer war so charmant und betrunken wie der andere. Ich habe Bill nie ohne einen Drink in der Hand gesehen, ganz gleich zu welcher Tageszeit wir ihn besuchten. Bisher hatte ich New York für eine Stadt der Trinker gehalten, aber verglichen mit der Literatenkolonie von New England war das ein Kindergarten.

Schon immer war mir aufgefallen, wie beeindruckt Norman von anderen Berühmtheiten war, vor allem wenn es sich dabei um wohlhabende, angelsächsische Protestanten handelte. Sein Verhalten ihnen gegenüber hatte etwas Ehrfürchtiges, besonders wenn er betrunken war. In seinem krampfhaften Bemühen, ihre Aufmerksamkeit zu gewinnen, sagte und tat er manchmal die sonderbarsten Dinge. Vermutlich merkte er das selber gar nicht, ich aber sehr wohl. Einmal kritisierte er mich auf dem Heimweg von einer Party auf eine besonders gehässige Weise wegen etwas, das ich an diesem Abend getan hatte. Ich weiß noch, daß ich zurückschrie: »Warum bist du diesem Soundso eigentlich so in den Arsch gekrochen? Du bist doch selbst eine Persönlichkeit. Hast du vergessen, wie berühmt du bist? Du hast dich die ganze Zeit selbst zum Deppen gemacht mit deinem blöden texanischen Akzent. Herrgott, zeig doch etwas mehr Haltung!« Natürlich bewies auch ich nicht sehr viel Haltung, wenn ich betrunken war, um es milde auszudrücken, doch ich kroch niemandem in den Arsch und wollte nicht, daß mein Mann das tat.

Bill war in diesem Literatenklüngel die Hauptfigur, doch mit der Zeit übernahm Norman, der ja immer und überall der Größte sein mußte, die Führungsrolle. In gewisser Weise stand ihm die auch zu, da er Bill Styron meiner Meinung nach in jeder Hinsicht überlegen war – trotz der schrecklichen Veränderungen, die damals mit ihm vorgingen. Styron war zwar klug, doch er besaß nicht die intellektuelle Energie oder Brillanz, die mein Mann an den Tag legen konnte, wenn er sich nicht gerade selbstzerstörerischen Exzessen hingab.

Der alte Van Wyck Brooks zählte nicht zu Styrons Gefolge. Das Ehepaar Brooks verkehrte zwar mit den Styrons, gehörte aber nie zum politischen Umfeld dieser elitären Literatenclique. Vielleicht waren sie mir deshalb so sympathisch. Beide waren Ende siebzig; Van Wyck sah in seinen Tweedsachen und mit der Pfeife im Mund wie ein englischer Gentleman aus und Gladys mit ihren Spitzenkrägelchen wie eine der Schwestern in *Arsen und Spitzenhäubchen.* Van Wyck hatte Hemingway, Scott Fitzgerald und viele andere bekannte Schriftsteller der zwanziger und dreißiger Jahre kennengelernt und über sie geschrieben. Er lebte mit seiner Frau in Bridgewater, nicht weit von uns entfernt. Wir beschlossen, unsere netten Nachbarn zum Abendessen einzuladen, doch dann fiel uns ein, daß sie mit den Hühnern schlafen gingen, also baten wir sie zum Tee. Da ich selbst noch nie eine förmliche Einladung zum Tee erhalten hatte, fragte ich Norman: »Was soll ich ihnen nur dazu anbieten? Meine Mutter servierte immer kleine Pfannkuchen, aber die schmeckten scheußlich.« Norman wollte damit nicht belästigt werden. »Mach dich doch deswegen nicht verrückt. Dir wird schon was einfallen.«

Norman liebte meine Marmeladenrolle. Sie schmeckte

inzwischen genauso wie die seiner Mutter, die er schon als Kind zu einem seiner Lieblingsdesserts erkoren hatte. Sie würde sicher gut zum Tee passen, doch ich brauchte noch etwas anderes. Zuerst sah ich in einem Kochbuch mit dem Titel *Freude am Kochen*, einem Geburtstagsgeschenk von Norman, unter dem Stichwort »Tee« nach, doch Sandwiches mit Brunnenkresse und Gurke fand ich langweilig. So nahm ich eines meiner italienischen Kochbücher zur Hand und entschied mich für *Mozzarella in Carrozza*. Ich hatte dieses Gericht noch nirgendwo gegessen, nicht einmal in Italien, geschweige denn selbst ausprobiert, aber beim Durchlesen lief mir das Wasser im Mund zusammen. Das ist einfach, dachte ich. Italienisches Brot wurde mit dem Käse gefüllt, in Olivenöl fritiert und mit Sardellensoße serviert. Es klang köstlich. Ja, das war's!

Ich gab mir wirklich Mühe, alles richtig zu machen, doch da ich kein silbernes Teeservice besaß, servierte ich dem Ehepaar Brooks den Tee in unpassenden Tassen und das Essen auf ebenso unpassendem Porzellan. Bei all den Dinnerparties, die wir bisher veranstaltet hatten, hatte schönes Geschirr nie eine Rolle gespielt, doch nun schon.

Als ich diesen vornehmen Leuten die *Mozzarella in Carrozza* vorsetzte, machten sie ein Gesicht, als hätte ich ihnen halbrohe Kalbsleber serviert. Ich fand, daß das Gericht delikat aussah in seiner braunen Soße. Gladys nahm ein kleines Stück von der Marmeladenrolle, aber die *Mozzarella* rührte sie nicht an. Van Wyck war mutiger, schnitt behutsam ein großes Stück ab und steckte es in den Mund. Ein langer Faden aus geschmolzenem Käse verfing sich in seinem Schnurrbart und blieb eine ganze Weile dort hängen; ich mußte ständig hinsehen. Das Olivenöl auf seinem Teller sickerte in sein Stück Kuchen, da er aus Versehen für die Mozzarellabrote und den Kuchen denselben Teller benutzt hatte.

Norman redete und redete, während ich jede Bewegung der beiden beobachtete und jeden Bissen zählte, den sie sich in den Mund schoben. Ich merkte schnell, daß sie das Essen nicht mochten, und verging fast vor Scham. Norman dagegen schmeckten die Mozzarellabrote. Er aß gleich drei oder vier davon. Doch das zählte für mich in diesem Augenblick nicht; mir ging es nur um die Anerkennung unserer vornehmen Gäste. Norman benahm sich gut. Er spielte den jungen Autor und zeigte Respekt gegenüber dem älteren Kritiker, der seine Werke offenbar schätzte. Trotz der Katastrophe mit dem Essen taute das anfangs etwas steife Ehepaar Brooks allmählich auf und schien sich über die Geschichten meines Mannes zu amüsieren. Erleichtert und dankbar sah ich zu, wie Norman, der von meiner Angst nichts mitbekommen hatte, die beiden mit seinem Charme bezauberte. Irgendwann versuchte ich, Gladys in ein Gespräch zu verwickeln, doch sie blieb zurückhaltend. Da gab ich es auf und lauschte wieder Van Wycks und Normans faszinierender Unterhaltung über Hemingway und Fitzgerald. Als die beiden gegangen waren, erzählte ich Norman, wie peinlich mir die Blamage mit dem Essen war. »Ich weiß nicht, wie ich auf die Idee kommen konnte, so etwas zu servieren.« Norman meinte nur lachend, ich nähme das zu wichtig.

Gott sei Dank gab es in unserer Umgebung auch ein paar Leute, die ich mochte. Zum Beispiel Lewis Allen und seine Frau Jay Presson Allen, die in Roxbury in der Nähe von Styron wohnten. Wir sahen sie ziemlich oft. Natürlich kannten wir Lewis bereits aus der Zeit in Mexiko, also schon bevor Jay in sein Leben trat. Er hatte immer noch diesen scheuen, jungenhaften Charme und dieses kantige, an Lincoln erinnernde Gesicht, das ich so attraktiv fand. Jay war energisch und ehrgeizig, eine dieser selbstbewußten Frauen, die ihr Leben fest im Griff haben. Obwohl ich sie mochte und sie immer nett zu mir war, schüchterte mich ihre Art etwas ein.

Am sympathischsten waren mir die Gilberts. Ed war ein recht erfolgreicher Drehbuch- und Romanautor, der Styron und den übrigen Snobs etwas zu geschäftstüchtig war. Ich glaube nicht, daß Norman diese Meinung teilte. Er mochte die Gilberts genausosehr wie ich. Eds bekanntester Roman war *The Beautiful People*. Er ist vor kurzem gestorben. Ich weiß nicht, was aus Virginia geworden ist, aber ich erinnere mich immer gern an die beiden.

Die Gilberts waren die bescheidensten und lustigsten von allen. Sie wohnten in einem bezaubernden, zweihundert Jahre alten Haus. Virginia hatte es mit viel Geschmack und Talent im frühen amerikanischen Stil eingerichtet und die Fußböden und Wände belassen, wie sie waren. Sie war auch eine ausgezeichnete Köchin, und ihre Einladungen zum Abendessen waren an diesen langen Winterabenden eine höchst erfreuliche Abwechslung. Die blonde Virginia kam aus dem Mittelwesten und hatte einen Teint so zart wie eine Schäferin aus Dresdner Porzellan. Ed war Jude und sah ein bißchen aus wie Paul Douglas, der Filmstar aus den Fünfzigern. Er trug Tweedjacketts mit Lederflicken auf den Ellbogen und mixte die besten Martinis der Welt – Himmel, die hatten es wirklich in sich. Ich wußte nicht, was Trinken heißt, bevor ich bei den Gilberts den Martini entdeckte. Normans Sache war er nicht, doch ich erkor ihn zu meinem absoluten Lieblingsgetränk und warf mich meinem Todfeind mit aller Inbrunst in die Arme. Der Martini und ich waren jahrelang ein unzertrennliches Paar. Er inspirierte mich zu folgendem Monolog:

Damals entwickelte ich eine Vorliebe für Martinis. All diese Filme mit Myrna Loy und William Powell. Reiche, elegante, anspruchs-

volle Myrna. Mix mir einen Martini, Schätzchen. Nie, niemals mehr als eine Olive – das gehört sich nicht. Ich hatte immer fünf in meinem Drink herumschwimmen. Ich liebe es, diese gingetränkten, grünen Dinger abzulutschen.
Die Literaten von Connecticut streiten sich darüber, wie man den perfekten Drink mixt. Soll man zwei- oder dreimal sacht gegen den Uhrzeigersinn rühren, verdammt noch mal, verdirb ihn nicht! Mach diese perfekte Verbindung bloß nicht kaputt. Noilly Pratt, willst du Bombay Gin zu deiner rechtmäßigen Ehefrau nehmen? Ja klar, ich will, aber paß auf den Wermut auf, mein Gott, achte auf den Wermut! Wieviel? Während ihres Streits über diese Frage kam es fast zu Handgreiflichkeiten. Um Himmels willen, nimm einfach eine Pipette. Und wenn du keine hast, genügt auch eine leichte Drehung des Handgelenks, oder du kannst Tinkerbell reinpinkeln lassen. Ja, ich hatte mein Ritual, ganz ohne Noilly Pratt, und ich mixe die besten Martinis der Stadt. Klares, geschmackloses, magisches, eisgekühltes Vergessen in einem Kristallglas.

Das zu Anfang so gute Verhältnis zwischen Styron und Norman wurde zunehmend von ihren Rivalitäten getrübt. Styron erkannte, daß Norman ihn in seinem kleinen Herrschaftsgebiet vom Thron verdrängte. Ich spürte die Feindseligkeit und die Spannung, die in der Luft lagen, stärker als Norman, der sich der Situation gar nicht voll bewußt war. Wie so oft ertränkte ich meine Angst selbstzerstörerisch im Alkohol und brachte mich dadurch in unmögliche Situationen, ein paarmal leider auch in Styrons Haus.

Während eines Abendessens bei Styron, bei dem der ganze Klüngel versammelt war, ließ sich der bereits betrunkene Styron lang und breit über Farbige aus. An seine Worte erinnere ich mich nicht mehr genau, dafür jedoch umso besser an sein gönnerhaftes Getue und seinen selbstgefälligen Gesichtsausdruck.

»He, Bill«, rief ich und schlug mit der Faust auf den Tisch. »Zufällig gelte ich als Weiße, also behalte deine Scheißkommentare für dich.« Einen Augenblick lang herrschte Stille. Jemand kicherte, dann unterhielten sich alle weiter, als hätten sie meine Bemerkung gar nicht gehört. Mein Mann grinste mich an und prostete mir zu. Ich saß da und kam mir vor wie eine Idiotin, und was noch schlimmer war, meine Lüge hatte weder Bill noch sonst irgend jemand provoziert.

Auf der Heimfahrt stritten Norman und ich mal wieder, denn betrunken, wie wir waren, waren wir zu keiner Kommunikation fähig. Als wir zu Hause angelangt waren, kommentierte ich während eines Einparkmanövers den Abend, indem ich mich über meinen schwarzen Samtmantel erbrach. Danach erinnere ich mich an nichts mehr.

Am nächsten Morgen machte ich eine furchtbare Entdekkung. Der ruinierte Mantel war gar nicht meiner. Ich hatte aus Versehen den einer anderen Frau mitgenommen. Der Stoff und der Schnitt waren zwar sehr ähnlich, aber es war eindeutig nicht mein Mantel. Ich beschloß, die Sache einfach auf sich beruhen zu lassen, aber natürlich erhielt ich am nächsten Tag den befürchteten Anruf von Rose. Sie sagte, der Mantel gehöre einer mit Bill befreundeten Schriftstellerin aus dem Süden namens Mary Lee Settle. Ich erinnerte mich vage daran, mit Mary Lee ein paar Worte gewechselt zu haben, aber ich mußte cool bleiben. So erklärte ich, ich sei zwar sicher, daß der Mantel mir gehöre, doch ich wolle trotzdem nochmal nachsehen gehen.

In Panik fragte ich Norman, was ich tun sollte. »Bleib einfach weiter so unverfroren und behaupte, es sei dein Mantel und du wüßtest von nichts«, riet er mir. »Schließlich sind die beiden Mäntel fast identisch. Du schaffst das schon. Du bist doch eine gute Schauspielerin.« Ich rief Rose zurück und sagte ihr, sie habe sich geirrt, es sei ganz eindeutig mein Mantel.

Es ging nicht um den Mantel; wir hätten Mary Lee ohne weiteres einen neuen bezahlen können. Ich wollte einfach nicht zugeben, daß ich ihn vollgekotzt hatte. Das wäre peinlich gewesen und hätte den Styrons nur noch mehr Zündstoff geliefert. Ein paar Tage später wurden wir von ihnen zum Mittagessen eingeladen. Ich wollte eigentlich nicht hingehen, aber Norman bestand darauf. Es würde komisch aussehen, wenn er ohne mich käme, meinte er. Nach dem Essen, bei dem auch Mary Lee zugegen war, brachte Rose den Mantel herein, und mir war klar, daß Rose wußte, daß ich wußte, daß sie wußte, daß es meiner war. Doch ich verzog keine Miene und sagte: »Aber nein, das ist nicht mein Mantel.« Die Mäntel sahen wirklich fast gleich aus, und glücklicherweise trugen sie keine Etiketten oder andere besondere Erkennungsmerkmale. Mary Lee und Rose sahen sich an. »Komisch,« meinte Mary Lee, »ich hätte schwören können, daß Sie meinen Mantel mitgenommen haben. Der hier gehört mir jedenfalls nicht.«

Ich ließ mich nicht beirren. »Tut mir leid, Mary Lee, aber das ist Ihrer. Sie müßten Ihren Mantel doch eigentlich kennen.«

Das war nicht sehr nett von mir, und ich kann bis heute nicht verstehen, warum ich mich so verhielt. Ich hätte alles zugeben und Mary Lee einen neuen Mantel bezahlen sollen, doch ich gönnte den Styrons diese Genugtuung einfach nicht. Dabei machte ich so alles nur noch schlimmer. Wahrscheinlich hielten sie mich jetzt obendrein für eine krankhafte Lügnerin.

Die Spannung zwischen Styron und Norman entlud sich schließlich in einem Krach, nachdem Styron eine kleine Intrige angezettelt hatte. Er hatte behauptet, ich sei lesbisch. Dieses Gerücht, mit dem Styron seinen Groll und Neid auf Norman an mir abreagierte, war Norman zu Ohren gekommen. Er war so aufgebracht, daß er Styron einen wütenden Drohbrief schrieb. Was die Sache mit meiner lesbischen

Veranlagung betraf, so hatte Norman vermutlich in betrunkenem Zustand vor seinem Saufkumpan Styron damit geprahlt, daß wir ein paarmal einen flotten Dreier abgezogen hatten. Billy nahm diese Geschichten zum Vorwand, um Norman eins auszuwischen. Damit versetzte er ihrer Freundschaft den Todesstoß. Ich war froh, daß sie vorbei war.

Nun konnte ich mich ganz den paar Menschen widmen, die ich wirklich mochte, und meinem süßen Töchterchen, das gerade anfing zu laufen. Norman konzentrierte sich auf seine Arbeit. Er schrieb damals an seiner *Reklame für mich selber.* Zur gleichen Zeit richtete er sich in der Scheune eine Tischlerwerkstatt ein und zimmerte als erstes einen »Schreischrank« um einen Sandsack herum, den er schon vorher aufgehängt hatte. Der ungefähr zwei Meter hohe Kasten erinnerte an ein Klohäuschen und war gerade groß genug für eine Person. Norman legte ihn mit dickem Teppich aus und versah ihn mit elektrischem Licht. Man konnte sich hineinsetzen und schreien, kreischen, singen, fluchen, stöhnen, masturbieren – einfach tun, wonach einem gerade war. Er sollte zum Abbau von Angst dienen, die in unserem Haus reichlich vorhanden war. Ich benutzte ihn auch ein paarmal – einmal, als ich starke Halsschmerzen hatte; sie verschwanden danach viel schneller als sonst. In der Scheune lagen alle möglichen seltsamen hölzernen Objekte herum, die Norman sorgfältig glattgeschmirgelt hatte. Er hatte auch ein hölzernes Ei konstruiert, das halb so groß war wie ein Mensch. Die Idee, die er dabei im Kopf hatte, war folgende: Man begab sich in das Ei, nahm die Embryohaltung ein und ließ sich von jemandem sanft schaukeln. Das war tatsächlich sehr entspannend.

Wenn nachts aus der Scheune das durchdringende Geräusch der Kreissäge zu hören war, wußte ich, daß Norman wieder einmal seinen Ärger abreagierte und an einem dieser namenlosen Objekte arbeitete – oft stundenlang.

Obwohl wir dringend Möbel für das Haus brauchten, bat ich ihn lediglich darum, einen Couchtisch zu zimmern. Ansonsten stellte er immer nur diese seltsamen, nutzlosen Objekte her. Man hätte meinen können, das sei eine Art Beruhigungstherapie für ihn. Ob es tatsächlich eine war, bleibt sein Geheimnis. Die meiste Zeit lebte ich mit einem verzweifelten Fremden zusammen, der immer gleichgültiger und depressiver wurde. Nur in seltenen Augenblicken erkannte ich in ihm noch den charmanten, zärtlichen Ehemann wieder, der mich und unser Baby liebte.

Mit sechs Monaten hatte Dandy eine schlimme Virusinfektion mit sehr hohem Fieber. Der Arzt kam sofort und empfahl uns, ihren Körper mit Eisbeuteln zu kühlen, um das Fieber rasch zu senken. Bis zum frühen Morgen packten Norman und ich ihren kleinen Körper in Eiswürfel. Gott sei Dank ging das Fieber herunter. Ich hatte schreckliche Angst, aber Norman stand mir bei und versuchte, mich zu beruhigen.

Während unserer zwei Winter in Bridgewater hatten wir nur ab und zu mal ein paar Leute zu einem geselligen Abend eingeladen. Deshalb beschlossen wir im Frühjahr, eine besondere Dinnerparty mit einigen prominenten Gästen zu veranstalten – soweit ich mich erinnern kann mit Lillian Hellman, Gore Vidal, Normans Verleger und noch fünf oder sechs anderen.

Ich brauchte etwa eine Woche, um das Menü zu planen. Ich gab mir viel Mühe und probierte aufwendige neue Gerichte aus, zum Beispiel Huhn Gallantine, eine extrafeine Pastete mit Kruste. Es war eine Menge Arbeit, aber das Ergebnis konnte sich sehen lassen. Zusammen mit der Pastete servierte ich ein Shrimps-Curry mit zehn verschiedenen Gewürzen. Alle genossen das Essen und fühlten sich wohl bei uns. Die

Gespräche hatten Niveau, und Norman war ein brillanter Gastgeber.

Ich versorgte die Gäste mit einer zweiten Portion Curry, und Norman öffnete eine dritte Flasche von seinem Lieblingswein Pouilly Fuisse. Auf einmal stank es furchtbar, als hätte jemand einen lautlosen Furz gelassen. Wir waren alle verdächtig, aber ich wußte, daß ich es nicht gewesen war. Der Gestank wurde von Minute zu Minute penetranter und ließ sich nicht mehr ignorieren. Das müssen gleich zwei Fürze gewesen sein, dachte ich, nahm einen kräftigen Schluck Wein und blickte fragend in die Runde, während die Unterhaltung lauter und lebhafter wurde. Ich wechselte einen Blick mit meinem Mann, der die Sache sogleich in die Hand nahm. »Dieser verdammte Köter. Tibo, was hast du gemacht? Pfui, du böser Hund!« schimpfte er, hob einen Zipfel meiner weißen Damasttischdecke hoch und schaute unter den Tisch. Ich und die anderen sahen ebenfalls drunter, aber die Hunde waren nicht da. Sie waren nicht einmal im Zimmer.

Mary kam herein, um abzuräumen. »Entschuldigt mich einen Augenblick«, sagte ich, denn ich wollte das Dessert holen gehen. Bevor ich in die Küche verschwand, flötete ich Norman noch zu: »Schatz, öffne bitte das Fenster. Es ist ziemlich stickig hier drinnen.«

Mein Erdbeerpudding stand seit dem Morgen in einer Form im Kühlschrank. Ich schickte ein Stoßgebet gen Himmel, als ich die Form eine Sekunde lang in warmes Wasser tauchte und den Pudding dann auf eine Kristallplatte stürzte. Nachdem ich ihn mit Erdbeeren und Schlagsahne verziert hatte, sah er so schön und professionell aus, daß ich darüber vergaß, was passiert war. Als ich an den Tisch zurückkehrte, war der Geruch verflogen, und alle bewunderten das Dessert.

Kapitel 35

Im Sommer lud ich meine Eltern ein paarmal übers Wochenende in unser Haus ein. Norman war immer nett zu ihnen, auch wenn er schlechter Stimmung war oder gerade Streit mit mir hatte.

Kaum waren meine Eltern in Daddys zerbeultem Pontiac vorgefahren, da begrüßte Norman meinen Vater auch schon mit »Hallo Champion«. Und mein Vater erwiderte: »Tag, Sportsgenosse, wie geht's? Trainierst du noch?« Sie tauschten Schläge aus wie zwei alte Boxkameraden, und Mama verdrehte wie immer die Augen. »Jetzt geht das schon wieder los«, stöhnte sie und warf dabei so theatralisch die Arme hoch, daß alle Glöckchen an ihren Armreifen klimperten. Dann zündete sie sich eine Zigarette an und blies den Rauch in Daddys Richtung. Während Norman mit meinem Vater zur Scheune hinüberging und ihm seinen Sandsack und seine verrückten Erfindungen zeigte, spielten Mama und ich mit dem Baby.

Für meine Eltern legte Norman sich immer mächtig ins Zeug. Eigentlich widerstrebte es ihm, Feuer im Kamin zu machen, doch für sie zündete er vergnügt ein Holzkohlenfeuer an, um darüber Steaks zu grillen, während ich mich um die Beilagen kümmerte und Zitronenbaisers, das Lieblingsdessert meiner Mutter, backte.

Mama war ganz entzückt von dem offenen Kamin, da sie sich ein Leben lang einen gewünscht hatte. In meinen Kindertagen hatten wir einen nachgemachten mit Holzscheiten aus Pappmaché; vor der roten Glühbirne, die sie beleuchteten, drehte sich eine Art kleiner Fächer, der die Illusion von flackerndem Feuer erzeugte. An Weihnachten hängte ich immer meinen Strumpf an den Kaminsims. Mama bekam nie einen offenen Kamin oder das dazugehörige Haus, deshalb beeindruckte sie meines mehr als alles andere, was ich hatte – meinen berühmten Ehemann eingeschlossen.

Wenn meine Eltern da waren, hielten wir uns mit dem Trinken sehr zurück, denn ich wollte nicht, daß sie mich je betrunken erlebten. Ich genehmigte mir einen Martini vor dem Abendessen, und dabei blieb's. Zu meiner Überraschung und Erleichterung trank auch meine Mutter nur ein Glas Wein. Sie zeigte sich von ihrer besten Seite und war nur schroff zu meinem Vater. Nun, da ich eine angesehene, verheiratete Frau mit einem Kind und einem großen Haus war, eignete ich mich nicht mehr als Zielscheibe.

Norman und ich legten meinen Eltern gegenüber zwar unser bestes Benehmen an den Tag, wir hatten jedoch weiterhin unsere üblichen Reibereien. Leider war ich immer noch nicht imstande, Normans ständige Krittelei zu ignorieren. Vielleicht hätte ich das gekonnt, wenn ich mehr Selbstbewußtsein gehabt hätte. Doch obwohl ich alles hatte, was ich wollte, kam sich ein Teil von mir wie eine unwürdige Hochstaplerin vor.

Meine Eltern fühlten sich in dieser rauhen Atmosphäre offensichtlich wohl. Schließlich war es wie zu Hause. Beide waren glücklich über ihr erstes Enkelkind und überschütteten Dandy regelrecht mit großelterlicher Liebe; darüber freute ich mich sehr. Mama wirkte etwas gelassener als früher, und Daddy lebte richtig auf, weil Norman ihm so viel Aufmerksamkeit schenkte.

An ein bestimmtes Wochenende erinnere ich mich noch so gut, als sei es gestern gewesen. Es war schon nach Mittag, und ich hatte das Essen fertig – den üblichen Thunfischsalat.

Als ich mit einem Tablett mit Sandwiches und Limonade

aus der Küche kam, sah ich, daß beide Männer Boxershorts trugen, und war verärgert.

»Mein Gott, können wir nicht erst essen, wo ihr grade da seid?«

»Nein,« erwiderte mein Vater, »wir boxen erst noch ein paar Runden. Ich will mir Appetit holen.« Daddy, der so lange im CVJM von Brooklyn Jugendlichen Boxunterricht gegeben hatte, war gut in Form.

Ich saß an diesem schönen, sonnigen Sommernachmittag mit meiner Mutter auf dem samtgrünen Rasen, spielte mit dem Baby und sah meinem Vater und Norman beim Boxen zu – ein Bild, das gar nicht in diesen idyllischen Rahmen paßte.

Es ging alles so schnell, daß ich nicht mitbekam, wie Daddy Norman einen Kinnhaken verpaßte. Norman fiel flach auf den Rücken und blieb tatsächlich ein paar Sekunden lang bewußtlos liegen.

Ich schrie meinen Vater an: »Oh, mein Gott, Daddy, hast du ihn verletzt?«

»Nein, er ist in Ordnung. Er kann das vertragen.«

Fast im selben Augenblick setzte Norman sich auf, schüttelte den Kopf und rieb sich das Kinn. Er war immer noch ganz benommen, als mein Vater ihm aufhalf.

»Mensch, Junge, tut mir wirklich leid.«

Norman nahm Daddy die Sache nicht krumm. Er bewunderte ihn sogar. »Nicht schlecht für einen Vierundfünfzigjährigen, Al.« Er faßte sich ans Kinn. »Da hast du einen ganz schönen Treffer gelandet.«

»Weißt du, Norman, du mußt einfach auf Zack sein. Du hättest ihn kommen sehen müssen. Aber so lernt man's.«

Zum Glück hatte Fan Mailer das nicht mitangesehen.

Wir haben es bewußt vermieden, meine und Normans Eltern gleichzeitig einzuladen. Soweit ich mich erinnern kann, habe ich sie nur einmal zusammen gesehen, bei einem gemeinsamen Abendessen in unserer Wohnung in der Fünfundfünfzigsten Straße. Es war ein recht anstrengender Abend. Fan und meine Mutter mochten sich nicht und hatten wenig gemeinsam. Mama hatte viel südländisches Temperament, während Fan tugendhaft und verklemmt war. Und Mama nahm kein Blatt vor den Mund, vor allem, wenn sie ein paar getrunken hatte. Wer sie kannte, ging vorsichtshalber schon in Deckung, wenn sie fragte: »Kann ich ganz offen sein?« Danach ließ sie oft eine Bombe los.

Aber an diesem Abend benahm sie sich, war überaus höflich und spreizte geziert den kleinen Finger ab, wenn sie die Teetasse zum Mund führte. Sie saß neben Fan, und die Unterhaltung der beiden drehte sich nur um ein einziges Thema: Fans Wunderkind und seine Bildung. Meistens redete Fan, und meine Mutter nickte zustimmend.

Beide waren resolute Frauen. Fans Resolutheit war Ausdruck ihres enormen Selbstbewußtseins, die meiner Mutter nur eine Tarnung für ihre Unsicherheit. An diesem Abend kehrte Daddy den Kavalier heraus und machte Fan Komplimente. Mama ließ sich ihren Ärger nicht anmerken, doch zu Hause hat mein Vater dann sicher sein Fett abbekommen. Ich konnte mir meine Mutter lebhaft vorstellen, wie sie ihren Lieblingssatz ausstieß: »Für wen hält die sich eigentlich? Ich habe genau gesehen, wie du vor diesem hochnäsigen alten Miststück gekatzbuckelt hast.«

Und ich bin sicher, daß Fan eine ähnlich schmeichelhafte Meinung von meiner Mutter hatte. An Barney hatte Mama dagegen nichts auszusetzen. Er hatte mit ihr herumgeschäkert, mit diesem Augenzwinkern, das ich so gut kannte. Mit ihm konnte sie ganz ungezwungen plaudern, daher fand sie ihn natürlich ausgesprochen nett.

An einem Wochenende kam uns meine Mutter freitags alleine besuchen. Mary hatte frei, und da wir am Samstag zu einer Party eingeladen waren, bat ich meine Mutter, auf Dandy aufzupassen. Die Party fand in New York statt und dauerte bis drei Uhr früh. Anschließend fuhren wir wie üblich betrunken nach Hause. Norman war den ganzen Abend abscheulich zu mir gewesen und hatte vor meinen Augen ganz ungeniert mit irgend so einer dummen Frau geflirtet.

Wie vorhersehbar betäubte ich meine Wut mit immer mehr Alkohol, bis ich mich schließlich nicht mehr unter Kontrolle hatte. Ich haßte ihn und hätte ihm am liebsten jedes Haar einzeln ausgerissen. Wir stritten uns die ganze Heimfahrt über und setzten unseren Kampf zu Hause lautstark fort, ohne daran zu denken, daß oben meine Mutter schlief und daß das Haus ziemlich hellhörig war. Der Streit artete in Handgreiflichkeiten aus und endete damit, daß Norman mir mit der Faust ins Gesicht schlug. Danach hatte ich ein blaues Auge, eine aufgeplatzte Lippe und Angst, mit ihm in einem Bett zu schlafen. Schließlich weinte ich mich auf der Wohnzimmercouch in den Schlaf.

Ich stand früh auf, um Dandy zu wickeln und zu füttern. Sie stand in ihrem Gitterbett, und als sie mich sah, lächelte sie mich an. »Na, wie geht es meinem kleinen Schatz?« fragte ich und vergaß für einen Augenblick, was geschehen war. Ich hatte einen Kater, ein blaues Auge, eine Platzwunde an der Lippe und war verzweifelt, aber meinem Baby und meiner Mutter zuliebe mußte ich mich zusammenreißen. Mama war auch schon früh auf, und ich sah ihr an, daß sie kaum geschlafen hatte.

Sie war entsetzt über mein Veilchen und die geschwollene Lippe.

»Mein Gott, was ist mit deinem Gesicht passiert? War er das? Ich kann es kaum glauben. Worüber habt ihr euch denn gestritten? Es hörte sich furchtbar an, euer wüstes Geschrei und Gefluche. Gott sei Dank ist das Baby nicht aufgewacht.

Ich wußte einfach nicht, was ich tun sollte, ob ich hinuntergehen sollte oder nicht. Schließlich wollte ich mich nicht einmischen. Aber ich hätte es tun sollen, ich hätte es tun sollen«, jammerte sie. »Sieh dir dein Auge an. Hoffentlich hat dieser Mistkerl dich nicht blind gemacht. Nur gut, daß dein Vater nicht hier ist und sieht, was Norman mit dir gemacht hat. Was, zum Teufel, ist denn mit ihm los? Ist er verrückt geworden?«

»Ja, Mama, das wird er, wenn er zuviel trinkt. Ich bin betrunken auch nicht grade zimperlich. Aber das hätte er nicht tun dürfen. Er hätte mich nicht schlagen dürfen, dieser brutale Scheißkerl.«

»Du solltest lieber gleich ein kleines Steak auf das Auge legen. Ich kann es immer noch nicht fassen, daß er dir das angetan hat.«

»Täusch dich nicht, Mama. Du weißt noch längst nicht alles. Er verprügelt mich nicht nur, er hat noch mehr Arten, mich fertigzumachen. Er schlägt mich auch mit Worten, wenn er ständig an mir herumkritisiert, und er demütigt mich in aller Öffentlichkeit vor anderen Frauen. Es mag Frauen geben, die über so etwas hinwegsehen können. Aber du konntest das nie, und ich kann es auch nicht.« Ich fing an zu weinen. »Ich kann es einfach nicht, Mama. Es verletzt mich zu sehr, und ich komme mir dann immer vor wie ein Nichts.«

Sie seufzte und machte ein betretenes Gesicht. Vermutlich erinnerte sie das alles zu sehr an zu Hause.

»Ich weiß gar nicht, was ich dazu sagen soll«, meinte sie hilflos.

»Laß nur, Mama. Nach einer Tasse Kaffee wird's mir gleich besser gehen.«

»Was für eine herrliche Küche«, sagte sie. »Wie groß sie ist. So eine habe ich mir immer gewünscht, aber dein Vater hat nie genug Geld zusammengekriegt, um ein Haus zu kaufen.« Ein paar Minuten später kam Norman herein. Ich erstarrte innerlich und vermied es, ihn anzusehen. Dann knallte ich ihm seinen Teller mit Rührei auf den Tisch; ich mußte mich beherrschen, es ihm nicht über den Kopf zu kippen. Er sah mich verstohlen an, doch es kam kein Kommentar und kein Wort der Entschuldigung. Mama machte sich am Herd zu schaffen. »Guten Morgen, Mae«, sagte er. »Hast du gut geschlafen?«

»Ja, ganz gut«, antwortete meine Mutter. Ich spürte ihr Unbehagen. Sie war wirklich wütend auf ihn, wußte aber nicht, wie sie sich in dieser heiklen Situation verhalten sollte. Ein bloßer Streit war eine Sache, Gewalt eine andere. Norman war jetzt wieder die Liebenswürdigkeit selbst, tat, als ob nichts gewesen wäre, plauderte mit Mama über das Landleben und das Baby und erkundigte sich nach meinem Vater. Meine Mutter war verwirrt und wußte nicht, was sie davon halten oder wie sie darauf reagieren sollte.

Als Norman schließlich ein paar Worte über mein Auge fallen ließ, besaß er noch die Unverfrorenheit, darüber einen blöden Witz zu machen.

»Du Scheißkerl. Du hast mich verletzt«, sagte ich, ohne mich darum zu kümmern, daß meine Mutter da war. Ich mußte raus aus der Küche, bevor wir erneut Streit bekamen. Ich ging nach oben, um das Baby zu holen. Als ich zurückkam, hatte Norman sich bereits in sein Arbeitszimmer zurückgezogen, und Mama kochte noch einen Kaffee. »Tut mir leid, Mama, daß du diesen ganzen Scheiß miterleben mußtest. Du wolltest hier ein nettes Wochenende verbringen, und nun das. Du weißt, wie streitsüchtig er ist. Wenn er sich nicht herumzanken kann, fühlt er sich nicht wohl. Doch das Schlimmste daran ist, daß diese Streits allmählich zu etwas ausarten, das mir Angst macht. Du hast gesehen, was für ein Scheißkerl er sein kann. Er hat es mit keinem Wort bedauert, daß er mich geschlagen hat, und das werde ich ihm nie verzeihen.«

Ich konnte nicht mehr aufhören. Ich mußte einfach mit jemandem reden. »Das Zusammenleben mit ihm wird immer schwieriger. Manchmal ist er so verdammt launisch, und das ist schwer zu ertragen, weil wir kaum aus diesem Haus rauskommen. Doch dann kann er von einer Minute zur andern wieder so nett zu mir sein und vor Charme und Witz sprühen. Du weißt ja selbst, wie er sein kann, und dann vergesse ich seine miese Seite, bis er mich wieder an sie erinnert.«

»Ja, ich weiß. Dein Vater ist genauso, zu allen charmant, außer zu mir... Du hättest sehen sollen, wie er sich bei dieser Frau Antoncucci eingeschleimt hat, die bei uns um die Ecke wohnt... Fragt sie mich doch neulich: ›Wie geht es Al?‹ ›Das geht Sie nichts an‹, hätte ich sagen sollen. ›Warum interessiert Sie das?‹«

Ich schenkte mir noch eine Tasse Kaffee nach. »Ja, Mama, ich weiß«, seufzte ich und starrte trübsinnig aus dem Fenster. Draußen war herrlicher Sonnenschein. »Mama, was soll ich bloß tun? Ich muß verrückt sein, weil ich es nicht fertigbringe, ihn zu verlassen«, sagte ich halb zu mir selbst.

Da hockte ich nun in dieser schönen, sauber aufgeräumten Küche, in der eine friedliche Stille herrschte, die nur vom Zwitschern der Vögel im Garten unterbrochen wurde, und Mama spielte mit Dandy »Manitas«, ein spanisches Kinderspiel. Dandys fröhliches Kinderlachen ließ mich meine Verzweiflung noch schmerzlicher spüren. »Gott, hilf mir«, stieß ich aus, »denn ich liebe ihn immer noch.«

Meine Mutter wirkte plötzlich kleiner und verletzlicher auf mich, nicht mehr wie der feuerspeiende Drache aus meiner Kindheit.

Die ganze Situation schien sie zu verwirren. So hatte sie

Norman noch nie erlebt. Aber schließlich sah sie uns ja auch nicht allzuoft, und außerdem hatte sich Norman meinen Eltern gegenüber stets liebenswürdig und sehr großzügig verhalten. Und dann ich, mit meinem hübschen Baby im Arm, die große Dame in ihrem gepflegten Heim, das doch aussah wie eine Beatnik-Bude. So wütend meine Mutter auch auf Norman war, alles, was sie herausbrachte, war: »Oh, mein Gott, eine Scheidung, keiner in unserer Familie hat sich je scheiden lassen.« Bei dem Wort zuckte sie buchstäblich zusammen.

Ich umarmte sie. »Nein, Mama, ich glaube nicht, daß es so weit kommt. Ob du es glaubst oder nicht, wir lieben uns, und er liebt das Kind. Keine Angst, wir schaffen das schon.« Aber trotz meiner Beteuerungen spürte ich diese altbekannte Angst in mir. »Aber wie war das mit dir und Daddy? Ihr habt euch nicht scheiden lassen, obwohl es weiß Gott besser gewesen wäre.«

Sie betrachtete das Kind auf meinem Schoß. »Wir sind wegen euch Kindern zusammengeblieben.«

Obwohl mich ihre Bemerkung ärgerte, schwieg ich. Was für einen Mist sie da redete. Sie fing wieder mit ihren alten Tricks an und versuchte, mir die Hauptschuld zuzuschieben, wie meine Eltern das seit meiner Kindheit getan hatten.

Ich hätte heulen können, als ich an ihre ständigen Streitereien dachte, und daran, daß Mama auf meinem Vater genauso unerbittlich herumhackte wie Norman auf mir.

Ich erinnerte mich auch daran, wie mein Vater meiner Mutter jedesmal Schläge androhte, wenn sie sagte, sie wolle ihn verlassen.

Ich vernahm das vertraute Klimpern ihrer Armreifen, als sie sich eine Zigarette in den Mund steckte. Sie nahm einen tiefen Zug und sagte schließlich schulterzuckend: »Ach, wie man's auch betrachtet, letztendlich sind sie alle Scheißkerle.«

Kapitel 36

Wie in allen Kleinstädten war auch in Bridgewater abends nicht viel los. Abgesehen vom gelegentlichen Kinogehen oder einem Besuch bei Freunden konnte man kaum etwas unternehmen. Norman trank nach dem Abendessen wie üblich ein paar Gläser Scotch, und dann sahen wir fern. Wir waren zwar keineswegs fernsehsüchtig, doch wir hatten unsere Lieblingssendungen – die Sid-Caesar-Show, Elaine May und Mike Nichols, *Playhouse Ninety* und *Night Beat*, die Talkshow mit Mike Wallace.

Das Landleben begann uns allmählich zu langweilen. Früher waren wir im Winter oft übers Wochenende zum Skilaufen gefahren. Doch seit ich das Baby hatte, hatte ich Angst, mir die Knochen zu brechen; schließlich könnte ich mich dann nicht um Dandy kümmern. Gelegentlich fuhr Norman alleine zum Skilaufen, doch er sagte, allein sei es langweilig, und er vermisse mich jedesmal.

Weihnachten schlug Norman normalerweise aufs Gemüt, und in Bridgewater war es besonders schlimm. Ich hatte die Weihnachtsferien immer genossen – ein Wunder, wenn ich an die Weihnachten meiner Kindheit zurückdenke –, aber die letzten Weihnachtstage mit Norman hatten meine Begeisterung gedämpft. Er feierte zwar der Form halber mit mir Weihnachten, aber ich spürte seine tiefe Niedergeschlagenheit. »Diese Ferien fand ich schon als Kind bedrückend. Ich fühlte mich von diesem Fest immer ausgeschlossen, weil ich Jude war. Alle anderen hatten einen Baum, den Nikolaus und all diese Sachen.«

Susie verbrachte Weihnachten wieder bei uns, und wie

immer tat ich alles, damit es für sie und meine eineinhalbjährige Tochter ein wunderschönes Fest würde.

Susie war mittlerweile sieben oder acht. Ich empfand tiefes Mitleid mit ihr, da ich spürte, wie verwirrt und unglücklich sie war. Gott weiß, was für Szenen sie in Mexiko miterlebte, seit ihre Mutter diesen aufbrausenden, verrückten, spanischen Indianer Steve geheiratet hatte, der, wie ich selbst, manchmal wie ein Wahnsinniger trank. Ihre Streits konnten sicher mit unseren mithalten, von denen Susie zum Glück nicht viel mitbekam.

Ich sehe heute noch vor mir, wie der trübsinnige Norman und die bedrückt wirkende, daumenlutschende Susie zusammen vor dem Fernseher saßen und sich einen Zeichentrickfilm nach dem andern anschauten.

Und mich schaudert, wenn ich an diese protzigen Weihnachtsfeiern in Connecticut denke, auf denen alle sich mit Punsch betranken und sich gegenseitig zu übertrumpfen versuchten, an dieses ganze, scheinheilige Theater mit Mistelzweigen, Plumpudding und Weihnachtsliedern. Überall sonst hatte ich diese Bräuche geliebt. Aber in Roxbury haßte ich sie, und damit im ganzen Staat Connecticut.

Kapitel 37

Während unserer letzten Monate in Bridgewater flatterten nur relativ wenige Einladungen ins Haus, daher sagten wir sofort zu, als wir mal wieder zu einer Party in New York eingeladen wurden. Dieser Samstagabend nahm für uns ein verheerendes Ende, da wir uns hemmungslos mit Alkohol und Haschisch zudröhnten, das auf Village-Parties nie ausging. Norman rauchte einen Joint nach dem anderen. Da ich bereits nach vier Martinis high war, reichten bei mir schon ein paar Züge an einem Joint, um völlig abzuheben.

Wie weit Normans Trunkenheit fortgeschritten war, erkannte ich immer an seiner schizophrenen Persönlichkeitsumwandlung von einer noch einigermaßen erträglichen Nervensäge in diesen höhnisch grinsenden, argwöhnisch dreinblickenden Bösewicht mit dem übertriebenen Texas-Akzent, einem Überbleibsel aus der Zeit, als er noch der nette jüdische Junge in einem Haufen rauhbeiniger Texaner war, der von einer Horde rassistischer Hinterwäldler gnadenlos gepeinigt wurde.

An der Art, wie dieser Texas-Macho sich an einen weiblichen Gast heranmachte, merkte ich, daß er eine Mordsschweinerei ausheckte. Das Objekt seiner Begierde war eine gutaussehende Brünette in einem absolut atemberaubenden, paillettenbesetzten, schwarzen Spitzenkleid.

Gleichfalls betrunken und von seiner Berühmtheit geblendet, ließ sie – im Rhythmus seines schleppenden Texanisch – lasziv die Hüften kreisen, und mir war klar, daß er vorhatte, seine Pistole zu ziehen und sie umzulegen. Ich war kurz davor, mich auf den Besenstiel zu schwingen und einen

Wettkampf im Haareausreißen zu veranstalten, während ich mit glasigen Augen ihren Mann anstarrte, einen hochgewachsenen, ziemlich lasch wirkenden Kerl mit schütterem Haar und einem tadellos geschnittenen schwarzgrauen Flanellanzug. Er schenkte dem anzüglichen Benehmen seiner Frau kaum Beachtung, vielmehr versuchte er, mich mit seinen Referenzen als Börsenmakler an der Wall Street zu beeindrukken.

Auf der Party waren ungefähr zwanzig Leute. Norman, der Sex-Revolutionär, wollte ein Massenficken veranstalten und versuchte, alle Anwesenden zum Mitmachen anzufeuern. Aber die meisten Gäste waren zu high, zu cool oder zu abgeschlafft, um Interesse zu zeigen. So gingen schließlich nur der Makler, seine Frau und ich mit meinem Gemahl ins Schlafzimmer.

Inzwischen war ich so high, daß ich mir nur noch ein bißchen verrückt vorkam und gar nicht mehr eifersüchtig war auf das, was sich zwischen meinem Mann und dieser Frau abspielte. Ich war wie besessen von ihrem schwarzen, paillettenbesetzten Kleid. Ich sah nicht ein, warum sie beides haben sollte, Norman und das Kleid, vor allem da es mir viel besser stehen würde. Mit Unterstützung meines Mannes entledigte sich die Frau des Börsenmaklers ihres edlen Kleides und schleuderte es von sich. Ich war kurz versucht, es mir zu schnappen und abzuhauen, aber dann lenkten mich die Hände des Maklers ab, die an mir herumtasteten und nach dem Reißverschluß meines Kleides suchten, der unter ein paar Falten auf dem Rücken verborgen war.

Der Herr Börsenmakler räusperte sich nervös. »Ähm, tja, meinen Sie, wir sollten?«

»Warum?« fragte ich.

»Weil sie es auch tun.«

Ich kicherte. »Tja, dann sollten wir wohl.«

Er zog die Hose aus und legte sie sorgfältig über eine Stuhllehne. Ich betrachtete seine langen, mageren weißen Beine. Er hatte mehr Haare an den Beinen als auf dem Kopf. »Mein Gott,« dachte ich, »gleich werd' ich's mit Ichabod Crane treiben.«

Ich zog mein Kleid aus und meinte: »Wissen Sie was, ich glaube, Sie machen das bessere Geschäft.«

Wir kamen nicht weiter als bis zu meinem BH und dem Slip und seinen Unterhosen und den Socken mit den Sockenhaltern. Er preßte seine Lippen auf meine.

»Mensch,« sagte ich, »ich bin so verdammt high.« Wir starrten uns an und kamen zu dem Schluß, daß es keinen Wert hatte, da ich mich kaum auf den Beinen halten konnte. Ich wußte, wenn ich mich jetzt hinlegte, würde sich der Raum zu drehen beginnen, und mir würde schlecht werden. Was ich wirklich wollte, war noch ein Drink und ein Ehemann, der anders war als der, der gerade diese Brünette rammelte.

Wir saßen da und sahen zu. Ich war inzwischen schon so weit weg, daß mich diese pikante kleine Szene ziemlich kaltließ – ganz im Gegensatz zu meinem Freund aus der Wall Street. Ich sah, wie er sich eine Zigarette anzündete, zwei Züge machte und sie dann ganz lässig auf Normans mechanisch kreisendem Hinterteil ausdrückte.

Der nackte Normie stieß mit einem irren Ausdruck auf dem verschwitzten Gesicht einen Mailerschen Schmerzensschrei aus. »Scheißkerl, was, zum Teufel, ist denn in dich gefahren?«

Normans Wut brachte den Herrn Börsenmakler nicht aus der Fassung. »Herr Mailer, das ist meine Frau, die Sie da vögeln.«

»Klar Mann, und Sie vögeln meine.«

»Irrtum, Kumpel, wir haben nicht miteinander gevögelt.«

Norman war kampfbereit. Ich würde sogar sagen, er freute sich auf die Rauferei. Er stürzte sich auf den Börsenmakler, es gab ein Handgemenge, und Norman traf seinen Gegner mit der Faust. Die Frau des Börsenmaklers schrie hysterisch und zog sich hastig an. Der Gastgeber, der vom Wohnzimmer aus den Radau gehört hatte und aus Sorge um seine Wohnungseinrichtung herbeigeeilt kam, trennte die beiden.

Norman erklärte uns lang und breit, daß er in seiner Ehre verletzt worden sei und Genugtuung verlange. Ob der Makler mit einem Boxkampf einverstanden sei? Weder der Makler noch seine Frau schienen sonderlich angetan von diesem Vorschlag, doch Norman setzte ihn so lange unter Druck, bis er schließlich einwilligte.

»Na schön, nennen Sie mir die Zeit und den Ort für dieses lächerliche Duell!«

»Morgen, also Sonntag, um halb vier vor unserem Haus in Bridgewater, Connecticut. Ich schreibe Ihnen die Adresse und den Weg auf«, knurrte Norman.

Die ganze Heimfahrt über herrschte wütendes Schweigen zwischen uns. Norman fuhr wie ein Verrückter, aber ich war zu high und zu müde, um mich darüber aufzuregen.

Am nächsten Morgen erwachte ich mit diesem vertrauten Angstgefühl im Magen, das ich nach unseren selbstzerstörerischen Exzessen immer hatte.

»Norman, du wirst doch wohl nicht auf diesem lächerlichen Kampf bestehen, oder? Woher weißt du überhaupt, daß er boxen kann?«

»Wenn er es nicht kann, wird er es schnell lernen, denn ich werd's diesem Mistkerl schon zeigen.«

Ich wußte, daß es sinnlos war, mit ihm zu streiten, deshalb ließ ich es sein und hoffte inständig, daß die beiden gar nicht erscheinen würden.

Wir hatten uns wieder einmal in eine verhängnisvolle Situation hineinmanövriert, und ich wünschte mir wie immer, ich hätte diesen Abend ungeschehen machen können. Worum ging es bei dem Kampf eigentlich? Um die kleine Brandwunde auf Normans Hinterteil? Das war zwar fies von dem Kerl, doch schließlich war die ganze Sache Normans Idee, und ich mußte in meinem Suff natürlich bereitwillig mitmachen.

Punkt halb vier traf unser Besuch ein. Ich wußte nicht, wie ich mich verhalten sollte. Mußte ich eine unfreundliche Miene aufsetzen, obwohl ich eigentlich gar nicht böse auf die beiden war? Sicher, der Börsenmakler hätte meinen Mann nicht mit der glühenden Zigarette attackieren dürfen. Aber wenn Norman high war, ließ er es schließlich auch drauf ankommen.

Nüchtern und bei Tageslicht waren wir alle ein wenig steif, redeten über das Wetter, über den Sonntagsverkehr auf dem Highway und so weiter. Ich fragte mich, worüber die beiden während der Fahrt aufs Land in ihrem schicken Sportwagen wohl gesprochen hatten.

Wir saßen an diesem herrlichen Sommertag auf dem Rasen und betrieben höfliche Konversation. Ich bot den beiden sogar einen Drink an, den sie dankend annahmen. Es war eine groteske Situation, wie eine Szene aus einem verrückten Woody-Allen-Film. Jetzt, wo ich nüchtern war, waren mir die beiden eigentlich ganz sympathisch. Norman war ziemlich nervös, aber Gott sei Dank spielte er nicht wieder den texanischen Desperado. Ich hoffte, das ganze Vorhaben würde sich in Wohlgefallen auflösen, doch leider vergeblich. Norman zog seine Boxershorts an; der Börsenmakler war bereits in Tennisshorts gekommen. Norman hatte einen Freund gebeten, als Ringrichter zu fungieren, und für seinen Gegner, der nun recht grimmig dreinblickte, extra ein paar Boxhandschuhe mitgebracht. Jetzt wurde es bitterernst, und ich war ebenso beunruhigt wie die Frau des Maklers. Norman wußte, was er tat, doch sein Gegner nicht, daher zog der Makler schließlich den kürzeren. Er hatte zwar ein paar

Schläge einstecken müssen, war aber nicht wirklich verletzt. Hinterher gaben die beiden sich sogar die Hand; es sah so aus, als sei Norman nun mit ihm quitt.

Das war Normans letzter Schaukampf in Connecticut. Er machte sich bereits fit für eine neue Arena.

Im Jahr 1959 beschlossen wir, wieder in die Stadt zu ziehen und das Haus zu verkaufen. Wir hatten fast drei Jahre in Bridgewater gewohnt, doch das Leben dort war uns mit der Zeit zu einsam geworden. Außerdem glaubten wir seltsamerweise auch diesmal wieder, daß woanders alles besser werden würde.

Wir suchten nach einer Wohnung im Village. Ein Makler bot uns für 300 Dollar im Monat ein hübsches Apartment mit zwei Schlafzimmern in einem neueren Haus mit Fahrstuhl am Abingdon Square an. Ich wollte es unbedingt, und Norman gefiel es auch, doch ihn störte, daß am Eingang des Gebäudes ein Pförtner saß. Ich flehte ihn an, aber er blieb hartnäckig. »Das ist verdammt spießig. Ich will nicht immer einem Pförtner Guten Morgen sagen müssen, egal ob ich gute oder schlechte Laune habe.« Wir stritten uns deswegen, aber da er das Geld verdiente, hatte er das letzte Wort.

Schließlich landeten wir in einer kleinen Maisonettewohnung in der Perry Street, die im Vergleich zu unserem schönen großen Haus ein dunkles Loch war, denn die unteren Räume lagen im Kellergeschoß. Der einzige Lichtblick war ein verwilderter kleiner Garten.

Aber immerhin wohnte ich nun wieder im Village, dem für mich reizvollsten Viertel von ganz New York.

Kapitel 38

Obwohl Normans Launen immer schlimmer wurden und wir weiterhin ständig aneinandergerieten, wollte ich noch ein Kind. Wieder war ich naiv genug zu glauben, daß es unserer Ehe guttun würde. Zudem stellte ich es mir einfach wundervoll vor, wenn meine geliebte kleine Dandy, die mir soviel Freude machte, ein Geschwisterchen hätte.

Norman hielt inzwischen nichts mehr von Verhütungsmaßnahmen. Das war ein radikaler Sinneswandel, denn auf Dandy hatte ich sehr lange warten müssen. Schon im Jahr vor unserem Entschluß, noch ein Kind zu haben, hatte er sich ständig darüber aufgeregt, daß ich ein Diaphragma benutzte. Sein Zorn war irrational und nicht bloß eine Überreaktion. Manchmal zog er mir mitten im Liebesakt grob das Diaphragma heraus und schleuderte es mit einem so wütenden Gesicht durchs Zimmer, daß ich dachte, er würde mich gleich schlagen. »Ich hasse diese verdammten Dinger. Davon kriege ich Krebs«, erklärte er. Er tobte und hielt lange, leidenschaftliche Monologe über diese sträfliche Vergeudung seines Samens nach dessen langer Reise in ein anderes Leben. Wenn ich etwas dazu sagte, hörte er es gar nicht, und sein Blick war so eisig und seltsam, daß ich mich sogar fragte, ob er vielleicht ohne mein Wissen irgendwelche Drogen nahm. Sein Verhalten war so verrückt! Ich versuchte es zu ignorieren und meine Wut zu zügeln, doch ich wurde immer niedergeschlagener, und mein sexuelles Verlangen nach ihm nahm immer mehr ab. Trotz dieser Schikanen ergriff ich weiterhin Verhütungsmaßnahmen, so daß ich erst schwanger wurde, als ich dazu bereit war.

Norman fuhr nach wie vor jeden Tag in seine kleine Einzimmerwohnung, um zu arbeiten, doch ich glaube, das Schreiben bereitete ihm in dieser Zeit große Schwierigkeiten. Obwohl ich schwanger war, lud er seinen ganzen Frust auf mir ab. Als wir wieder einmal über irgendeine Belanglosigkeit stritten, versetzte er mir aus heiterem Himmel einen Schlag in den Bauch. Ich war damals im sechsten Monat und weiß noch, wie weh es tat und wie entsetzt ich war. Ich begann zu weinen, denn ich hatte schreckliche Angst um das Kind. Gott sei Dank war mit ihm alles in Ordnung. Wie üblich entschuldigte er sich nicht.

Bei bestimmten Personen, die nicht zu unserem engsten Freundeskreis zählten, fiel es Norman leicht, den Kavalier zu spielen und sich zu entschuldigen, wenn er merkte, daß er unrecht hatte. Mir fiel schon relativ früh auf, daß er sich zum Beispiel Leuten wie den Trillings oder dem Gesellschaftskritiker und Verleger Irving Howe gegenüber nur von seiner besten Seite zeigte. Nicht daß er vor ihnen kroch – manchmal gab er auch in ihrer Gegenwart haarsträubende Dinge von sich –, doch sein Ton blieb immer charmant und höflich. Sie lernten nur den kultivierten, geistreichen Mailer kennen. Doch die Menschen, die ihm am nächsten standen, erlebten diesen freundlichen Norman immer seltener – mit Ausnahme seiner Schwester und der vermutlich einzigen Frau, die er je wirklich geliebt hatte, seiner Mutter.

Wir anderen hatten es meist mit einem launischen, großspurigen, selbstbesessenen Arschloch zu tun. Seine Sucht nach Alkohol und Parties war stärker denn je. Er war maßlos, wollte die verlorene Zeit in Bridgewater nachholen und lehnte keine Einladung ab, ganz gleich, wie langweilig die Party war. Ich versuchte mit ihm Schritt zu halten, doch ich hatte nicht das nötige Durchhaltevermögen. Da ich hochschwanger war und keinen Alkohol trank, blieb ich immer häufiger zu Hause.

Dann ging er natürlich ohne mich aus. Einmal hörte ich im Radio ein Interview mit meinem Mann, in dem er das Vergnügen und die Notwendigkeit häufigen Partnerwechsels pries.

Meine Gefühle befanden sich damals in einem ständigen Aufruhr, dabei wäre in meinem Zustand ein entspanntes Verhältnis zu mir selbst und meiner Umwelt besonders wichtig gewesen. Als schließlich die Wehen einsetzten, war ich physisch und psychisch am Ende.

Norman wollte bei der Geburt wieder dabei sein, und ich war einverstanden, doch diesmal fragte ich mich, warum. Ich hatte das Gefühl, daß sein Wunsch, die Geburt mitzuerleben, eher seiner sadistischen Ader als irgendwelchen zärtlichen Gefühlen entsprang. Und er bekam etwas für sein Geld, denn es wurde eine schmerzhafte, schwere Geburt. Meine sensible, kleine Betsy muß gespürt haben, in was für eine triste und gefährliche Umgebung sie da hineingeboren wurde. Die Wehen waren so schmerzhaft, daß man mir Lachgas verabreichte, und ich mußte mich noch mehr anstrengen als bei Danielle. Ich weiß noch, daß ich die ganze Zeit sagte: »Bitte keine Zangengeburt. Ich schaffe es alleine«, und ich schaffte es tatsächlich. Als mein Baby da war, weinte ich vor Freude, weil es so hübsch und gesund war. Das war alles, was zählte.

Kapitel 39

Sobald ich mich erholt hatte, packte mich wieder das Partyfieber. Meine Liebesaffäre mit dem Alkohol war keineswegs zu Ende; ich setzte sie einfach fort, als wäre nichts gewesen.

Nach zwei Monaten schliefen Norman und ich wie besessen miteinander. An meinem vierunddreißigsten Geburtstag schenkte er mir ein wunderschönes Kruzifix aus Granat, das ich während unserer gemeinsamen Nächte tragen sollte. Wenn wir uns liebten, tanzte das Kruzifix zwischen meinen Brüsten hin und her, und ich bekreuzigte mich, aus Angst, auf der Stelle tot umzufallen.

Da wir unsere neue Wohnung noch gar nicht richtig eingeweiht hatten, nahmen wir den Besuch von Jean und Galy Malaquais in New York zum Anlaß, eine Party zu geben. Ich wußte, wie wichtig Norman das Urteil der beiden war, deshalb kaufte ich nur das Beste ein und kochte selbst.

Wir luden ungefähr dreißig Leute ein; für unsere Verhältnisse war das eine relativ kleine Gästeliste. Steve Allen erschien ohne seine Frau Jayne Meadows. Ich hatte auch meinen alten Freund Jack Kerouac eingeladen. Es war vermutlich sein erstes Zusammentreffen mit Norman. Die Vorstellung, meinen berühmten Ex-Liebhaber und meinen berühmten Ehemann gleichzeitig um mich zu haben, gefiel mir, besonders da zwischen unserer jetzigen Maisonettewohnung und der Bruchbude, in der ich während meiner Beziehung mit Jack lebte, Welten lagen.

Das historische Zusammentreffen wurde eine Enttäuschung für mich. Jack betrank sich maßlos und lag den ganzen Abend unter dem Eßtisch. Als ich versuchte, ihn zum

Aufstehen zu bewegen, meinte er nur, seine Ohren seien besser als seine Augen. Da ließ ich ihn, wo er war.

Eine Woche vor der Party beschlossen wir, unseren knapp sechzehn Quadratmeter kleinen Hinterhof – ein eingezäuntes Stückchen Erde mit ein paar Steinen und Unkraut – verschönern zu lassen. Wir bestellten einen Gärtner, der für 800 Dollar einen Fertigrasen auslegte, ein paar Blumen pflanzte und ein Vogelhaus aufstellte. Ich freute mich riesig über diese Verwandlung und stellte mir vor, wie wir in Zukunft in meinem wunderschönen Gärtchen frühstücken würden.

Am Tag der Party war schönes Wetter. Die Gäste strömten vom Wohnzimmer in unser Gärtchen hinaus. Am nächsten Morgen begutachtete ich die Bescherung. Von dem schönen Rasen und den Blumen war nichts mehr zu sehen; alles war von Pfennigabsätzen zertrampelt. Daß wir dreißig Partygäste auf unseren handtuchgroßen Rasen losließen, zeigte mal wieder, wie unpraktisch wir waren; so wie ein paar Jahre zuvor die Geschichte mit den Welpen, die wir in einer frisch mit weißem Teppich ausgelegten Wohnung stubenrein machen wollten. Diese achthundert Dollar hätten wir uns sparen können. Einen Nutzen hatte der Garten dann doch – die Hunde hatten es nicht weit zum Klo.

Obwohl Norman jeden Tag arbeitete, war er rastloser denn je. Nachts ging er unruhig auf und ab, wie ein eingesperrter Wolf, der Beute wittert, und heulte seine dekadenten Verse zum Mond hinauf.

Ich schaffte das Pensum nicht, das sein Lebensstil vorschrieb. Wir hatten zwar ein Kindermädchen, das bei uns wohnte, aber die Kinder brauchten mich trotzdem. Ich trank immer noch viel und gern, doch ich konnte einfach nicht jede Nacht durchsaufen, bis mittags schlafen, gleichzeitig eine gute Mutter sein, malen und Schauspielunterricht bei Frank Corsaro nehmen. Ich hatte meinen Mann immer an der langen

Leine gehalten, doch inzwischen war er nicht mehr zu bremsen. Seine Sucht nach Parties, Alkohol und Pot war schlimmer denn je. Fast jeden Abend war irgendwo etwas los, und wenn nicht, dann hing er in seinen Lieblingskneipen herum – im White Horse, im Bradley's, im Fifty-Five oder in Jazzclubs wie dem Village Vanguard, dem Art D'Lugoff's Village Gate oder dem Five Spot –, stellte Frauen nach oder suchte Streit.

Ich betrank mich eigentlich nie in Bars sondern meistens auf Parties. Es gefiel mir zwar, bekifft einem Jazzkonzert zu lauschen, doch mit meinem Mann zusammenzusein bedeutete zwangsläufig Streit. Wenn Norman betrunken war, machte es ihm Spaß, Menschen zu quälen, und da ich mit ihm zusammenlebte, war ich sein bevorzugtes Opfer. Ich konnte dann meist selbst nicht mehr klar denken und ließ mich provozieren, so daß der endlose Reigen von vorn begann.

Zum Glück verbrachten wir trotzdem gelegentlich einen harmonischen Abend zu zweit, an dem wir sehr wenig tranken. In diesen seltenen Augenblicken erlebte ich manchmal einen blendend gelaunten Norman, der vor Charme sprühte. Dann konnte er so aufmerksam und liebevoll sein, daß ich unsere wüsten Szenen vergaß, selbst wenn die letzte erst einen Tag zurücklag. Doch irgendwo in mir staute sich die Wut auf.

So wechselvoll unsere Beziehung auch war, bestimmte Talente sprach Norman mir erstaunlicherweise nie ab. Er kritisierte fast alles an mir, doch er hielt mich stets für eine gute Mutter und für eine begabte Malerin und Schauspielerin.

Ich hatte genug Überlebensinstinkt, um zu wissen, wie wichtig meine Kinder und meine künstlerische Arbeit für mich waren. Norman mietete wieder ein Atelier für mich an, eine ganze Etage in einem dreistöckigen Lagerhaus in der Nähe des Union Square.

Kapitel 40

Nach unserem Umzug nach Greenwich Village war kein häuslicher Frieden bei uns eingekehrt; trotzdem freute ich mich, wieder hier zu sein. Wir nutzten die vielfältigen Unterhaltungsmöglichkeiten, die das Village zu bieten hatte. Norman hatte sich im Laufe der Jahre – unter dem Einfluß von Marihuana – zu einem Jazzliebhaber entwickelt. Das Vanguard war nicht nur eine Jazzkneipe, sondern stellte seine Bühne auch Kabarettisten zur Verfügung, unter anderem Lenny Bruce. Zweimal erlebten wir, wie er von der Bühne weg verhaftet wurde – wegen anstößigen Verhaltens.

Lenny ließ auf der Bühne nichts aus. Er handelte nicht nur politische Themen ab, sondern redete auch vom Ficken, über Orgasmus und Orgasmusschwierigkeiten, vom Pissen und Scheißen, über Arschlöcher, Pimmel, Titten und Mösen – und hatte die Lacher immer auf seiner Seite. Ich erinnere mich noch an eine besonders schräge Vorstellung, bei der Lenny alle oben genannten Themen durchhechelte und schließlich auf Rotz zu sprechen kam. Er beschrieb den Geschmack und die Beschaffenheit von Rotz und die unterschiedlichen Arten des Niesens. Das abgebrühte New Yorker Publikum, das zu Beginn der Vorstellung mit Lachern nicht gespart hatte, wurde immer stiller, nur ab und zu war ein nervöses Kichern zu hören. Niemand schien das mehr komisch zu finden.

Bruce steigerte sich immer mehr in sein Thema hinein, wurde immer ausführlicher und bohrte sich hingebungsvoll in der Nase. Als er noch anschaulicher wurde, standen einige Zuschauer auf und gingen. Die Polizisten warteten höflich hinter den Kulissen, bis er fertig war. Dann kamen sie auf die

Bühne und führten ihn in Handschellen ab. Lenny war das schon gewöhnt und verabschiedete sich unter dem Jubel des Publikums mit ein paar derben Späßen. Die Polizisten wurden ausgebuht.

Ich glaube, daß es Norman imponierte, mit welcher Respektlosigkeit und Obszönität Lenny so manche Ikone vom Sockel stürzte.

In der letzten Phase vor seinem großen Zusammenbruch wurde Norman eingeladen, im Y in der Zweiundneunzigsten Straße aus seinen Lyrik- und Prosawerken zu lesen. Volltrunken kam er dort an und schleuderte wahllos Obszönitäten ins Publikum. Der Veranstalter gab ihm von den Kulissen aus mit eindeutigen Gesten zu verstehen, daß ihm das zu weit ging, doch Norman ignorierte ihn und tobte weiter auf der Bühne herum, bis schließlich der Vorhang heruntergelassen wurde. Und selbst dann hörte er nicht auf.

Normans Wahnsinn hatte im Gegensatz zu Lennys provokativem Verhalten keine Methode. Sein Publikum, das aus Beatniks und ein paar Literaten bestand, fand es toll, wie er sich selbst zum Idioten machte, und feuerte ihn im Namen der freien Meinungsäußerung begeistert an. Er wütete gegen das Establishment und riß seine Zuschauer zu solchen Tumulten hin, daß schließlich die Polizei gerufen wurde. Trotzdem machte Norman immer weiter und setzte alles daran, verhaftet zu werden, nicht um irgendwelche Prinzipien zu verteidigen, sondern weil das zu seinem Machoimage paßte.

Wäre ich an jenem Abend nüchtern gewesen, was leider nicht der Fall war, hätte mich sein verrücktes Benehmen zutiefst beunruhigt. So aber spielte ich die ergebene Frau des großen Dichters und stimmte in den Jubel der Menge mit ein. Eine Verhaftung fürchtete ich nicht, denn er war eine Berühmtheit. Ich wußte, daß er sich von einem Augenblick zum andern von einem Wahnsinnigen in einen vernünftigen, netten Kerl verwandeln konnte, wenn er wollte, und daß er es schaffen würde, die Polizisten dazu zu überreden, ihn wieder laufen zu lassen.

Seine öffentlichen Auftritte schadeten nicht nur ihm selbst sondern auch den Menschen um ihn herum. So intelligent er auch war, sein zwanghaftes Bedürfnis, ständig im Mittelpunkt zu stehen, ging einem ebenso schnell auf die Nerven wie seine ewig gleiche Pose: ›He, seht mich an, Leute! Schaut, was für ein Bösewicht ich sein kann!‹ Im Laufe seiner sogenannten Selbstanalyse verleugnete er immer mehr seine freundliche, höfliche, idealistische Seite. Diese Aspekte seiner Persönlichkeit flößten ihm Angst ein, und in seinem verzweifelten Bemühen, den ›netten Judenjungen‹ in sich auszulöschen, flüchtete er sich in Exzesse, in den Suff und in Drogen.

Meine eigene Alkoholabhängigkeit zeigte sich auch darin, daß ich sein Verhalten akzeptierte, womit ich weder ihm noch mir half.

Ich war von meinen eigenen Dämonen der Selbstzerstörung besessen, die immer mehr Macht über mich gewannen. Ich erinnere mich zum Beispiel noch daran, wie Norman einmal um vier Uhr morgens nach Hause kam und sich weigerte, mir den Grund zu nennen. Ich bekam nicht einmal eine Ausrede zu hören. Ich wußte, daß eine andere Frau im Spiel war, und wollte mich rächen. Ich nahm sein Lieblingsbild von mir, an dem auch mir sehr viel lag, von der Wand und stellte es mit dem Müll vor die Tür. Als er den leeren Fleck über dem Sofa entdeckte, schrie er: »Wo ist das Bild?« »Ich habe es weggeworfen«, entgegnete ich. Wütend rannte er zur Tür hinaus, um es aus dem Müll zu ziehen, doch es war schon zu spät. Ich hatte Norman bestraft, doch vor allem mich selbst, denn ich hatte einen kostbaren Teil von mir zerstört.

Trotz alledem flatterten weiterhin ununterbrochen Einladungen zu Parties ins Haus. Norman verstand sie als

Anwesenheitsappelle und meldete sich stets zum Dienst. Daß ich meinen Mann unter den gegebenen Umständen weiterhin begleitete, mag überraschen, doch alleine zu Hause herumzuhängen und mich bange zu fragen, ob, und wenn ja, in welchem Zustand er wohl heimkommen würde, war schließlich auch nicht besser.

Ich ging allerdings nicht nur mit, um Normans Wachhund oder die Frau eines Starschriftstellers zu spielen oder weil ich auf diesen Parties interessante Leute und Berühmtheiten kennenlernte, sondern vor allem, um mein dringendes Bedürfnis nach Alkohol zu stillen. Die Parties waren ein guter Vorwand, um zu trinken. Die Vorstellung, mich zu berauschen, hatte etwas Erregendes und verband sich mit einem Gefühl der Macht, der Unverwundbarkeit und der Freiheit, alles tun und sein zu können, was ich wollte. Damals trank ich nie allein. Das tat ich erst viel später, als die Partylichter langsam erloschen und ich allein im Dunkeln zurückblieb.

Besonders schlimm war für mich eine Party, die von der Zeitschrift *Esquire* veranstaltet wurde. Sie war ein besonderes gesellschaftliches Ereignis, aber das spielte für uns keine Rolle. Für die Mailers war das Drehbuch immer das gleiche, nur die Besetzung und die Kulisse änderten sich.

Norman zitierte sich gerne selbst. »Wiederholung ist der Tod der Seele«, pflegte er in diesem selbstgerechten Ton zu erklären, in den er oft gegen seinen Willen verfiel. Seine Seele war wahrscheinlich schon lange vor diesem Abend gestorben, denn wenn er betrunken war, verhielt er sich immer gleich, genau wie ich auch. Auf diesem Fest benahm er sich richtig widerlich und verschwand schließlich torkelnd in der Dunkelheit. Ich war wütend, daß ich mich nun allein mit einem Schwarm von Literaturhaien herumschlagen mußte, und so betrunken, daß ich nicht mehr alleine nach Hause gehen konnte. Ein Verleger spielte den Kavalier und erbot sich, mich zu begleiten. Doch er brachte mich nicht nach Hause sondern in seine Wohnung. Sturzbetrunken wie ich war, hätte er mich in den Central Park oder sonstwohin schleppen können. Ich bekam nichts mehr mit, und mir war alles egal. Es war abscheulich von ihm, meinen Zustand so schamlos auszunutzen, selbst wenn er sich möglicherweise von mir angemacht fühlte, da ich im Suff mit jedem flirtete. Er hätte mich heimbringen müssen, denn ich hatte mich offensichtlich nicht mehr unter Kontrolle.

Um fünf Uhr früh kam ich zu mir und wußte zunächst nicht, wo ich mich befand und wie ich dorthin gekommen war. Ich lag allein in einem Schlafzimmer und hörte aus einer Küche das Klappern von Geschirr. Ich hatte einen schrecklichen Kater. »Scheiße,« dachte ich, »in was für einen Schlamassel habe ich mich da bloß wieder hineingeritten?« Dann erinnerte ich mich langsam wieder daran, mit wem ich die Party verlassen hatte. Hoffentlich war das nicht seine Wohnung. Das wäre eine Katastrophe, die nicht nur für mich, sondern auch für ihn sehr unangenehme Konsequenzen haben würde. Ich versuchte, meine bruchstückhaften Erinnerungen an den vergangenen Abend zusammenzufügen. Ich wußte nur noch, daß ich mich mit Norman gestritten hatte, daß er einfach verschwunden war, daß ich irgendwann mit diesem Kerl in ein Taxi gestiegen war und mir unterwegs die Seele aus dem Leib geheult hatte. Der Rest lag im Dunkeln.

Da ich nackt war, nahm ich an, daß ich mit dem Kerl, der in der Küche gerade Kaffee kochte, ins Bett gegangen war.

Mein Magen krampfte sich angstvoll zusammen, ich geriet in Panik. Ich mußte mich anziehen, mußte vor Norman zu Hause sein. Diesmal hoffte ich sogar, daß er sich die ganze Nacht herumgetrieben hatte. Das ist das erste Mal, daß ich so etwas mache, dachte ich. Das ist der Anfang vom Ende. Kalter

Schweiß brach mir aus. Die Kinder! Ich mußte zu Hause sein, bevor sie aufwachten! Das Kindermädchen war zwar da, doch sie kamen immer gleich in mein Zimmer, wenn sie ausgeschlafen hatten. Ich mußte unbedingt rechtzeitig da sein. Ich zog mich hastig an; dabei fiel mir ein, daß ich mein Diaphragma nicht drinhatte. Oh Gott, hoffentlich hat er ein Kondom benutzt! Doch dann packte mich wieder eine rasende Wut auf Norman. Dieser Scheißkerl hat mir das schon so oft angetan, dachte ich. Der soll sich bloß nichts einbilden. Ich erfinde irgendeine Ausrede.

Norman war zu Hause. Wir bekamen Streit, und ich ließ meine kleine Bombe los. Ich hatte ihn schon oft wütend erlebt, aber noch nie so aufgebracht wie diesmal. Zehn Minuten lang warfen wir uns nur Beleidigungen und Vorwürfe an den Kopf. Die Botschaft war klar: Er durfte, aber ich nicht – die übliche Doppelmoral.

Tagelang sprach Norman kein Wort mit mir; das war eine seiner bevorzugten Bestrafungsmethoden.

Diese Episode hatte weitreichende Folgen. Weniger für Norman und mich, denn wir schaufelten sowieso fleißig am Grab unserer Ehe, als für die Beziehung zwischen einer renommierten Zeitschrift und einem ihrer bedeutenden Autoren.

Manchmal richtete ich nach nur einem Drink ebensoviel Chaos und Zerstörung an wie sonst nach dreien. Mickey Knox war in New York und lud uns zu einer Vorstellung von Sammy Davis Jr. im Copa ein. Mickey war mit Sammy befreundet und nahm uns nach der Vorstellung mit zu ihm.

Sammy war wahnsinnig nett. Ich mochte ihn auf Anhieb. Er gehörte zu den unglaublichen Talenten, die es nicht nötig hatten, sich aufzublasen, um anderen irgendetwas zu beweisen. Er stellte uns seinen Leibwächter und ein paar Freunde vor. Wir gingen alle zusammen in der Bar seines Hotels einen trinken. Nach meinen üblichen drei Martinis befand ich mich wie immer in einer ausgelassenen Stimmung.

Sammys Leibwächter sah genauso aus, wie ich mir einen Leibwächter vorstellte, groß, kräftig und doch geschmeidig. Ich fragte ihn, ob er eine Waffe trage. »Selbstverständlich«, antwortete er nur, und machte keine Anstalten, sie mir zu zeigen. »Ich würde sie gern sehen, bitte«, bat ich. Norman versuchte mich mit einem wütenden Blick zum Schweigen zu bringen, aber die Wirkung meiner Martinis war stärker als die seiner Drohgebärde. Höflich verweigerte der Leibwächter mir die Bitte. »Kommen Sie, zeigen Sie mir doch Ihre Waffe«, drängelte ich. Da zog er sie heraus und reichte sie am Tisch weiter. Es war das erste Mal, daß ich eine Waffe in der Hand hielt. Ich empfand ein seltsames Gefühl der Macht, als ich sie auf Norman anlegte und grinsend sagte: »Ich bring dich um, du Hurensohn.« Ich hatte den Finger am Abzug, und mein Mann würde sich wegen seines nächsten Romans keine Sorgen mehr machen müssen. Soviel Wut hatte sich in mir angestaut.

Kapitel 41

Ich mag die vielen Nächte kaum zählen, in denen ich wach wurde, weil mein überdrehter Ehemann keinen Schlaf finden konnte und mit seinem Whiskeyglas in der Hand und unaufhörlich vor sich hinmurmelnd im Schlafzimmer auf und ab schlurfte – dieser schwerfällige Gang wurde im Laufe der Jahre immer ausgeprägter. In diesem Zustand nahm er meine Gegenwart gar nicht mehr wahr; er hätte ebensogut alleine im Zimmer sein können. Dann fühlte ich mich auf einmal schrecklich einsam. Hört das denn nie auf? dachte ich. Warum ist er nur so rastlos? »Liebling, was ist los? Warum kommst du nicht ins Bett?« Daraufhin sah er mich geistesabwesend an, als habe er mich gar nicht gehört, nahm einen tiefen Schluck aus seinem Glas und murmelte: »Ja, ja, gleich.« Dann verfiel er wieder in Schweigen, und man hörte nur noch das Knirschen der Eiswürfel, die er mit den Zähnen zermalmte. Und wenn ich diesen zornigen, gequälten Ausdruck auf seinem Gesicht sah, den ich so gut kannte, den außer mir aber niemand zu sehen bekam, wußte ich, oh Gott, das wird wieder eine lange Nacht. Manchmal drehte ich mich auch einfach nur zur Seite und versuchte, alles um mich herum zu vergessen.

In unserer Wohnung in der Perry Street veranstaltete Norman eine szenische Lesung der Bühnenfassung seines Romans *Der Hirschpark*. Kevin McCarthy, Marys Bruder, spielte den Direktor Charlie Eitel, Monty Clift übernahm die Rolle des Protagonisten Sergius, Rip Torn war die Kupplerin Marion Fay, Mickey Knox der Hollywoodproduzent Herman Teppis, und Anne Bancroft las den Part der Nutte Elena. An diesem

Abend warteten wir ungeduldig auf Monty. Alle anderen Mitwirkenden waren schon da. Es klingelte, und als ich die Tür öffnete, stand Monty vor mir. Ich hoffe, mein Entsetzen spiegelte sich nicht allzu deutlich in meinem Gesicht wider. Ich hatte Monty seit seinem schweren Autounfall in Hollywood, bei dem er nur knapp dem Tod entronnen war, nicht mehr gesehen.

Er hatte nicht mehr das schöne Gesicht, das ich kannte. Es war bei dem Unfall schlimm zugerichtet worden, und man sah, daß es operiert worden war. Seine Züge wirkten gröber als früher. In Anbetracht der Umstände hatten die Ärzte ihr Bestes gegeben und eine Kopie des alten Montgomery Clift geschaffen. Doch dieses Leuchten, diese besondere Sensibilität, die sein Gesicht einst ausgestrahlt hatte, war weg. Er sprach sogar anders als früher; seine Mundbewegungen wirkten irgendwie steif.

Wir freuten uns aufrichtig, einander wiederzusehen, obwohl ich ihn nur flüchtig kannte. Er umarmte mich herzlich. Dieser Mann wirkte so verletzlich und verloren, daß ich tiefes Mitleid mit ihm empfand. »Oh Monty, ich freue mich so, dich wiederzusehen.« In seinem Lächeln erkannte ich etwas von dem mir vertrauten Gesicht wieder. An diesem Abend zeigte er sich von seiner sanften Seite. Es war eine der wenigen Begegnungen, bei denen ich ihn nicht sternhagelvoll erlebte.

Die Lesung fand wenige Monate vor der Aufführung des Stücks im Actors Studio statt, bei der Frank Corsaro die Regie führen sollte.

Ich hatte keine Sprechrolle, sondern mimte nur einen Gast in einer Partyszene. Ich mußte so tun, als amüsierte ich mich köstlich, was mir nicht schwerfiel. Es machte mir nichts aus, nur eine Statistenrolle zu haben. Ich hatte auch so meinen Spaß und freute mich, an der Arbeit meines Mannes Anteil zu haben.

Während der Proben für die Aufführung im Actors Studio bekam Norman Streit mit Frank und den Schauspielern, weil ihm der Stil der Inszenierung nicht gefiel. Doch gab es jemanden, mit dem er sich nicht zankte?

Bei unserer ersten Begegnung hatte mir Norman erzählt, er sei zwar ehrenhaft aus der Armee entlassen worden, doch dem Entlassungsschreiben sei ein Brief beigefügt gewesen, in dem unter anderem gestanden habe: »Dieser Mann hat nie gelernt, Befehle zu befolgen.« Ich hatte damals nicht den Eindruck, daß dieser Kommentar ihn ärgerte. Er schien im Gegenteil sogar stolz auf ihn zu sein.

Schließlich kam es bei einer Probe zum großen Krach. Norman mischte sich die ganze Zeit ein und machte die Schauspieler verrückt, weil er sie ständig unterbrach. Er kritisierte so lange an Anne's Interpretation der Rolle herum, bis sie ihm wutentbrannt ihr Manuskript vor die Füße schmiß. »Ich steige aus. Soll doch Adele die Rolle spielen«, rief sie. »Das hast du doch immer gewollt.« Als sie ging, schrie Norman ihr hinterher: »Gut so, du wirst es sowieso nie zu etwas bringen.« So oder so ähnlich lautete sein Kommentar, der angesichts ihres Riesenerfolgs in *Two for the Seesaw* sehr verwunderlich war. Wir hatten uns das Stück damals beide angesehen und Anne großartig gefunden.

Das Theaterstück *Der Hirschpark* wurde nie irgendwo aufgeführt, aber mein frustrierter Gatte inszenierte weiterhin seine privaten Dramen, in denen ich bereitwillig die zweite Hauptrolle spielte.

Kapitel 42

In dieser Phase meines Lebens mit Norman setzte ich mich nie kritisch mit meinem übermäßigen Alkoholkonsum auseinander. Es kam mir nicht in den Sinn, daß ich eine Alkoholikerin sein könnte. Es war nicht so, daß ich das nicht wahrhaben wollte und diesen Gedanken verdrängte. Mir war schlicht nicht bewußt, daß ich ein Alkoholproblem hatte; das erkannte ich erst sehr viel später. Alkoholiker waren für mich Filmgestalten wie Ray Milland in *Das Verlorene Wochenende* oder die Penner aus der Bowery, die in der Gosse lagen. Ich brachte mein Trinken damals nie mit meinen Problemen in Zusammenhang. Ich machte mir auch nicht bewußt, daß ich vom Alkohol abhängig war und mir ein Leben ohne ihn gar nicht mehr vorstellen konnte, daß die Hälfte der Zeit nicht ich sondern er mein Leben bestimmte.

Auch wenn mir das damals nicht klar war, ich *war* Alkoholikerin. Wie mein Mann litt ich unter all den Ängsten und Unsicherheiten, die für Alkoholiker so charakteristisch sind. Der Alkohol war für uns Nahrung und Treibstoff; er wurde zum Zündstoff, der uns wegen jeder Kleinigkeit explodieren ließ; er raubte mir meine schöpferische Energie und reduzierte mein Dasein auf einen bloßen Überlebenskampf.

Wenn ich betrunken war, veränderte sich meine Persönlichkeit und mein Gesicht ebenfalls. Manchmal wurde ich kurz mit der Wahrheit konfrontiert, wenn ich auf diesen zahllosen Cocktailparties in einen Badezimmerspiegel blickte. Ich wollte nicht wahrhaben, daß meine Gesichtszüge gröber wurden und erschlafften, daß in meinem Gesicht meine ganze Hoffnungslosigkeit zum Ausdruck kam. Meine Nase wirkte geschwollen; meine ohnehin nicht sehr großen Augen waren rot und klein und mit schwarzer Wimperntusche verschmiert. Die kleinen Fältchen an den Mundwinkeln vertieften sich im Laufe eines solchen Abends. Ich war fünfunddreißig, doch ich konnte mein Gesicht mit fünfundvierzig erahnen, wenn ich in solchen Augenblicken in den Spiegel sah.

»Ich kenne dich nicht«, sagte ich dann bedauernd zu dem fremden Gesicht, das mir da entgegenblickte. »Darf ich raten? Du bist nicht Ava Gardner. Die hat keine kleinen schwarzen Augen und auch keine Clownsnase. Vielleicht Mutter Cabrini? Nein, die hat sich nie betrunken. Die hat ein langweiliges Leben geführt. Mein Leben ist nicht langweilig, denn ich bin die Frau des großen Norman Mailer. Er ist der König und ich bin seine Königin, die von allen beneidete Adele von Morales. Großer Gott, die haben ja keine Ahnung, wie es ist, im Mailerschen Laufstall zu leben.« Während ich mein Spiegelbild betrachtete und mich mit ihm unterhielt, streckte ich die Zunge heraus und untersuchte sie genau, als könnte ich an der Form ihrer roten und weißen Flecken die Zukunft ablesen. Auf meine Zunge konnte ich mich wenigstens verlassen, sie sprach die Wahrheit und alterte nicht wie mein Gesicht. Oft weinte ich alkoholisierte Tränen des Selbstmitleids in die vornehmen, monogrammbestickten Gästehandtücher, mit denen ich mir die verschmierte Wimperntusche abwischte, während ich mein verwüstetes Gesicht im Spiegel betrachtete.

»Baby, du brauchst dringend einen frischen Anstrich.« Ich legte eine neue Maske aus dickem Make-up und Puder auf, zog mir die Lippen mit blutrotem Lippenstift nach, kämmte mir die Haare und begab mich in die Arena zurück. Dort trieb ich mich wieder in der Nähe meines brillanten talentierten

Mannes herum, dessen Gesicht der Alkohol ebenfalls in eine Maske verwandelt hatte. Sein früher schönes Gesicht war aufgedunsen und zerknittert, sein ehemals sensibler Mund zu einem wütenden Grinsen verzerrt, und die trüben, blauen Augen waren argwöhnisch zusammengekniffen.

Kapitel 43

Norman war ohne mich zu einer Party gegangen. Ich war hundemüde und hatte den Alkohol wirklich satt, zumindest an diesem einen Abend. Er kam betrunken und schlechtgelaunt nach Hause, wollte mir aber nicht sagen, was ihn ärgerte, sondern einfach nur wie immer seinen Zorn an der nächstbesten Person auslassen. Ich war aber auch wütend. Es war vier Uhr morgens, und ich war wie üblich ganz außer mir vor Eifersucht und Angst. Vertrauen herrschte zwischen uns schon lange nicht mehr. Ich machte ihm jedesmal dieselben Vorwürfe und bekam jedesmal dieselben Lügen zur Antwort.

»Was ist passiert? Worüber ärgerst du dich so?«

»Wiederholung verursacht Krebs«, antwortete er.

»Verdammt noch mal, hör mit deinem Krebsgeschwätz auf. Ich kann's nicht mehr hören.« Er gab keine Antwort, sondern starrte nur geistesabwesend vor sich hin. Ich war den Tränen nahe. Wer weiß, wo er wieder gewesen war, in welchem Dreck er sich gesuhlt, wen oder was er in seinem Zustand wieder provoziert hatte.

Sein Brooks-Brothers-Anzug war schmutzig und zerknittert, als hätte er darin geschlafen, die Krawatte fehlte.

»Wo hast du deine Krawatte gelassen? In irgendeinem Schlafzimmer?«

»Ich bin zu Hause, oder etwa nicht?« sagte er und schenkte sich einen Drink ein.

»Soll ich vielleicht Gott auf Knien dafür danken?«

»Mein Gott, bist du blöd«, schrie er so wütend, daß ich zusammenfuhr.

Ich sah ihn an und fragte mich, wie ich diesen Mann je hatte lieben können. Jetzt empfand ich nur noch Haß und ein unbändiges Verlangen, diese klugscheißerische Fresse zu zerkratzen, bis die Haut in blutigen Fetzen herunterhing. Mein Instinkt warnte mich davor, zurückzuschreien und mich auf einen Streit mit ihm einzulassen. Und da mein Urteilsvermögen weder vom Alkohol noch vom Haschisch getrübt war, hörte ich auf meine innere Stimme.

Ich hatte Norman schon so oft betrunken und aggressiv erlebt, doch diesmal wirkte er irgendwie anders als sonst – rasend und zu allem entschlossen. Ich spürte, daß er an der Schwelle zu irgend etwas stand. Ich konnte nicht mehr ausschließen, daß er mich schlagen würde. Das war früher schon passiert, nicht oft, aber oft genug, um Angst davor zu haben.

Ich sah zu, wie er sich Bourbon nachfüllte; dann begann er wieder aufgeregt hin und her zu laufen. Obwohl es kühl im Zimmer war, war sein Gesicht schweißnaß. Wenn ich an die vielen, immer schneller aufeinanderfolgenden Krisen denke, die er während unserer Ehe durchlebte, sehe ich stets sein von Bourbon und Schweiß glänzendes Gesicht vor mir.

Er fluchte laut. Doch seine Flüche galten nicht mir, sondern seinen unsichtbaren Feinden, vor allem bestimmten Literaturkritikern und Verlegern. Das machte mir mehr Angst als alles andere. »Verdammt noch mal,« sagte ich, »ich geh' schlafen. Ich bin doch nicht der Mülleimer für deinen ganzen Mist. Das Kindermädchen hat morgen frei, und ich muß mit den Kindern aufstehen.«

»Setz dich hin und halt den Mund.« Er nahm einen großen Schluck Bourbon. »Vielleicht lernst du ausnahmsweise mal was dazu.«

Ich ertrug es nicht länger, dieses verschwitzte Gesicht anzusehen, das mir so fremd geworden war. Ich muß hier weg, dachte ich, nicht nur raus aus diesem Zimmer, sondern weg von diesem Mann.

Ich kam mir vor wie in einer Falle. Wo konnte ich um diese Zeit schon hin, mit zwei kleinen Kindern? Ich konnte mich nur ins Bett flüchten und mir die Decke über den Kopf ziehen. Doch Mr. Hyde versperrte mir den Weg.

»Norman, ich geh' ins Bett. Du benimmst dich wie ein Verrückter.«

»Halt den Mund, du blutrünstiges Miststück, und hör mir zu.«

Er sprach betont gedehnt, mit diesem albernen texanischen Akzent, befand sich also wieder in seinem Mailerschen Dämmerzustand.

Oh Gott, dachte ich, wann wird dieses Theater endlich aufhören? Morgen würde er vielleicht wieder Dr. Jekyll sein, doch bis dahin mußte ich Mr. Hyde ertragen, der nur darauf aus war, andere zu bestrafen, zum Vergnügen und um sich Erleichterung von seinen Seelenqualen zu verschaffen.

Er starrte mit diesem abwesenden Blick durch mich hindurch, als lausche er irgendwelchen Stimmen in seinem Kopf; dann huschte wieder dieses merkwürdige Lächeln über sein Gesicht. An den Inhalt seiner Worte kann ich mich noch gut erinnern, und ich werde nie vergessen, wie er mich dabei ansah.

Er kam mir vor wie jemand, der den ersten Schritt in die Hölle machte. Und ich war die unfreiwillige Zeugin seines Pakts mit dem Teufel, der das Zimmer mit seinem Schwefelgestank erfüllte.

Der Texas-Macho, in den Norman sich nun wieder verwandelt hatte, lallte: »Baby, ich liebe dich, du bist meine Frau, doch eins sag ich dir: Wenn du mit mir herumziehen willst, wird das kein Spaziergang.«

»Was du nicht sagst«, murmelte ich. Er ging zur Kommode,

holte Zigarettenpapier und etwas Marihuana aus der Schublade und drehte sich einen Joint. Er nahm einen tiefen Zug und hielt ihn mir hin. Ich schüttelte den Kopf. Das war das Letzte, was ich jetzt wollte. Schweigend saßen wir da. Ich hätte genausogut ins Bett gehen können, denn er nahm mich inzwischen gar nicht mehr wahr. Er war völlig in die Gedanken vertieft, die ihm durch den von Alkohol und Marihuana umnebelten Kopf gingen, murmelte Sätze aus seinen Büchern vor sich hin und lachte leise in sich hinein – nur sein Kumpel, der Teufel, leistete ihm Gesellschaft. Inzwischen war ich zu aufgedreht, um schlafen zu können. Ich hoffte nur noch, daß er wieder ausgehen und mich in Frieden lassen würde.

»Ich mach' sie fertig, diese Schweine«, schimpfte er. »Und zwar, indem ich der größte Hurensohn von allen bin. Von jetzt an zähle nur noch ich, alle anderen können mich am Arsch lecken. Ich mache nur noch, was ich will und wann ich es will. Wenn es sein muß, dann lüge und betrüge ich, ohne Rücksicht auf die Folgen.« Mit diesen Worten war der nette Judenjunge endgültig gestorben.

Kapitel 44

Im März 1960 versuchte ich Norman davon zu überzeugen, daß wir unbedingt mal wieder Urlaub von New York machen müßten. Er stimmte mir ausnahmsweise einmal zu. Wir beschlossen, nach Provincetown zu fahren und bis September dort zu bleiben. Die Kinder waren noch nicht im Schulalter, von daher war das kein Problem. Natürlich hatte ich von der ganzen exzentrischen New Yorker Szene die Nase voll, aber das war nicht der eigentliche Grund. Norman war am Ausflippen, und ich versuchte verzweifelt, auch das durchzustehen. Ich klammerte mich an die Augenblicke, in denen wir fast ein normales Ehepaar waren, und gab mich der Illusion hin, daß ein Ortswechsel eine beruhigende Wirkung auf uns haben würde.

In Normans kleinem Spielzeugauto, einem grünen Triumph-Cabrio, fuhren wir zum Cape Cod. Obwohl wir tonnenweise Gepäck aufgegeben hatten, vor allem Kartons mit Normans Büchern, sahen wir aus wie typische Wanderarbeiter. Am Heck des Autos waren Koffer festgezurrt, und drinnen saßen zwei kleine Kinder und zwei riesige Pudel, deren lockiges Fell überall herausquoll.

Seit unsere Familie größer geworden war, drängte ich Norman, endlich einen Kombi anzuschaffen, denn wir reisten immer mit viel Gepäck, wohin es auch ging. Ich wollte ja gar nicht, daß er seinen geliebten Triumph aufgab; wir hätten auch ein Auto mieten können, aber er weigerte sich hartnäkkig. Er assoziierte Kombis offenbar mit Plastik, Krebs, Spießertum und so weiter. Da er sich durch meine Argumente und Bitten wieder einmal nicht von seiner Meinung abbringen ließ, wurde die siebenstündige Autofahrt eine echte Strapaze.

Unterwegs sann ich die meiste Zeit darüber nach, warum ich immer noch mit diesem Mann zusammen war. Erst heute verstehe ich allmählich, was damals in mir vorging. Zum einen war mein Selbstwertgefühl extremen Schwankungen unterworfen; im einen Augenblick hielt ich mich für die tollste Frau der Welt, im nächsten für ein totales Nichts, da ich mich wie alle Alkoholiker selbst haßte und ständig Bestätigung von außen brauchte. Zum anderen war ich in meiner Ehe dauernd emotionalen Wechselbädern ausgesetzt. Norman baute mich entweder auf oder er machte mich nieder. Uns fehlte in unserer Beziehung stets das rechte Maß. Das lag unter anderem daran, daß ein Teil von mir nicht erwachsen werden sondern zeitlebens ein abhängiges Kind bleiben wollte.

Ich wurde während der Wirtschaftskrise geboren und wuchs in einer Kultur auf, in der die Rolle der Frau darin bestand, zu heiraten und Kinder zu bekommen. Mein Märchenprinz sollte mich ewig lieben, immer für mich sorgen, dann würden wir glücklich sein bis an unser Lebensende.

Ich glaube, daß auch meine Haßliebe zu meiner Mutter ein Beziehungsmuster war, das ich in meiner Ehe weiter auslebte, denn meine Mutter war genauso narzißtisch wie Norman. Nach der Scheidung im Jahre 1962, die mich völlig niederschmetterte, wurde mir während einer Therapiesitzung plötzlich klar, daß ich einen Mann geheiratet hatte, dessen Unnachgiebigkeit und dessen dominante, sadistische Art mich stark an meine Mutter erinnerten. Ich hatte immer geglaubt, daß Frauen dazu neigten, im Ehemann den Vater zu suchen. Doch mein Therapeut sagte mir, daß das keineswegs immer der Fall sei. Viele Frauen suchten sich eher Männer aus, die vom Charakter her ihrer Mutter glichen.

Die Jekyll-und-Hyde-Aspekte unserer Beziehung faszinierten mich offenbar immer noch, so sehr ich auch unter ihnen litt. Zudem definierte ich mich weitgehend über diese Beziehung. Ich war in erster Linie Frau Norman Mailer und wollte diese Identität um keinen Preis aufgeben. Hinzu kam, daß ich mich inzwischen an meinen Lebensstil gewöhnt hatte. Ich hatte kein eigenes Geld und zwei kleine Kinder. Wo sollte ich hingehen? Was sollte ich machen? In meiner unglücklichen Ehe wußte ich wenigstens, woran ich war. Norman machte mir zwar manchmal angst, aber eine ungewisse Zukunft ohne ihn erst recht.

Abgesehen von meiner Angst vor dem Alleinsein empfand ich Scham bei dem Gedanken an eine Scheidung und hörte eine Stimme in mir die entsetzte Bemerkung meiner Mutter wiederholen: »In unserer Familie hat es noch nie eine Scheidung gegeben.« Eine Scheidung war für mich eine Schande, der Beweis, daß ich eine Versagerin war.

Ich vergötterte meine Töchter und wußte, daß Norman sie auch liebte. Auch wenn in unserem Leben fast alles schief lief, ein paar Dinge stimmten noch, und es war auch noch etwas Liebe zwischen uns da. Selbst jetzt, wo ich diese Sätze niederschreibe, kann ich den Schmerz dieser von zahllosen Krisen zerrütteten Liebe noch spüren.

Wir mieteten das Hawthorne-Haus am oberen Ende der Miller Hill Road. Norman hatte dort 1950 schon mit Bea gewohnt, aber das machte mir nichts aus. Das Haus stand am höchsten Punkt von Provincetown, und man hatte von dort oben eine herrliche Aussicht auf die Stadt und ihren malerischen Hafen.

Obwohl ich unsere Ehe immer negativer sah, freute ich mich auf die Zeit in Provincetown. Denn immer noch hoffte ich, der Aufenthalt dort würde eine besänftigende Wirkung auf Norman haben. Mich hatte die See stets beruhigt. Die

Stadt war für Kinder ideal, und ich freute mich auf gemeinsame Stunden am Strand. Das Haus war so groß, daß wir uns schon nicht auf die Nerven fallen würden. Wir hatten früher schöne Zeiten in Provincetown verlebt; vielleicht würde es diesmal genauso schön werden.

Ich fand es schade, daß wir nicht direkt am Meer wohnten. Wenn man dieses magische Wechselspiel von Licht, Himmel und Wasser nicht aus der Nähe betrachten konnte, hatte man gar nicht das Gefühl, auf dem Kap zu sein. Wir hätten ebensogut in die Pocono-Berge fahren können. Aber Norman hatte entschieden und damit basta.

Von unserer Ankunft im März bis zum Ansturm der Touristen im Juni war die Stadt wie ausgestorben, doch das störte mich nicht. Für die Kinder hatten wir ein Mädchen engagiert, so daß ich viel Zeit für mich hatte. Ich baute meine Staffelei auf der Veranda auf und arbeitete an ein oder zwei Bildern, in der Hoffnung, daß Provincetown auch auf mich besänftigend wirken würde.

Ich hatte mich gründlich geirrt. Norman war launischer denn je und interessierte sich nur für seine Arbeit. Er arbeitete in einer kleinen Hütte unten am Hang, die zum Anwesen gehörte. »Norman, Mittagessen!« rief ich immer aus dem Küchenfenster. Dann stapfte er wie ein ziemlich dicker Bär den Pfad zum Haus hinauf, setzte sich finster an den Tisch, schlug sofort sein Buch auf und schlang seinen ewigen Thunfischsalat in sich hinein, ohne auch nur einmal von seiner Lektüre aufzublicken. Wenn er in diesem Zustand war, versuchte ich nie, mit ihm ins Gespräch zu kommen. Ich fühlte mich auch nicht mehr wie früher für seine Depressionen verantwortlich.

Die Nächte waren genauso schlimm wie in New York, manchmal sogar noch schlimmer. Ich wurde immer wieder wach, weil er mit seinem verdammten Whiskeyglas, in dem die Eiswürfel klirrten, im Schlafzimmer auf und ab schlurfte. Er redete vor sich hin, und dann und wann kritzelte er etwas in sein Notizbuch. Es war ihm völlig gleichgültig, ob er mich aufweckte. Er benahm sich, als sei er allein im Zimmer.

Halbwach stützte ich mich auf den Ellbogen und beobachtete ihn seufzend. Oh Gott, dachte ich, müssen wir wirklich schon wieder so eine Nacht durchmachen? Morgen ziehe ich ins Gästezimmer um. Ich war wütend und kam mir gleichzeitig schrecklich einsam vor. Dann verspürte ich wieder dieses flaue Gefühl im Magen und diese hilflose Verzweiflung über seine Unzugänglichkeit. Ich hätte ihm so gerne geholfen, aber ich konnte nicht zu ihm durchdringen. Warum ist er bloß die ganze Zeit so rastlos? dachte ich. War diese ständige innere Unruhe vielleicht Teil des schöpferischen Prozesses? Ziemlich eigenartig.

»Was ist los, Schatz?« fragte ich ihn zum tausendsten Mal und dachte gleichzeitig: Wie soll er mir antworten, wenn er gar nicht merkt oder nicht wahrhaben will, daß er von seinen eigenen Dämonen besessen ist?

»Nichts. Ich kann nur nicht schlafen, verdammt noch mal.« Er nahm einen tiefen Schluck, und auf seinem Gesicht zeigte sich wieder dieser Ausdruck von wildem Zorn und Angst, den ich nur zu gut kannte. Er sah mich an, aber seine Gedanken waren ganz woanders. Ich legte mich zurück, zog mir die Decke bis zum Kinn, seufzte und schloß die Augen. Keiner von uns sprach ein Wort, die Stille wurde nur vom irritierenden Geräusch der zwischen seinen Zähnen zerberstenden Eiswürfel durchbrochen.

Wieder seufzte ich. »Hast du dein Seconal eingenommen?«

»Ja, aber es wirkt nicht. Ich muß die Dosis wieder erhöhen.« Er sah so müde und unglücklich aus. Obwohl ich diese endlosen Nächte leid war, versuchte ich immer wieder, an ihn heranzukommen.

»Bitte, Schatz, komm doch ins Bett. Ich liebe dich.«

»Schon gut, ich liebe dich auch«, erwiderte er abwesend. Dann bewegten sich seine Lippen wieder in einem stummen Dialog mit sich selbst. Er starrte in sein Glas und klirrte mit diesen verdammten Eiswürfeln. Dann nahm er sein Notizbuch vom Tisch und lächelte. Irgendein geheimer Gedanke schien ihn zu amüsieren.

»Ich würde auch gern wissen, was du so komisch findest.«

»Halt den Mund, ich denke nach«, sagte er und griff nach seinen Kleidern.

»Es ist vier Uhr morgens, Norman. Die Kneipen sind alle geschlossen. Bitte, komm ins Bett.« Doch er wurde von seinen Dämonen getrieben, da ließ er sich von mir nicht aufhalten.

»Wohin gehst du?«

»Ich mach' nur eine kleine Spritztour, um einen klaren Kopf zu bekommen.«

»Wann kommst du wieder?«

»Ich weiß nicht. Geh schlafen. Ich liebe dich.« Mit diesen Worten stapfte er aus dem Zimmer und ließ mich verärgert, bedrückt und einsam im Dunkeln zurück.

»Ich wette, dieser Scheißkerl hat eine Verabredung«, sagte ich laut zu mir selbst und ging die Namen sämtlicher Frauen durch, die ich in Provincetown, Wellfleet und Truro kannte. Kurz darauf hörte ich den Motor seines Triumph aufheulen, dessen Lärm die nächtliche Stille der Stadt zerriß. Ich fühlte mich einsamer denn je. Als das Motorengeräusch sich in der Ferne verlor, begann ich zu weinen.

Kapitel 45

Die Gefolgsleute, die Norman in diesem Sommer um sich versammelte – größtenteils Säufer und gescheiterte Existenzen aus Provincetown und Greenwich Village –, waren Spiegelbilder seiner inneren Verwirrung und Unsicherheit. Es befanden sich auch zwei Beatniks aus Washington darunter, Lester Blackiston und Bill Walker, die sich Norman irgendwann angeschlossen hatten.

Sie tranken und nahmen Drogen und hatten, glaube ich, beide schon gesessen, was meinen Mann besonders faszinierte. Ich fand nie heraus, weshalb sie im Gefängnis gewesen waren, aber das spielte wohl auch keine Rolle.

Ich glaube, sie waren beide irischer Herkunft, und das machte sie für Norman besonders sympathisch, denn er hatte eine Schwäche für die Iren. Er war über seine jüdische Herkunft nie glücklich gewesen, auch wenn er sie nicht verleugnete. Gäbe es so etwas wie die Anonymen Juden, Norman wäre sicherlich Mitglied geworden. Manchmal hatte ich den Eindruck, Norman wäre viel lieber ein Ire gewesen, und wenn schon kein Ire, dann wenigstens ein reicher, angelsächsischer Protestant. Reich wurde er immerhin.

Die Hauptfiguren in den Romanen *Der Hirschpark* und *Harte Männer tanzen nicht*, die gewisse Züge Normans tragen, sind irischer Herkunft.

Bill und Lester lungerten im Haus herum und schleimten sich bei uns ein, allerdings war ich für ihre Aufmerksamkeiten weniger empfänglich als Norman. Sie versorgten ihn auch mit großen Mengen Haschisch – natürlich gegen harte Münze. Mein Mann schrieb dieser Droge immer noch magische Kräfte zu. Er glaubte, sie könnte seine verwundete Seele heilen und ihm bei seiner Selbstanalyse helfen.

Lester und Bill schnorrten sich den ganzen Sommer über bei uns durch und gingen ein und aus, als gehörte das Haus ihnen. Ab und zu beschwerte ich mich bei Norman darüber, doch er fuhr mir jedesmal über den Mund und warf mir vor, spießig und kleinkariert zu sein. Was soll's, dachte ich, es ist seine Zeit und sein Geld. Allerdings merkte ich an der Art, wie er sich in Gegenwart der beiden benahm, daß sie einen üblen Einfluß auf ihn ausübten. Er spielte dann entweder den Texas-Macho oder den avantgardistischen Hippie und benutzte ständig Slangausdrücke. Das tat ich zwar auch hin und wieder, aber ich stieß nicht jedem, mit dem ich mich betrank, den Kopf gegen die Brust und inszenierte keine Wettkämpfe im Armdrücken oder sonstige Machospielchen.

Wenn diese beiden Burschen da waren, liefen solche Rituale ständig ab. Um sich bei Norman einzuschmeicheln, behauptete Lester sogar, früher einmal Berufsboxer gewesen zu sein. Das machte ihn für Norman praktisch zu einem Blutsbruder.

Walker war ein dunkler Typ mit Vollbart und derben Gesichtszügen. Er sah aus wie ein Seeräuber und bezeichnete sich als Schriftsteller. Ich kann mich allerdings nicht erinnern, jemals etwas Geschriebenes von ihm gesehen zu haben.

Blackiston gab sich als Dichter aus. Er sah gut aus, hatte lockiges, hellbraunes Haar und das Gesicht eines dekadenten Engels. Es gab sogar Augenblicke, in denen ich ihn gegen meinen Willen mochte.

Aber die beiden nutzten Norman aus, und er ließ es sich gefallen. Wie schon so oft, umgab Norman sich mit einer Gefolgschaft aus Verlierern und unbegabten, zweitrangigen Schreiberlingen, die für ihn keine Konkurrenz darstellten, und wie immer ärgerte ich mich wahnsinnig darüber.

Beide Männer nahmen ein schlimmes Ende. Lester wurde

bei einer Messerstecherei im Gefängnis getötet, und Walker trank sich zu Tode.

In seinen besseren Zeiten hatte Norman oft auf meine Menschenkenntnis vertraut.

In New York kam Norman zum Beispiel einmal nachts von Danny's Hideaway nach Hause und erzählte mir von einem ehemaligen Berufsboxer namens Roger Donoghue, den er dort kennengelernt hatte und sehr nett fand.

Diese Begegnung war für Norman ein echter Glücksfall, denn Roger war nicht nur Ex-Boxer sondern auch irischer Herkunft. Norman schwärmte mir die ganze Zeit von diesem so sympathischen und interessanten Roger vor.

Roger war offensichtlich ein vielversprechender Mittelgewichtsboxer gewesen, hatte sich aber aus dem Ring verabschiedet, nachdem er ungewollt einen Gegner tödlich verletzt hatte. Offensichtlich hatte dieser eine Krankheit gehabt, die sich durch die Schläge, die er einstecken mußte, so drastisch verschlimmerte, daß er kurz darauf starb. Sein Tod war für Roger ein solcher Schock, daß er ganz aus dem Profiboxsport ausstieg.

Norman mochte Roger zwar, fand ihn aber gleichzeitig ein bißchen merkwürdig. Er wollte, daß ich seinen neuen Freund kennenlernte und ihm anschließend sagte, was ich von ihm hielt. War er wirklich aufrichtig oder heuchelte er nur?

Kurze Zeit später trafen wir uns mit Roger zum Essen. Man sah ihm den Boxer sofort an; als Saufkumpan für Norman war er also genau der Richtige. Abgesehen davon war Roger aber ein charmanter, humorvoller und geselliger junger Mann, der sich gerne mit Berühmtheiten umgab. Ich glaube, daß er mich wirklich mochte, und ich mochte ihn auch. Obwohl er mir ein bißchen berechnend vorkam, gab ich ihm meinen »Zulassungsstempel«. Ich hielt ihn nicht für einen Heuchler. Er strahlte so etwas Anständiges und Ernsthaftes aus. Ich fühlte mich in seiner Gegenwart von Anfang an wohl und konnte gut verstehen, daß Norman ihn mochte. Was ich besonders an ihm schätzte, war sein Sinn für Humor. Den hatte ich weiß Gott nötig, denn mein Privatleben wurde immer schwieriger und trister. Meine beiden kleinen Mädchen und meine künstlerische Arbeit machten mir zwar viel Freude, aber in Gegenwart meines übellaunigen Ehemanns, der sich mir gegenüber immer unberechenbarer und feindseliger benahm, fühlte ich mich ständig unter Beschuß.

Roger schaffte sich einen festen Platz in unserem Leben. Wir behandelten ihn wie einen Freund, nahmen ihn auf Partys mit und stellten ihn unseren Freunden vor, die er mit seinen Anekdoten über Berühmtheiten aus dem Boxsport unterhielt.

Roger war Normans Vorzeigeboxer geworden, ein neues Mitglied seiner Gefolgschaft, das sich ausgesprochen positiv von den meisten anderen abhob. Norman war ganz vernarrt in Roger, und auch ich war von ihm angetan. In jenem Sommer 1960 besuchte er uns für eine Woche in Provincetown. Er arbeitete gerade an einem Buch, und Norman ermutigte und unterstützte ihn dabei nach Kräften. Manchmal fragte ich mich wirklich, wer das Buch eigentlich schreiben wollte.

Roger war ein richtig netter Besuch und revanchierte sich für unsere Gastfreundschaft, indem er uns mehrmals zum Essen ausführte. Eines Abends beschlossen wir vor dem Ausgehen, Roger mit einer unserer Freundinnen zusammenzubringen. Ich ging die Liste der jungen Frauen aus unserem Bekanntenkreis durch, doch Norman schüttelte jedesmal den Kopf. Dann schlug ich Fay Mowry vor, eine Malerin aus Provincetown, die aus einer reichen angelsächsisch-protestantischen Familie stammte. Sie war ein patentes Mädchen mit einer prächtigen roten Haarmähne. Wieder schüttelte Norman den Kopf. »Nein, das wird nicht klappen.«

»Warum?« fragte ich. »Hast du vielleicht selbst ein Auge auf sie geworfen?« Zu meiner Verwunderung reagierte Norman nicht auf meine spitze Bemerkung.

»Na ja, vielleicht hast du recht. Sie ist irischer Herkunft, zum Teil wenigstens. Und sie hat Verstand und Charakter.«

»Ja, und reich ist sie obendrein«, fügte ich hinzu.

Wir luden sie ein, und der Rest ist Geschichte, eine Geschichte wie aus alten Zeiten. Sie sind immer noch verheiratet und inzwischen noch reicher.

Zu den wenigen Dingen, die ich noch an Norman liebte, gehörte seine Großzügigkeit – obwohl selbst dieser positive Charakterzug verschwand, wenn er sich in Mr. Hyde verwandelte. Er unterstützte aufstrebende Schriftsteller, deren Arbeit er schätzte, opferte ihnen sehr viel Zeit und schrieb bereitwillig Klappentexte für Autoren, die er bewunderte.

James Baldwin war eine Woche lang Gast in unserem Haus in Provincetown. Ich kannte Jimmy schon seit jenen ersten Jahren in Greenwich Village, in denen ich mit Ed Fancher befreundet war. Wir hatten uns immer gut verstanden, ich mochte ihn sehr. Wenn Ed und ich eine Party gaben, war Jimmy stets dabei. Er war offen, intelligent und sehr redegewandt und machte immer einen entspannten, vergnügten Eindruck.

Doch inzwischen lebten wir im Jahr 1960, und Jimmy war ein berühmter Schriftsteller, der einen anderen berühmten Schriftsteller in Provincetown, Massachusetts, besuchte. Er war bedrückt und unglücklich, aber trotzdem in einer viel besseren Verfassung als mein Mann – und weitaus ehrlicher.

Zu dieser Zeit gab es in dem Stadtviertel oberhalb des Hafens, in dem wir mit Jimmy öfters Bekannte besuchten, keinen einzigen schwarzen Hauseigentümer. Die einzigen Schwarzen waren die Hausangestellten.

Ich merkte, daß Jimmy sich in Provincetown nicht sehr

wohl fühlte. Warum sollte er auch? Abgesehen von einigen Malern aus unserem Bekanntenkreis und ein paar Mitgliedern des Wellfleet-Zirkels war er den meisten Leuten, die wir ihm vorstellten, meiner Meinung nach weit überlegen.

Natürlich schleppte Norman Jimmy auch in ein paar seiner Lieblingskneipen im Stadtzentrum, dessen Charakter sich während der Hochsaison im Sommer völlig veränderte. Da bevölkerten so viele Touristen und Beatniks die Stadt, daß man sich an Coney Island erinnert fühlte. Jimmy war dieser ganze Rummel zuwider, was ich verstehen konnte.

Trotzdem war er ein wunderbarer, angenehmer Gast. Es machte mir Spaß, leckere Sachen für ihn zu kochen, da er leidenschaftlich gerne aß und sich mein Essen so richtig schmecken ließ.

Jimmy hatte nichts Gekünsteltes an sich. Er war ein brillanter, hochbegabter Schriftsteller, der niemandem etwas beweisen mußte. Vielleicht hörte er sich manchmal gerne reden, doch es war stets faszinierend, ihm zuzuhören, und warum sollte er sein Licht unter den Scheffel stellen?

In diesem Sommer arbeitete ich im Provincetown Theatre, das auf einem alten, hölzernen Kai mitten in der Stadt lag. Es war das Theater, in dem O'Neill einige seiner frühen Stücke zur Aufführung gebracht hatte.

Ich wirkte in einem Musical mit. Es hieß *The Pirates of Provincetown* und war das erste und einzige Musical in meiner Schauspielkarriere. In einer Szene mußte ich tanzen. Ich erinnere mich noch gut daran, wie unsicher ich mich beim Einstudieren der simplen Standardschritte fühlte. Ansonsten bereitete das Stück mir keine Schwierigkeiten. Ich hatte keine Sprechrolle, sondern mußte nur in einer Szene, in der ich den Körper eines ertrunkenen Freundes am Strand entdeckte, laut aufschreien. Auf diesen Augenblick freute ich mich schon den ganzen Abend, und ich legte all meine Leidenschaft, Wut und

Enttäuschung in diesen angsterfüllten Schrei zum Himmel – gewissermaßen ein therapeutischer Befreiungsschrei.

Ich sehe den Aufführungsraum dieses kleinen Theaters noch genau vor mir. Vor der Premiere, bei der Norman und Jimmy in der ersten Reihe saßen, war ich sehr nervös. Das Stück war ziemlich albern, doch Jimmy kommentierte meinen Auftritt mit einem liebenswürdigen Kompliment. Was konnte er schon groß über jemanden sagen, der keine einzige Zeile zu sprechen hatte? Er sagte, der Schrei habe ihn überzeugt.

Ich hatte Jimmy gegenüber ein etwas unbehagliches Gefühl wegen unseres Hausmädchens Netty, das uns bei Tisch bediente, da ich wußte, daß auch Jimmys Mutter bei Weißen gearbeitet hatte. So war ich erleichtert, als er mit Netty ins Gespräch kam und sich herausstellte, daß sie Jimmys Bruder David kannte, und zwar aus ihrem Viertel in der Nähe der 125. Straße, in der sie damals wohnte.

Den Gesprächen der beiden Schriftsteller zuzuhören, war ein Abenteuer. Jeder schätzte die Werke des andern, doch war eine gewisse Rivalität zwischen ihnen zu spüren. Sie versuchten, sich mit brillanten Beobachtungen und klugen Bemerkungen über das Schreiben, über die Politik, über Gott und die Welt gegenseitig zu übertreffen. Jimmy konnte sehr witzig und ironisch sein, aber manchmal war er auch überheblich oder aufbrausend. Sein Verhältnis zu Norman war ambivalent, wohl auch deshalb, weil er ihn attraktiv fand. Er zeigte das nie, doch ich merkte es an seinen Reaktionen während ihres intellektuellen Schlagabtauschs.

Jimmy übte scharfe Kritik an Normans Essay *The White Negro,* der in der Zeitschrift *Dissent* erschienen war. Daraufhin kam es zu einem heftigen Disput zwischen den beiden. Jimmy mochte Norman, fand aber, daß er sich mit seinem Hippiegetue lächerlich machte.

Jimmy trank in dieser Woche so viel wie Norman, nur daß

er im Gegensatz zu meinem Mann dabei nicht immer verrückter sondern nur geselliger und gesprächiger wurde. Ich kann mich nicht daran erinnern, daß er jemals unangenehm oder aggressiv wurde, zumindest nicht mir gegenüber. Erstaunlicherweise kehrte Norman Jimmy gegenüber nie den harten Texas-Macho heraus, nicht einmal wenn er sturzbetrunken war.

Wahrscheinlich wagte er selbst im Vollrausch nicht, Jimmy mit dieser abgedroschenen Masche zu kommen, denn Jimmy hätte ihn höchstens ausgelacht. (Wenn ich heute an diese schreckliche Zeit zurückdenke, frage ich mich, ob es damals nicht vielleicht besser gewesen wäre, weniger zu weinen und dafür ein bißchen öfter über Norman zu lachen.)

Ich hatte den Eindruck, daß Jimmy trotz seines Erfolgs immer noch glaubte, viel kompensieren zu müssen. Norman und er waren eigentlich grundverschieden, doch was an beiden auffiel, war diese Mischung aus intellektueller Überheblichkeit und Selbsthaß. Allerdings war Jimmy zugänglicher als Norman und verdrängte seine Gefühle nicht so stark.

Ich konnte Jimmys innere Einsamkeit, sein Gefühl, ein Außenseiter zu sein, gut nachempfinden. Trotz allen Ruhms würde ihn dieses Gefühl wohl nie verlassen.

Einmal lud ich Jimmy und ein paar Freunde zu einem Picknick an unseren Lieblingsstrand in Truro ein, wo es riesige Dünen gab, die direkt aus dem Meer aufzuragen schienen. Es war ein wunderschöner Platz. Das Wetter war herrlich, der Himmel wolkenlos und strahlend blau. Ich hatte ein Schlemmerpicknick vorbereitet und gekühlten Wein und eine Thermosflasche mit Martinis dabei.

Norman schwamm im Meer, und ich breitete auf der Picknickdecke das Mittagessen aus. Als ich über den Strand blickte, sah ich in der Ferne Jimmy einen steilen Sandhang hinaufklettern. Er hatte nur seine Badehose an. Diese extrem dünne, langgliedrige, schwarze Gestalt wirkte so verletzlich, so verloren und einsam vor der gewaltigen Sanddüne. Aus meinem eigenen, tiefen Schmerz heraus rief ich nach ihm: »Jimmy!« Dann winkte ich mit einem langstieligen Glas. »Zeit für einen Martini.«

Kapitel 46

Es war ein furchtbarer Sommer voll von Schrecklichkeiten.

Eine Party jagte die andere, und wir wurden immer irrsinniger. Das Schlimmste war wohl ein Zwischenfall auf einer Party, die in einem Schuppen an einer einsamen Landstraße stattfand. Alle Gäste drängten sich in einem einzigen großen Raum. Norman und ich waren schon bei unserer Ankunft zugedröhnt, so daß uns die Enge nichts ausmachte. Je größer die Menschenmenge, desto mehr Aufmerksamkeit konnte Norman auf sich ziehen, und die brauchte er wie ein Junkie seinen Schuß, um jeden Preis. Wir unterhielten uns mit einer Lehrerin (wenn man unser Gelalle überhaupt eine Unterhaltung nennen konnte), die in den Sommerferien das Hippiemädchen markierte. Die über einsachtzig große Frau war sturzbetrunken und angriffslustig – in der richtigen Stimmung für einen wilden Ritt auf ihrem Hexenbesen, und ich hielt meinen wohl auch schon griffbereit. Ich hatte Big Angelina schon öfters gesehen; sie trieb sich in sämtlichen Bars von Provincetown herum und ließ keine Schnorrerparty aus. Sie war die einzige, die in diesem engen, stickigen Raum einen Strohhut trug, ein Wagenrad von einem Strohhut. Wenn sie umherlief, schien er wie ein Boot auf dem wogenden Meer aus verschwitzten Leibern auf und nieder zu schaukeln.

Angelina und ich frotzelten herum, bis plötzlich der Ton umschlug. Sie machte irgendeinen unverschämten Witz, woraufhin ich ihren Hut schnappte und auf den Boden warf. Wir fluchten, warfen uns Beleidigungen an den Kopf und schubsten uns hin und her. Norman sagte, ich solle mit ihr hinausgehen und sie verprügeln. Sie war riesig und hatte Schultern wie ein Footballspieler. Ich hatte Angst vor ihr, obwohl ich betrunken war, und wollte keine Rauferei. So wandte ich mich ab und versuchte, sie und Norman nicht weiter zu beachten. Doch er provozierte mich die ganze Zeit mit höhnischen Bemerkungen wie: »Sie macht dich fertig, und du hast nicht einmal den Mumm, ihr die Stirn zu bieten.«

Ich versuchte, es mit einem Lachen abzutun. »Red' keinen Scheiß. Wenn dir nach einer Rauferei ist, dann prügel du dich doch mit ihr. Du stehst doch auf große, üppige Frauen, oder?« Er stachelte mich immer weiter auf und wurde inzwischen noch von Angelina unterstützt, die ganz scharf auf einen Kampf war. »Er hat recht,« sagte sie, »du bist ein verdammter Feigling.« Irgendwann stand ich draußen auf einer Düne meiner vierschrötigen Gegnerin gegenüber. Norman hetzte mich weiter auf. Ich war dermaßen zu, daß mir alles wie ein Traum vorkam.

Wäre es doch nur ein Traum gewesen und nicht bittere Wirklichkeit. Ich weiß nicht, wer zuerst zuschlug, aber plötzlich rollten wir zusammen die Düne hinunter und boxten, kratzten und traten uns. Ich kämpfte, als ginge es um mein Leben. Es war ein häßlicher »Cat Fight«, zum Glück der einzige, auf den ich mich je eingelassen habe – keiner wie die im Film. Der Gedanke daran macht mich heute noch krank, doch inzwischen ist mir klar, daß dieser Kampf der Anfang vom Ende meines damaligen Lebens war.

Mein Mann hätte uns trennen müssen, aber er dachte gar nicht daran, weil sich dieser sadistische Mistkerl daran aufgeilte, wie seine Frau sich erniedrigte. Später erfuhr ich, daß Norman sogar mit anderen Männern Wetten auf uns abgeschlossen hatte.

Ich glaube, nach dem Kampf hatten wir beide einen Schock und heulten nur noch. Am nächsten Morgen erwachte ich mit einem geschwollenen Kiefer und einem tiefen Kratzer auf der Wange; mein ganzer Körper war mit blauen Flecken übersät, auf dem Kopf hatte ich kahle Stellen, an denen die Haare büschelweise herausgerissen waren.

Mein reizender Ehemann erzählte mir, wie stolz er auf mich sei, weil ich den Kampf gewonnen hätte. Anscheinend hatte er in Erfahrung gebracht, daß sie noch schlimmer aussah als ich. Ich war so fertig, daß mir alles egal war.

An der Seite dieses Mannes wurde ich immer kränker. Ich ließ zu, daß er mich Stück für Stück zerstörte. Heute frage ich mich manchmal, wer diese Fremde eigentlich war, die so wenig Ähnlichkeit mit der Frau hatte, die ich wirklich bin, diese Person, die sich im Suff wie eine Verrückte herumprügelte und die so schreckliche Dinge mit sich geschehen ließ. Norman war ebenso eifrig dabei, sich selbst zu zerstören. Ob er sich je dieselben Fragen gestellt hat?

Der Teufel hielt seinen Teil des Vertrages mit Norman ein. Mein Mann war trotz seiner immer extremeren Entgleisungen nach wie vor fähig, zu schreiben, gelegentlich sogar gut zu schreiben, wie der Artikel über Kennedy im *Esquire* beweist. Daß er weiterhin versuchte, jeden Tag zu arbeiten, und daß es ihm dabei sogar gelang, durchdachte und zusammenhängende Sätze zu Papier zu bringen, ist erstaunlich, denn sein Verhalten wurde immer irrationaler.

Kapitel 47

Dieser Horrorsommer war noch lange nicht vorbei. An den nächsten Schock kann ich mich noch genauer erinnern als an diese üble Rauferei. Diesmal waren es allerdings keine Schläge sondern Worte, die mich niederschmetterten.

Während ich den Eßzimmerboden kehrte, und Norman beim Frühstück saß, sprach ich mit ihm über den schlechten Einfluß, den Lester und Bill auf unser Leben ausübten. Ich hatte es satt, daß sie ständig nur Pot rauchten und sich bei uns durchschnorrten. Nicht aus Geiz oder Eifersucht wollte ich sie loswerden, sondern weil sie wirklich ein schlechter Umgang waren. Natürlich ergriff Norman für sie Partei und begann mit mir zu streiten. Ich kann mich nicht mehr daran erinnern, aus welchem Zusammenhang heraus er mitten in diesem Streit plötzlich mit diesem gehässigen, kleinen Lächeln um den Mund sagte, daß er seit einem Jahr eine Geliebte habe. Ich wußte zwar, daß er ständig in der Gegend herumvögelte, aber bisher hatte er nie über die häßlichen Details gesprochen. Er aß in aller Ruhe sein Rührei weiter, während er seine kleine Stinkbombe fallen ließ.

Ich sah den harten Ausdruck auf Normans ehemals schönem Gesicht, dem man allmählich seine Exzesse und seine negativen Persönlichkeitsveränderungen ansah. In diesem Augenblick verspürte ich, abgesehen von einem stechenden Schmerz in der Magengegend, dasselbe Gefühl der Angst und Verlassenheit, das ich als Kind manchmal empfunden hatte. Ich wurde wieder zu dem kleinen Mädchen, das sich mutterseelenallein fühlte. Trotz der furchtbaren Dinge, die sich im Laufe unserer sogenannten Ehe abspielten, hatte ich immer noch schreckliche Angst vor dem Verlassenwerden.

»Wer ist sie? Wie heißt sie?« waren die ersten Worte, die ich herausbrachte. Er wollte es mir nicht sagen, deshalb nahm ich an, daß ich die Betreffende kannte. Als ich zu weinen anfing, wurde sein aufgedunsenes Gesicht noch verschlossener.

»Kenne ich sie?« fragte ich.

»Nein«, antwortete er und wandte sich seelenruhig dem Buch zu, das er beim Frühstück immer las.

»Schau mich an, du verlogenes Schwein.« Dann schrie ich die Namen sämtlicher Frauen heraus, die wir kannten – ob sie jung oder alt, hübsch oder häßlich, schlank oder fett waren –, bis mir die Luft ausging. Seine Reaktion war verblüffend; er lachte nur. »Ich muß jetzt arbeiten gehen.« Als er zur Tür lief, rief ich ihm die Frage nach, die ich bisher nicht zu stellen gewagt hatte: »Liebst du sie?«

»Nein,« antwortete er, »ich liebe dich.« Mit diesen Worten zog er sich wieder in die Welt seiner Gedanken zurück und überließ mich meiner Wut und meinem Schmerz.

In den folgenden Tagen provozierte er mich dauernd mit Bemerkungen über seine Affäre, wenn er betrunken oder schlecht gelaunt war. Ich war verrückt vor Eifersucht.

»Willst du nicht wissen, wie sie heißt?« Ich versuchte, diese höhnischen Fragen zu ignorieren, aber am Ende schrie ich ihm dann doch meinen ganzen Haß ins Gesicht. Manchmal hätte ich ihn wirklich umbringen können, aber ich wagte nicht, ihn anzurühren, weil mir inzwischen klar war, wie gewalttätig er sein konnte.

Zu diesem Zeitpunkt wußte ich noch nicht, daß Norman seine Geliebte in einer primitiven, kleinen Hütte weit draußen in den Dünen untergebracht hatte. Die Hütte lag völlig einsam. Weiß Gott, was das Flittchen dort den ganzen Tag gemacht hat, außer darauf zu warten, daß er vorbeikam und mit ihr ins Bett ging.

Einige Monate später saß ich in New York mit einer Freundin in einem Restaurant. Plötzlich deutete sie auf eine Frau draußen auf der Straße, mit der sie Norman öfters gesehen hatte. Das ist also die mysteriöse Frau, die mir solche Qualen bereitet hat, dachte ich.

Sie sah mich nicht, aber ich sah sie und hätte ihr am liebsten meinen Teller ins Gesicht geschleudert. Zum Glück war ich nüchtern, sonst hätte ich sicher eine fürchterliche Szene gemacht. Ich spürte, wie sich mir der Magen zusammenkrampfte, und wollte nur noch weg. Es kam also nicht zu einer Konfrontation zwischen uns. Doch Norman stellte ich später zur Rede. Er versuchte nicht einmal, sich herauszureden, sondern gab unumwunden zu, daß das die Frau war, mit der er ein Verhältnis hatte.

Eine kleine Rache gönnte ich mir allerdings. Von da an sagte ich auf Parties gelegentlich zu meinem Mann: »Norman, ich muß dir etwas beichten. Unter den Gästen ist ein Mann, mit dem ich im Bett war. Es war nichts Großartiges, aber auch nicht übel, halt so ein Gelegenheitsfick, lange nicht so gut wie das, was zwischen uns läuft.« Das war natürlich eine Übertreibung, denn zwischen Norman und mir spielte sich damals nicht mehr allzuviel ab. »Ich habe dir doch einmal versprechen müssen, in diesem Punkt ganz ehrlich zu dir zu sein, und das bin ich jetzt auch.« Nichts davon war wahr. Ein oder zwei Seitensprünge hatte ich mir wohl geleistet, aber im Vergleich zu Norman lebte ich wie eine Heilige. Norman wurde jedesmal ganz aufgeregt. »Wer ist es? Ist es der Soundso? Oder der da drüben? Oder etwa der dort?« Ich lachte. »Das verrate ich dir nicht. Finde es doch selbst heraus.«

Kapitel 48

In diesem letzten Sommer in Provincetown war Norman in eine Menge Schlägereien verwickelt. Am deutlichsten erinnere ich mich noch an eine, die mitten in der Hochsaison stattfand und für die er am Ende ordentlich blechen mußte. Seine Eskapaden im Suff gingen immer ins Geld, aber diese kam ihn besonders teuer zu stehen.

An diesem Abend waren wir zuerst auf einer Party und tranken anschließend noch in einer Bar weiter. Ungefähr um zwei Uhr morgens machten wir uns auf den Heimweg. Wir liefen die Commercial Street entlang. Es war niemand mehr auf der Straße. Ein paar Häuserblocks weiter sahen wir ein Auto. Selbst auf diese Entfernung konnten wir erkennen, daß es sich um ein Polizeiauto handelte. Doch Norman, der sich in seinem Vollrausch mal wieder wie ein Rowdy gebärdete, begann zu winken und ›Taxi, Taxi‹ zu rufen. Ich war müde und wollte nach Hause. »Das ist kein Taxi, du Arschloch. Halt den Mund, du machst uns nur Scherereien.«

Als das Auto näher kam, stellte Norman sich ihm winkend und grölend in den Weg. Der Wagen hielt am Straßenrand, und einer der Polizisten sagte zu Norman, er solle nicht so herumschreien. Es kam zu einem Wortwechsel. Norman wurde unverschämt und fluchte auf die Polizisten. Mit einem Mal packten sie ihn, verfrachteten ihn auf den Rücksitz und brausten mit ihm davon. »He,« schrie ich ihnen nach, »wohin bringt ihr meinen Mann?«

Alles geschah so schnell, daß ich die Situation zunächst gar nicht richtig erfaßte. Ich kam mir vor wie in einem Traum. Mir war unheimlich, als ich plötzlich mutterseelenallein auf einer verlassenen, dunklen Straße stand. Da erst begriff ich, daß Norman verhaftet worden war. Ich bekam Angst, doch dann fiel mir ein, was er gesagt hatte, als er in den Wagen gestoßen wurde. »Geh heim, Schätzchen, ich ruf' dich an.« Und das tat ich dann auch.

Ich wartete eine Stunde lang und wurde immer unruhiger. Ich wollte gerade auf dem Revier anrufen, als das Telefon klingelte. Es war Norman. »Ist mit dir alles in Ordnung?« fragte ich.

»Ja, aber ich bin verhaftet.«

»Oh mein Gott!«

»Keine Sorge, du mußt nur aufs Revier kommen und alles Geld mitbringen, das du finden kannst.«

»Wo ist das Geld?«

»Im Eichenschreibtisch in der obersten Schublade. Und beeil dich.«

Ich fand ungefähr 300 Dollar. Ich steckte die Scheine ein und beschloß, Tibo mitzunehmen. Vor lauter Freude über den unverhofften Spaziergang sprang er wie wild an mir hoch. Ich konnte seine Leine nicht finden. So schnappte ich mir in der Not zwei von Normans schönen, teuren Krawatten, knotete sie aneinander und band sie Tibo um den Hals.

Inzwischen war es fünf Uhr morgens. Auf dem Polizeirevier fragte ich den diensthabenden Polizisten nach meinem Mann. Er musterte mich feindselig von Kopf bis Fuß. Das muß aber auch ein Anblick gewesen sein, das reiche Luder aus New York im modischen Partyfummel.

»Wer sind Sie?« fragte er barsch.

»Ich bin Frau Mailer. Sie haben meinen Mann hier. Ich möchte ihn sehen.«

»Ja, der ist hier«, knurrte er und führte mich in einen kleinen Zellentrakt. Ich war nie zuvor in einem Gefängnis gewesen und konnte kaum glauben, daß es Norman war, der da in dieser winzigen Zelle hockte. Er sah zum Fürchten aus. Er hatte einen blutigen Verband um den Kopf, ein zugeschwollenes Auge, und sein Anzug war zerrissen und verdreckt. Auf seinem Gesicht lag ein fast glückliches Lächeln; er wirkte benommen und immer noch betrunken.

»Mein Gott,« sagte ich, »nicht schon wieder. Du hast doch gesagt, mit dir sei alles in Ordnung. Was ist mit deinem Kopf passiert?«

»Der Scheißkerl hat auf mich eingeknüppelt, aber es ist schon wieder gut. Ich glaube nicht, daß ich schwer verletzt bin. Zahl' einfach die Kaution, und dann nichts wie weg hier. Nachher erzähl' ich dir alles.«

Norman sagte später, beim Aussteigen habe er einen der beiden Polizisten zu Boden gerungen und nach ihm geschlagen. Daraufhin sei er mit einem Totschläger niedergeknüppelt worden. Die Kopfwunde mußte mit fünfzehn Stichen genäht werden.

Ein paar Tage später gab es eine Verhandlung, die eher einer Komödie zur Unterhaltung der Sommergäste von Provincetown glich. Norman wollte sich selbst verteidigen. Der kleine Gockel spielte Clarence Darrow, stolzierte herum und zog vor einem ausgelassenen Publikum eine Riesenschau ab. Das Ganze war lächerlich und trug ihm lediglich eine saftige Geldstrafe ein.

Es wurde September, Zeit, in unsere Wohnung in der Perry Street zurückzukehren. Einer meiner schlimmsten Sommer war vorbei, und ich war froh darüber; trotzdem beunruhigte mich der Gedanke an New York. Wenn es in Provincetown schon so furchtbar gewesen war, was erwartete mich dann erst dort?

Unser Mietvertrag in der Perry Street lief aus, und wir beschlossen, ihn nicht zu verlängern. Ich hatte diese düstere Wohnung sowieso nie gemocht.

Ein Freund erzählte Norman von einer Wohnung im zwölften Stock eines Hochhauses in der Upper West Side, die befristet zu vermieten war. Meiner Rechnung nach lag sie im dreizehnten Stock, was mir nicht so recht behagte. Außerdem wollte ich eigentlich nicht aus dem Village fortziehen.

Aber wir nahmen die Wohnung dann doch, weil sie so groß war, die größte, die wir je gehabt hatten.

Sie hatte zwei Schlafzimmer, ein separates Zimmer für das Hausmädchen, eine große Wohnküche und zwei Bäder. Alle Räume waren in einem bedrückenden Dunkelgrün gestrichen und notdürftig mit ein paar häßlichen Möbeln eingerichtet. Selbst die paar hübschen Möbelstücke, die wir mitbrachten, kamen vor den dunkelgrünen Wänden nicht zur Geltung. Die Farbe paßte allerdings zu meinem damaligen Gemütszustand, zu meiner Verzweiflung über mein Leben und meine kaputte Ehe.

Ich entfernte mich innerlich immer weiter von meinem Mann. Zudem spukte mir das Gespenst seiner aufgedonnerten Geliebten im Kopf herum. Wie sollte ich diesen Mann begehren, wenn ich eine solche Wut auf ihn hatte, eine Wut, die sich langsam in nackten Haß verwandelte?

Ich begann mich vor ihm zu ekeln, vor diesem versoffenen, zügellosen Fettwanst, der mit dem schlanken, gutgebauten Mann, den ich einst so leidenschaftlich begehrt hatte, keine Ähnlichkeit mehr hatte.

Wenn wir miteinander schliefen, hatte ich gar nicht mehr das Gefühl, mit ihm zusammen zu sein. Wenn ich ihn kurz vor dem Orgasmus anblickte, hatte er den unbeteiligten Gesichtsausdruck eines Fremden, der die Geräusche und Bewegungen, die ich machte, einfach nur registrierte. Ich kam mir vor, als betrachte mich ein wahnsinniger Wissenschaftler durch sein Mikroskop. Es war unheimlich; es nahm mir die Lust, und ich fühlte mich einsamer denn je.

Als ich einmal nicht bereit war, auf seine Sonderwünsche einzugehen, reagierte er so wütend, daß ich befürchtete, er würde mich gleich schlagen. Ich schloß mich im Badezimmer ein und hörte ihn brüllen: »Verdammt noch mal, in der Öffentlichkeit will ich eine Dame an meiner Seite haben und im Bett eine Hure, nicht umgekehrt.« »Ich bin keine Hure,« schrie ich zurück, »und für deine schmutzigen Spielchen kannst du dir ja eine deiner sogenannten Damen holen.«

Ich versank immer tiefer in Depressionen und lebte nur noch von einem Tag zum anderen. Ich hatte das Gefühl, auseinanderzufallen, und nur meine beiden süßen kleinen Mädchen verhinderten, daß ich mich völlig aufgab. Ich war doch ihre Mama, und ich liebte sie über alles. Sie brauchten mich, und ich brauchte sie. Ich tat mein Bestes, um sie von den schrecklichen Dingen zwischen Norman und mir abzuschirmen.

Dandy meldete ich in einem guten Kindergarten an. Schon elfmal hatte sie das aufwühlende Chaos eines Umzugs ertragen müssen. Da Netty, das Kindermädchen, immer noch bei uns war, versuchte ich wieder zu malen. Doch ich fühlte mich körperlich und emotional so ausgelaugt, als würde ein Vampir mich aussaugen. Ich versuchte weiter, mit den zahllosen Facetten von Normans Persönlichkeit zurechtzukommen, auch mit seinen rastlosen Egotrips. Ich lebte mit einem Mann zusammen, der eine emotionale Krise nach der anderen durchmachte, der am Rande eines völligen Zusammenbruchs stand. Aber wir versuchten beide, dieser Wirklichkeit auf jede nur erdenkliche Weise zu entfliehen. Obwohl ich unglücklich und verzweifelt war, saß ich immer noch mit ihm in dieser Achterbahn und wagte nicht auszusteigen, aus Angst, eine andere könnte meinen Platz einnehmen.

Bis jetzt hatte Norman noch die erstaunliche Fähigkeit, nach jedem Absturz wieder auf die Füße zu fallen und zu schreiben. Seine Disziplin und langjährige Übung halfen ihm dabei, wie gewohnt weiterzuarbeiten.

Dieses Glück hatte ich nicht. Obwohl ich eine begabte Künstlerin war, fehlten mir die Disziplin und die Kraft, um selbst in diesen schrecklichen Tagen zu arbeiten. Später gelang das auch meinem Mann nicht mehr. Er brachte schließlich nur noch wirres Zeug aufs Papier. Wenn wir so weiterleben, enden wir beide noch in der Irrenanstalt, dachte ich oft.

Kapitel 49

Der Herbst und Winter nach dem schrecklichen Sommer in Provincetown leiteten das Ende unserer Ehe ein – sie waren gewissermaßen »eine letzte Etappe«, auch wenn ich das damals nicht wußte. Die chaotischen und wüsten Szenen nahmen kein Ende, weder die, die Norman und ich uns zu Hause lieferten, noch die, die er außerhalb unserer vier Wände alleine inszenierte. Er schien allmählich völlig die Kontrolle über sich zu verlieren.

Im November rief einmal mitten in der Nacht ein Freund an, um mir mitzuteilen, daß mein streitsüchtiger Mann wegen Trunkenheit und Erregung öffentlichen Ärgernisses verhaftet worden sei und gerade dazu vernommen werde. Die Verhandlung sei schon morgen früh.

Norman hatte ihn gebeten, mich anzurufen und mir auszurichten, ich solle morgens um sieben Uhr mit einem Anwalt zu ihm kommen, um ihn auszulösen. Inzwischen hatte ich mich an solche Vorfälle gewöhnt, denn mein Ärger darüber, daß ich schon um halb sechs aufstehen mußte, um pünktlich im Gerichtssaal zu sein, war größer als meine Sorge um meinen Mann, der diese Nacht im Gefängnis zubringen mußte.

Ich erfuhr, daß Norman im Birdland verhaftet worden war, einem Jazzclub, in dem er sich gerne betrank, denn er hielt sich inzwischen für einen Jazzkenner. Der Anlaß war angeblich eine Rechnung über sieben Dollar fünfzig gewesen. (So eine kleine Zeche hatte er? Das war ja kaum zu glauben.) Norman wollte sie mit seiner Kreditkarte bezahlen, die der Geschäftsführer jedoch nicht akzeptierte. Daraufhin machte Norman eine Szene; es kam zu einem Handgemenge; und schließlich wurde die Polizei gerufen. Was danach passierte, weiß ich nicht. Jedenfalls wurde Norman mal wieder wegen Trunkenheit und Erregung öffentlichen Ärgernisses angeklagt. Seine damalige Freundin hatte die Frechheit, im Gerichtssaal zu erscheinen. Offenbar war sie in dieser Nacht mit ihm im Birdland gewesen. Ich war wohl zu müde und ausgelaugt, um das Luder, das mit meinem Mann herumzog, zur Rede zu stellen. Doch was hätte das auch schon gebracht? Als Norman zusammen mit den anderen Gefangenen hinausgeführt wurde, sah er zu mir herüber und lächelte. In diesem Augenblick tat er mir trotz meiner Wut leid. Er sah völlig fertig aus, und ich ahnte hinter seiner Machomaske einen ängstlichen Mann, der sich verloren vorkam.

Er hatte mittlerweile zwei Verhaftungen wegen Trunkenheit und Erregung öffentlichen Ärgernisses hinter sich und war damit vorbestraft. Aus dem netten Judenjungen war ein übler Rowdy geworden.

Ein anderes Mal kam Norman um vier Uhr früh betrunken nach Hause. Er sah abgerissen aus und stank nach Schweiß und billigem Parfüm. Ich lief in solchen Nächten schon lange nicht mehr nervös auf und ab, weil ich mir Sorgen machte, daß ihm etwas zugestoßen sein könnte. Manchmal wünschte ich mir sogar, er käme unter ein Auto. Was mich wach hielt und fast zum Wahnsinn trieb, war meine Eifersucht, die Vorstellung, daß er wieder bei seinem Flittchen war.

In dieser Nacht sah er grauenhaft aus. Seine Kleidung war zerknittert, als hätte er darin geschlafen. Er hatte dunkle Ringe unter seinen Tränensäcken, und sein Gesicht war maskenhaft verzerrt. Als er das Jackett auszog, sah ich Lippenstiftflecken auf seinem offenen Hemdkragen. Wenn ich ruhig blieb, würde ich die Wahrheit nicht aus ihm herausbekommen. So ließ ich meinen Gefühlen freien Lauf und schrie.

»Ich halte das nicht mehr aus. Wo zum Teufel bist du gewesen?«

»Baby,« sagte er, »du würdest mir ja doch nicht glauben.« Er sprach wieder mit seinem dämlichen Texas-Akzent.

»Du mit deinem Idiotenakzent! Sprich gefälligst normal, verdammt!«

»Also«, sagte er mit einem blöden Grinsen. »Wenn du endlich ruhig bist, erzähl' ich dir, was passiert ist. Es ist wirklich eine tolle Geschichte.«

Im Prexy's am Sheridan Square im Village hatte sich eine gutaussehende Schwarze neben ihn gesetzt. Sie kamen ins Gespräch, und sie schlug ihm vor, zu ihr zu gehen, was sie dann auch taten. »Wie konntest du nur?« schrie ich. »Das war doch eine Nutte. Wieviel hast du ihr bezahlt, du dreckiges Schwein?«

Er war so in seine Geschichte vertieft, daß er meine Frage ignorierte.

»Halt den Mund, dann erzähl' ich dir, wie die Geschichte weiterging.«

»Das will ich gar nicht wissen. Das interessiert mich nicht im geringsten«, schrie ich und hielt mir die Ohren zu.

»Und ob dich das interessiert. Also wir kommen in ihre Wohnung, sie zieht sich aus – und entpuppt sich als ein Kerl. Sie sah wirklich fabelhaft aus; ich konnte es kaum glauben.« Ich saß da wie erstarrt und traute mich kaum, die nächste Frage zu stellen. »Und was hast du dann gemacht?«

Norman grinste. »Ich habe sie trotzdem gefickt.«

Mir drehte sich vor Ekel der Magen um. Ich wußte, daß ich mich nie wieder von ihm anfassen lassen würde.

»Oh Gott, wie konntest du bloß so etwas tun?« Ich kroch ins Bett und zog mir die Decke über den Kopf. Er stapfte ins Badezimmer. Ich hörte die Dusche rauschen. Das wird er nie von sich abwaschen können, jedenfalls nicht für mich. Das kann doch nicht wahr sein. Das bin doch nicht ich, die diesen Alptraum durchmacht, dachte ich. Ich war so erledigt, daß ich gleich einschlief.

Wo sollte dieser Wahnsinn von einer Ehe noch enden? Ich war verzweifelt, verwirrt und so sehr in meinen eigenen, ambivalenten Gefühlen gefangen, daß ich unfähig war, Norman zu verlassen. Das Leben mit ihm war die Hölle, doch wie sollte ein Leben allein mit zwei Kindern aussehen? Für diesen Schritt fehlten mir der Mut und die Kraft. So merkwürdig es auch klingen mag, ein Leben ohne meinen Mann konnte ich mir trotz alledem immer noch nicht vorstellen. Er hatte Macht über mich, eine Macht, die ich mir nicht erklären konnte.

Ich lebte mit ihm zusammen und kannte ihn von Seiten, die sonst niemand mitbekam. In einem Augenblick war er völlig verrückt, im nächsten wieder ganz normal. Er hatte so viele Gesichter. Und er konnte auch immer noch der freundliche Norman sein, der Dandy und Betsy zärtlich in den Armen hielt.

Damals, in den fünfziger und sechziger Jahren (und vielleicht auch noch heute in den Neunzigern), hatte Norman ein zwanghaftes Bedürfnis, Macht auszuüben und im Rampenlicht zu stehen. Er wollte unbedingt Aufsehen erregen, ganz gleich womit. Hauptsache er stand im Mittelpunkt. Manchmal gab er die verrücktesten Erklärungen ab, nur um ins Gespräch zu kommen. Doch leider waren seine Auftritte oft reiner Selbstzweck, ein lauter, unmißverständlicher Appell: »Seht alle her, Leute! Hier bin ich, der brillante Norman Mailer! Hört meine kühnen Ideen!« Seine komplizierten Ausführungen hatten eine einfache Botschaft: »Rühmt mich oder verdammt mich, aber schenkt mir um Himmels willen Beachtung.«

Als er verkündete, er wolle für das Amt des Bürgermeisters von New York kandidieren, war ich über diese Verrücktheit natürlich nicht sonderlich überrascht. Ich nenne es eine Verrücktheit, weil es ein völlig unrealistischer Plan war, der mit seinem enormen Geltungsdrang und seiner maßlosen Selbstüberschätzung zusammenhing. Noch schlimmer war jedoch, daß er ihm eine neue Möglichkeit bot, vor sich selbst davonzulaufen. Ich weiß genau, wie vielschichtig und komplex Normans Persönlichkeit ist. Der Streß, den eine Kandidatur für das Amt des Bürgermeisters mit sich brachte, war das Letzte, was er in seinem ohnehin schon extrem angespannten Zustand gebrauchen konnte. Dieser Streß mußte zusammen mit dem enormen inneren Druck, unter dem er damals stand, zwangsläufig zu einer Explosion führen.

Norman engagierte als Wahlkampfleiterin eine fette, blonde *Schickse,* die eine Kolumne für die *Village Voice* geschrieben hatte. Ich vermute, daß sie mehr als nur seine Wahlkampfleiterin war, da er schließlich alles, was zwei Beine, einen Mund und zwei Titten hatte, zu vögeln versuchte. Sie muß genauso verrückt wie er oder extrem ehrgeizig gewesen sein, sonst hätte sie dieses Amt wohl kaum übernommen. Letztendlich war es egal, was sie war, da Normans Wahlkampf ohnehin nie eine ernstzunehmende politische Kampagne war.

In den darauffolgenden Monaten jagte ein Ereignis das andere. Norman wurde immer hektischer und schrieb kaum noch. Ich ließ mich allmählich von der Wahnidee meines Mannes anstecken. Ich weiß noch, daß ich Dan Wolf einmal beschrieb, wie ich Gracie Mansion einrichten würde. Ich erzählte ihm auch, daß ich auf der Suche nach einem schönen, silbernen Teeservice für die Empfänge sei, die ich dort geben würde, und klagte: »Ich habe gar nichts anzuziehen. Ich muß mir unbedingt ein paar neue Kostüme kaufen.« Eine Zeitlang spielte Dan mit, dann lachten wir beide über die Absurdität des Ganzen.

Absurd ist auch eine Geschichte über Norman, die mir ein Bekannter später erzählte. Norman und er tranken in einer Bar und gabelten zum Schluß zwei Mädchen auf. Diese luden die beiden Männer in ihre Wohnung in der Horation Street ein, wo der sternhagelvolle Norman im Wohnzimmer umkippte und auf dem Fußboden eindöste. Nach einer Weile kam er wieder zu sich und stolperte in die Nacht hinaus. Die beiden Mädchen fanden es so aufregend, Norman Mailer kennengelernt zu haben, daß sie, während er schlief, seine Umrisse mit Kreide nachzogen und daneben schrieben: ›Hier lag Norman Mailer.‹ Das sollte Eindruck auf ihre Freunde machen.

»Was für dumme Gänse«, meinte ich lachend.

Dann war da noch dieser unattraktive, stinklangweilige Kerl, der mir auf einer von der *Village Voice* veranstalteten Party im Suff anvertraute, daß viele Mädchen mit ihm ins Bett gingen, weil er Norman Mailer kannte. So berühmt, oder besser berüchtigt, war mein Mann inzwischen.

Norman vergötterte seine jüngere Schwester Barbara, und sie erwiderte seine Gefühle. Sie bekam seine Launen so gut wie nie zu spüren. Natürlich stritten die beiden ab und zu miteinander, doch er war immer freundlich und fürsorglich zu ihr. Sie hatten ein sehr enges Verhältnis, und Barbara verhielt sich ihm und der Familie gegenüber absolut loyal. Erstaunlicherweise kritisierte er Barbara nur selten, und wenn, dann nicht so erbarmungslos wie die meisten anderen Menschen, die ihm nahestanden.

Sie war und ist etwas Besonderes, und ich bin ihr heute noch für die Liebe und Aufmerksamkeit dankbar, die sie meinen heranwachsenden Töchtern schenkte. Sie brachte etwas Stabilität in das chaotische Leben, das Norman ihnen bereitete. In jenen Jahren, in denen die beiden sich ständig an neue Stiefmütter gewöhnen mußten, war Barbara eine feste und wichtige Bezugsperson für sie. Sie trug viel dazu bei, daß sie sich zu den wunderbaren jungen Frauen entwickelten, die sie heute sind.

Aus diesen Gründen erzählte ich ihr trotz meiner Wut und Angst nie von Normans Exzessen.

Doch die intelligente und sensible Barbara muß gemerkt haben, was mit ihrem Bruder vorging, wie negativ er sich veränderte.

Eines Nachmittags kam sie zu uns und brachte ein getipptes Schriftstück vorbei, das sie in Normans Auftrag aufgesetzt hatte; es hatte etwas mit der Bürgermeisterkandidatur zu tun. Norman sah es stirnrunzelnd durch und kritisierte es in einem merkwürdig aufgeregten Ton. Sie stritten sich, wie ich es noch nie zuvor erlebt hatte. Er war gemein und unsachlich, und das sagte sie ihm auch. Plötzlich tat er etwas, was weder sie noch ich je für möglich gehalten hätten – er schlug ihr die Faust ins Gesicht; ihre Brille fiel zu Boden und zerbrach. Diese brutale Reaktion kam völlig überraschend, und ich war genauso schockiert wie sie. Ich sah, daß er ihr wehgetan hatte, denn sie hielt sich die Hände vor das Gesicht und weinte. »Was ist denn mit dir los? Bist du verrückt geworden?« Er warf ihr vor, sie wolle ihn mit dieser miserablen Arbeit sabotieren. Da sammelte sie die Scherben ihrer Brille auf und rannte aus der Wohnung.

Als sie weg war, fragte ich ihn, wie er sie bloß so verletzen konnte. Er schien keine Reue zu empfinden, sondern sagte nur »diese dumme Fotze« oder so etwas Ähnliches. Wieder war ich fassungslos, denn so hatte ich ihn noch nie über sie reden hören.

Ich bekam meinen Teil am nächsten Tag ab. Während eines kleinen Streits über eine Belanglosigkeit stieß er mir aus heiterem Himmel die Faust in den Magen, vor den Augen der Mädchen, die zu weinen anfingen. Norman sah so wütend aus, daß ich richtig Angst bekam. Ich nahm die Kinder und rannte mit ihnen aus der Wohnung. Ich blieb so lange fort, bis ich mir sicher war, daß er sich wieder beruhigt hatte.

Am nächsten Tag rief ich Barbara an. Es ging ihr wieder gut, aber sie war immer noch ganz verstört. »Ich habe ihn noch nie so erlebt.«

»Ich schon,« sagte ich, »und es wird mit jedem Tag schlimmer.« Ich erzählte ihr, was vorgefallen war, daß er mich früher schon geschlagen hatte und daß ich mich inzwischen wirklich vor ihm fürchtete. Ich fand, daß er besser in eine Nervenklinik eingeliefert werden sollte, bevor er womöglich jemanden umbrachte – mich oder sonst irgendwen. Wir sprachen mehrmals darüber und waren uns einig, daß er dringend medizinische Hilfe benötigte. Da wir beide wußten, daß er nichts von Psychotherapie hielt und sich niemals freiwillig in Behandlung begeben würde, sahen wir keine andere Möglichkeit als eine Einweisung in die Psychiatrie. Letztendlich schreckten wir jedoch beide davor zurück, entsprechende Schritte in die Wege zu leiten. Die Vorstellung war einfach zu ungeheuerlich.

Trotz meiner chaotischen Lebenssituation schaffte ich es irgendwie, weiterhin für meine Kinder zu sorgen und mir in ihrer Gegenwart nicht anmerken zu lassen, wie wütend, ängstlich und verwirrt ich war. Ich ging mit den Mädchen in den Park, in den Zoo und in das Spielzeugparadies F.A.O. Schwarz, spielte mit ihnen, las ihnen vor und brachte sie zum Lachen.

In meinem Unglück, meiner Hysterie, meinem ganzen Leben waren meine beiden Lieblinge der einzige Halt. Meine Liebe für sie war das einzige, dessen ich mir sicher war. Sie hielten mich in der Wirklichkeit, waren ein Teil von Norman und mir, ein Teil der Liebe, die ich, Gott möge mir helfen, immer noch für ihn empfand.

Trotz allem, was damals geschah, trotz meiner Gespräche mit Barbara über eine Zwangseinweisung wollte ich immer noch nicht wahrhaben, daß auch ich selbst große Probleme hatte. Der Alkohol brachte diese innere Stimme zum Schweigen, die mir zuflüsterte: »Rette dich! Nimm deine Mädchen und lauf weg, renn um dein Leben!« Ich konnte und wollte immer noch nicht aus der Achterbahn aussteigen, in der ich mit Norman saß. Dann begann die letzte, furchtbare Sturzfahrt in den Wahnsinn, die um ein Haar tödlich geendet hätte.

Kapitel 50

Norman wollte für Roger Donoghue am 19. November eine Geburtstagsparty geben, mit der er allerdings noch ein anderes Ziel verfolgte: Sie sollte seine Popularität als Bürgermeisterkandidat erhöhen. Ich war damals so depressiv, daß ein großes Fest das Allerletzte war, worauf ich Lust hatte. Von mir aus hätten wir überhaupt keine Parties mehr zu geben brauchen. Doch Norman meinte, diese Veranstaltung sei ein wichtiger Bestandteil seiner Wahlkampagne.

In den Tagen davor und sogar noch am Tag der Party rannte er hektisch in der Stadt herum und lud in Kneipen alle möglichen Sozialfälle ein – Bettler, Säufer, Drogensüchtige, Obdachlose und so weiter. Er sagte, sie (die große Mehrheit) seien seine zukünftigen Wähler, und er würde ihr Repräsentant sein. Er lud aber auch einige Leute von Rang und Namen ein, um seiner Herde aus Unterprivilegierten zu beweisen, daß er ein ernstzunehmender Kandidat war, der auch von einflußreichen Persönlichkeiten unterstützt wurde.

Für mich hörte sich das alles beängstigend und verrückt an, doch es kümmerte ihn nicht, wie ich mich fühlte und was ich sagte. Er ließ sich durch nichts von seiner neuen fixen Idee abbringen.

Eine Woche vor der Party lief er nervös in der Wohnung auf und ab, das Gesicht schweißnaß und vom Whiskey gerötet, und brüllte zwischendurch ins Telefon. Er wollte Eleanor Roosevelt einladen und war frustriert, weil er sie nicht an den Apparat bekam.

»Das ist doch sinnlos. Sie wird nie kommen. Die Idee ist einfach lächerlich«, meinte ich. Doch er ließ sich nicht beirren und versuchte sogar, die Kennedys einzuladen. Natürlich kam er gar nicht durch. In seiner Wut redete er sich ein, ein Komplott gegen ihn sei der Grund dafür. Seine Schlaflosigkeit war schlimmer denn je; er war nur noch ein Nervenbündel. Nichts paßte ihm; an allem hatte er etwas auszusetzen.

Trotz alledem schaffte ich es, die Aufgaben, die mir bei der Organisation dieser Riesenparty zufielen, irgendwie zu bewältigen. Ich bestellte das Essen, Gläser, Teller, einen Garderobenschrank für die Mäntel und einen Barkeeper.

Norman kümmerte sich wie üblich um die Getränke. Am Nachmittag vor der Party wurden kistenweise Alkoholika angeliefert, mehr als bei jeder anderen Party, die wir bisher gegeben hatten.

Das große Ereignis sollte um neun Uhr beginnen. Norman brachte sich schon am Nachmittag mit Pot und Whiskey in Stimmung. Er war fast den ganzen Tag in der Stadt unterwegs. Ich weiß nicht, was er dort machte, wahrscheinlich rannte er durch Greenwich Village, hielt Wahlreden und lud noch mehr Opfer der Gesellschaft ein.

Jahre später traf ich zufällig eine alte Bekannte wieder, eine Schauspielerin. Sie erzählte mir von einem Vorfall, der sich am Tag der Party ereignete und möglicherweise Einfluß auf das spätere Geschehen hatte.

Norman und John Cox, ein bei der Prudential Insurance beschäftigter Anwalt und angeblicher Freund von uns beiden, hatten am Nachmittag eine Sauftour durch die Kneipen des Village gemacht. Irgendwann kam John auf die Idee, die Schauspielerin anzurufen. Da er schon ein paarmal mit ihr ausgegangen war, nahm er an, daß sie nichts dagegen haben würde, wenn er mit Norman auf einen Drink bei ihr vorbeischaute. Sie kannte Norman noch nicht, und wie von John richtig vorhergesehen, gab sie dem berühmten Schriftsteller keinen Korb.

Die drei tranken etwas zusammen und plauderten. Dann machte Norman einen plumpen Annäherungsversuch. Er grabschte an ihr herum und schlug ihr in seinem Texas-Slang einen Dreier mit John vor. Als sie ablehnte, wurde er aggressiv und ausfällig. Das war kaum das Benehmen eines Mannes, dessen Lieblingsspruch ›Mann, reg dich ab‹ war.

Als er sie immer hartnäckiger bedrängte, bekam sie Angst, weniger vor John, der bereits so viel getrunken hatte, daß er jenseits von Gut und Böse war, als vor Norman. Sie wußte, daß etwas Übles geschehen würde, wenn sie die beiden nicht aus ihrer Wohnung bekam, und das war nicht einfach. Sie gingen erst, nachdem sie ihre hysterische Nummer abgezogen und mit der Polizei gedroht hatte.

Sie war immer noch nicht darüber hinweg, daß ein so berühmter Schriftsteller sich in ihrer Wohnung wie ein Vieh benommen hatte. Und dieser Mann träumte davon, Bürgermeister von New York zu werden, und wollte in wenigen Stunden eine Riesenfete steigen lassen, die ihm dabei helfen sollte.

Kapitel 51

Norman kam gegen acht nach Hause. Er war immer noch ziemlich betrunken, riß sich jedoch zusammen.

Ich hatte die Kinder nach dem Essen ins Bett gebracht, las ihnen wie jeden Abend ihre Gutenachtgeschichte vor und deckte sie zu.

Danach duschte ich und zog ein teures, schwarzes Chiffonkleid mit Samtmuster an. Norman entschied sich für ein Torerohemd, das er einmal in Mexiko gekauft hatte.

Vor der Ankunft der Gäste besänftigte ich das ungute Gefühl, das ich schon den ganzen Tag hatte, mit zwei Martinis. Als sich dann alle in unserer Wohnung drängten, trank ich noch mehr. Ein Gefühl drohender Gefahr breitete sich in mir aus. Den schweren, umnebelten Kopf auf die Hände gestützt, suchte ich verzweifelt nach einem Weg, dieser Party und meiner Angst zu entfliehen. Ich blickte mich um; überall sah ich nur unbekannte Gesichter; das meines Mannes kam mir besonders fremd vor. Ich hatte das Gefühl, in ein schwarzes Loch zu fallen, und im ganzen Raum schien es keinen Menschen zu geben, an dem ich mich festhalten konnte. Ich begann zu zittern.

Da entdeckte ich meine Freundin Louise, die mit Shel Silverstein gekommen war, der damals Cartoons für die *Village Voice* zeichnete. Obwohl sie in der anderen Ecke des Zimmers stand, sah sie, in welcher Verfassung ich war und kam herüber.

»Adele, was hast du? Was ist los?«

»Oh Gott, Louise, ich glaube, ich werde noch verrückt. Ich muß mit dir reden. Laß uns in irgendeine ruhige Ecke gehen, weg von diesen schrecklichen Leuten.«

Wir wollten uns in mein Schlafzimmer zurückziehen, doch dort hockten ein paar verwahrloste Gestalten herum und rauchten Gras. Schließlich blieb uns nur die Toilette. Louise versuchte, mich zu beruhigen, aber ich heulte nur noch und erzählte ihr, wie furchtbar die letzten Monate gewesen waren, welche Angst ich inzwischen vor meinem Mann hatte, wie unberechenbar er war und wie er mich mit seinen Bosheiten und Launen zum Wahnsinn trieb. »Ich kann nicht mehr. Am liebsten würde ich mich umbringen.«

»Du mußt ihn verlassen«, sagte sie.

»Ich weiß,« schluchzte ich, »aber wo soll ich denn hin? Ich habe kein Geld – und was ist mit den Kindern? Er ist verrückter denn je, und ich weiß nicht mehr, was ich tun soll.«

Mittlerweile drängten sich ungefähr 200 Menschen in unserer Wohnung. Ständig strömten neue Leute von der Straße herein und verschwanden wieder; der Alkohol floß kistenweise ihre Kehlen hinunter. Der widerlich süße Geruch von Haschisch mischte sich mit dem Gestank ungewaschener Körper. Cocktailhäppchen und Zigarettenstummel wurden in die Teppiche getreten. Niemand kümmerte sich darum, denn alle waren betrunken. Die Party war wie ein furchterregender, zwanzigköpfiger Drachen, der sich träge durch diese Räume wälzte und Dreck, Gestank und Zerstörung hinterließ.

Mein Mann, den ich in dem ganzen Gedränge kaum gesehen hatte, hatte die Party inzwischen völlig betrunken und bekifft verlassen. Ich erfuhr, daß er auf der Straße George Plimpton begegnet war, der sich auf den Heimweg gemacht hatte, weil die miese Atmosphäre auf der Party ihm zuviel geworden war. Norman schlug George aus heiterem Himmel mit einer zusammengefalteten Zeitung ins Gesicht, angeblich weil dieser Normans Aufforderung, ein paar reiche und einflußreiche Leute zu der Party mitzubringen, nicht nachgekommen war.

Um vier Uhr morgens waren alle gegangen, bis auf Lester Blackiston und einen Schwarzen, den ich nicht kannte. Norman streifte noch immer durch die Straßen. Er hatte sich inzwischen außer mit Plimpton auch noch mit ein paar Halbstarken angelegt, und wer weiß, mit wem sonst noch. Lester, ich und der Schwarze erzählten uns im Suff irgendwelchen Unsinn, als plötzlich Norman wieder auftauchte. Was dann geschah, sehe ich heute noch vor mir.

Norman war verdreckt, hatte Blut auf seinem zerrissenen Torerohemd und seinem wutverzerrten Gesicht und ein blaues Auge. Ich erkannte ihn kaum wieder. Er war völlig von Sinnen. Ich glaube, er wußte gar nicht mehr, wo er war. Wie ein rasender Stier stürmte er ins Wohnzimmer, auf der Suche nach irgend jemandem, irgend etwas, an dem er seinen quälenden inneren Druck und seinen Zorn ablassen konnte. Ich starrte ihn an und wurde einen wahnsinnigen Augenblick lang der Matador mit dem roten Tuch. In meiner verzweifelten Wut, die kaum geringer war als seine, haßte und verhöhnte ich ihn: »Aja Toro, aja! Komm schon, du kleine Schwuchtel, hast du keinen Schneid, keine *cojones*? Hat dein häßliches Flittchen sie dir abgeschnitten, du Hurenbock?«

Und dann begann dieser letzte Tango, unser kleiner Todestanz um das blutrote Tuch. Er traf mich dicht am Herzen und in den Rücken – mit einem schmutzigen, knapp acht Zentimeter langen Taschenmesser, das er irgendwo aufgelesen hatte. Einen Augenblick lang stand ich reglos da, ganz ruhig, ohne etwas zu spüren. Ich faßte mir an die Seite; sie fühlte sich naß an. Dann sah ich meine Hand an; sie war voller Blut. »Oh, lieber Gott, hilf mir«, stieß ich aus und sank zu Boden. In meinem blutgetränkten Kleid lag ich da, unfähig, mich zu rühren, doch bei vollem Bewußtsein. Alle brutalen Details dieser Szene in der Hölle prägten sich mir unauslöschlich ein. Norman stand einfach nur da und sah mich an, während der schwarze Fremde mir aufzuhelfen versuchte. Ich schrie vor Schmerz; jede noch so kleine Bewegung war eine Qual. Ich war zu schwach, um aufzustehen. Da sah der Fremde, wie blutig mein Kleid war. »Oh Gott, Mann, was hast du gemacht? Wir müssen sie ins Krankenhaus bringen,« sagte er zu Norman. Es war erstaunlich, wie klar ich alles hören und sehen konnte – als geschähe das alles einer anderen.

Ich spürte, wie Norman nach mir trat. »Laß sie, laß das Miststück krepieren«, sagte er zu dem Schwarzen.

»Verdammt nochmal, Norman, bist du verrückt geworden? Sie braucht einen Arzt. Sie ist schwer verletzt.«

Der Schwarze versuchte, mich hochzuheben, um mich von meinem Mann und aus der Wohnung wegzubringen. Aber Norman stieß ihn beiseite. Ich fiel zurück. Norman packte den Mann und schlug mit der Faust nach ihm. Sie rangen miteinander und wälzten sich im Zimmer herum.

Blackiston war gegangen. Ich lag hilflos da, so wie es aussah, lebensgefährlich verletzt, während die beiden Männer erbittert miteinander kämpften. Der Wahnsinn dieser Situation war mir voll bewußt. Schließlich schlug mein neuer Freund Norman zu Boden, hob mich auf, schleppte mich zum Aufzug und brachte mich in die Eingangshalle hinunter, in der noch ein Grüppchen angetrunkener Partygäste herumstand. Irgend jemand rief einen Arzt und einen Krankenwagen. Mein Retter war mittlerweile in die Nacht hinaus verschwunden. Niemand wußte, wer mein schwarzer Engel war. Ich sah ihn nicht wieder, konnte mich also nie bei ihm dafür bedanken, daß er mir das Leben gerettet hatte.

Ich werde auch nicht vergessen, wie freundlich Donald Ogden Stewart Jr. zu mir war; er hielt mir die Hand und sprach mir Mut zu. Doch während er mich zu beruhigen versuchte, hämmerte ein anderer mir ein, ich müsse meinen Mann decken und der Polizei sagen, ich sei auf eine zerbrochene Flasche gefallen. In meinem Schock und Schmerz sagte ich ja. Ich war zu verwirrt und zu schwach, um zu protestieren.

Die Polizei traf noch vor dem Krankenwagen ein und verhörte mich. Es kümmerte sie nicht, wie verletzt ich war und wie elend ich mich fühlte. Sie wollten wissen, wer es getan hatte. Ich höre jetzt noch die Stimme des Kriminalbeamten, der zu mir sagte: »Also hören Sie, Frau Mailer, das sind doch keine von Glasscherben verursachten Schnittwunden; dazu sind die Wundränder viel zu glatt. Das sind eindeutig Messerstiche. Warum sagen Sie uns denn nicht, wer das getan hat?« »Ich weiß nicht,« keuchte ich, »auf dem Boden lag eine zerbrochene Flasche, und ich bin gestolpert und hingefallen.«

Normans Schriftstellerfreunde und alle anderen waren sofort verschwunden, als sie die Polizisten kommen sahen.

Nur Netty, unser Kindermädchen, blieb bei mir. Sie hatte eine Freundin von uns, die noch einmal in die Wohnung hinaufgegangen war, gebeten, nach den Kindern zu sehen. Es war ein Wunder, daß sie bei dem Höllenlärm nicht wach wurden. Selbst jetzt, wo ich all dies niederschreibe, muß ich an meine armen Babies denken, die am nächsten Morgen feststellten, daß ihre Eltern verschwunden waren – ohne ein Wort des Abschieds oder der Erklärung. Ich hatte sie noch nie eine ganze Nacht allein gelassen. Netty saß neben mir im Krankenwagen, als mein Ehemann in die Nacht hinaustorkelte.

Trotz der Decken zitterte ich. Netty hielt mir die Hand. »Ich werde sterben, nicht wahr?« Ich sprach so leise, daß sie sich tief zu mir herabbeugen mußte, um mich bei dem Sirenengeheul zu verstehen. »Aber nein, Frau Mailer, natürlich nicht. So etwas dürfen Sie nicht denken. Wir sind gleich im Krankenhaus.« Ich hatte keine Schmerzen mehr; ich fühlte mich nur ganz weit weg, selbst das Sirenengeheul schien weit entfernt. Nach unserer Ankunft in der Universitätsklinik wurde ich sofort in den Röntgenraum gebracht. Als sie mich hochhievten, um mich vor den Röntgenapparat zu stellen, wurde ich ohnmächtig. Ich kam erst wieder zu mir, als ich in den Operationssaal geschoben wurde. Meine Schwägerin Barbara hatte irgendwie erfahren, was geschehen war, und war sofort zur Klinik geeilt. Jetzt lief sie neben mir her und hielt mir die Hand. Ich umklammerte ihre Hand, als sei sie meine letzte Verbindung zu dieser Welt. Sie schaute besorgt und voller Mitgefühl zu mir herunter.

»Barbara, ich habe solche Angst. Bitte laß mich nicht sterben. Ich will doch meine Babies wiedersehen.« »Natürlich siehst du sie wieder«, sagte sie. »Alles wird wieder gut werden.« Und dann lag ich in diesem weißen Raum unter einem weißen Laken, und weiß vermummte Gesichter unter einem gleißend weißen Licht blickten auf mich herab.

Ich lag sechs Stunden auf dem Operationstisch und klammerte mich ans Leben, während ein berühmter Herzchirurg, der ausgerechnet Dr. Hacker hieß, und sein Assistent an mir arbeiteten.

Die Operation sollte Aufschluß über meine inneren Verletzungen geben, da auf den Röntgenaufnahmen nicht genug zu erkennen gewesen war. Die Chirurgen setzten das Skalpell unter meiner linken Brust an, machten einen zwanzig Zentimeter langen, vertikalen Schnitt hinunter zum Magen, und dann noch einen fünfundzwanzig Zentimeter langen, waagerechten Schnitt in der Herzgegend. Sie stellten starke innere Blutungen fest. Ein Schutzengel muß das Messer gerade noch festgehalten haben, bevor es in mein Herz eindringen konnte. Der Herzbeutel war verletzt und mußte genäht werden. Zum Glück war die Wunde auf meinem Rücken nicht so tief.

Als ich aus der Narkose erwachte, mußte ich mich gleich übergeben. Eine Krankenschwester wischte mir das Gesicht ab. Gott sei Dank, ich lebte! Ich lag in einem Krankenhausbett und aus sämtlichen Öffnungen meines Körpers kamen Schläuche heraus, nur nicht aus dem Mund. Ich kam mir vor wie eine notdürftig zusammengeflickte, alte Stoffpuppe. Unmengen von Antibiotika wurden in mich hineingepumpt, mehr als ich sonst in meinem ganzen Leben eingenommen hätte. Und ich erinnere mich noch gut an die heftigen, krampfartigen Schmerzen, die meinen Körper durchzuckten.

Als ich mich bei Dr. Hacker dafür bedankte, daß er mir das Leben gerettet hatte, erzählte er mir, daß es eine recht komplizierte Operation gewesen sei, bei der er ganz schön ins Schwitzen gekommen sei. Mein Lebenswille und meine starken Selbstheilungskräfte halfen mir, am Leben zu bleiben, und natürlich auch der Gedanke an meine Babies, die ich unter keinen Umständen im Stich lassen wollte.

Normans Mutter verlor keine Zeit. Ein paar Stunden nachdem ich aus der Narkose erwacht war, kam sie mich bereits besuchen. Trotz der Schmerzmittel tat mir immer noch alles weh. Ich war so schwach, daß ich kaum sprechen konnte. Sie sah natürlich, daß es mir nicht gutging, doch das hielt sie nicht davon ab, mir einzubleuen, ich solle ja bei meiner Geschichte mit der zerbrochenen Flasche bleiben. Sie mag ihre Enkel wirklich geliebt haben, doch für sie waren sie in erster Linie Normans Kinder. Die Frau, die sie zur Welt gebracht hatte, war ihr scheißegal.

Ich lag drei Wochen auf der Intensivstation, und mein Zustand war kritisch. Doch selbst in dieser Zeit blieb ich von den Pressemeldungen nicht verschont. Während meiner ersten Nacht im Krankenhaus wachte ich irgendwann auf und sah den diensthabenden Arzt hinter der Glaswand am Fußende meines Bettes die *Daily News* lesen. Als er die Seite umblätterte, sah ich die schwarze Schlagzeile: »Schriftsteller sticht Ehefrau auf Party im Streit nieder.«

Oh Gott, dachte ich, laß diesen Alptraum aufhören. Ich liege nicht wirklich hier in diesem Krankenzimmer, mit all diesen Verbänden um die Brust. All das geschieht in Wirklichkeit gar nicht. Wir haben uns doch geliebt. Warum, warum, warum hat er mir das nur angetan? Ich weiß, daß ich gleich neben meinem Mann aufwachen werde, in meinem eigenen Bett, und unten schlafen die Kinder. Ich fing an zu weinen, und bei jedem Schluchzer spürte ich den stechenden Schmerz in meinem verwundeten Herzen.

Nach der Operation gab es Komplikationen, ich bekam eine Brustfellentzündung. An manchen Tagen mußte ich mich regelrecht zum Husten zwingen, um den schwarzen Schleim tief aus meiner Lunge herauszuwürgen, da ich dabei jedesmal starke Schmerzen in meiner frisch operierten Brust verspürte. Zehnmal am Tag brachte mir die Schwester den Spucknapf und sagte fröhlich: »Zeit zum Abhusten. Das Zeug muß raus.« Dieses Biest, dachte ich, der ist es doch völlig egal, wie weh das tut.

Seitlich von meinem Bett war noch eine Glasscheibe, hinter der ein anderer Patient lag. Unsere Betten standen nur ungefähr zwei Meter auseinander. Der unheimliche, alte Mann, der wie ein böser, häßlicher Gnom aussah, schnitt mir immer obszöne Grimassen und sabberte dabei mit heraushängender Zunge vor sich hin. Ich dachte, der Tod sähe mich an, und wollte nur noch weg von dieser schrecklichen Erscheinung. Ich rief nach der Schwester, die so nett war, mich ans andere Ende des Raumes zu schieben. Die Schmerzen wurden schließlich so schlimm, daß ich auf Morphium gesetzt wurde. Danach fühlte ich mich, als würde ich auf Engelsflügeln durch den Himmel getragen.

Ich habe mich schon immer vor dem Sterben gefürchtet, doch jedesmal, wenn mich solche Ängste quälen, versuche ich mich daran zu erinnern, wie es damals war, als ich dieses segensreiche Mittel bekam, das mit Gottes sanfter Stimme zu mir sprach: Klammere dich nicht so verzweifelt an das Leben, laß los, gönne dir ein wenig Frieden. Sterben ist leicht, nur das Leben ist kompliziert.

Ich hatte das Gefühl, von Wärme und Licht durchströmt zu werden. Ich hatte keine Schmerzen, keine Ängste, keine wirren Gedanken, keine Alpträume mehr. Wenn der Tod doch nur genauso wäre. Dann bräuchte ich keine Angst mehr vor ihm haben.

Sollte ich jemals von einer harten Droge abhängig werden, dann von Morphium. Nicht von einer Droge, die Übelkeit, Ängste und Schuldgefühle verursacht wie Alkohol. Das ist ein zu hoher Preis für ein paar Stunden Erlösung oder Spaß. Morphium müßte es sein, ob ich nun Liebe oder Vergessen suchte.

Kapitel 52

In der Nacht nach der Operation schlüpfte Norman in mein Zimmer. Er hatte schon früher kommen wollen, aber ich hatte dem Pflegepersonal gesagt, daß ich ihn unter keinen Umständen sehen wolle. Irgendwie muß er es geschafft haben, alle, die ihn aufhalten wollten, dazu zu überreden, ihn durchzulassen.

Ich geriet in Panik, als ich ihn sah. »Um Gottes willen, was willst du hier? Ich habe der Schwester doch gesagt, daß ich dich nicht sehen will.« Ich streckte die Hand nach der Klingel aus.

»Mach das nicht, Baby. Ich wollte doch nur sehen, wie es dir geht.«

»Das siehst du doch, oder? Und jetzt mach, daß du rauskommst«, sagte ich. Es klang wie ein erstickter Schrei. Übelkeit stieg in mir hoch.

Er beugte sich zu mir hinunter, um mich zu küssen. Ich zuckte zusammen und wich seiner Berührung aus.

»Was willst du hier?« fragte ich wieder. »Ich habe den Schwestern doch gesagt, daß sie dich nicht reinlassen sollen.«

Er setzte sich auf die Bettkante und griff nach meiner Hand. »Ich wollte nur mit dir reden.«

»Nein, geh weg. Faß mich nicht an. Laß mich in Ruhe.«

Er hatte dunkle Ringe unter den Augen und sah abgehärmt und angespannt aus. Eine Weile starrte er mich nur stirnrunzelnd an, dann fragte er:

»Du hast der Polizei doch nichts gesagt, oder? Du bleibst doch bei der Geschichte mit der zerbrochenen Flasche?«

»Ja, ja, und jetzt geh.«

Er versuchte, den Arm um mich zu legen, und sah die Furcht auf meinem Gesicht.

»Warum hast du solche Angst? Das kann ich nicht ertragen, alles, nur das nicht. Ich habe dich beobachtet, als sie dich in den Operationssaal geschoben haben, weißt du das? So schön hast du noch nie ausgesehen. Verstehst du denn nicht, warum ich das getan habe? Ich liebe dich, und ich mußte dich vor dem Krebs retten.«

Ich sah ihn an und glaubte meinen Ohren nicht zu trauen. Dem ist nicht mehr zu helfen, dachte ich. In diesem Augenblick empfand ich nur noch Abscheu vor diesem Mann, der in seinem verdammten Anzug von Brooks Brothers dahockte und wieder mal nur Scheiße von sich gab.

Wer war dieser Fremde? Wir hatten uns einmal leidenschaftlich geliebt, aber nun haßte ich diesen gefühllosen Dreckskerl mit jeder Faser meines mißhandelten Körpers.

Ich weinte, obwohl ich selbst dafür kaum die Kraft hatte. »Vor dem Krebs retten? Schau mich doch an. Du hast mich fast umgebracht.«

Ich sah kein Zeichen der Reue, hörte kein Wort der Entschuldigung, nur die pathetischen Phrasen eines Psychopathen. Trotzdem wirkte er verstört. Ich wußte, daß er Angst hatte. Ich kam mir völlig allein vor, aber als ich ihm ins Gesicht sah, spürte ich trotz meiner Furcht und meiner Wut einen Augenblick lang so etwas wie Mitleid. Wir steckten beide bis zum Hals in Schwierigkeiten, Norman noch mehr als ich, so unfähig wie er war, seine emotionalen Probleme zu erkennen. Da er ein so heller Kopf war, hatte er viele ausgeklügelte Methoden, seine Gefühle zu verstecken und zu verdrängen; schließlich waren sie so tief vergraben, daß er nicht mehr an sie herankam und eine Scheinwelt erfinden mußte. Er konnte nicht zugeben, daß die Messerstiche nur eine feige, primitive Gewalttat eines Betrunkenen waren, der

Potenzängste, einen Haß auf Frauen und Schuldgefühle hatte.

Ich spürte, wie zerfallen er mit sich war, was für eine schreckliche Leere und Einsamkeit in ihm herrschte, und hatte aus meiner eigenen Verzweiflung und Einsamkeit heraus Mitleid mit ihm.

Er weinte. Schließlich hielt ich ihn sogar im Arm, und wir weinten zusammen. Doch selbst in meinem Schmerz wußte ich, daß er nur aus Selbstmitleid weinte. Mich erbarmten diese Tränen, die nicht mir galten, doch es war alles aus zwischen uns.

Norman brauchte achtundzwanzig Jahre und ein paar Gläser Bourbon, um sich zu dem Satz durchzuringen: »Adele, es tut mir leid, daß ich dein Leben verpfuscht habe.« Das war 1988 auf der Hochzeitsfeier unserer Tochter Betsy in seiner Wohnung in Brooklyn Heights.

Ich weiß nicht, was ihn dazu bewog, denn er brachte die Worte nur widerwillig heraus, und sein Ton klang leicht herablassend. Ich sah ihn an, hatte jedoch Angst davor, irgendwelche Gefühle hochkommen zu lassen, und wagte nicht, mit ihm darüber zu reden. Außerdem war der Zeitpunkt wirklich sehr schlecht gewählt. So sagte ich nur: »Ja, das hast du, aber du hast auch dein Leben verpfuscht.« Diesen Gedanken hatte er sich wahrscheinlich nie gestattet.

Auf Wunsch meiner Tochter war ich an Normans Seite das Kirchenschiff entlanggeschritten. Ich hatte ein merkwürdiges Gefühl dabei, und er höchstwahrscheinlich auch. Seit der schrecklichen Zeit, in der er mich niedergestochen hatte, waren wir Fremde, und das sind wir auch heute noch.

Im Jahre 1990 sagte Norman in einem Interview mit der Zeitschrift *Esquire* zu den Messerstichen: »Zehn Jahre Wut haben mich dazu gebracht; danach ging es mir besser.« Dieses

Zitat ist aus dem Zusammenhang gerissen, aber die Gefühllosigkeit, die darin zum Ausdruck kam, bestätigte mir, daß er sich nicht verändert hatte.

Kapitel 53

Im Krankenhaus wurde ich erneut von der Polizei verhört, obwohl ich furchtbare Schmerzen hatte und noch sehr schwach war.

»Frau Mailer, wir wissen, daß Sie von Ihrem Mann niedergestochen wurden. Warum erzählen Sie uns denn nicht, was wirklich geschah?«

»Oh Gott, bitte, lassen Sie mich doch endlich in Ruhe. Ich habe Ihnen doch schon gesagt, wie das passiert ist. Ich bin auf Glassplitter gefallen.«

Sie ließen nicht locker. »Ihre Verletzungen stammen von einem Messer, Frau Mailer. Das steht fest. Und Sie müssen uns jetzt sagen, wer das getan hat.«

»Also gut,« schluchzte ich, »es war mein Mann.«

In diesem Augenblick kam die Krankenschwester herein. Sie war sehr verärgert. »Sie müssen jetzt gehen. Sehen Sie denn nicht, wie krank sie ist? Sie machen es nur noch schlimmer.«

Die Polizisten entschuldigten sich und verschwanden.

Danach lief offenbar ein komplizierter Plan ab, der verhindern sollte, daß Norman eine Gefängnisstrafe absitzen mußte. Um einer Zwangseinweisung ins Bellevue zu entgehen, beschloß Norman, sich verhaften zu lassen, und zwar nach einem Besuch bei mir beim Verlassen des Krankenhauses. Als die Schwester mir seinen Besuch anmeldete, sagte ich ihr jedoch, ich hätte Angst vor ihm und wolle ihn nicht sehen. Ich weiß nicht, warum er mich vor seiner bereits arrangierten Verhaftung noch besuchen wollte. Die Schwester erzählte mir jedenfalls, er habe ziemlich lange im Wartezimmer gesessen, und als er gerade gehen wollte, seien die Polizisten erschienen und hätten ihn mitgenommen. Er wurde dem Untersuchungsrichter vorgeführt und anschließend zu einer psychiatrischen Untersuchung nach Bellevue gebracht.

Da ich mich immer noch in einem kritischen Zustand befand, wurden nur meine engsten Angehörigen zu mir gelassen. Normans Eltern, die sich damals in unserer Wohnung um die Kinder kümmerten, besuchten mich ab und zu. Fanny brachte mir sogar Hühnersuppe vorbei, doch sie redete immer nur von Norman. Sie schien wirklich erschüttert zu sein, ein- oder zweimal weinte sie auch, aber ich weiß, daß ihre Tränen nur ihm galten. Ich könnte wetten, daß sie mich nur besuchte, um sich zu vergewissern, daß ich ihren geliebten Norman nicht ins Kittchen brachte.

Wie hatte ich nur zulassen können, daß ihrem genialen Sohn, der Nummer Eins unter Amerikas Schriftstellern, so etwas passierte? Das sagte sie zwar nicht direkt, aber ich wußte verdammt genau, daß sie es dachte. Nach ihren Besuchen bei mir schaute sie jedesmal bei Norman im Bellevue vorbei, das nur ein paar Häuserblocks vom Krankenhaus entfernt lag, und brachte auch ihm eine Portion von ihrer Hühnersuppe mit. Ich lag einsam in meinem Krankenbett, niedergeschlagen und voller Angst, und heulte hemmungslos. Solche Weinkrämpfe hatte ich jetzt immer öfter. Manchmal wachte ich mitten in der Nacht schweißgebadet auf und brach in Tränen aus. Wenn dann die Nachtschwester hereinkam und fragte, ob sie etwas für mich tun könne, stieß ich schluchzend hervor: »Wie werden meine Kinder das verkraften? Was wird aus meinem Mann? Ja, wir haben uns gestritten, aber das hätte er nicht tun dürfen. Warum ist das bloß passiert, großer Gott, sag mir, warum?«

Meine Eltern kamen mich auch besuchen, und als sie sahen, in welchem Zustand ich war, waren sie fassungslos. Sie konnten einfach nicht begreifen, wie es so weit hatte kommen können.

Meine Mutter weinte mit mir; mein Vater war zornig, doch er schwieg. Sie standen beide unter Schock. »Wie konnte das passieren?« Sie hatten Norman immer gemocht, und er sie auch. Mit meinem Vater war er besonders gut ausgekommen. Wie hatte er mir und ihren Enkeln das nur antun können? Wie konnte er ihnen das antun? Was für eine Bestie steckte in ihm? Sie wollten alle Einzelheiten wissen, aber es war zu schmerzhaft, sie ihnen zu schildern, dafür fehlte mir einfach die Kraft. »Mama,« sagte ich, »er war mit Alkohol und Drogen vollgepumpt. Er wußte nicht mehr, wer er war und was er tat. Er hatte einen Nervenzusammenbruch.« »Ich bring dieses Schwein um«, fauchte mein Vater. »Du wirst dafür sorgen, daß er dafür bezahlen muß. Laß ihn im Gefängnis verrotten.«

Diese traurige Berühmtheit hatten die beiden wirklich nicht verdient. Sie waren zwei ältere Leute, die in Brooklyn ein ruhiges Leben führten, und jetzt stand in allen Zeitungen, was für ein Leben ihre Tochter führte.

Mein Vater arbeitete immer noch als Schriftsetzer bei der *Daily News*. Er erzählte mir, das Ereignis habe zwei Tage lang Schlagzeilen gemacht, und er habe sie eigenhändig setzen müssen. Ich kann mir vorstellen, wie schlimm das für ihn gewesen sein muß, nicht nur, weil er sich Sorgen um mich machte, sondern auch des Geredes wegen. Seit einunddreißig Jahren arbeitete er bei der *News* und engagierte sich in einer von Vorurteilen und Engstirnigkeit geprägten Atmosphäre für die Druckergewerkschaft, und dann geschah so etwas Furchtbares.

Als ich damals mit neunzehn von zu Hause wegging, hatte er zu mir gesagt: »Tu, was du für richtig hältst, Adele, aber mach nie Schlagzeilen in der *Daily News*.« Damit hatte er natürlich nicht positive Schlagzeilen gemeint sondern negative in großen, schwarzen Lettern. Nun erschienen mir seine mahnenden Worte von damals seltsam prophetisch.

Irgendwann kam der Psychiater vorbei, der Norman im Bellevue untersucht hatte. Er erklärte mir, daß ich unter den gegebenen Umständen problemlos vom Krankenbett aus die Scheidung einreichen könne, wenn ich wolle. Er berichtete, bei Norman sei eine schizophrene Paranoia mit Suizidneigung und erhöhter Gewaltbereitschaft festgestellt worden.

»Ach nein«, meinte ich.

Seiner Meinung nach stelle mein Mann für sich und andere eine Gefahr dar, daher empfehle er eine Behandlung mit Elektroschocks.

»Warum keine Lobotomie? Das wäre sicherer, zum Teufel«, sagte ich bitter.

Der Arzt hatte alle erforderlichen Unterlagen dabei und erklärte mir, ich sei die einzige, die berechtigt sei, die Einverständniserklärung zu unterzeichnen. Selbstverständlich müsse ich mich nicht sofort entscheiden. Ich könne mir die Sache in Ruhe überlegen. Er redete fast so, als müßte ich entscheiden, ob ich ein neues Haus oder Auto kaufen wollte. Obwohl mir vor der Vorstellung grauste, war ich versucht, zu unterschreiben. Schließlich tat ich es doch nicht, weil ich mir nicht sicher war, ob ich in meiner Verfassung überhaupt beurteilen konnte, was das Richtige war.

Ich weiß nicht, wer alles davon wußte. Ich habe es jedenfalls niemandem erzählt, schon gar nicht meiner Familie. Ich konnte allerdings meine Mutter in ihrem unnachahmlichen Tonfall sagen hören: »Unterschreib! Sollen sie dem Schwein doch das Hirn brutzeln.«

Viele rieten mir zu einer Anzeige. Einige der Leute, die mir nahelegten, Norman für das, was er getan hatte, ins Gefängnis zu bringen, meinten sogar, es täte ihm gut, wenn er auf diese Weise gezwungen würde, an dem großen Roman zu arbeiten, den er schon lange schreiben wollte. Eine Haftstrafe würde ihn davor bewahren, weiter herumzuflippen und sich dabei selbst kaputtzumachen.

Und dann waren da noch die sogenannten Intellektuellen und Schriftsteller. Einige davon waren in jener Nacht in der Eingangshalle herumgestanden, während ich auf den Krankenwagen wartete. Aus Sorge um ihren guten Ruf ergriffen sie die Flucht, als die Polizisten kamen, und ließen mich verletzt, blutend und, wie sie annehmen mußten, sterbend zurück. Nur Nelly blieb die ganze Zeit bei mir und begleitete mich ins Krankenhaus.

Und nun erschienen sie auf einmal in meinem Zimmer, doch nicht aus Sorge um mich sondern um Norman. Der Erfinder der Glasscherbengeschichte führte die kleine Delegation an und hielt mir eine Petition unter die Nase, die die ganze feige Bande unterschrieben hatte.

Wieder mußte ich mir anhören, welch eine Tragödie das Ganze für diesen großen, brillanten Schriftsteller sei, bla, bla, bla – dieselbe alte Litanei. War es denn nur für ihn eine Tragödie? Was war mit mir, mit meinem zerstörten Leben? Sie sagten, nach einer Elektroschocktherapie würde Norman nicht mehr derselbe sein. Mir konnte das nur recht sein, denn schließlich war ich diejenige, die er beinahe umgebracht hätte. Obwohl ich schwerverletzt im Krankenhaus lag, drehte sich weiterhin alles nur um ihn. Sie hätten sich die Mühe sparen können, denn ich hatte ohnehin nicht die Absicht, die Einverständniserklärung zu unterschreiben.

Kapitel 54

Inzwischen telefonierte ich regelmäßig mit meinen kleinen Mädchen. Schon allein ihre Stimmen zu hören, gab mir neue Hoffnung. Doch danach bekam ich regelmäßig Weinkrämpfe, weil ich sie so sehr vermißte. Sie waren bei meiner Schwiegermutter in guten Händen. Wir hatten beschlossen, daß sie mich lieber nicht im Krankenhaus besuchen sollten, obwohl ich mich so nach ihnen sehnte und mich sorgte, wie sie diese abrupte Trennung wohl verkrafteten. Sie waren aufgewacht, und ihre Eltern waren einfach verschwunden gewesen. Man hatte ihnen zwar gesagt, daß die Mama im Krankenhaus sei und bald wiederkommen würde, aber sie waren doch noch Babies.

Nach gut einem Monat war es soweit. Ich durfte nach Hause. Ich freute mich darauf, meine Kleinen endlich wiederzusehen, aber die Zukunft stand bedrohlich vor mir. Ich packte meine Sachen zusammen und verabschiedete mich von den Krankenschwestern, diesen guten Engeln, die mich in diesen schrecklichen Tagen so fürsorglich gepflegt hatten. Die von der Intensivstation waren besonders kompetent, aber das mußten sie bei ihrer großen Verantwortung natürlich auch sein. Die Chirurgen, die mich operiert hatten, sahen jeden Tag nach mir. Ihnen und ihrer hervorragenden Pflege verdanke ich mein Leben. Dr. Hacker war es, der gesagt hatte, es sei meiner Jugend, meinen enormen Selbstheilungskräften und vor allem meinem starken Lebenswillen zuzuschreiben, daß ich überlebt hatte.

Ich werde nie vergessen, wie Dandy und Betsy mich zu Hause begrüßten. Ich weinte vor Glück. Normans Mutter hatte die beiden zwar gut versorgt, aber wer weiß, was sie ihnen alles über ihren Sohn erzählt hatte, über das Genie ohne Fehl und Tadel, das natürlich auch nicht zu einem Beinahe-Mord fähig war. Natürlich hätte sie nie zugelassen, daß meinen Kindern etwas zustieß – ganz gleich, wie sie zu mir stand.

Norman sollte in ungefähr einer Woche aus Bellevue entlassen werden, aber jetzt war ich erst einmal allein. Ich war immer noch erschöpft und schwach und verbrachte die meiste Zeit im Bett. Netty kümmerte sich fabelhaft um die Kinder und war so gut zu mir. Ich war froh und dankbar, daß sie da war.

Am Tag vor Normans Entlassung muß ich mich in eine Traumwelt geflüchtet haben. Ich zog ein hübsches Nachthemd an und schminkte mich sorgfältig. Trotz meines Martyriums sah ich wunderschön aus und hatte so viel abgenommen, daß sogar meine Wangenknochen wieder hervortraten! Aber warum war es mir wichtig, wie ich für diesen Mann aussah? Ich befand mich zwar wieder zu Hause, aber offenbar war ich noch nicht ganz in die Wirklichkeit zurückgekehrt. Ich war immer noch verwirrt und wie benommen.

Der Arzt vom Bellevue hatte mir mitgeteilt, daß sich Norman nach wie vor in einem erregten, depressiven Zustand befände, daß ich daran aber kaum etwas ändern könne. Er kam also einfach nach Hause, in diese Wohnung. Ich sagte mir, daß man ihn sicher nicht entlassen hätte, wenn er noch gefährlich wäre. Schließlich hatte er drei Wochen Zeit gehabt, sich zu beruhigen. Vielleicht würde es ihm guttun, die Kinder wiederzusehen. Trotz allem, was geschehen war, wußte ich, daß Norman ihnen nie Gewalt antun würde. Und konnte es zwischen ihm und mir noch schlimmer kommen?

Dann war der Tag da. Ich lag noch im Bett, als er klingelte.

Netty öffnete die Tür. Ich hörte die Mädchen aufgeregt »Daddy, Daddy« rufen und wußte, daß sie jetzt in seinen Armen lagen. »Wie geht es euch, meine Süßen? Habt ihr euren Daddy vermißt?« hörte ich ihn fragen.

Ich spürte meine Verbände, aber ich versuchte, nicht zu weinen und nicht an diese schreckliche Nacht zu denken. Ich hatte mich so einsam gefühlt. Ein kleiner Teil meines Herzens wollte Norman wiederhaben, auch wenn es zwischen uns nie mehr so sein würde wie in jener fernen Zeit, in der wir einander geliebt hatten. Ich war ängstlich und aufgeregt, weil ich nicht wußte, was mich erwartete. Ich hörte, wie er Netty begrüßte und wie sie antwortete: »Schön, daß Sie wieder da sind, Herr Mailer.« »Wo ist meine Frau?« fragte er. »Mami ist im Bett, sie ist krank«, sagte Dandy. Etliche Minuten verstrichen. Er hatte es nicht eilig, mich zu sehen. Dann vernahm ich wieder seine Stimme: »Ist das alle Post, Netty?«

Ich wurde langsam ärgerlich. Warum schaut er sich jetzt die verdammte Post an? Warum spannt er unsere Nerven noch mehr auf die Folter?

Ich hörte ihn den Flur entlanglaufen und gab mir einen Ruck, als er ins Schlafzimmer trat.

Wir sahen uns an, ohne uns zu berühren. Er musterte mich mit einem kalten, ärgerlichen Blick, in dem keine Spur von Reue lag. Ich hatte Tränen in den Augen. Keiner von uns sagte etwas. Das einzige Geräusch war das Ticken des Weckers. Er sah schrecklich aus, als hätte er eine Woche lang nicht geschlafen. Seine Kleidung war zerknittert, er hatte abgenommen, und sein Gesicht wirkte grau.

»Hallo, Norman, wie geht's?«

»Miserabel. Das war die Hölle da drin. Und wie geht es dir?« sagte er mechanisch. Er beugte sich vor, um mich zu küssen; ich zuckte unwillkürlich zurück. Er reagierte verärgert wie bei seinem Besuch im Krankenhaus. Was zum Teufel erwartete er eigentlich?

»Verdammt,« fluchte er, »ich kann es nicht ausstehen, wenn du Angst vor mir hast. Die Sache ist doch längst vorbei.«

»Tut mir leid,« sagte ich kleinlaut, »ich muß mich einfach erst an alles gewöhnen.«

Er stank nach Desinfektionsmittel und hatte immer noch Hausschuhe an. »Wo sind deine Schuhe?«

»Keine Ahnung. Die hab' ich wahrscheinlich in der Klinik vergessen. Ich wollte so schnell wie möglich da raus.«

Wir unterhielten uns, als sei nichts gewesen – und auch jetzt kam kein Wort des Bedauerns über seine Lippen. Er erzählte von Leuten, die er im Krankenhaus kennengelernt hatte, fragte, ob ich schon irgendwelche Bekannten getroffen hätte und wie es den Kindern gehe – nur über seine Gefühle sprach er nicht. Es war eine merkwürdige Situation. Zwischen uns lief so viel ab, daß keiner von uns darüber zu sprechen wagte. Und ich wußte nicht, ob ich die Angst vor ihm je wieder loswerden würde.

Die Verhandlung rückte näher, und Norman bat mich, zu seinen Gunsten auszusagen und zu behaupten, daß ich nicht wisse, wer mich niedergestochen habe. »Natürlich mache ich das. Aber das ist ein Meineid«, sagte ich zu Normans Anwalt. »Darüber machen Sie sich mal keine Sorgen«, antwortete er und sicherte mir seine volle Unterstützung zu.

Ich log nicht für Norman sondern für meine Kinder. Sie liebten ihren Vater, und ich wollte nicht, daß er von ihnen getrennt wurde. Sie sollten nicht mit einem Vater im Gefängnis aufwachsen.

Ich hatte eine Heidenangst vor dieser Zeugenaussage. Es ging mir immer noch nicht gut; sobald ich aufstand, bekam ich Schmerzen. Ich weiß noch, daß ich mich an diesem Morgen besonders dezent kleidete und kaum Make-up auftrug. Normans Anwalt hatte mich genau instruiert und mir nochmals versichert, daß ich keine Anklage wegen Meineids zu befürchten hätte. Daß der Staatsanwalt mich dann so in die Zange nehmen würde, hatte ich allerdings nicht erwartet, aber ich gab die Vorstellung meines Lebens und Norman war voller Bewunderung für mich.

Mein Mann bestand schließlich nicht mehr auf seiner Unschuld, sondern bekannte sich zu einem tätlichen Angriff. Es erstaunt mich heute noch, daß sie nur von Körperverletzung sprachen; schließlich hatte er mich fast erstochen.

Ich habe ihn vor dem Gefängnis bewahrt. Ich hätte ihn für fünfzehn Jahre hinter Gitter bringen können, wenn ich gegen ihn ausgesagt hätte. So bekam er nur fünf Jahre auf Bewährung.

Bevor Norman aus Bellevue entlassen wurde, erfuhr ich, daß es dem Psychiater während der Therapiesitzungen nicht gelungen war, Normans intellektuellen Schutzpanzer aus komplizierten Rechtfertigungen und Rationalisierungen zu durchbrechen.

Jahre später erinnerte ich mich an ein Erlebnis am Ende jenes schrecklichen Sommers in Provincetown, das sich Norman eingeprägt und seinen psychotischen Schub mit ausgelöst haben könnte. Wir hatten uns im Kino *Psycho* von Hitchcock angesehen. Der Mörder in diesem Film, der Norman Bates heißt, vergiftet seine herrschsüchtige, tyrannische Mutter und sticht eine junge Frau nieder.

Kapitel 55

Im Winter nach meiner Entlassung aus dem Krankenhaus, der mir endlos erschien, nahm ich alles nur noch wie durch einen Grauschleier wahr. Ich tat so, als sei alles in Ordnung, und lud an Weihnachten meine und Normans Familie ein. Von diesem Abend gibt es sogar ein paar Filmaufnahmen.

Mein Mann bekam von überall her Fanpost. Die meisten Briefe gaben dieselbe Auffassung wieder, die Normans Anwalt in seinem Schlußplädoyer vertreten hatte: »Ein solches Talent muß geschützt werden.« Ich wurde kaum erwähnt; nicht einmal in einem PS wurde nachgefragt, ob die Ehefrau wieder wohlauf sei. Er war die Berühmtheit, nicht ich. Ich konnte mich nicht einmal in seinem Ruhm sonnen, sondern stand abseits im Schatten. Das war meine bittere Wirklichkeit. All die Freunde, die sich bei mir eingeschmeichelt und meine Kochkünste, mein Aussehen, mein Haar, meine Kinder bewundert hatten, waren auf einmal verschwunden.

Normans Abende waren mit zahllosen gesellschaftlichen Aktivitäten ausgefüllt. Er hetzte von einer Party zur anderen. Ständig war er irgendwo eingeladen. Mein Leben sah ganz anders aus. Ich war immer noch bettlägerig und kam kaum raus. Ganz im Gegensatz zu Norman, der ständig auf Achse war. Er war in den Schoß seiner Bewunderer aus der Literatenszene zurückgekehrt, denen gegenüber er stets seine kultivierte Seite, den liebenswürdigen Norman, herauskehrte. In Gegenwart von Leuten wie Lillian Hellman, den Trillings, den Howes oder den Macdonalds hatte er immer sein bestes Benehmen an den Tag gelegt. Vor ihnen verbarg er die exzessive, wahnsinnige Seite seiner Persönlichkeit, die ich so gut kannte.

Eines Tages erhielten wir von Lillian Hellman eine Einladung zu einer Cocktailparty. Ich stand damals kurz vor dem Zusammenbruch, auch wenn ich mir dessen nicht voll bewußt war. Ich fühlte mich nur niedergeschlagen und von den ständigen körperlichen Schmerzen entkräftet.

Ich versuchte, mich für die Party zurechtzumachen, doch es ging einfach nicht.

»Schatz, ich fühle mich zum Ausgehen einfach noch nicht fit genug, aber ich mag auch nicht allein sein. Könntest du nicht ausnahmsweise mal zu Hause bleiben?«

»Ich muß da hingehen«, sagte er, während er sich eine passende Krawatte heraussuchte. »Sie hat ein paar Leute eingeladen, die mich kennenlernen wollen.«

»Zum Teufel mit Lillian. Was ist mit mir? Das ist doch nur eine Party von vielen. Ich brauche dich. Ich will heute abend nicht allein sein.«

Daraufhin sagte er mit diesem kalten, fischäugigen Blick: »Pech für dich. Warte nicht auf mich. Es kann spät werden.« Mit diesen Worten, die ich nie vergessen werde, verschwand er.

An diesem Abend nahm ich Schmerzmittel ein, nachdem ich den Mädchen ihre Gutenachtgeschichte vorgelesen hatte. Natürlich nicht Morphium, das hatte ich seit dem Krankenhaus nicht mehr bekommen, obwohl ich mir in diesem Augenblick nichts sehnlicher gewünscht hätte.

Ich konnte nicht schlafen. Vielleicht sollte ich eine von Normans Schlaftabletten nehmen, dachte ich, oder warum nicht gleich das ganze Röhrchen? Noch lieber hätte ich etwas getrunken, doch das gestattete mir der Arzt nicht, noch nicht. Dafür trank mein Mann für zwei.

Ich nahm schließlich doch keine Tablette und holte mir auch

keinen Drink. Irgendwann fiel ich in einen unruhigen Schlaf. Um vier Uhr morgens wachte ich auf und sah, daß das Bett neben mir immer noch leer war. Ich begann im Schlafzimmer auf und ab zu laufen, in dem es totenstill war. Nur das Ticken des Weckers war zu hören. Ich kochte vor Wut.

Schreckliche Gedanken, Mordgedanken, schossen mir durch den Kopf, während ich unaufhörlich hin und her ging. Ich habe keine Waffe, aber in der Küche ist ein großes Messer. Das bohre ich ihm in genau dieselben Stellen, in die er mich hineingestochen hat. Doch statt dessen zog ich einen großen Koffer aus dem Schrank und stopfte ihn mit seinen verdammten Klamotten voll. Um halb sieben hörte ich die Wohnungstür aufgehen und Norman aufs Schlafzimmer zuschlurfen. Betrunken stand er da und schaute mich über die beiden Betten hinweg an; in seiner Hand hielt er ein in weißes Papier eingeschlagenes Päckchen. »Ich habe dir ein Geschenk mitgebracht.«

Da konnte ich mich nicht länger beherrschen. Ich bebte am ganzen Körper vor Zorn. Wenn ich betrunken gewesen wäre und eine Waffe in der Hand gehabt hätte, hätte ich in meinem Haß das ganze Magazin auf ihn abgefeuert.

»Wo bist du die ganze Nacht gewesen?« schrie ich. »Kannst du denn nie genug kriegen? Hast du denn noch nicht genug angerichtet? Du bist kein Mensch, du bist ein verdammter Vampir.«

Ich konnte ihn durchs ganze Zimmer riechen. »Du stinkst nach Möse, du widerliches Schwein. Weißt du überhaupt, wie sehr ich dich hasse? Ich habe deinen Scheißkoffer gepackt, so sehr hasse ich dich inzwischen! Los, zieh zu deiner abgewrackten Mätresse, zu dieser häßlichen Nutte, mit der du schon das ganze Jahr herumvögelst. Du hast versucht, meinen Körper zu zerstören, du Scheißkerl, und jetzt willst du auch noch meine Seele töten. Aber das wird dir nicht gelingen, verstehst du. Das lasse ich nicht zu, du Scheusal. Ich hätte dich einsperren lassen sollen, aber das spielt jetzt keine Rolle mehr, weil ich mich scheiden lasse, und du wirst zahlen, jawohl, und nicht zu knapp. Ich werde rausholen, so viel ich kann. Und ich werde die Kinder mitnehmen und alles tun, damit du sie nie mehr wiedersiehst. Oder glaubst du, ich will, daß sie mit einem verrückten Mörder zusammen sind?«

Norman erwiderte mit einem besoffenen, verächtlichen Grinsen: »Ohne mich packst du es nie, Baby.«

»Das werden wir ja sehen, du Scheißkerl.« Meine Riesenwut verlieh mir die Kraft, trotz rasender Schmerzen den Koffer hochzustemmen und durch das Zimmer zu schleudern. Norman kniff seine vom Potrauchen geröteten Augen zusammen und verfiel wieder in diesen Südstaaten-Akzent, der gleichzeitig ein Symptom seiner Schizophrenie und seines übermäßigen Alkoholkonsums war.

»Also gut, dann laß uns mal sehen, wer von uns hier die Muckis hat.«

»Ist das alles, was dir dazu einfällt?« schrie ich. »Hau ab. Verschwinde aus meinem Leben. Wer will schon einen Mann, der einen Harem braucht, um einen hochzukriegen, du verdammte männliche Hure.«

Am nächsten Tag rief ich meinen Anwalt an.

Epilog

Wo, in welcher Himmelsgruft, modern die zärtlichen Worte der Liebenden, wenn sie sich nicht mehr lieben.

Aus Der Hirschpark *von Norman Mailer*

Die meisten geschiedenen Frauen müssen von ihren Ex-Ehemännern nichts mehr hören oder sehen, wenn sie nicht wollen. Bei mir war das anders. In den Jahren nach der Scheidung war Norman ständig in den Medien und zog weiterhin eine schwachsinnige Schau nach der anderen ab. Er verstand es wie kaum ein anderer, sich selbst zu vermarkten.

Er trat in unzähligen Talkshows auf. Er legte Dick Cavett die Psychologie des Mordens dar und erklärte, daß Gewalt Krebs verhindere; zudem habe er den Akt des Mordens einmal selbst erleben wollen.

Ich weiß noch, daß ich wie gebannt vor dem Fernseher saß und unfähig war abzuschalten. Ich konnte immer noch keine Spur von Reue, keine Gefühlsregung in seinem Gesicht erkennen; er wirkte eiskalt und wie immer nur mit sich selbst beschäftigt.

Hundert Sonntage lang las ich beim Frühstückskaffee in der *New York Times* von seiner neuesten Frau, seinem neuesten Buch, von Ehrungen, Pulitzer-Preisen, Millionenverträgen, einem der höchsten Vorschüsse für ein Buch seit Hemingway und so weiter, während meine Wunden langsam verheilten. Fausts übler Pakt mit dem Teufel zahlte sich wirklich aus. Ich kannte diesen Vertrag, denn ich war dabei, als er ihn unterschrieb. Ich schmorte in meiner Hölle aus Haß, gab mich den wildesten Phantasien hin und kostete sie aus wie eine

Süßspeise, die man Löffel für Löffel genießt. Ich schlitzte ihm ganz langsam seine verfettete, whiskeygetränkte Leber auf. Ich riß ihm alle Nägel einzeln aus. Aber die beste Idee war, ihm die verlogene Zunge herauszuschneiden und ihm die Hände abzuhacken, so daß er den großen amerikanischen Roman mit den Füßen schreiben mußte. Schlagt die Trommeln, während ich eine fette Normanpuppe bastele und mit einem Faden aus seinem Brooks-Brothers-Anzug umwickle.

Ich spürte die mächtigen Voodoo-Kräfte in mir, während ich ihm Nadeln in alle lebenswichtigen Körperteile stach. Die ist für das, was du mir angetan hast, mein Süßer. Und die ist für die Kinder. Und die für meine Seele.

Ich erinnerte mich an einen Traum, den ich eines Nachts hatte: Ich stand vor einem Spiegel und fragte: »Spieglein, Spieglein an der Wand, wer ist die Schönste im ganzen Land?« Da antwortete der Spiegel mit der Stimme meiner Mutter: »Du nicht, meine Liebe. Du verwelkst. Du siehst schrecklich aus. Du hast schon wieder ein paar graue Haare mehr und häßliche Runzeln um den Mund. Schau dir diese Falten auf der Stirn an. Sie werden immer tiefer. Aus denen werden bald tiefe Furchen werden. Das kommt vom ständigen Stirnrunzeln. Schau, daß du mit diesem Haß fertig wirst, sonst macht er dich fertig.«

Aber ich war eitel, und so sagte ich dem Haß Lebewohl. Ich hatte überlebt und mußte mich entscheiden: Entweder ich starb an meinem Haß oder ich gab ihn für die Liebe auf und blieb am Leben.

Ich wollte leben und lernen, mich wieder zu lieben.

Namenregister

PIPER

Norman Mailer

Picasso

Porträt des Künstlers als junger Mann. Eine interpretierende Biographie. Aus dem Amerikanischen von Klaus Fritz und Renate Weitbrecht. 462 Seiten mit 48 Seiten Farbtafeln und 230 Schwarzweißabbildungen. Leinen

»Behutsam nähert sich der Pulitzer-Preisträger Norman Mailer (73) dem Maler Pablo Picasso (1881-1973) in seinem neuen Buch ›Picasso, Porträt des Künstlers als junger Mann‹. Schriftsteller Mailer beschreibt Maler Picasso als Urgewalt, getrieben von einer positiven Schöpferkraft, die sich in zwei Kanälen Bahn bricht: in der Malerei und in Frauen-Liebschaften. Picasso hatte ein mächtiges Ego: ›Ich bin König‹, später ›Ich bin Gott‹. Er widmete sich ausschließlich der Bedeutung seines Werkes, keine Frau, kein Unglück, kein Glück konnten ihn davon abhalten. Ein außerordentliches Buch, wunderbar beschrieben und schön bebildert.«
Blick

»Insgesamt ein sehr empfehlenswertes Buch, auch weil es etwas über die Quellen der Kunst ganz generell aussagt.«
Die Presse

Magnar Johnsgaard
Schwarzer Regen

Roman. Aus dem Norwegischen von Günther Frauenlob.
424 Seiten. Geb.

Magnar Johnsgaard erzählt von der rauhen Welt der ersten Nordsee-Ölpioniere. Von einer Welt, deren Exotik und Verlockung von denen, die sie hautnah erfahren, teuer bezahlt werden muß.
Auf ungewöhnlich faszinierende Weise fesselt Johnsgaard seine Leser mit den archaischen Ritualen und den unbarmherzigen Gesetzen dieser modernen und doch so fernen Welt. Zermürbende Routine, endloser Stumpfsinn und nervenzerreißende Dramatik wechseln einander ab. Seit Wochen warten Männer vergeblich auf die erlösende Entdeckung eines Ölfeldes. Unter ihnen sind die jungen Norweger Sjur Willy, Aksel und Anders. Auch sie träumen von Aufstieg, Ansehen und Geld. Doch nur einem der drei scheint es vorbestimmt, dieses Ziel zu erreichen. Als die Ocean Star in 2500 Metern Tiefe endlich auf Öl stößt und die schwarze, zähflüssige Masse die Bohrstange mit urzeitlicher Gewalt emporschießt, ist sein großer Moment gekommen.
Detailgenau und mit unerreichter Eindringlichkeit beschreibt Magnar Johnsgaard das abenteuerliche Schicksal dreier sehr verschiedener Männer.

PIPER

Don Winslow
Manhattan Blues

Roman. Aus dem Amerikanischen von Hans-Joachim Maass.
376 Seiten. Geb.

Dieser Schlüsselroman über die frühen, wilden Jahre eines designierten Präsidenten, der eigentlich John F. Kennedy hieß, zeichnet ein genaues und liebevolles Bild einer großen Zeit in einer großen Stadt.

New York, 1958: Madeleine Keneally, Tochter einer der reichsten Familien Neuenglands, ist der strahlende Stern der feinen Gesellschaft Manhattans, denn alle Welt spricht nur von ihrem frisch angetrauten Ehemann Senator Joe Keneally, dem jüngsten Präsidentschaftsaspiranten der Demokratischen Partei.
Der ehemalige CIA-Agent Walter Withers, jetzt für eine Privatdetektei tätig, bekommt alle Hände voll zu tun, als er den unmittelbaren Personenschutz der künftigen First Lady übernimmt. Aus ihrer Vergangenheit taucht ein vor allem durch Whisky inspirierter Beat-Poet auf, und Joe Keneally wird von dem vollbusigen Filmsternchen Marta Marlund bedrängt, das er gerne loswerden möchte. Kurz nach Walters Besuch wird sie aufgefunden – tot …

Joseph R. Garber
Der Schacht

Roman. Aus dem Amerikanischen von Sonja Hauser und Christian Spiel. 367 Seiten. Geb.

Joseph R. Garbers fulminanter Thriller ist mit meisterhafter Präzision und untrüglichem Gespür für das perfekte Setting inszeniert. Selten entwickelte eine Verfolgungsjagd ein solches Tempo. Selten war die Einsamkeit eines Menschen, der gnadenlos in die Enge getrieben wird, so hautnah zu spüren.

»Der Roman ist über weite Strecken eine rasante Achterbahnfahrt, die dem Leser kaum Zeit zum Atmen läßt. Mit Sicherheit ist ›Der Schacht‹ ... gute, spannende Unterhaltung.«
Handelsblatt

»Garber hat es glänzend verstanden, die atemberaubende Menschenjagd durch Fahrstuhlschächte und Treppenhäuser in eine dichte, treibende Sprache umzusetzen ... Dem Leser wird hier wahrlich keine Atempause gegönnt, er vermag sich darum auch der Dramatik kaum zu entziehen.«
General-Anzeiger

MALIK

John Burdett

Die letzten Tage von Hongkong

Roman. Aus dem Englischen von Sonja Hauser.
487 Seiten. Geb.

Hongkong im April 1997: Eine gigantische Digitaluhr zählt die Sekunden bis zur Übergabe der Macht an China. Als Chefinspektor Chan zufällig auf die Anzeige sieht, fehlen noch genau 6.000.000 Sekunden bis zur historischen Mitternacht des 30. Juni 1997, in der der Sechs-Millionen-Stadtstaat an die Machthaber in Peking zurückfallen wird. Die Zeit tickt gegen Chan. In der flirrenden, nervösen Atmosphäre Hongkongs vor der magischen »Stunde Null« muß er einen brutalen Dreifachmord aufklären, in den sowohl die alten wie auch die neuen Machthaber verwickelt sind. Die Fäden eines Milliardendeals führen nach Peking, New York und London ...
Ein packender Thriller aus den letzten Tagen der britischen Kronkolonie, in dem noch einmal auflebt, wofür Hongkong bis heute steht: Macht, Geld, Sex, Drogen und ungezügelter Lebenswille.